KB206399

관통하는 마음

관통하는 마음

전우진 지음

마카롱

{목차}

1

외출_

목련이 너무 예쁘게 피었더라고요.

보셨어요? 너무 예쁘죠? 아 정말 저는… 잠시만요. 그 이야기는 광고 듣고 와서 다시 할게요. 광고 듣고 오겠습니다. 조강지처가 좋더라. 썬연료가 좋더라. 손님이 없는 편의점 카운터에서 정숙은 라디오를 듣고 있었다. 라디오에서는 한창 목련 이야기 중이었다. 볕이 어제보다 따뜻했던 덕분인지 어느새 목련이 활짝 피어버렸다. 라디오를 듣던 정숙은 목련꽃이 다음 주면 다 떨어져 버리겠다는 생각이 들자 편의점 로고가 적힌 조끼를 벗어 던지고 창고로 들어가 선 캡을 챙겨 나왔다. 편의점은 그렇게 크진 않았지만 오는 손님이 없어서인지 실제보다 넓어 보였다. 이 정도 크기의 편의점에 이 정도로 손님이 없으면 서울에서는 금방 다른 업종으로 갈아치웠을 것이다. 그러나 안성에서는 그렇게 큰 문제가 되지 않았다. 서울처럼 편의점이 한 골목 건너 하나씩 있는 것도 아니었고, 이곳에 편의점이 아닌 커피숍이나 냉면집이 들어선다고 한들 손님이 많이 모일 일도 없었다. 게다가 점심시간이 끝난 지 한 시간이 넘어가 손님이 가장 없을 시간이었다. 그래서 정숙은 목련이 지기 전에 답답한 편의점을 나와 꽃구경하며 산책하기로 마음먹은 것이다. 정숙은 사흘에 한 번 정도는 편의점 문을 잠그고 산책을 했다. 편의점은 정숙의 남편인 근배의 퇴직금으로 차렸다. 근배가 정년퇴직을 3년 앞두고 명예퇴직 제안을 받았을 때 정숙은 퇴직을 권했다.

당신이 30년 돈 벌어왔으니 앞으로는 내가 돈 벌어올게. 당신이 집안일 해.

30년 가까이 가정주부였던 정숙이 처음 하고 싶었던 것은 낙지볶음 식당이었다. 제육볶음 다음으로 자신 있는 음식이었다. 하지만 제육볶음은 인근 기사식당을 이길 수 없다는 판단하에 낙지볶음으로 결정한 것이다. 그러나 근배의 반대에 부딪혔다. 음식장사가 얼마나 힘든 줄 알아? 허리도 안 좋은데 음식 나르다 삐끗하기라도 해봐. 낙지볶음 하나만 해서 장사가 되겠어? 계란찜과 조개탕은 어쩔 거야? 근배의 말에 정숙은 오기가 생겼다. 하면 되지. 하면 돼. 남들 다 식당해서 잘 먹고 잘사는데, 내가 못 할 게 뭐 있어?

낙지볶음 팔려면 술도 팔아야 되는데, 엄마는 이름처럼 정숙해서 술손님 상대 못 해.

일주일 넘는 근배의 설득에도 산 낙지처럼 떼어지지 않던 정숙의 고집은 외동딸 주영의 한 마디에 삶은 낙지처럼 떨어져 나갔다. 30년 동안 가정주부였던 정숙이 취객을 상대하는 것은 솔로바이오메디컬 인사과 책상에서 20년 넘게 근무했던 근배가 칠레에 가서 대왕오징어를 잡는 것만큼 힘든 일이었다. 주영은 그냥 커피숍이나 하면 어떻겠느냐고 했다. 하지만 근 몇 년 사이 동네에 많은 커피숍이 들어섰었고 대부분 망해 없어졌다. 이 동네에서는 밥 한 끼 정도의 가격으로 커피를 사 마실 사람이 별로 없기 때문이었다.

편의점을 해, 편의점.

파마를 말고 있던 정숙은 솔깃했다. 길에서 만난 세라미용실 원장이 머리가 그게 뭐냐고 핀잔을 주다가 길거리에서 이럴 게 아니라며 손목을 끌고 미용실로 데리고 와서 파마를 말아버렸다. 세라는 정숙보다 두 살이 많았다. 이혼하고 받은 위자료로 딸 하선과 둘이 동네에서 세라미용실을 자그맣게 운영하고 있었다. 그리고 하선은 정숙의 딸 주영과 초, 중 동창이다. 동네가 동네니 만큼 거기서 거기였다. 하선은 주영보다 똑똑했지만 중학교 때 세라가 이혼하는 바람에 공부에 집중할 수 없었는지 성적이 계속 떨어졌고, 결국 실업계 고등학교로 진학 후 세라미용실에서 미용 보조를 하게 되었다. 예전에는 예쁘고, 공부 잘하고, 집에 돈도 많은 하선을 보며 항상 주영에게 미안했었다.

그러나 세라가 이혼을 하고 하선이 실업계에 가는 것을 보며 외모나 성적보다는 가족의 화목이 더 중요하다는 것을 알게 되었다. 게다가 이혼 사유가 세라 남편의 바람이었다. 돈 잘 벌어오고 잘생긴 세라 남편보다 평범하고 성실한 근배가 훨씬 낫다고 생각을 고쳐먹은 것도 그때쯤이었다. 그러나 지금은 세라 옆에서 조잘조잘 떠들어대며 바닥의 머리카락을 쓸어내는 하선을 보고 있자니 그런 게 다 무슨 소용인가 싶었다. 주영은 서울로, 아니 서울 근교로 대학을 갔고 졸업 후 서울에 있는 회사에 취직했다. 안성 집에는 1년에 서너 번 정도 들렀다. 명절에는 차 막힌다고 오지 않았다.

무슨 생각을 그렇게 해? 편의점 하라니까?

세라는 미용실 주변에 편의점이 없으니 여간 불편한 게 아니라며 편의점을 차리라고 재촉했다. 편의점이라니, 정숙이 창업을 하려고 결심했을 때 기대했던 것들이 있었는데 편의점은 그 기대에 속해 있지 않았다. 세라의 말대로 이 근처에는 편의점이 없었다. 미용실에서 한 10분 정도 걸어가야 빅마트라는 슈퍼마켓이 있을 뿐이었다. 이 나이에 어떻게 24시간 장사를 해. 정신 나갔어? 알바 써야지. 젊은 애들보고 일하라고 하고 자기는 집에서 심심할 때 왔다 갔다 하면서 장사하면 되잖아.

찬성. 나도 찬성.

근배와 주영의 찬성으로 정숙은 편의점을 시작했다. 낮에는 정숙이 가게를 보고 밤에는 야간 아르바이트를 썼다. 야간 아르바이트가 일이 생겨서 못 하거나 쉴 때는 근배가 하기로 했다. 돈이 딱히 많이 벌리지는 않았지만 늘 어느 정도 평범하게 수입이 생겼다. 본사에서 매출 압박 같은 게 있을 수도 있다는 주영의 걱정도 기우였다. 밥벌이 하는 주영에게 돈 들어갈 일은 그다지 없었고, 정숙도 근배도 크게 돈 쓸 곳이 없었다. 서울 서강대학교 후문 근처에 사놓은 스물한 평짜리 아파트에서 매달 반전세 40만 원도 들어왔다. 원래는 주영이 살기로 했었지만, 주영이 출퇴근 시간을 줄이고자 회사 근처 오피스텔을 얻는 바람에 세를 놓을 수 있었다. 결과적으로 근배가 회사 다닐 때보다 수입이 늘었다. 쉬웠다. 편의점 하길 잘했다는 생각이 들었다. 그러나 쉬운 만큼 지루했다.

2시 탈출? 컬투우 쑈! 자, 이제 완연한 봄입니다.

정찬우 씨? 어제도 술 드셨죠? 봄은 술 마시기 좋은 날씨죠. 겨울에도 계속 드셨잖아요. 와하하하하. 편의점을 시작한 지 두 달이 지났을 때쯤부터 나뭇가지에 연둣빛이 돌았다. 늘 그렇듯 라디오로 지루함을 달래던 정숙은 편의점 문을 잠그고 화장실에 갔다가 슬쩍 세라미용실로 향했다. 어머? 가게는 어쩌고? 손님도 없고 심심해서 잠깐 와봤어. 뭐? 커피 한 잔 줄까? 커피는 우리 편의점에도 있는데 뭐. 아, 맞다! 그런데 있잖아. 사거리 꺾어서 철물점 있는 거 알지? 어, 왜? 그 집 아들 사법고시 합격했대. 어머, 웬일이야? 더 웃긴 건 뭔 줄 알아? 뭔데, 뭔데? 재작년에 합격했대. 진짜? 그런데 지금까지 말도 안 하고 있었던 거야? 동네에서 잔치라도 하라고 할까 봐 그런 거야, 참나. 잔치 좀 하면 어때? 그런데 계속 이렇게 있어도 돼? 어머 내 정신 좀 봐. 몇 시야? 아이고 큰일 났네. 나 갈게. 정숙이 45분 동안 자리를 비운 사이 편의점은 아무 일도 없었다. 그때부터 정숙은 가끔 산책하러 나가기 시작했다.

아줌마! 아주우움마아!

정숙이 봄볕을 막아줄 선 캡을 쓰고 목련을 보러 나간 지 10분 만에 하선이 편의점에 와서 문손잡이를 밀었다. 문은 잠겨 있었고 아무리 문을 두드리고 아줌마를 불러보아도 안에서는 인기척이 없었다. 하선은 편의점 건물 계단으로 들어가 화장실 문을 두들겨 보았다. 불이 꺼져 있는 화장실에도 역시나 인기척은 없었다. 하선의 표정은 떨어진 목련 같았다. 테이블에 놓인 피자 상자를 바라보던 세라가 미용실 문 열리는 소리를 듣고 고개를 돌렸다. 하선이 빈손으로 미용실로 들어왔다. 콜라는? 정숙 아줌마 또 없어. 또 산책 갔나 보네? 그러니까 피자 시킬 때 콜라도 시키자니까. 동네 사람이니까 좀 팔아주려고 그랬지. 콜라 하나 팔아줘서 뭐 해? 그래도 자꾸 얼굴 마주치고 이야기하고 하면서 파마 다 풀려서 머리할 때 됐네, 이런 소리 해줘야 손님이 오는 거야. 그래서 어쩔 거야? 냉장고에 콜라 없어? 알로에 주스밖에 없네? 알로에 주스랑 어떻게 피자를 먹어? 기다려봐, 내가 전화해볼게. 안 받네, 안 받아. 이 여편네 가는귀가 먹어갖고. 그러지 말고 네가 빅마트 가서 사 와라. 거기까지 언제 갔다 와. 그냥 피자 시킬 때 시키자니까. 동네 사람이니까 팔아주려고 그랬다니까. 그거 팔아준다고 고마워하냐고. 자꾸 한소리 또 할래? 전화해봐. 그러지 말고 빅마트 갔다 와. 거길 언제 가냐고. 그럼 알로에 주스랑 먹던가. 알로에 주스랑 어떻게 피자를 먹어? 그러니까 그냥 피자 시킬 때 콜라 시키자니까. 고만 안 할래? 세라는 냉장고를 열어 알로에 주스를 꺼내 컵에 따랐다. 피자를 한 입 먹은 뒤 알로에 주스를 마신 세라는 인상이 절로 찌푸려졌다. 그 모습을 보는 하선의 표정은 시들어버린 알로에 같았다. 세라는 정숙에게 그렇게 자리를 비울 거면 차라리 주간 아르바이트를 쓰라고 해야겠다고 마음먹었다.

2

관통_

자리 비웠다고 또 잔소리나 하겠지.

정숙은 핸드폰 부재중에 세라 원장(3)이라고 찍힌 것을 확인하고는 주머니에 집어넣었다. 막상 편의점을 나오니 하늘은 황사 때문에 뿌옇고 목련은 보이지 않았다. 도로에는 근처 공사장에서 나오는 레미콘과 물류창고에서 나오는 화물트럭이 흙먼지를 날리며 지나가고 있었다. 다시 편의점으로 들어가거나 세라미용실에 가서 수다나 떨까 하다가 목련이 당장 내일이라도 다 떨어져 버릴 수도 있다는 생각이 들었다. 그리고 그제 저녁에 근배가 안성 FC 유소년 축구교실 가는 길목에 목련이 굉장히 많이 피었다고 했던 말도 기억났다. 축구교실까지 한 15분은 걸어가야 했지만 목련을 보기로 했으면 목련을 봐야지 하는 마음에 발걸음을 옮겼다.

후원 좀 하시죠?

정숙은 얼어붙었다. 편의점을 연 지 채 일주일이 되지 않았을 때였다. 30대 중반의 시커멓고 무섭게 생긴 남자가 불쑥 편의점으로 들어와 냉장고에서 게토레이를 꺼내 계산도 하지 않고 따 마셨다. 그러고는 명함을 하나 주며 저 아래 안성 FC 유소년 축구교실 고 대표라고 합니다, 했다. 그러더니 대뜸 지역 발전과 유소년 교육을 위해서 후원을 하시면 어떻겠냐며 능글능글하게 웃었다. 정숙은 과거 사건이 떠올라 손이 벌벌 떨렸다. 경찰에 신고해야 하나, 우선은 생각해보겠다고 보내야 하나, 아니면 사장이 아니라서 잘 모른다고 해야 하나 고민하고 있었다. 그때 마침 구세주처럼 근배가 들어왔다. 근배를 보고 정숙은 안도의 한숨을 쉬려다가 혹시 저 시커먼 남자가 근배를 공격하면 어쩌나 다시 걱정이 들었다.

그거 계산하시고 드셔야 됩니다.

근배는 시커먼 고 대표의 손에 들린 게토레이를 보며 말했다. 예? 어? 제가 이거 계산 안 했나요? 죄송합니다, 죄송합니다. 고 대표는 꿀꺽대며 게토레이를 다 마신 후 빈 캔을 카운터에 놓더니 뒷주머니에서 지갑을 꺼냈다. 정숙은 눈치를 보며 바코드를 찍었고 고 대표는 가격을 확인하고 게토레이 값을 지불했다. 사장님이세요? 저는 저 아래 안성 FC 유소년 축구교실을 하는 고지환 대표라고 합니다. 다름이 아니라 지역 발전과 유소년 교육을 위해 후원 좀 부탁드리려고요. 근배는 고 대표라는 사람을 빤히 바라보았고, 고 대표는 뭐가 좋은지 싱글벙글 웃고 있었다.

그럽시다.

정숙은 귀를 의심했다. 갑자기 모르는 사람이 들어와 후원해달라고 하는데 덥석 해준다고 하는 영문을 알 수가 없었다. 고 대표라는 사람은 고맙다며 연신 인사를 했다. 다음 달에 법인이 설립되는데요. 다음 달부터 후원하신 돈은 기부금 형식으로 영수증 처리됩니다. 근배는 다음 달부터 10만 원씩 후원금을 내기로 약속했다. 고 대표는 연신 고맙다는 인사를 하고 밖으로 나갔다. 정숙이 근배에게 제대로 알아보지도 않고 후원금을 내기로 하느냐 물었다. 근배는 동네에 오래 살았으니 좋은 일 하면 좋지 않으냐고 웃으며 대답했다.

후원금 영수증 처리돼서 나중에 환급받잖아.

정숙은 다시 한번 귀를 의심했다. 똑 부러지는 성격의 세라까지 후원을 하기로 했다고 했다. 아무것도 모르네. 아무것도 몰라. 남편 잘 만나갖고 집에서 살림이나 하느라 아무것도 몰라. 축구교실 후원하면 거기 축구교실에 애들 보내는 엄마들이 머리하러 어디로 가겠어? 애들도 다 데리고 여기로 올 거 아니야. 다 상부상조하는 거지. 특히 거기 조 단장이라는 사람은 2주에 한 번은 와서 커트하고 두 달에 한 번은 와서 스트레이트파마 하고 가. 내 생각에 우리 하선이 보러 오는 것 같은데. 내가 남자 얼굴 잘나봐야 허튼짓이나 한다고 하긴 했지만, 아무리 그래도 그 조 단장이라는 사람은 너무 아니야. 게다가 나이도 하선이랑 띠동갑이고. 그나저나 우리 하선이는 누굴 닮아서 눈이 그렇게 높나 몰라. 내가 남자는 얼굴 보는 거 아니라고 그렇게 얘길 해도 안 들어. 자기 봐. 자기네 남편 얼마나 좋아? 어쨌거나 자기는 그런 거 몰라도 너무 모른다. 정숙은 아무것도 모른다는 말보다 자기네 남편 얼마나 좋아라는 말이 더 거슬렸다. 세라는 가끔 정숙에게 근배의 이야기를 꺼냈다. 남편 인상이 너무 좋다. 남자는 저런 남자가 진국이다. 부처네 부처야. 무슨 복이 있어서 그렇게 남편을 잘 만났어? 처음에는 놀리나 싶어서 짜증도 냈었지만 세라가 이혼한 이후로는 아무 말 없이 들어줄 수밖에 없었다. 물론 근배가 결혼생활 하면서 바람을 피우거나, 몰래 보증을 서거나, 술 마시고 사고를 치거나 한 적은 단 한 번도 없었다. 하지만 정숙은 마음에 들지 않았다. 숱 없는 머리와 두툼하게 잡히는 뱃살은 그럭저럭 견딜 수 있었다. 문제는 재미였다. 재미가 너무 없었다. 점심시간 지난 이후 편의점에 혼자 라디오 듣고 있는 것보다 재미가 없었다. 그 라디오 주파수가 93.1MHz라도 근배보다는 재미있었다.

아, 좋다.

고가도로 너머로 아른아른 목련 나무가 보였다. 가지에 푸른 잎은 보이지 않고, 하얀 꽃들만 몽실몽실 붙어 있었다. 레미콘 트럭 하나가 흙먼지를 날리며 정숙의 옆으로 지나갔다. 다음부터는 마스크도 하고 나와야겠다. 그렇게 결심할 때쯤 누가 뒤에서 정숙의 종아리를 때렸다. 정숙은 휘청하며 넘어질 뻔했다. 뒤를 돌아보니 다섯 살 정도의 여자아이가 분홍색 킥보드 위로 넘어져 있었다. 살짝 내리막길이라 아이는 정숙을 보고도 제대로 멈추지 못했다. 정숙은 종아리가 아팠지만, 아이가 놀랄까 봐 내색하지 않았다. 아이는 분홍색 원피스에 분홍색 스타킹, 분홍색 반짝이 구두에 분홍색 고양이 머리핀까지 하고 있었다. 주영도 저 나이 때는 항상 분홍색만 하고 싶어 했던 것이 기억났다. 아이는 겁먹은 얼굴로 정숙을 바라보았다. 정숙은 아이를 일으켜주고 무릎에 묻은 흙을 털어주었다. 아이는 정숙을 빤히 바라보았다. 정숙은 킥보드를 세워 아이 손에 쥐여주며 차 다니는 도로 옆에서는 타지 말라고 일러주었다.

야! 지송현! 엄마가 천천히 가라고 했지.

정숙이 뒤를 돌아보니 아이의 엄마로 보이는 사람이 인상을 쓰며 천천히 내려오고 있었다. 아이 엄마는 정숙이 아이를 도와준 것을 봤는지 못 봤는지 정숙을 무시한 채 아이에게 짜증을 내며 다가왔다. 아이는 엄마를 보더니 킥보드에 올라타 쌩하고 내려갔다. 야! 천천히 가라고! 엄마 말 안 들려? 아이 엄마는 정숙의 옆을 천천히 지나가며 누굴 닮아서 저게? 하고 툴툴대는 것도 빼먹지 않았다.

쾅!

내리막이 끝나는 골목에서 스타렉스 한 대가 나왔다. 내리막을 내려온 아이는 고개를 돌려 차가 오는 것을 확인할 틈도 없이 차에 치였다. 아이와 킥보드는 중앙선을 넘어 반대편 차선까지 날아갔다. 정숙도 아이 엄마도 놀라 움직일 수조차 없었다. 아이 역시 움직이지 않았다. 봄바람이 한차례 불어 서늘함이 느껴졌다. 그제야 아이 엄마는 송현아! 하고 부르짖으며 내리막길을 정신없이 달려 내려가기 시작했다. 스타렉스 운전석에서 축구교실 고 대표가 내리더니 다리가 풀린 듯 주저앉았다. 후들거리는 다리를 일으켜 중앙선을 넘어가 덜덜 떨리는 손으로 아이를 안았다. 아이는 떨어진 지 며칠 된 목련꽃처럼 축 늘어졌다. 아이 엄마가 내리막길을 내려와 중앙선을 건너려 할 때 멀리서 트럭 한 대가 다가왔다. 정숙은 자기도 모르게 위험해요! 하고 소리를 질렀다. 아이 엄마가 소리를 듣고 놀라 멈추자 코앞으로 트럭이 빠아앙 하며 지나갔다. 아이 엄마는 트럭이 지나가자 중앙선을 넘어 아이에게로 달려갔다.

몇 시지? 2시 7분.

정숙은 주머니에서 재빨리 핸드폰을 꺼내 시간을 확인했다. 그러고는 뒤돌아 오르막을 빠른 걸음으로 올라가기 시작했다. 핸드폰 시간을 확인하며 발걸음을 재촉하는 정숙의 등에서 땀이 나기 시작했고 다리도 아파왔다. 신호등의 빨간불을 보고 정숙은 멈춰서 핸드폰 시간을 보다가 2시 14분에서 15분으로 넘어가자 주변을 살피고는 무단횡단을 했다. 그러고는 다시 빠른 걸음으로 걷기 시작했다. 그러다가 갑자기 멈춰 섰다. 정숙의 눈에 철물점이 보였다. 정숙은 재빨리 철물점으로 뛰어 들어갔다.

저기요, 사장님!

낚시 의자에 앉아서 졸고 있던 철물점 사장은 화들짝 놀라 잠에서 깨었다. 정신을 차리고 보니 땀범벅이 되어 가쁜 숨을 내쉬고 있는 정숙이 보였다. 무슨 일이세요? 저기요. 하아, 숨차. 여기 송곳 있죠? 송곳이요? 네, 있긴 있는데. 송곳 하나 사려고 그렇게 뛰어오신 거예요? 하아. 아이고, 숨 차. 송곳 하나 빨리 주세요. 자, 여기 있습니다. 원래 이런 거 한번 사면 오래 쓰는데 기왕 사시는 거 좀 비싼 거 사셔야 쓸 때마다 편하고 고장도 안 나고. 저기요, 사장님. 네? 아드님 사법고시 합격했다면서요. 저는 뭐 크게 도와준 것도 없는데 지가 열심히 하다 보니까. 그리고 합격했다고 끝나는 것이 아니라 연수원에서도 잘해야 되고, 그리고 역시 백 있고 줄을 잘 서야 하는데 제가 못나서 뭐…. 사장님? 네? 그러지 마시고 동네잔치 한번 하세요. 잔치요? 그게 뭐 대단한 거라고 잔치까지.

아아아아아악!

핸드폰 액정에 2시 18분을 확인한 정숙이 심호흡을 한 번 크게 하고는 오른손의 바닥에 송곳을 깊숙이 찔러 넣었다. 송곳이 손바닥을 관통해 손등으로 나왔다. 정숙은 비명을 질렀다. 철물점 사장은 정숙의 행동을 보고 아들이 사법고시 합격 소식을 알려왔을 때보다 더욱 놀랐다.

3

연결_

아직 멀었어요?

권 팀장이 채색실 문을 살짝 열고 조심스레 물었다. 주영은 태블릿 펜을 권 팀장에게 집어 던질 뻔했다. 주영은 오전에 마무리하기로 했던 채색작업을 점심도 거른 채 하고 있었다. 주영은 심슨네 가족 시즌 28의 23화 배경 채색을 마무리하면서 어제 왜 권 팀장이 소주 한 병을 더 시켰을 때 적극적으로 말리지 않았을까 후회했다. 평소보다 30분 빠른 8시 30분에 출근해서 바나나 하나 먹고 컴퓨터 앞에 앉은 지 다섯 시간이 넘도록 태블릿 펜을 손에서 놓지 않았다. 펜을 잡은 손마디와 팔뚝이 저렸지만, 펜을 놓고 손 한 번 털 시간이 없었다. 밖의 소리를 들어보니 폭스 본사에서 재촉 전화가 계속 오는 모양이었다.

한 병 마시는데 30분도 안 걸려요. 아니 15분 만에 마실게요. 오케이?

권 팀장은 사장님, 사장님, 하며 육횟집 사장을 부르더니 참이슬 한 병을 주문했다. 주영은 술도 안 마시는데 왜 권 팀장과 육횟집에 왔을까 후회했다. 주영 씨 한 잔만 마시면 안 돼요? 팀장님 저 빨리 들어가서 마무리해야 돼요. 내일 오전 11시까지는 끝내야 하잖아요. 알죠, 알죠. 아시는 분이 그래요? 금방 마신다니까요. 그러니까 주영 씨가 한 잔만 마셔주면 더 빨리 마실 수 있잖아요. 따라만 놓을게요. 그런데 주영 씨는 왜 갑자기 술 끊었어요? 어디 아파요? 신경 끄세요.

뭐 어쩝니까? 변리사라는데.

권 팀장은 헤어진 여자친구에게 화를 내거나 욕할 줄도 몰랐다. 연봉이 나보다 2,000 높아요. 그놈은 수습이고 나는 5년 차에다 팀장인데. 사실 5년 차에 팀장을 단다는 것도 쉬운 건 아니잖아요. 그건 그렇다 치고, 더 중요한 게 뭔 줄 알아요? 시간이 가면 갈수록, 경력이 쌓이면 쌓일수록 연봉 차이는 점점 더 늘어난다는 거 아니겠습니까? 변리사 평균 연봉이 5억이래요. 현실이 그러니 어쩌겠어요. 가야지. 나 같아도 간다. 근데 변리사가 도대체 무슨 일을 하기에 그렇게 돈을 많이 법니까? 죄송해요. 빨리 마실게요. 권 팀장은 잔에 남겨진 소주를 원샷 하고 내려놓다가 젓가락을 떨어뜨렸다. 죄송합니다, 죄송합니다. 중얼거린 후 젓가락을 주우러 테이블 밑으로 내려간 권 팀장은 올라오지 않았다. 주영이 내려다보니 그새 쪼그려 앉아 잠들었다. 주영은 한숨을 쉬고는 권 팀장 재킷에서 지갑을 꺼내 계산을 했다. 그러고는 권 팀장 등짝을 착! 착! 착! 두들겨 깨워 일으킨 후 넘어지지 않게 겨드랑이를 붙잡고 권 팀장이 내뿜는 술 냄새를 피해 고개를 돌렸다. 두세요, 두세요. 육횟집 사장이 달려와 권 팀장을 부축했다. 사장은 육횟집 근처 편의점 의자에 권 팀장을 앉히고는 한숨을 내쉬었다.

참, 사는 게 쉽지 않죠?

에이, 이 정도로 힘들다고 하면 안 되죠. 더 힘드신 분들도 많은데. 주영의 질문에 사장은 사람 좋게 웃으며 대답했다. 마흔이 살짝 넘어 보이는 외모에 머리숱도 적고, 그렇다고 딱히 잘생기지도 않은 육횟집 사장이 안쓰러웠다. 이런 취객을 매일 한 명, 아니 서너 명은 꼭 상대할 것이다. 그때마다 사장은 지금처럼 웃으며 취객을 편의점 의자로 날랐을 것이다. 편의점 앞에서 앞치마를 두른 채 이마의 땀을 닦고 있는 사장을 보고 있자니 낙지볶음 가게를 차리겠다는 정숙을 뜯어말린 것이 정말 잘한 일이라는 생각이 들었다. 그러고는 정숙도 편의점을 하다가 취객이 들어오면 곤란하지 않을까 싶었다. 가끔 야간 아르바이트 대타를 뛰는 근배는 알아서 잘할 테니 걱정되지 않았다.

카카오택시로 부르면 돼요.

주영은 택시를 잡으려고 도로에서 손을 휘젓는 육횟집 사장을 말렸다. 육횟집 사장은 주영의 눈치를 보며 멀뚱멀뚱 서 있었다. 제가 알아서 할게요. 들어가서 장사하셔야죠. 주영의 말에 사장은 죄송합니다, 죄송합니다, 하고는 뭔가 할 말이 있는 듯 머뭇거렸다. 주영이 괜찮으니 들어가시라고 하자 사장은 머뭇거리다 육횟집으로 들어갔다. 다행히 금방 카카오택시가 도착했고, 택시 기사의 도움을 받아 권 팀장을 차에 실었다. 육횟집 안에서 사장이 그 모습을 지켜보고 있었다. 무려 네 시간을 손해 봤다. 퇴근 후 주영은 집에 들어가자마자 피자를 데워 먹고 새벽까지 채색을 할 예정이었다. 채색을 마무리하면 출근은 좀 늦어도 이해하겠지 싶었다. 권 팀장이 육횟집으로 들어가기 전까지는 모든 계획이 완벽했다. 그리고 왜 하필 또 그 육횟집이었을까?

벌써 2시 10분이에요.

이게 다 권 팀장님 때문이잖아요. 주영이 쏘아붙이자 권 팀장은 미안한 표정을 짓다가도 초조한 듯 주영의 컴퓨터 모니터와 시계를 번갈아 보았다. 주영이 색칠하고 있던 심슨 자택의 지붕 위 밤하늘에 권 팀장의 미안한 표정이 비쳤다. 이제 한 장 남았어요. 10분, 아니 5분만 있으면 끝나요. 손가락에 감각이 없었다. 채색이 다 끝나도 손가락이 굳어서 펜을 놓을 수 없을 것 같은 기분이었다. 시간은 2시 13분을 지나가고 있었다. 조금만 참자. 뒤에서는 권 팀장이 초조한 표정으로 주영의 채색을 지켜보고 있었다. 권 팀장이 손톱을 물어뜯으며 모니터와 시계를 번갈아 보았다. 드디어 채색이 끝났고 주영은 파일들을 서버에 옮기기 시작했다. 됐나요? 보시다시피 지금 서버에 올리고 있잖아요. 권 팀장은 시계를 보더니 후다닥 뛰어나갔다. 시계는 2시 15분을 가리키고 있었다. 권 팀장은 본사에 전화해서 지금 서버에 올리는 중이라고 보고했다.

다 올라갔어요.

본사와 통화하던 권 팀장이 주영의 말에 엄지를 치켜올렸다. 권 팀장은 전화를 끊고 한도의 한숨을 내쉬고는 채색실로 들어왔다. 주영은 의자 등받이를 한껏 젖힌 채 지친 표정으로 오른손을 주무르고 있었다. 고생했어요. 팔은 왜? 팔 아프겠다. 괜찮아요? 제가 좀 봐드릴까요? 됐어요. 제가 대학 다닐 때 교양으로 스포츠 마사지를 수강해서 좀 볼 줄 알아요. 손가락은 좀 움직여져요? 주무르고 있었더니 좀 낫긴 해요. 권 팀장이 다가와서 주영의 오른쪽 팔뚝을 엄지로 살살 눌렀다. 살짝 아프긴 했지만, 근육 뭉친 것이 사르르 녹는 기분이었다. 권 팀장은 주영의 나른한 표정을 보더니 본격적으로 자세를 잡고 마사지를 시작했다. 됐어요. 가만히 있어 봐요. 아악! 왜요? 여기 아파요? 네, 거기 누르니까 좀 아프네요. 그럼 체한 건데? 예민하신 스타일인가 보다. 예민하게 만든 게 누군데 그래요? 아야! 좀 살살해요. 너무 살살하면 효과 없어요.

아아아아악!!

주영은 오른손에 굉장한 통증을 느꼈다. 권 팀장이 깜짝 놀라 마사지를 멈추었다. 오른손을 누가 송곳으로 찌른 듯한 통증이었다. 아니다. 이건 진짜 송곳으로 찌른, 아니 뚫은 거다. 주영은 정숙이 송곳으로 오른손을 찔렀다는 사실을 알아차렸다. 그렇지 않고서야 갑자기 이렇게 아플 리가 없었다. 권 팀장은 오른손을 움켜쥐고 비명을 지르는 주영을 보며 안절부절못했다. 주영이 고개를 들어 시계를 보니 다시 2시 3분으로 돌아가 있었다. 15분 전 과거로 돌아왔다. 모니터에는 심슨의 집 지붕 위 밤하늘이 채색되어 있지 않은 채 떠 있었다. 손바닥의 통증은 가라앉지 않았다. 태블릿 펜을 겨우 쥐어보았지만, 손에 힘이 들어가지 않았다. 그때 15분 전과 마찬가지로 권 팀장이 조심스레 문을 열고 아직 멀었느냐고 물었다. 태블릿 펜을 집어던지고 싶은 마음에 더해 발로 모니터를 차버리고 싶은 심정이었다. 엄마는 도대체 왜 손을 찌른 거지? 하지만 지금은 궁금증을 풀 때가 아니었다. 15분 전에 마쳤던 채색 작업을 다시 아픈 손을 부여잡고 해야만 했다. 그나마 15분만 과거로 가는 것이 다행이라고 생각했다. 주영이 고등학교 3학년 때 수능을 망치고 와서 정숙에게 15분 말고, 반나절 정도 과거로 가달라고 울고불고했던 것이 문득 떠올랐다.

4

능력_

아후. 아파 죽겠네.

눈물이 핑 돌았다. 레미콘 트럭 하나가 흙먼지를 날리며 오른손을 움켜쥐고 있는 정숙의 옆으로 지나갔다. 흙먼지를 들이마시면서도 송곳으로 찌른 오른손의 통증 때문에 마스크를 하고 다녀야겠다는 생각조차 들지 않았다. 멀리 몽글몽글 피어 있는 목련도 눈에 들어오지 않았다. 그때 뒤에서 분홍색 옷을 입고, 분홍색 고양이 머리핀까지 한 여자아이가 분홍색 킥보드를 타고 내려왔다. 아이는 정숙을 보고 멈추려고 했지만, 내리막길이라 가속도가 붙어서 멈추지 못했다. 정숙은 킥보드를 발로 막고 넘어지려는 아이를 잡았다. 오른손의 통증이 더욱 심해졌다. 아이는 놀란 눈으로 정숙을 바라보다가 혼이 날 것 같았는지 킥보드를 다시 잡아타고 도망쳐 내려가려고 했다.

지송현!

자신의 이름을 부르는 소리에 아이는 깜짝 놀랐다. 정숙은 달려가 통증이 없는 왼손으로 킥보드를 낚아챘다. 아이는 처음 보는 아줌마가 어떻게 자기 이름을 알고 있는지 궁금한 눈빛으로 정숙을 쳐다보았다. 멍하니 바라보는 아이를 보고 있자니 정숙은 짜증이 솟구쳤다. 아줌마가 킥보드 세워줬으면 고맙습니다, 해야지. 그리고 누가 위험하게 이런 데서 킥보드 타고 다니라고 했어? 그 말을 들은 아이의 아랫입술이 삐죽 나오고 눈꼬리가 처지며 미간에 주름이 가기 시작했다. 정숙은 아이의 표정을 보고 당황스러움을 느끼면서도 꽤 귀엽다는 생각도 했다. 주영이는 언제 시집가서 이런 손녀를 안겨주려나 싶었다. 아이는 울기 직전이었다. 아니, 아줌마가 야단치는 게 아니라. 정숙이 아이를 달래려고 할 때 누구나 예상할 수 있는 대사가 뒤에서 들려왔다.

뭐예요?

뒤를 돌아보니 아이의 엄마가 짜증스러운 표정으로 걸어 내려오고 있었다. 주영도 나중에 시집가면 아무에게나 짜증을 내려나 궁금했다. 아니 사실 궁금하지 않았다. 분명 주영도 저럴 것이라는 확신이 들었다. 아이는 엄마를 보자 울음을 터뜨렸다. 정숙은 순간 당황했지만 그렇다고 아이 엄마에게 사과할 마음은 전혀 없었다. 당연히 아이 엄마는 정숙이 송곳으로 손을 찔러 과거로 돌아와 아이를 구했다는 사실을 알지 못했다. 그렇다고 정숙의 오른손에 통증이 사라지는 것도 아니었기 때문에 정숙은 그냥 좋게 넘어가기 싫었다. 아니 애가 이런 데서 이런 거 타고 다니니까 이러는 거죠. 뭐가 이런 데고 이런 거예요? 이런 데서 이런 거 타다가 애 다치면 어쩔 거예요? 안 다쳐요. 어떻게 알아요? 우리 항상 여기로 다니는데 다친 적 한 번도 없어요. 애가 내리막길에서 이거 타고 내려가다가 끝에 골목에서 차라도 나오면 어쩔 거예요? 거기서 차가 왜 나와요? 그 말이 끝나기가 무섭게 고대표의 스타렉스가 골목에서 부웅하고 나왔다. 아이 엄마는 화들짝 놀랐다. 애가 내려가다가 차에 치여봐야 정신을 차리려나? 갑자기 차가 나오는 것을 본 아이 엄마는 당황했지만, 정숙의 말을 듣자 오기가 생겼다. 무슨 말을 그렇게 해요? 애가 차에 치여봐야 한다니요? 그러니까 조심해서 다니라는 거 아니에요. 여기 트럭이 얼마나 많이 지나다니는데. 제가 여기 매일 다니는데 트럭 지나가는 거 한 번도 못 봤거든요? 트럭을 못 봤다고요? 내가 보여줄게요. 이제 저기 언덕에서 트럭 한 대 내려올 거예요. 아이 엄마는 뭐라는 거야 하는 심정으로 내려왔던 언덕 위를 쳐다보았다.

빠아아앙.

그러자 언덕에서 트럭 한 대가 내려왔다. 아이 엄마는 놀라는 눈으로 트럭을 바라보았다. 아이 엄마는 정숙이 무당인가 싶었다. 괜히 엮여서 좋을 것 같지 않았다. 무섭다는 느낌도 들었다. 아이 엄마는 누구나 예상할 수 있는 대사인 참 별꼴이야를 내뱉은 뒤 아이의 손을 잡고 킥보드를 든 채 언덕을 내려갔다. 언덕을 다 내려간 아이 엄마는 골목에서 차가 나오는지 확인하고는 조심스레 도로를 건너갔다. 정숙은 그 모습을 보며 씁쓸하게 웃었다.

띵띠리링.

정숙의 전화가 울렸다.

핸드폰을 확인하지 않아도 누구인지 알 수 있었다. 발신자는 역시나 주영이었다. 정숙은 심호흡을 한 번 하고 전화를 받았다. 이번에도 누구나 예상할 수 있는 대사가 튀어나왔다. 엄마! 주영의 목소리에는 굉장한 짜증이 담겨 있었다. 평소에도 짜증을 내는 목소리인데 예고도 없이 손을 찔렀으니 당연히 짜증이 났을 것이다. 응, 그래. 별일 없지? 별일이 왜 없어. 왜 손을 찔렀어. 채색 작업 마무리하자마자 엄마가 손 찌르는 바람에 다시 했잖아. 손 아파 죽겠는데. 채색 처음부터 다시 하려면 얼마나 힘든 줄 알아? 처음부터는 아니고 15분 다시 한 거잖아. 어쨌든! 정숙은 한숨이 나왔다. 근배도 성격이 느긋하고, 자신도 모난 성격이 아닌데 주영은 왜 저렇게 날카로울까 생각을 해보았다. 아무리 생각해도 아빠인 근배가 너무 오냐오냐 키운 것 말고는 다른 이유가 없었다. 아빠가 야단도 치고 가끔은 종아리도 때리고 그래야 했는데 정숙도 못 한 걸 정숙보다 마음 약한 근배가 할 수 있을 리는 만무했다. 왜 찔렀는지 이유나 듣고 화를 내. 이유는 무슨 이유야. 그래 왜 찔렀는데? 요새 날이 참 좋잖니. 편의점에 손님이 없어서 라디오를 듣는데 목련 이야기가…. 본론만 말해. 정숙은 한숨이 절로 나왔다.

어린애가 차에 치였어.

이번에는 주영이 할 말이 없어졌다. 설마 그런 이유일 거라 생각을 못 했다. 정숙이 과거로 가기 위해 마지막으로 손을 찔렀던 것이 주영이 수능을 본 날이라는 것이 생각났다. 그 이후에 주영은 갑자기 오른손이 아팠던 적이 없었었다. 15분 과거로 간다고 해서 바꿀 수 있는 일이 거의 없기 때문에 정숙은 그런 능력을 가졌음에도 살면서 능력을 써본 적이 손에 꼽을 정도였다. 그럼 찌른다고 전화라도 하지 그랬어. 엄마는 찌르는 거 알고 찌르니까 마음의 준비를 하지만 나는 갑자기 통증이 오잖아. 애가 차에 심하게 치였는데 주변에 뭐 날카로운 게 없어서 그거 찾느라 그랬어. 너도 알다시피 15분이 지나버리면 안 되잖아. 어쨌든! 정숙은 한숨을 쉬기도 지쳤다. 다음부터는 꼭 찌르기 전에 말해줘. 알았다, 알았어. 그나저나 너 요새 안 바쁘면 한번 내려와. 아빠가 보고 싶어 하던데. 바빠. 그래. 알았다, 알았어. 정숙은 전화를 끊고 마지막으로 한숨을 한 번 더 쉬었다.

5

초행_

어으으, 씨.

정숙은 뒤를 힐끔 돌아봤다. 술 취한 남자가 정숙의 뒤를 따라오고 있었다. 머리가 덥수룩하고 덩치가 큰 40대 중반 남자였다. 남자는 뭐가 불만인지 거친 숨을 씩씩 몰아쉬며 정숙을 따라왔다. 정숙은 핸드백 끈을 꼭 잡고 빠른 걸음으로 언덕을 올라갔다. 또각또각하는 자신의 구두 소리가 뒤에 따라오는 남자의 신경을 자극하지는 않을까 걱정이었다. 결혼 후 이사 온 염리동은 낮에는 평범한 동네였지만 밤이 되면 어둡고 가파르고 꼬불꼬불한 데다 어지럽기까지 한 골목 때문에 굉장히 무서웠다. 근배의 회사가 서울 마포에 있는 데다 결혼할 때 집을 사는 바람에 이사 가자고 할 수도 없었다. 게다가 몇 년 후에 재개발이 되어 아파트가 들어선다는 말까지 돌아 더더욱 집을 팔고 이사

할 수 없었다. 결혼 후 다니던 은행을 그만두면 안 되냐는 근배의 말에 내심 기뻤지만, 출산할 때까지는 다니겠다고 괜히 말했다는 후회도 들었다. 솔직한 심정으로 지긋지긋한 은행 따위는 계속 다니고 싶지 않았다. 남들은 은행 일이 편하고 쉬우며 퇴근 시간도 빨라 좋다고 하지만 그건 아무것도 모르고 하는 소리다. 고객을 상대하는 일이 얼마나 피곤한지도 모르고, 은행 문을 닫은 후에도 은행원들은 은행 안에서 계속 일한다는 사실도 모르고 하는 소리다. 그리고 가장 중요한 것은 할 일 없는 부지점장의 간섭이 얼마나 짜증 나는지 모르고 하는 소리다. 오늘도 월말 결산을 하던 도중 계산이 맞지 않아 누락된 자료를 찾아 맞추느라 자정이 가까워서야 겨우 퇴근한 것이다. 그동안 부지점장은 박 대리와 당구장에 있다가 골뱅이소면에 생맥주 네 잔을 마시고 슬쩍 들어와 아직도 안 가고 뭐 하냐고 물었었다.

이정숙 씨도 결혼하면 이제 못 보겠네?

정숙이 결혼을 한 달 반 앞두고 있었을 때 부지점장이 점심으로 청국장을 먹고 와 냄새를 풀풀 풍기며 말했다. 저는 계속 다닐 건데요? 작년 봄 결혼한 미경은 신혼여행에서 돌아오자마자 사표를 냈었다. 미경은 시댁에서 반대가 심해 일을 그만둘 수밖에 없다고 했다. 부지점장은 갑자기 이러면 어떡하느냐며 붙잡았다. 그러나 미경은 뒤도 돌아보지 않고 은행을 나가버렸다. 미경은 결혼하기 두 달 전에 회식을 마치고 정숙과 같이 택시를 잡는 도중 술 좀 깨자며 편의점에서 캔커피를 마시자고 했다. 그러고는 비밀인데 신혼여행 다녀와서 사표를 제출할 계획이라고 고백했다. 남편이 벌이도 괜찮고, 남편의 회사 근처로 신혼집을 잡아서 그만둘 생각인데 짜증 나게 구는 부지점장의 뒤통수를 치기 위해 미리 말하지 않을 것이라며 비밀을 지켜달라고 했다. 미경이 사전 고지 없이 은행을 그만두고 나서 사실상 뒤통수를 맞은 것은 부지점장이 아니라 남아 있는 직원들이었다.

쾅! 쾅! 쾅!

정숙이 깜짝 놀라 뒤를 돌아보았다. 정숙을 뒤따라오던 술 취한 남자가 파란 대문을 두드리고 있었다. 잠시 후 노란 파자마 바지에 늘어진 허연 티셔츠를 입은 여고생이 칫솔을 물고 나와 취한 남자의 등짝을 착! 착! 착! 때렸다. 남자의 등짝에서 나는 소리가 대문 두드리는 소리보다 크게 들렸다. 동네 시끄럽게 왜 그렇게 문을 세게 두드려. 또 술 마셨어? 어제도 마셔놓고 왜 또 마셨어? 미치겠네, 진짜. 빨리 들어가. 여고생은 속삭이듯 말했지만 조용한 밤 골목이라 정숙에게까지 다 들렸다. 남자는 어으으, 씨. 진짜 아프네. 엄마는 자냐? 하면서 파란 대문 안으로 꾸역꾸역 들어갔다. 그러고는 조용했다. 그래서 더 불안했다. 차라리 취객이라도 있는 편이 낫다는 생각이 들었다. 멀리 개 짖는 소리가 들렸다. 가로등이 어두운 골목을 비추다가 그마저도 점점 듬성듬성해졌다. 주변에 공사하는 곳이 많아서 인기척이 더욱 없었다. 몇 년 후 아파트가 들어서면 새 건물일수록 보상금을 많이 받을 수 있다는 소문이 돌았다. 그래서 이 동네에는 내부 수리 공사가 유행이었다. 하다못해 페인트라도 다시 칠했다. 그래도 밤 10시 이전에는 인기척이 좀 있는데 자정이 넘어가면 점점 사라졌다. 조용한 밤 골목에 정숙의 구두 소리만 또각또각했다. 정숙은 괜히 무서운 마음에 노래나 흥얼거려야겠다고 생각했다. 그 당시 가장 인기가 좋았던 노래는 김원준의 모두 잠든 후에였다. 근배에게 김원준같이 곱상한 스타일은 별로라고 했지만, 당시 대한민국에 김원준을 좋아하지 않는 여자는 없었다. 물론 정숙도 그중 한 명이었다.

가냘픈 네 모습에 할 말을.

정숙의 입이 턱 막혔다. 목에는 차가운 선이 닿았다. 식칼이었다. 정숙의 입을 막은 괴한의 손에서는 지린내가 진동했다. 정숙은 구역질이 나왔지만, 괴한을 자극할 것 같아 위장을 조여가며 참아냈다. 괴한은 정숙을 공사장으로 끌고 들어갔다. 정숙은 목에 차가움을 느끼며 순순히 따라갔다. 그러면서 가지고 있는 것 전부 가방째 괴한에게 줘야겠다고 마음을 먹었다. 돈보다 정숙의 배 속에 있는 아기가 더욱 소중했기 때문이다. 그 아기가 지금의 주영이다. 당시에는 태명도 없었고 아들인지 딸인지도 몰랐었다.

앉아. 소리 지르면 알지?

공사장 구석으로 정숙을 데리고 간 괴한은 정숙을 벽에 밀더니 칼을 겨눴다. 정숙은 바닥에 넘어져 괴한이 겨누고 있는 칼을 보고는 재빨리 눈을 피했다. 정숙은 재빨리 핸드백을 괴한에게 내밀었다. 괴한은 사람 좋은 듯 이를 드러내며 씩 웃고는 핸드백을 받아 뒤지며 노래를 부르기 시작했다. 가냘픈 네 모습에 할 말을 잊었던 것 같아. 이젠 언제까지나 숨죽여 널 지키고 바라보려 해. 내가 여기 서 있는 이유. 정숙은 모두 잠든 후에가 이런 상황에서는 무서운 가사라는 사실을 깨달았다. 괴한은 지갑에 있는 현금을 챙겨 세어보지도 않은 채 뒷주머니에 쑤셔 넣었다. 그리고 삐삐를 발견하고는 꺼내서 배터리를 빼버렸다.

모토로라네?

가지셔도 돼요. 가져가세요. 땡큐. 괴한은 배터리를 뺀 삐삐를 주머니에 넣었다. 정숙은 그제야 괴한의 얼굴을 슬쩍 보았다. 괴한은 살짝 작은 키에 딴딴해 보이는 체구를 가졌다. 얼굴은 의외로 호남형이었다. 쌍꺼풀이 있는 눈이 선하게 보였다. 그러나 외모에 속아서는 안 된다. 분명 칼을 겨누고 있다. 게다가 옷도 검은 모자에 검은 바지, 검은 신발을 신었다. 복장이 이미 강도를 하려고 준비한 사람이었다. 괴한 역시 바닥에 주저앉아 있는 정숙을 훑어보았다. 딱히 예쁜 외모는 아니지만 단정한 옷차림에 수수해 보이는 화장. 얇은 손목과 발목이 눈에 띄었다. 피부까지 하얀 거로 보아 운동은 고등학교 졸업한 이후에 달리기조차 해본 적 없어 보였다.

얼른 하고 끝내자.

괴한은 바지 안으로 손을 넣어 정숙이 보라는 듯 성기를 긁었다. 정숙은 아까 저 손으로 자신의 입을 막았다는 것이 기억났다. 구역질을 참아보려고 했지만, 도저히 참을 수가 없어 헛구역질을 해버렸다. 얼씨구? 임신했냐? 정숙은 미친 듯이 고개를 끄덕였다. 웃기고 있네. 수 쓰지 말고 얼른 벗어. 진짜예요. 진짜 임신했어요. 진짜야? 얼마나 됐는데? 6주 됐어요. 한 달 조금 넘었어요. 진짜야? 축하해. 티가 하나도 안 나네. 원래 5개월 되어야 티 나기 시작해요. 그랬나? 아들놈 태어난 지 3년밖에 안 됐는데 다 까먹었네. 임신은 초기에 더 조심해야 돼. 그러니까 괜히 다치지 말고 얼른 벗어. 제발요. 정숙은 무릎을 꿇고 빌기 시작했다. 살려달라고 하고 싶었지만 차마 그 말이 입 밖으로 나오지 않았다. 괴한은 인상을 찌푸렸다. 나도 진짜 참고 참다가 나온 거야. 작년 겨울부터 참았어. 왜? 추울까 봐. 나 말고 여자가 추울까 봐. 나도 그 정도 매너는 있어. 그리고 추운 데서는 잘 안 서. 아무튼, 그렇게 참고 참다가 진짜 맘먹고 나와서 지금 이 상황까지 왔는데, 어떻게 그냥 가? 그냥 가면? 나가서 다른 년 잡아 와? 그년도 싫다고 하면. 또 다른 년 잡아 오고? 우리 좀 상식적으로 살자. 사람이 왜 그렇게 이기적이야?

꺄아아아아악!

정숙은 소리를 질렀다. 대화가 통할 것이라 생각한 자체가 잘못이었다. 순순히 가진 돈을 다 주고 임신한 사실을 말하면 건드리지 않을 것이라고 믿었던 것도 잘못이었다. 도저히 대화가 통할 상대가 아니었다. 강간하고 나서 죽이지는 않을까 무서웠다. 살아난다고 해도 강간당했다는 사실을 기억하며 평생 살아갈 수 있을까도 두려웠다. 그리고 가장 걱정되는 것은 태명도 없이 배 속에 있는 아기였다. 정숙은 괴한과 대화가 통하지 않는다는 걸 알게 된 순간 머릿속이 하얘지며 도망쳐야겠다는 생각밖에 들지 않았다.

쾅!

조용히 안 해? 정숙이 소리를 지르자 괴한은 옆에 놓인 페인트 통을 발로 차고는 칼을 들이대며 정숙에게 다가왔다. 정숙은 앉은 채로 뒷걸음질 치기 시작했다. 일어나보려 했지만 다리가 후들거려 일어설 수가 없었다. 괴한이 페인트 통을 발로 찰 때 보니 군화를 신고 있었다. 정숙은 더욱 겁에 질렸다. 괴한이 칼을 들이밀며 점점 가까이 다가오자 정숙은 바닥을 짚으며 몸을 틀어 일어나려고 했다.

아아아아악!

바닥에 널브러져 있던 각목에 박혀 있던 못이 정숙의 오른쪽 손바닥을 관통했다. 공사장 안은 어두웠고, 정숙은 바닥을 조심히 살필 정신이 없었다. 괴한은 정숙을 보고 어이없다는 듯 웃었다. 뭐야? 찔렸어? 그러게 가만히 있으라니까. 꼭 말을 안 들어서 사고를 쳐요. 이 동네 공사는 대기업에서 하는 게 아니라 그냥 싸게 대충대충 하는 거라 자재 정리 같은 거 잘 안 해놓는다고. 나랑 일 끝나면 얼른 가서 소독해. 파상풍 걸리면 큰일 나. 손 잘라야 돼. 뭐야? 아예 뚫렸네? 참 나. 보통 찔리면 순간적으로 틀든지 떼든지 해서 웬만하면 뚫리지는 않는데. 그러게 평소에 운동도 좀 하고 그랬어야지. 정숙은 괴한이 떠드는 소리가 들리지 않았다. 손바닥을 뚫은 못을 타고 피가 흘러 각목까지 적셨다. 충격 때문인지 공포 때문인지 눈앞이 점점 하얗게 변했다. 정숙은 손에 박힌 못을 빼야겠다는 생각밖에 들지 않았다. 흐려져 가는 시야를 참아가며 아랫입술을 꽉 깨문 채 손바닥에 박힌 못을 천천히 뽑았다. 무언가 섬뜩한 느낌이 손바닥에서부터 팔꿈치, 겨드랑이, 척추, 목덜미, 정수리까지 찌릿하게 전해져왔다. 이렇게 뽑아서는 절대 못 뽑을 것 같다고 생각했다. 정숙은 눈을 질끈 감은 채 발로 각목을 밟고 왼손으로 오른손을 감아쥔 채 한 번에 쑥 뽑았다. 괴한은 그 모습을 보고 깡 좋다며 박수를 쳤다.

6

이동_

6,700원입니다.

정숙이 눈을 떠보니 택시 안이었다. 못에 뚫린 손이 아파서 정신이 없기도 했지만, 느닷없이 택시 안에 있어서 더욱 정신이 없었다. 택시 내부를 살펴보니 오늘 야근을 끝내고 탄 택시였다. 택시 기사도 낯익었다. 택시 기사는 정숙이 멍하니 있는 모습을 보고 짜증이 났다. 할증 붙어서 그래요. 네? 12시 넘어서 할증 붙어갖고 6,700원이에요. 제가 뭐 돌아오거나 그런 거 아니잖아요. 한남동에서 강변북로 타고 마포대교까지 쭉 왔는데 일부러 돌고 자시고가 어디 있습니까? 그제야 정숙은 정신이 들었다. 정숙은 만 원짜리 한 장을 택시기사에게 주고 거스름돈은 됐다며 내렸다. 아유, 고맙습니다. 저 정말 정직하게 운전하는 사람입니다. 정숙은 기사가 떠드는 소리에 네, 네, 감사합니다, 하며 정신없이 내렸다.

핸드백도 손에 있었고 지갑에 돈도 그대로 있었다. 택시비를 지급하고 내릴 때까지만 해도 아무 생각 없다가 문득 지갑에 있는 돈을 괴한이 다 가져갔던 것이 떠올랐다. 조금 전까지만 해도 괴한에게 강간을 당할 뻔했는데 어느새 택시에 탔는지 이해할 수 없었다. 그제야 아까 못에 관통이 되었던 손이 다시금 아파왔다. 손을 보니 못 박혔던 흔적이 없었다. 그러나 못에 찔린 고통은 계속되었다. 아픈 손을 움켜쥐고 주변을 둘러보니 집 근처 대로변이었다. 정숙은 못이 손에 찔리기 15분 전으로 되돌아와 있었다.

정숙은 어떻게 과거로 돌아왔는지 이해할 수 없었다. 어쩌면 미래를 본 것이 아닐까 하는 생각도 했지만, 손의 통증으로 봐서 못에 찔렸던 게 사실이라는 점만은 확실했다. 정숙은 정신을 차리며 어떻게 이런 일이 생겼는지 생각해보려 애썼다. 28년을 살아오는 동안 이런 일이 있었던 적이 단 한 번도 없었다. 언제부터 이런 능력을 갖고 있었는지 되돌아보았다. 그러나 알 수 없었다. 학창 시절 컴퍼스에 찔린 적도 있었고, 조각도에 베인 적도 많았다. 커터칼이나 샤프, 과도에 다친 적도 여러 번 있었고, 문틈이나 서랍에 손가락이 끼인 적도 많았다. 그러나 손바닥이 관통된 적은 이번이 처음이었다.

어으으, 씨.

정숙은 뒤를 힐끔 돌아봤다. 머리가 덥수룩하고 덩치가 큰 40대 중반 남자가 술에 취해 무언가에 화가 난 듯 씩씩거리며 다가왔다. 정숙은 그 사람이 파란 대문 집에 사는 남자라는 걸 알고 있었다. 정숙은 그 남자가 더는 무섭게 느껴지지 않았다. 오히려 반가웠다. 그 남자는 정숙을 지나쳐 비틀거리며 골목으로 들어갔다. 그렇다면 저 골목 어딘가에 괴한이 있을 것이다. 정숙은 재빨리 공중전화를 찾아 전화를 걸었다. 끝났어? 다행히 근배는 아직 깨어 있었다. 정숙은 택시에서 내려 서강대학교 후문 쪽에 있으니 데리러 와달라고 했다. 10분 정도 지나자 무릎 나온 남색 나일론 트레이닝팬츠에 회색 티셔츠를 입고 슬리퍼를 신은 근배가 손을 흔들며 나타났다. 정숙은 화가 났다. 방금 강간당할 뻔했는데 근배는 그것도 모르고 사람 좋은 웃음을 지으며 나타난 것이다. 임신한 아내가 밤늦게 집에 오는데도 걱정도 안 한 모습이었다. 못에 뚫린 오른손의 통증도 가시질 않았다. 더욱 화가 나는 것은 근배가 슬리퍼를 신고 나타난 것이다. 괴한이 나타나 공격하면 과연 슬리퍼를 신은 근배가 군화를 신은 괴한을 제압할 수 있을까 걱정되었다. 하지만 근배가 운동화를 신고 왔어도 칼을 든 괴한을 제압할 수는 없을 것이라는 생각이 들었다. 정숙은 해맑은 근배를 보며 화를 참았다. 근배는 아무 잘못이 없었다. 내일 일찍 출근해야 하는데도 잠도 안 자고 기다려주기까지 했고, 마중 나와달라는 전화에도 불만 하나 없이 나온 사람이었다.

배 안 고파?

근배는 꽉 차 있는 회색 티셔츠 배 부분을 문지르며 물었다. 정숙은 근배의 등짝을 짝! 짝! 짝! 때렸다. 근배는 왜 맞았는지 이유도 모른 채 멍하니 서 있었다. 임신한 나보다 배가 더 나와서 뭘 또 먹겠다고 그런 걸 물어? 내일부터 새벽에 일어나서 조깅해. 아니 당신 배고프냐는 거였지. 난 방금 라면 먹어서 괜찮은데. 자정이 넘었는데 무슨 또 라면을 먹었어? 저녁을 7시에 먹어갖고. 정숙이 한숨을 한 번 쉬고 집 쪽으로 향하자 근배는 머리를 긁적이며 정숙을 뒤따라갔다. 정숙이 돌아서서 근배에게 다가와 팔짱을 꼈다. 근배는 씨익 웃으며 걸음을 옮겼다. 그러나 정숙은 웃을 상황이 아니었다. 정숙은 근배의 팔에 꼭 붙어서 골목을 조심스레 올라갔다. 근배는 밤늦은 봄날 임신한 아내와의 산책이 기분 좋았는지 노래를 흥얼거렸다. 가냘픈 네 모습에 할 말을…. 정숙은 깜짝 놀라서 근배의 팔을 확 뿌리쳤다. 어? 아, 맞다. 김원준 안 좋아한다고 했지? 미안해. 내가 깜빡했네. 그렇다고 팔짱까지 풀고 그래? 회사에서 무슨 일 있었어? 부지점장이 또 헛소리 해? 헛소리는 지금 네가 하고 있잖아, 라는 말이 목구멍까지 올라왔다가 내려갔다. 근배는 아무것도 모르는 것이 당연했다. 강간을 당할 뻔했다는 이야기를 할까 하다가 마음 여린 근배에게 트라우마가 생길까 봐 참았다. 그리고 그 이야기를 하다 보면 시간 이동까지 설명해야 하는데 그럴 자신도 없었다.

가냘픈 네 모습에 할 말을 잊었던 것 같아.

정숙은 온몸에 털이 곤두서는 것이 느껴졌다. 정숙은 근배의 팔에 달라붙어 바들바들 떨었다. 어두운 골목에서 정숙을 강간하려 했던 괴한이 노래를 흥얼거리며 나타났다. 정숙은 두려움에 괴한의 얼굴을 보지 못하고 바닥으로 눈을 낮췄다. 아야, 아파. 왜 그래? 정숙이 두려움에 근배의 팔을 세게 잡는 바람에 근배가 인상을 찌푸렸다. 괴한은 근배를 한 번 쳐다보고 정숙의 몸매를 한 번 훑어보더니 골목을 꺾어 사라졌다. 정숙은 괴한의 군화만 바라보며 빨리 사라지길 바랐다. 군화가 골목을 꺾어 사라지는 것을 본 정숙은 근배의 팔을 끌고 재빨리 집으로 걸음을 옮겼다. 그나저나 김원준이 인기는 인기인가 보네? 어딜 가도 모두 잠든 후에야. 시끄러워 빨리 와! 근배는 아무것도 모른 채 끌려갔다.

네, 경찰서죠?

정숙은 집에 도착하자마자 집 전화로 경찰에 신고했다. 죄다 검은 옷이에요. 검은 바지, 검은 티셔츠에 검은 모자. 그리고 군화를 신었어요. 오늘 누구 하나 잡아다가 강간하려고 아주 작정을 한 놈이에요. 뭐라고요? 아니에요. 칼까지 갖고 있다니까요. 숭문고에서 이대 올라가는 길로 가다가 언덕 가기 전에 오른쪽 골목 끝이에요. 저도 큰일 날 뻔했어요. 정숙은 근배가 화장실에서 나오기 전에 빠르고 조용히 용건을 전하고는 전화를 끊었다. 근배가 들어서 좋을 것이 하나도 없다고 생각해서였다.

똥 싸?

근배가 화장실에서 나오지 않자 정숙은 화장실 문을 두드렸다. 근배는 금방 나간다며 물을 내리고 나왔다. 정숙은 근배가 나온 화장실에 들어갔다가 화들짝 놀랐다. 화장실 바닥과 세면대에 수많은 머리카락이 떨어져 있었다. 정숙은 놀라 근배를 불렀다. 이게 다 뭐야? 요새 탈모 생겼나 봐. 뭐? 탈모? 머리가 많이 빠지네? 아니 지금 그 외모에 탈모까지 오면 어떡하자는 거야? 남편한테 꼭 그렇게까지 말해야 돼? 근배는 자신의 아버지가 살아 계실 적에 머리숱이 많았다고 말했었다. 정숙은 그 말을 듣고 안심하는 게 아니었다고 생각했다.

병원에서 그러는데….

병원도 가 봤었어? 뭐래? 스트레스 많이 받지 말고, 공기 좋은 데서 살면 좀 나아진다는데. 우리 서울 말고 저기 지방에 내려가서 살까? 지방에 가서 뭐 먹고 살게? 이직해야지. 애는? 애도 차 많고 매연 심한 서울에서 사는 것보다 자연에서 사는 것이 더 낫지 않아? 교육은 어쩌고? 사실 뭐 서울에서 산다고 다 대학 가는 것도 아니고, 지방에 산다고 서울에 있는 대학 못 가는 것도 아니고. 나도 고등학교 때까지는 경주에서 살았잖아. 그거는 옛날이야기고. 요새는 학군이 얼마나 중요한데. 어차피 우리 형편에 학군 좋은 데로 이사 못 가. 그래서 어디로 가자고? 알아봐야지. 당신 머리 빠지는 것 때문에 지방으로 이사를 하자고? 참 나.

안성이야.

근배는 금세 다른 회사를 알아봤다. 정숙은 안성에 가본 적은 고사하고 어디 붙어 있는지도 몰랐다. 고작 탈모 때문에 서울 마포에 있는 대기업에 다니다가 안성에 있는 소기업으로 이직하려는 걸 이해하지 못했다. 혹시 근배가 암이라도 걸린 건가 싶었지만, 전혀 아니었다. 남자에게 탈모가 암만큼 견디기 힘든 것이라는 사실은 그제야 알게 되었다. 처음에 정숙은 반대했지만 결국 마음을 바꾼 것은 배 속에 있던 주영 때문이었다. 배 속의 아이가 딸이라는 사실을 알게 되었을 때 강간당할 뻔했던 기억이 떠올랐다. 안성이라고 안심할 수 있는 것은 아니었지만 그래도 서울보다는 낫겠지 싶었다. 마포의 집값에 비해 안성의 집값은 터무니없이 쌌다. 마포 집을 전세 놓고, 그 돈으로 안성에 집을 살 수 있었다. 그리고 마포 집은 몇 년 후 재개발이 되어 아파트가 들어섰다. 나중에 안성에 와서 알게 된 사실이지만 그 당시에 서울에는 지존파라는 살인마 집단이 날뛰고 있었었다. 살인이 일어난 지역이 마포는 아니었지만 그래도 안성으로 잘 왔다는 생각은 들었다.

7

시도_

로켓 펀치 발사!

주영은 두 주먹을 불끈 쥐고 정숙의 엉덩이를 때렸다. 엄마한테 그러면 안 돼. 엄마 쓰러져야지. 왜 안 쓰러져? 으으윽. 엄마 쓰러졌다. 정숙은 너무 피곤한 나머지 그대로 잠들고 싶었다. 그러나 엄마가 쉬게 놔둘 주영이 아니었다. 주영이 쓰러져 있는 정숙의 허리에 올라타 앉았다. 샌드위치! 으으윽. 비명이 절로 나왔다. 샌드위치를 먹다 허리에 로켓 펀치를 맞은 기분이었다. 다섯 살이 된 주영의 몸무게는 17킬로그램 정도 나갔다. 네 살 때까지는 주영이 등에 올라타도 무겁지 않았는데 올해부터는 달랐다.

안성으로 이사는 생각보다 빠르게 진행되었다. 근배가 휴가를 내서 안성에 위치한 솔로바이오메디컬이라는 중소 의료기기 회사에 면접을 보고는 그 자리에서 합격 통지를 받았다. 그 후로 정숙은 은행 부지점장을 무시한 채 지점장의 책상에 사표를 올려놓고는 곧바로 안성으로 내려가 솔로바이오메디컬 사옥과 출산을 위한 산부인과 사이의 집을 알아보았다. 마포의 집을 전세를 주고 약 50평 정도 되는 낡은 단독주택을 살 수 있었다. 주영이로 하자, 서주영. 두루 주에 길 영. 두루두루 길다는 뜻이야. 어때? 두루두루 길게 뭐 어쩌라고? 두루두루 길게 잘 살라고. 주영이는 너무 평범하지 않아? 그럼 당신이 생각해봐. 초향이로 하느냐 란희로 하느냐 하다가 결국 근배의 말대로 주영이라 이름을 짓고, 산후조리를 하고, 수유를 하고, 이유식을 먹이느라 씨름하고, 돌잔치를 하고, 기저귀를 떼고, 할부로 차를 사고, 롯데월드 한 번, 서울랜드 두 번, 제주도에 한 번 다녀오고, 일이삼사를 가르치고, 가나다라를 가르치고, 자연농원이 에버랜드로 새롭게 개장했다고 해서 한 번 갔다가 사람이 너무 많아 고생만 하고, 근배가 과장으로 승진하고 나니 주영이 다섯 살이 되어 있었다.

거 봐, 내 이럴 줄 알았다니까.

전화기 너머로 근배의 한숨이 전해져 왔다. 그게 아니고 주영이가 볶음밥이 먹고 싶다고 하는데 찬밥이 딱 한 주걱 남았더라고, 그래서 해 먹인 다음…. 그런데 주영이 밥 먹이는 게 좀 힘든 일이야? 볶음밥이랑 장조림이랑 같이 먹겠다고 해서…. 어쨌거나 그렇게 먹이고 설거지하고 났더니 코코블럭으로 기차 만들어달라고 졸라서 그거 만들어주고, 색칠 공부하고, 그러다 보니 그런 거지. 그래도 밥은 먹어야지 그러다 쓰러져. 다시 한번 근배의 한숨이 전화기 너머에서 전해져 왔다. 알았어, 알았어. 으아아앙. 나 잠 안 오는데. 주영이 침대에서 울기 시작했다. 정숙은 달래도 보고 얼러도 봤으나 소용이 없었다. 너 엄마한테 혼날래? 때찌 맞을까? 그제야 주영은 울음을 멈추었다. 작은 바늘이 3에 가면 그때 일어나. 알았어? 주영은 눈물을 닦고 토끼 인형을 꼭 껴안았다. 눈 꼭 감고. 정숙의 말에 주영은 눈을 꼭 감았다. 정숙은 괜한 미안함에 머리를 한 번 쓰다듬고 이마에 뽀뽀하고는 방문을 닫고 나갔다.

뭐 먹나?

밥을 할까 하다가 언제 밥 하고, 국을 데우고, 반찬을 꺼내 접시에 덜어내나 싶어서 그냥 냄비에 물을 얹었다. 그러고는 찬장을 뒤져 라면을 꺼냈다. 그릇을 꺼내고, 김치를 꺼내고, 물이 끓자 냄비에 라면 수프와 라면을 넣었다. 그러고는 식탁에 앉아 라면이 끓기를 기다렸다. 방문이 살짝 열리며 주영이 살금살금 기어 나왔다. 정숙이 일어나 냄비 받침을 식탁에 놓고 라면을 끓인 냄비 손잡이를 잡아 들었다.

로켓 펀치 발사!

주영은 정숙 몰래 살금살금 기어와 두 주먹을 불끈 쥐고 정숙의 오금을 향해 주먹을 날렸다. 정숙의 무릎이 꺾이며 휘청했다. 그러면서 자기도 모르게 냄비 손잡이의 버튼을 눌러버렸다. 냄비가 손잡이에서 분리되어 주영의 머리 위로 떨어졌다. 스테인리스 냄비가 주영의 머리를 때리며 뜨거운 라면이 얼굴 위로 쏟아졌다.

아아아아아아아아악!!

주영은 로켓탄을 맞은 듯 비명을 지르며 벌떡 일어나 발을 동동 구르고 팔짝팔짝 뛰었다. 정숙도 발등이 데었지만 아픈 줄도 몰랐다. 정숙은 재빨리 주영을 화장실로 데리고 들어가 욕조에 집어넣고 찬물을 틀어 씻겼다. 그래도 주영은 비명 섞인 울음을 멈추지 않았다. 얼굴과 오른팔이 점점 붉게 일어나더니 물집이 생겼다. 스테인리스 냄비의 모서리에 찍힌 부분에서는 피가 철철 흘러나왔다. 근배가 손잡이 분리되는 프라이팬 냄비 세트는 위험하지 않으냐 했을 때 사지 말았어야 했다는 생각이 들었다. 백화점의 반값도 안 되는 가격에 행주 세트, 위생 도마까지 끼워 팔기에 덥석 사버린 것이 후회되었다. 아니 차라리 라면을 끓이지 말고 밥을 했다면. 주영이 자는 걸 제대로 확인했다면. 정숙의 머릿속은 후회로 가득 차기 시작했다. 이름을 주영이라 짓지 말고 초향이라 지었다면 팔자가 달라졌을까? 여자애가 얼굴에 화상 자국이 있으면 앞으로 얼마나 살기 힘들까? 우선 병원부터 가야 하는데. 차는 남편이 가져갔잖아. 택시가 잡힐까? 119를 불러야 하나? 안성에 피부과가 어디 있더라? 마포에서 살 때는 신촌 세브란스 병원이 가까웠는데. 차라리 마포에 계속 살았으면 이런 일이 안 생겼을까?

맞다, 오른손.

주영이 임신했을 때 강간범도 피했었는데 라면 국물 때문에 이게 뭐야 하는 생각을 하다가 떠올랐다. 정숙은 재빨리 부엌으로 가서 과도를 꺼냈다. 그러고는 도마 위에 오른손을 펴고는 심호흡을 한 뒤에 두 눈을 부릅뜨고 오른손 손등을 과도로 내리꽂았다. 고통이 손등을 타고 겨드랑이 척추를 머리끝부터 발끝까지 전해졌다. 그러나 손등의 뼈 때문에 손은 관통되지 않았다. 주영은 계속 비명을 지르며 울고 있었고, 주영은 터져 나오려 하는 비명을 참으며 손바닥이 위로 가게 손을 뒤집었다. 왼손에 다시 과도를 들고 손등 가운데에 칼끝을 맞춘 후 몸을 기울여서 체중을 실은 다음 왼손으로 잡고 있던 과도의 손잡이를 눌렀다. 으으윽. 정숙은 비집고 나오는 비명을 겨우 삼켰다. 도마는 점점 피로 물들어갔다. 몸을 일으켜 과도를 뽑으려 했지만, 칼날이 도마에까지 박혀 잘 뽑히지 않았다. 주영이 아까보다 더욱 크게 비명을 질러댔다. 정숙은 싱크대에 놓인 도마를 조심히 들어 바닥에 내려놓고 무릎으로 도마와 오른쪽 손목을 고정하고 왼손으로 과도를 뽑았다. 오른손이 로켓 펀치를 발사할 수 있을 정도로 뜨거웠다. 과도를 던져버리고 관통된 오른손을 행주로 감싸서 지혈시켰다. 그러고는 비명을 지르고 있는 주영에게 달려갔다. 주영은 화장실에 없었다. 거실에 나와 보니 쏟았던 라면 냄비도 없었다. 오른손을 찌를 때 썼던 도마와 과도도 없었다. 그러나 주영의 울음소리는 계속 들렸다. 울음소리는 주영의 방에서 들려왔다. 정숙이 들어가 보니 주영은 침대에 누워 울고 있었다. 주영을 일으켜 살펴보니 다행히도 얼굴과 오른팔의 화상 자국은 없었다. 스테인리스 냄비에 찍힌 이마의 상처도 사라졌다. 그제야 정숙은 자신의 오른손을 바라보았다. 정숙의 오른손 역시 아무렇지도 않았다. 지혈했던 행주도, 피도, 과도에 찔린 상처도 없었다. 그러나 통증만은 여전히 남아 있었다. 정숙은 시계를 보고 15분 정도 과거로 돌아왔다는 사실을 알게 되었다. 주영을 재우며 작은 바늘이 3에 가면 일어나라고 했던 그 시간이었다.

엄마아아아! 너무 아파!

주영은 여전히 울고 있었다. 정숙이 주영을 살펴보아도 재우기 전의 상태 그대로였다. 정숙은 주영에게 어디가 아프냐고 물었다. 그러자 주영은 오른손이 너무 아프다고 했다. 정숙은 주영의 손을 살펴보았지만 아무렇지 않았다. 왜 아파? 어디 다쳤어? 몰라. 갑자기 아파. 언제부터? 아까 엄마가 뜨거운 라면으로 나 아프게 하고 냄비로 머리 꽝 해서 피 막 나고 그래서 엄마가 차가운 물로 막 차갑게 하고 그랬는데 갑자기 손이 막 아파. 조금 전에 라면 쏟아서 뜨거웠던 거 기억나? 응. 엄마가 화장실에서 차가운 물로 막 씻겼던 것도 기억나? 기억나. 그런데 손은 왜 아파? 몰라. 갑자기 아파. 다른 데는? 다른 데는 안 아파. 손만 아파? 손만 아파. 정숙은 멀쩡해 보이는 주영의 손에 약을 발라주고 붕대를 감아주었다. 그래도 주영은 한 달 정도 손이 아프다며 제대로 사용하지 못했다. 정숙도 손이 아파서 한 달 정도 고생을 했다. 그래도 주영의 화상 자국이 사라져서 다행이라 생각했다.

8

인지_

하선이 걔 공부 잘하지 않았어?

초등학교 때는 잘했지. 반장도 하고. 주영은 정숙이 깎아놓은 사과를 먹으며 대답했다. 그런데 왜 갑자기 상고를 가? 집도 잘 살잖아. 잘 살았었지. 나쁜 애들이랑 어울리고 다녀서 그런 거 아니야? 무슨 소리야? 나랑 만날 붙어 다녔는데. 그럼 내가 나쁜 애들이야? 그럼 사춘기가 너무 심하게 왔나? 하선이네 엄마 아빠 이혼했잖아. 그래? 언제? 하선이네 아빠 바람나서 딴 살림 차린 거 하선이네 엄마가 알아갖고, 그 집에 찾아가서 난리 나고, 이혼하고, 그래서 걔 만날 울고, 그랬었어. 그랬어? 하선이네 아빠 인물이 훤하더니 역시 인물값 하네. 하선이도 아빠 닮아서 예쁜데. 넌 그래도 아빠 안 닮고 엄마 닮아서 다행이야. 아빠 닮았으면 어쩔 뻔했어? 그런데 갈수록 아빠 닮아가는 것 같아. 예전에는 깎아놓은 사과처럼 예뻤는데. 말을 마친 정숙은 사과를 깎기 위해 사과 머리를 칼로 톡 하고 쳤다.

하선이랑 하선이 엄마는 불쌍해서 어쩐다니? 뭘 어째. 하선이네 아빠가 돈이 좀 많았으니 위자료 많이 받을 생각이나 해야지. 너는 어린 애가 그런 걸 어떻게 알아? 나도 다 알아. 겨울 지나면 이제 고등학생인데. 그러게 언제 이렇게 컸어? 에휴, 너는 이렇게 빨리 커가는데 모아둔 돈도 별로 없고. 너 대학 보내고, 시집보내고 하려면 큰일이다. 엄마도 참 답답하네. 돈 없어서 큰일이다, 큰일이다 하지 말고 로또를 사라고. 로또 같은 소리 하고 앉았네. 그거 산다고 되면 개나 소나 다 부자 되겠다.

400억?

주영의 말에 정숙은 입이 떡 벌어졌다. 400억도 넘어. 세상에, 언제? 오래됐어. 한 5년쯤 전인가? 그 돈을 다 어디다 쓴다니? 당첨된 사람이 경찰이라는데 지금은 무슨 재단 만들어서 장학금 주고 봉사활동하고 그러나 봐. 대단하다. 대단하지. 요즘에도 그래? 요즘에는 그렇게까지 많이 당첨되는 것 같진 않은데. 그래도 한 20억은 넘어. 20억이 어디니? 나는 2억 아니 1억만 있어도 좋겠네. 1억은 어디다 쓰게? 우선 네 아빠 차부터 좀 바꾸고. 나머지는 너 대학 등록금 해야지. 걱정 마. 난 장학금 받아서 등록금 낼 거니까. 지금 너 성적 갖고는 서울에 있는 대학 못 가. 고3 때 잘하면 돼. 지금도 안 하는데 퍽이나. 그러니까 로또 사라고. 주영은 마지막 남은 사과를 포크로 찍으며 말했다.

사실은 여러 번 샀었어.

이거 네 아빠가 알면 쓸데없는 짓 했다고 뭐라 하니까 절대 비밀이다. 아무튼, 로또 처음 나왔을 때 몇 달 동안 매주 두 장씩 샀는데. 한 번을 안 되더라. 5등도 한 번이 안 돼. 당연히 안 되지. 그게 아무나 되는 게 아니잖아. 그런데 왜 로또 사라고 그래? 그냥 사니까 그렇지. 그럼? 번호를 외워 놓고 과거로 가야지. 뭐? 로또 추첨할 때 당첨 번호를 외워 놓고 손을 찔러 그러면 추첨하기 15분 전으로 갈 거 아니야. 그때 빨리 로또 파는 데 가서 외워둔 번호로 로또를 사는 거지. 그럼 1등 되잖아. 안 돼. 왜? 너 다섯 살 때라서 잘 기억 안 나나 본데, 엄청 아파. 말도 못 하게 아파. 엄마, 20억이야. 손 한 번 아프고 20억이라고. 엄마 아빠 평생 벌어도 20억 못 벌어. 너는 어린애가 어떻게 그런 걸 알아? 다 안다니까. 겨울 지나면 고등학생이라고. 그래서 진짜로 하자고? 안 할 이유가 어디 있어? 1년. 아니 3년? 아니 10년에 한 번씩만 로또 당첨되어도 우리 엄청 부자 될 수 있어. 아빠 출근 안 해도 되고, 가족끼리 가고 싶은 나라 마음대로 여행 다니고, 맛있는 거 먹고, 아베크롬비 옷도 엄청 사고. 얼마나 좋아? 맞다. 강남에 건물부터 사야 해. 그건 또 어떻게 알아? 그건 하선이가 이야기해줬어. 돈 생기면 무조건 강남에 건물부터 사는 거래. 똑똑하네. 그런 애가 왜 상고를 간대? 걔 이번 중간고사도 시험 안 봤어. 한 달 동안 학교도 안 나왔었거든. 그랬구나. 그래서 할 거야 말 거야? 15분 과거로 가는 걸 갖고 뭘 할 수 있겠어? 그것도 그냥 가는 게 아니라 손을 뚫어야 되는데. 엄마의 능력은 절대적으로 로또에 당첨되기 위한 능력이야. 그거 말고는 아무짝에도 쓸모없어. 정숙의 손바닥이 거대한 무스처럼 주영의 등짝을 들이받았다. 퍽! 아파! 아무짝에 쓸모없기는, 다섯 살 때 너 화상 흉터 자국을 어떻게 없앴는데.

로또 추첨 생방송으로 진행되고 있습니다.

정숙은 손가방을 든 채로 헐레벌떡 집으로 뛰어 들어와 텔레비전 앞에 앉았다. 주영은 정숙이 도착하기 전에 미리 로또 추첨 방송에 채널을 맞춰놓고 있었다. 정숙은 대로변에 있는 화장품 가게 옆 복권 판매점에서 오는 길이었다. 그래야만 15분 전으로 이동했을 때 복권 판매점에서 바로 로또를 살 수 있기 때문이었다. 이런 모든 것을 계획한 것은 주영이었다. 나이에 비해 계산이 빠르고 치밀했다. 주영이 로또 당첨 계획을 세우는 것을 보고 정숙은 이대로라면 주영이 대학에 가서 장학금을 받을 수 있겠다고 생각했다. 복권판매점에서 집까지 도보로 대략 10분 좀 넘게 걸렸다. 여유가 있었다. 만반의 준비를 끝냈다.

로또 당첨 번호를 외운다.
잊어버리지 않기 위해 열 번을 소리 내서 말한다.
송곳으로 손바닥을 찌른다.
만약 관통되지 않으면 주영이 옆에서 돕는다.

15분 전으로 이동되면 주저하지 않고 로또를 산다.

로또를 지갑에 넣고, 그 지갑을 한 번 더 손가방에 넣은 후 서두르지 않고 집으로 온다.

텔레비전으로 로또 번호를 한 번 더 확인한다.

로또를 넣은 손가방을 장롱 속 겨울 이불 사이에 넣어둔다.

다음 날 일찍 콜택시를 불러 로또 당첨금을 찾으러 서울로 올라간다.

통장을 만들어 로또 당첨금을 입금한다.

점심은 무조건 베니건스에서 먹는다.

명동에 있는 롯데백화점에 들러 쇼핑을 하되 100만 원을 넘지 않게 한다.

집에 도착하면 아빠에게 로또 당첨 사실을 알린다.

정숙은 주영에게 절대 마음 변하면 안 된다고 신신당부를 했다. 정숙과 주영은 로또 당첨 계획을 세우기 전에 약속한 것이 몇 가지 있었다. 첫째, 로또에 당첨되면 무조건 2억 원은 기부하자고 했다. 1억은 고아원에, 1억은 경로당에. 유니세프를 통해 아프리카에도 기부해야 하는 것 아닌가 했었으나 기회는 얼마든지 있으니 다음 로또 당첨되었을 때 하자고 합의를 봤다. 둘째, 차는 무조건 국산 차를 사기로 했다. 정숙은 돈 좀 생겼다고 바로 외제 차를 사는 건 속물들이나 하는 짓이라고 했지만, 사실은 갑자기 비싼 차를 타고 다니면 주변에서 로또 당첨된 사실을 눈치챌까 봐 그런 것이었다. 세 번째는 돈이 생겼어도 서울로 이사하지 않기로 했다. 처음에는 주영이 반대했지만, 정숙은 로또에 당첨되어도 근배가 회사를 계속 다니길 원한다는 말에 주영은 수긍했다. 그리고 주영 역시 친구들과 헤어져서 전학을 가는 것이 두렵기도 했다. 어차피 동네가 거기서 거기라 대부분 같은 고등학교에 가기 때문이었다.

자, 첫 번째 당첨 번호는 7번입니다.

7번 공이 굴러 내려오자 정숙은 소리를 내어 7번이라고 말을 했다. 주영 역시 7번이라고 소리 내어 말했다. 근배가 화장실에서 나와 로또 추첨을 보는 정숙과 주영을 보았다. 뭐야? 로또 샀어? 그게 아무나 당첨되는 게 아닌데? 로또 줘봐. 같이 맞춰보자. 볼펜 갖고 올까? 조용히 좀 해봐! 주영은 근배를 째려보았다. 로또 안 샀어. 그런데 왜 그렇게 열심히 봐? 아빠는 몰라도 돼. 주영아 14번이다. 14번? 엄마 소리 내서 말하기로 했잖아. 그래. 7번, 14번. 번호가 좋다. 7번은 그렇다 치고 14번은 왜 좋아? 13번이 아니니까. 13은 안 좋은 숫자인데 비껴갔잖아. 그러네. 7 곱하기 2는 14. 딱 떨어지잖아. 좋네. 좋아. 정숙과 주영이 신나서 키득대는 모습을 보고 근배는 어리둥절했다. 정숙은 오른손이 관통되면 15분 과거로 가는 사실을 근배에게는 알리지 않았다. 그러나 주영은 알고 있었다. 정숙의 오른손이 관통되었을 때 주영에게도 고통이 같이 오기도 하고, 과거로 갔을 때 주영도 정숙과 마찬가지로 기억을 잃어버리지 않았다는 사실을 알고 있기 때문이다. 그래서 오른손 관통에 대한 비밀을 주영에게는 이야기해줄 수밖에 없었다. 그러나 굳이 근배에게까지 이야기할 필요는 없다고 생각했다.

2등 노란색 볼은 36번입니다.

36번! 엄마 2등 번호는 안 외워도 돼. 어차피 1등 할 거잖아. 그러네, 자 빨리빨리. 아냐, 침착하게. 우선 번호부터 다시 불러봐. 7. 14. 19. 21. 25. 41. 한 번 더 크게. 7! 14! 19! 21! 25! 42! 아니야! 42가 아니라 41이라니까. 근배는 정숙과 주영을 이상한 듯 쳐다보았다. 도대체 뭐 하느냐 계속 물었지만 둘은 신경 쓰지 말라며 근배를 무시했다. 엄마. 마지막으로 엄마 혼자 크게 말해봐. 7! 14! 19! 21! 25! 45! 틀렸잖아. 41! 방금 내가 뭐라고 했는데? 45! 엄마, 진짜 헷갈리면 안 돼. 41. 41. 41! 확실히 기억해뒀어. 송곳 어디 있어? 여기. 주영은 준비해두었던 송곳을 정숙에게 내밀었다. 정숙은 왼손으로 송곳을 움켜쥐고 심호흡을 했다. 멀뚱히 바라보고 있는 근배에게 주영은 방에 들어가 있으라고 했다. 근배는 주영의 눈치를 보며 방으로 들어갔다. 방문 닫히는 소리가 들리자 정숙은 눈을 질끈 감고 힘껏 오른손을 찔렀다.

아아아악!

정숙과 주영이 동시에 비명을 질렀다. 주영이 손을 부여잡고 데굴데굴 굴렀다. 비명을 들은 근배가 놀라 뛰어나왔다. 무슨 일이야? 둘 다 왜 그래? 주영은 근배에게 대답도 하지 않고 정숙의 오른손을 보았다. 엄마 안 뚫렸어. 잠깐 참아봐. 주영이 송곳을 잡은 정숙의 왼손을 잡고 올라타다시피 눌렀다. 아아아아아아악! 정숙과 주영은 다시 동시에 비명을 지르고 놀란 근배가 주영을 정숙에게 떼어놓았다. 뭐 하는 짓이야? 손을 왜 뚫어? 뚫렸어? 주영은 오른손을 감싸 쥔 채 고통을 참다가 근배의 말에 정숙을 보았다. 정숙의 손은 뚫려 있었다. 아아아악! 정숙이 송곳을 빼려고 하자 주영이 비명을 질렀다. 정숙은 당황하며 바라보고 있는 근배에게 송곳을 뽑아달라고 했다. 근배는 영문도 모른 채 미치겠네, 도대체 왜 이런 거야, 하며 정숙의 손에 꽂힌 송곳을 뽑았다. 정숙과 주영이 다시 비명을 질렀다.

7. 14. 19. 21. 25. 41.

정숙이 핸드폰을 열어 문자를 확인하니 주영이 보낸 로또 당첨 번호였다. 절대 틀리면 안 된다고 신신당부하는 문자가 곧바로 왔다. 정숙은 어느새 지갑이 들어 있는 손가방을 들고 대로변에 있는 화장품 가게 앞에 있었다. 정숙은 재빨리 화장품 가게 옆 복권판매점으로 들어가 로또 용지를 한 장 뽑고 컴퓨터용 사인펜을 잡았다. 손이 아파 펜을 잡기 힘들었지만 겨우 참아내며 주영이 보낸 핸드폰 문자를 보며 로또 용지에 표시하기 시작했다. 한 게임만 하려다 괜히 의심을 살 것 같아 다섯 게임을 했다. 물론 두 번째 게임부터는 당첨 번호가 아닌 다른 번호에 표시했다. 그래야 자연스러울 것 같다는 생각이 들었다. 당첨금을 받을 때 은행에서 어떻게 딱 한 게임을 해서 1등이 되었느냐 물어보면 할 말이 없을 것 같기도 했다. 정숙은 오른손의 고통을 참아가며 로또 용지에 표시를 마친 뒤 계산하려고 보니 주인이 없었다. 큰일이었다. 조금이라도 늦어서 방송이 시작해버리면 도로 아미타불이었다.

어? 뭐 하시는 거예요?

40대 중반의 남자가 슬리퍼를 끌고 이쑤시개로 이를 쑤시며 복권 판매점 문을 열고 들어왔다. 여기 주인 되세요? 그런데요? 정숙은 그렇다는 이야기를 듣자마자 달려가 주인의 팔을 붙잡았다. 자리 비워 놓고 어딜 다녀오시는 거예요? 저녁 먹고 오는 건데요? 정숙은 답답했지만, 시간이 없었다. 쥐고 있던 로또 용지를 재빨리 주인에게 건넸다. 이거 빨리 계산 좀 해주세요. 늦으면 안 돼요. 네? 로또요. 곧 있으면 방송 시작하잖아요. 얼른 계산해주세요. 주인은 황당하다는 표정으로 정숙을 바라보고 있었다. 로또 지금 못 사요. 왜요? 왜 못 사요? 모르시는구나. 로또 마감 시간이 토요일 8시에요. 8시 지나면 못 사요. 그런 게 어디 있어요? 원래 그랬어요. 다른 날은 밤 12시까지 살 수 있는데 토요일은 추첨 방송 때문에 8시까지밖에 못 사요. 8시 지나면 로또는 계산도 안 돼요. 내일 새벽 6시 지나야 살 수 있어요. 그런데 보통 로또 마감 시간 같은 건 상식적으로 다들 알고 있지 않나? 정숙은 다리가 풀려 주저앉을 뻔했다. 잊고 있었던 오른손이 다시금 아파왔다. 로또 마감 시간이 있다고는 생각도 못 해봤다. 주영이도 마감 시간이 있다는 사실을 몰랐던 모양이었다. 잘 알아보고 해야 했는데, 머릿속에는 당첨금을 어떻게 쓸 것인가 하는 생각밖에 없었다. 주인은 이쑤시개를 버리고 멍하니 서 있는 정숙의 표정을 살폈다. 이이, 뭐 좋은 꿈같은 거 꾸셨구나? 사람이 또 그냥 죽으란 법은 없다고 기가 막힌 게 하나 있지요. 이름하야 연금복권! 들어보셨죠? 모르시나? 이게 또 기가 막힌 거라니까. 게다가 로또보다 당첨될 확률이 2배 이상이거든요. 연금복권은 지금 살 수 있어요. 이건 추첨을 수요일에 해요. 저기요, 아주머니? 정숙은 주인의 말을 뒤통수로 듣다가 힘없이 복권판매점을 빠져나왔다.

샀어?

주영에게 전화가 왔다. 마지막 번호 잘 확인했지? 41. 확실하지…? 못 샀어. 뭐? 왜? 왜? 왜? 왜? 왜? 주영은 못 샀다는 정숙의 말에 길길이 날뛰었다. 아니 어려운 거 아니잖아. 로또를 왜 못 사? 미치겠네. 엄마, 아니, 참나. 그냥 사면되는 거 아니야? 내가 문자로 번호까지 찍어 줬잖아. 어떻게 그걸 못 살 수가 있지? 이해가 안 되네? 차라리 내가 사러 갈 걸 그랬어. 다음 주에 다시 해. 그때는 내가 로또 파는 데 앞에 있다가 집으로 갈게. 손 너무 아프네. 이거 다음 주까지 계속 아프면 어떡해? 진짜 미치겠네…. 주영아. 왜? 로또 마감 시간이 8시래. 로또 추첨 방송 때문에 토요일은 8시 이후에는 로또 안 판 대. 수화기 너머로 잠시 침묵이 이어졌다. 그러고는 나지막하게 아아 하는 탄식이 새어 나왔다. 한숨 소리가 두어 번 들렸다. 그러더니 의외로 주영은 침착해졌다. 그럴 수도 있겠네. 왜 마감 시간이 있을 거라는 생각을 못 했지? 그럼 15분으로는 로또 안 되네. 엄마, 고생했어. 그런데 그냥 한 장만 팔면 안 되냐고 물어봤겠지? 그렇지? 안 되지 뭐. 그게 되나. 맞다, 아빠가 저녁으로 낙지볶음 먹고 싶다고 그랬는데. 엄마도 손 아프잖아. 그냥 시켜 먹자고 할게. 엄마랑 나랑 젓가락질하기도 힘드니까 피자나 치킨 시켜 먹어야겠다. 그냥 피자 시켜놓을게. 엄마 좋아하는 쉬림프로 시키면 되지? 정숙은 집으로 돌아가며 역시 일이 그렇게 쉽게 풀리는 게 아니라는 생각이 들었다. 손을 뚫으면 시간이 되돌아가는 능력을 어디에 써야 하나 곰곰이 생각해보았지만 아무리 생각해도 알 수가 없었다. 그래도 어딘가에 쓸 데가 있겠지 하는 마음을 안고 집으로 돌아갔다.

9

체념_

우리 딸 고생 많았어.

네, 하고 조용히 방으로 들어가는 주영을 보며 근배는 마음이 싸했다. 평소 근배에게 존댓말을 쓰지 않는 주영이었다. 근배는 직감적으로 주영이 수능을 망쳤다는 것을 눈치챘다. 그리고 지금은 어떠한 위로도 해줄 수 없다는 것도 알고 있었다. 머릿속으로 이런저런 말들이 생각이 났다. 재수하면 되지. 아직 답을 맞혀본 게 아니면 생각했던 것보다 잘 봤을 수도 있잖아? 수능 그거 별거 아니야. 대학 안 가면 어때? 서태지랑 정우성도 대학 안 나왔어. 어차피 망친 거 다 잊고 아빠랑 베니건스나 갈까? 라는 말들을 생각하다가 저번 달 업무차 강남에 있는 차병원에 가는 도중 근 10년 만에 압구정동을 지나가다가 어? 베니건스 없어졌네? 했던 것이 떠올랐다. 서울역에도 있었던 것 같은

데 아직 있으려나 하고 생각하는 와중에.

비켜 봐!

주방에서 나온 정숙이 주영의 방문 앞에서 서성이던 근배를 밀어내고 방문을 확 열어젖혔다. 근배가 말릴 틈도 없이 정숙은 주영의 방으로 들어가 문을 닫았다. 잠시 후 주영의 울음소리가 문밖으로 새어 나왔다. 주영이가 진정되면 평택에 있는 빕스에 데리고 가야지. 그런데 빕스에서도 주영이가 좋아하는 몬테크리스토 샌드위치를 팔았던가? 주영은 정숙의 얼굴을 보자 울음을 터뜨렸다. 정숙은 뭘 잘했다고 우느냐며 주영의 등짝을 착! 착! 착! 때렸다. 주영은 울면서도 왜 때리고 그래? 알지도 못하면서 하며 대들었다. 정숙은 평소에 공부를 안 해 놓고 이제 와서 운다고 해결되겠느냐 했다. 그러자 주영은 그런 게 아니라고! 하며 소리를 질렀다.

아, 담배 냄새.

점심을 먹고 화장실에 들른 주영은 뿌연 연기를 손으로 휘젓거리며 말했다. 그러자 가장 끝 칸 문이 열리며 세 명이 담배를 문 채 밖으로 나왔다. 방금 담배 냄새난다고 한 년이 누구야? 세 명 중 오렌지색 쇼트커트를 하고 키가 큰 여자가 담배 연기를 뿜으며 화장실을 훑어보고는 말했다. 세 여자는 그냥 보기에도 주영보다 서너 살은 많아 보였다. 수능생들은 세 여자의 눈치를 보며 화장실을 빠져나갔다. 주영도 눈치를 보며 몰래 나가려고 했다. 그때 오렌지색 쇼트커트가 야! 하고 소리를 질렀다. 주영은 자기도 모르게 네? 하고 돌아보았다. 그러자 셋은 웃으며 주영에게 다가왔다. 너네? 너지? 아닌데요. 그런데 왜 대답해? 부르셔서 대답한 건데. 참나, 목소리가 똑같잖아! 이런 니기미 씨빰바가 내가 교회 헌금통으로 보이냐? 주영은 태어나서 그런 욕은 처음 들었다. 그리고 교회 헌금통을 어떤 의미로 언급한 것인지도 알 수 없었다. 오렌지색 쇼트커트가 손을 들어 뭘 꼬나보냐며 주영의 따귀를 때리려는 순간 뒤에 있던 금색 단발머리가 그냥 놔두라고 했다. 금색 단발머리는 주영에게 다가오면서 오렌지색 쇼트커트에게 말했다. 얘 수능 망치면 어쩌려고? 얘도 수능 보려고 3년 동안 힘들게 공부했을 텐데. 그냥 놔두고 가, 하며 주영의 머리를 한 번 쓰다듬고 화장실 밖으로 나갔다. 오렌지색 쇼트커트도 에이 씨 하고 담배를 끄고는 따라 나갔다. 둘이 나가자 주영은 쿵쾅대는 가슴을 부여잡고 진정하기 위해 심호흡을 했다. 그때 뒤에서 아무 말도 없던 검은 생머리가 주영에게 다가와 속삭였다. 수능 다 끝나고 찾으러 갈 테니까 도망가지 말고 있어라. 검은 생머리의 말이 주영의 진정되었던 심장을 다시 쿵쾅거리게 만들었다.

어쩌지? 어쩌지? 어쩌지? What happened?

영어 듣기평가가 시작되었어도 주영의 머릿속에는 어떻게 도망치나 하는 생각뿐이었다. 감독 선생님께 이야기할까? 그냥 무시하고 집으로 가? 그러다 잡히면 어쩌지? 소리를 지를까? 아니야. 화장실에서도 다른 사람 아무도 날 도와주지 않았어. 샤프를 쥐고 있다가 날 잡으면 허벅지를 찌를까? 잘못했다고 빌까? 돈도 뺏겠지? 신발이랑 코트도 뺐으면 어쩌지? 아빠한테 데리러 오라고 전화할까? 경찰에 신고해? 그냥 괜히 겁주려고 하는 소리겠지? 사실 내가 잘못한 거 없잖아? 담배 냄새가 나서 담배 냄새 난다고 말한 건데. 욕을 한 것도 아니고. 그래, 내가 잘못한 것도 아닌데, 하는 순간 영어 시험이 끝이 났다. 주영은 어떻게 문제를 풀었는지 기억도 나지 않았다.

시험 잘 봤냐?

고개를 들어보니 검은 생머리가 주영의 책상 옆에 있었다. 주영은 소스라치게 놀랐다. 너 어디 있는지 봤으니까 도망갈 생각 하면 죽는다. 주변에 있던 다른 학생들은 조심스레 밖으로 나가거나, 창밖을 바라보거나, 자기들끼리 소곤거리며 불쌍한 눈으로 주영을 바라보았다. 금색 단발이 교실 밖에서 뭐 하냐? 하고 검은 생머리를 부르자 검은 생머리는 주영의 책상을 발로 한 번 쾅 하고 찬 다음 이따 보자, 하며 교실 밖으로 나갔다. 여전히 다른 학생들은 주영을 힐끗거리고 있었다. 주영은 교실에 홀로 떠 있는 섬이 된 기분이었다. 섬 중에서도 핵실험 예정인 비키니섬 같았다. 곧 있으면 핵폭탄이 터질 걸 알고 있지만, 얼마 동안 얼마나 많은 폭탄이 터질지는 알 수 없었다. 방사능은 어쩌지? 미토콘드리아도 전부 파괴될 거 아냐. 미토콘드리아? 어? 이거 과탐 시험지네? 주영은 과학탐구영역 시험지를 언제 받았는지조차 모를 정도로 두려움에 떨고 있었다. 4교시 과학 문제를 풀면서도 어떻게 하면 검은 생머리의 눈을 피해서 도망갈 수 있을지 고민을 했다.

자, 수고들 하셨습니다.

시험이 끝나자 주영은 머릿속에 한 가지 물건이 스쳤다. 핸드폰이었다. 정숙이 가져가지 말라고 했던 핸드폰을 시험 시작 전에 감독관에게 맡기면 된다고 우기며 가져왔다. 경찰에 신고할까 생각했지만 협박을 당했다는 증거가 없으니 소용없었다. 주영은 작전을 짜기 시작했다. 우선은 도망가지 않고 교실에 앉아서 기다린다. 핸드폰을 동영상 모드로 켜놓은 후 들고 있다가 검은 생머리가 교실로 들어오면 에스앤에스SNS를 하는 척하며 동영상을 찍는다. 아마 검은 생머리는 따라오라고 욕하거나, 발로 책상을 차거나, 어쩌면 다짜고짜 때리기부터 할지도 모른다. 어쨌거나 검은 생머리의 동영상을 찍자마자 동영상을 아빠나 엄마에게 전송한다. 핸드폰을 빼앗을 수도 있으니 동영상이 전송될 때까지는 두들겨 맞더라도 절대 핸드폰을 사수한다. 동영상이 전송되었다면 검은 생머리에게 전송 사실을 알린다. 전송 사실을 알릴 때는 최대한 공손하고 침착하게 알린다. 괜히 화를 돋울 필요는 없다. 주영은 여기까지 생각을 한 뒤에 전송 사실을 알릴 대사를 연습했다.

저기요, 언니.

지금 방금 언니가 한 행동, 동영상으로 우리 아빠한테 전송했거든요. 얼굴도 다 나왔어요. 만약 언니가 나 때린다거나, 돈이나 핸드폰을 빼앗으면 경찰에 신고할 거예요. 아빠 핸드폰에 동영상이 있으니 증거도 다 있고요. 그리고 사실 제가 잘못한 거 없잖아요. 담배 냄새가 나서 담배 냄새가 난다고 말한 것뿐인데. 오히려 화장실에서 담배를 피운 언니들에게 더 잘못 있는 거 아니에요? 저 언니들 때문에 점심시간 이후 수능 다 망쳤어요. 3년 동안 진짜 열심히 준비했는데. 대학 가서 장학금 받기로 엄마랑 약속했단 말이에요. 그리고 아빠가 서울에 있는 대학 가면 자취하게 해준다고 약속까지 해주셨어요. 저 언니들 때문에 재수해야 할지도 몰라요. 제가 뭘 그렇게 잘못했나요? 담배 냄새 난다고 한마디 한 거로 지금까지 공부했던 거 다 날리고 1년 더 고생해야 한다고요. 언니들 때문에 제 인생이 다 망가졌어요. 제 부모님은 얼마나 속상하시겠어요? 그리고 저를 1년 더 뒷바라지하셔야 해요. 이게 다 언니들 때문이에요. 언니들이 저랑 저희 가족을….

주영은 머릿속으로 대사를 생각하다가 눈물이 울컥 쏟아졌다. 도대체 왜 이러고 있어야 하는지 이해가 되지 않았다. 겨우 담배 냄새 난다고 한마디 한 것 때문에 그토록 준비했던 수능을 망친다는 것이 너무나 억울했다. 근배는 주영에게 연세대, 이화여대, 서강대 중 한 군데라도 붙으면 마포에 있는 아파트에서 살게 해준다고 약속했다. 그랬기 때문에 정말 열심히 공부했다. 사실 그 정도 대학에 갈 성적은 안 되었다. 그러나 운 좋게 마포에서 가까운 숙명여대나 서울여대, 아니 그냥 서울에 있는 아무 대학에라도 간다면 정숙은 몰라도 근배는 마포 아파트에서 사는 것을 허락해줄 거라 믿었다. 그런데 모든 것이 물거품이 되었다. 수능은 이미 끝나버렸고, 결과는 불 보듯 뻔했다. 재수하기는 싫었다. 그리고 하루빨리 서울에 가고 싶었다. 강남, 홍대, 이태원을 누비고 싶었다.

눈물이 멈추었다.

그런데도 검은 생머리는 나타나지 않았다. 주영은 핸드폰을 동영상 모드로 맞춰놓은 후 계속 기다렸다. 핸드폰이 뜨거워져서 배터리가 다 닳을까 봐 화면을 잠시 꺼놓으면서도 교실 문에서는 눈을 떼지 않았다. 수험생들이 다 돌아가고 텅 빈 교실에 주영 혼자 남아 있었다. 하선에게서 수능 잘 봤냐는 문자가 왔지만, 답장할 기운도 없었다. 너무 허탈했다. 세 여성은 진즉에 주영을 비웃으며 학교 밖으로 나갔을 것이다. 주영은 그것도 모른 채 검은 생머리가 나타났을 때의 상황을 계속 시뮬레이션하며 쿵쾅거리는 심장을 붙잡고 기다린 것이다. 다시 눈물이 흘렀다. 처음에는 나쁜 것은 그 셋이라 생각했지만, 점점 자신이 한심해 미칠 지경이었다. 시험이 끝난 후 끌려갈 때 끌려가더라도 시험에 집중해야 했었는데. 차라리 더 세게 나갈걸. 그냥 무시할걸. 처음부터 담배 냄새가 나든 말든 신경 쓰지 말걸. 화장실에서 담배 냄새 난다고 말했던 사람은 나 하나였잖아. 다른 사람들도 담배 냄새 났을 텐데 시험에 집중하느라 말을 안 했던 거였어. 검은 생머리가 교실에 찾아왔을 때도 다른 사람들은 수능에 집중하기 위해 신경 끈 거야. 괜히 나 도와주다가 휩쓸려 같이 수능 망칠 수도 있으니까. 주영은 가방을 싸면서도, 교실을 빠져나와 계단을 내려갈 때도, 집에 들어와 근배의 인사에 대답하며 방에 들어갈 때까지도 자책을 멈추지 않았다. 멈추고 싶어도 멈춰지지 않았다. 잠시 후 방으로 들어온 정숙의 얼굴을 보는 순간 다시….

눈물이 뚝뚝 떨어졌다.

정숙은 주영의 이야기가 끝나자 기가 막혀 말이 나오지 않았다. 이걸 누구에게 어떻게 하소연할 수 있을까 고민했다. 경찰에 신고한다고 해서 될 일도 아니었고, 주영을 협박했던 아이들을 욕한다고 해서 바뀔 것도 없었다. 울고 있는 주영에게 어떠한 말도 할 수 없었다. 그러다 문득 주영을 임신하고 있었을 때 강간당할 뻔했던 일이 떠올랐다. 그때 정숙도 아무런 잘못을 하지 않았지만, 괴한에게 붙잡혔었다. 오히려 조심한다고 했는데도 그랬다. 아무리 기지를 발휘하려고 해도 빠져나갈 수 없었던 것이 떠올랐다. 그래서 더욱 주영에게 조심했어야지, 신경 쓰지 말지 그랬어. 감독관 선생님한테 말해볼 생각은 못 했니? 같은 이야기를 할 수 없었다. 정숙은 그 당시에 오른손이 관통되어 시간이 되돌려지지 않았다면 주영을 낳아 이렇게까지 키울 수 있었을까 생각했다. 어쩌면 강간을 당한 후 살해당했을 가능성도 있다고 믿었다. 그것에 비하면 주영은 단순히 수능을 망친 것뿐이었다. 그 누구도 다치지 않았고, 1년 재수하는 것은 강간당하거나, 아이가 유산되거나, 살해당하는 것에 비해 별거 아니었다.

엄마, 시간 좀 돌려줘.

정숙은 주영이 무슨 이야기를 하는지 순간적으로 이해하지 못했다. 엄마 손 찌르면 시간 되돌리잖아. 낮 12시로 좀 돌려줘. 그러면 화장실 들어가서 담배 냄새난다고 말 안 하고 수능 다시 보면 되잖아. 아니, 아예 다른 화장실 가는 게 낫겠네. 그러면 그 여자들 마주칠 일도 없을 테니까. 안 그러면 나 1년 재수해야 해. 학원, 독서실도 다시 다녀야 하고, 문제집도 다시 다 사야 하고. 나 집에 있으면 엄마랑 아빠 텔레비전도 못 보잖아. 응? 제발. 주영은 울며 정숙에게 사정했다. 정숙은 주영이 제정신인가 싶었다. 주영아. 그거 겨우 15분이야. 지금 7시 다 되어 가는데. 찔러도 6시 30분밖에 안 되잖아. 그런데 어떻게 일곱 시간 전으로 돌려? 무슨 방법이 없을까? 반나절 돌리는 방법 없어? 있는데 없다고 하는 거 아니야? 엄마 나 정말 부탁이야. 나 이러면 졸업식도 못 가. 창피해서 어떡해. 하선이가 나 수능 본다고 얼마나 부러워했는데. 걔 대학 안 가고 자기네 엄마 미용실에서 일하기로 했대. 난 대학 못 가면 어디 가서 일할 데도 없어. 정숙은 주영이 왜 저러나 싶었다. 물론 1년 더 수능을 준비한다는 것이 괴로울 테지만 저렇게까지 하는 게 이해가 되지 않았다. 저번에 이야기했다시피 15분 돌리는 것도 내 맘대로 되는 것도 아니고, 나도 이게 왜 되는지도 몰라. 그러지 말고 오늘은 좀 쉬면서 생각을 해 봐. 남들은 삼수 사수까지 하는데 재수 못 할 게 뭐 있니? 네가 잘못해서 수능 망친 것도 아니잖아. 엄마는 이해해. 아빠도 다 이해할 거야. 괜찮으니까 우리 딸 힘내고.

여러 번 찌르면 되잖아.

한 번 찔렀을 때 15분 전으로밖에 못 가면 네 번 찌르면 한 시간 가잖아. 정숙은 주영이 진심으로 하는 이야기인지 농담으로 하는 말인지 구분이 되질 않았다. 스물여덟 번 찌르면 12시로 갈 수 있어. 엄마. 제발 부탁이야. 너 지금 그걸 말이라고 하는 거야? 정숙은 화가 나서 소리를 질렀다. 한 번 찔리는 것도 아파 죽겠는데. 너도 알다시피 그냥 찔리는 것도 아니고 뚫려야 돼. 한 번 하기도 힘든 걸 스물여덟 번을 하라고? 그게 너 지금 엄마한테 할 소리야? 너 힘든 건 알겠는데 그게 말이 되는 소리니? 그것 때문에 엄마 손을 한 번도 아니고, 스물여덟 번 찌르라는 게 자식으로서 할 수 있는 이야기야?

나도 아프잖아.

엄마도 알잖아. 엄마만 아픈 게 아니라 나도 같이 아파. 나도 스물여덟 번 아파야 돼. 내가 오죽하면 이러겠어? 나 너무 억울해서 그래. 그리고 처음에만 아프고 두 번째부터는 별로 안 아플 거야. 송곳 끝을 잘 갈아서 하면 처음에 뚫을 때는 아프겠지만 두 번째부터는 뚫린 곳에 다시 살살 집어넣으면 되잖아. 그래 맞아. 귀 뚫을 때처럼. 처음에는 아프지만 두 번째는 구멍에 다시 집어넣는다고 생각하면 별거 아니야. 정숙은 어처구니가 없었다. 뚫린 손에 송곳을 다시 집어넣는 게 어떻게 귀걸이 하는 것과 같다고 생각할 수 있는지 알 수 없었다. 주영이 상태가 좋지 않아 정상적인 판단을 하지 못한다는 생각이 들었다. 울고 있는 주영을 보고 있자니 머릿속에 문득 모성애라는 단어가 스쳐갔다. 주영이 다섯 살 때 화상 입은 것을 되돌리기 위해 시간을 되돌릴 수 있다는 확신이 없으면서도 식칼로 손을 찔렀던 것이 생각났다. 그리고 몇 년 전 로또 당첨되어 보겠다며 찌르기도 했었다. 그런데 주영이 12년 동안의 학창 시절을 마무리 짓는 수능을 망쳐서 저렇게 힘들어하는데 엄마로서 해줄 수도 있는 것 아닌가 싶었다. 그래, 아파 봤자 주영이 낳았을 때만큼 아프겠어?

알았어, 해보자.

정숙의 말에 주영의 눈이 휘둥그레졌다. 주영은 재빨리 서랍을 뒤져서 송곳을 꺼내고는 재빨리 방문을 잠갔다. 아빠 들어올지 모르잖아. 그렇게 말하고는 책장을 훑어 박민규의 두 권짜리 소설 더블을 꺼냈다. 그러고는 더블 두 권을 한 권씩 바닥에 나란히 놓고는 두 책 사이를 살짝 띄웠다. 책 표지에는 복면 레슬러가 그려져 있었다. 손을 스물여덟 번 찌르려고 마음먹은 정숙은 데뷔 무대에 서기 직전인 복면 레슬러와 같은 심정이었다. 책과 책 사이에다가 손을 놓고 송곳을 찌르면 책 사이로 송곳이 나올 수 있어 쉽게 뚫리잖아. 정숙은 그 짧은 순간에 손을 뚫을 준비를 하는 주영을 보고는 기가 찼다. 만약에 두 번째 찔렀을 때 과거로 안 돌아가면 어떡해? 나도 몰라. 우선 해봐, 엄마. 벌써 7시 다 됐어. 빨리 해야 돼. 안 그러면 스물아홉 번 찔러야 될지도 몰라. 정숙은 주영의 말대로 나란히 놓은 책 위에 손을 올려놓았다. 주영은 자신의 오른손을 왼손으로 꼭 붙잡고 끌어안았다. 한다? 해! 정숙이 시계를 보니 7시 5분 전이었다. 정숙은 눈을 질끈 감고 송곳을 잡은 왼손에 체중을 실어 오른손을 뚫었다. 주영의 말대로 손을 뚫었던 송곳이 책 사이로 나오며 쉽게 뚫렸다. 정숙은 근배가 들을까 봐 아랫입술을 꽉 깨물며 고통을 참았다. 주영을 보니 주영도 눈을 꽉 감고 오른손을 감싸 안은 채 고통을 참고 있었다. 이마에는 땀이 송골송골 맺혀 있었다. 고통을 참기가 힘든지 오른손을 바들바들 떨었다. 뼈가 부러졌는지 힘줄이 끊어졌는지 오른손의 손가락이 움직이지 않았다. 눈물이 찔끔 나왔다. 정숙은 송곳 손잡이를 잡았던 왼손을 뽑기 좋게 고쳐 잡고 재빠르게 송곳을 뽑았다. 송곳을 집어 던지고는 고통에 차 있는 오른손을 조심스레 부여잡았다.

주영이 올 때가 지났는데? 전화해볼까?

근배가 정숙에게 물었다. 정숙이 눈을 떠보니 부엌이었다. 오른손이 미칠 듯이 아팠다. 통증 때문에 국자를 쥐고 있다가 놓쳤다. 정숙은 정신을 차리고 재빨리 주영의 방으로 들어가 문을 잠갔다. 근배가 따라 들어오려다 잠긴 문을 두드리며 왜 그러느냐 물었다. 정숙은 주영이 예민할지도 모르니 혼자 조용히 전화해보겠다고 둘러댔다. 근배가 문밖에서 멀어지는 기척이 들자 책장에서 박민규의 소설 더블을 꺼내 두 권 다 아까처럼 바닥에 펼쳐놓았다. 그러고는 서랍에서 송곳을 꺼낸 뒤 오른손을 책 위에 얹어놓았다. 그제야 조금 전 뚫렸던 오른손이 멀쩡하다는 걸 깨달았다. 뚫린 곳에 다시 집어넣어야 하는 게 아니라 처음부터 다시 찔러야 했다. 문제는 통증은 계속 유지된다는 것이었다. 만약 찔렀는데 15분 전으로 가지 않으면 어쩌나 겁이 덜컥 났다. 만약 그렇다면 오른손에 장애가 생길 수도 있겠다는 생각이 들었다. 어떡해야 하나 싶을 때 시계가 눈에 들어왔다. 시간은 계속 가고 있었다. 어떻게든 되겠지 하는 심정으로 정숙은 송곳 끝을 오른손 가운데에 겨냥하고 왼손에 체중을 실어 단숨에 찔렀다. 섬뜩한 느낌이 다시 정수리를 때렸다. 아까보다 충격이 더했다. 참으려 했지만 비명이 아주 얕게 입술 밖으로 새어 나왔다. 오른손을 확인해보니 송곳이 뚫고 나오지 않았다. 한 번 고통을 겪고 난 다음이라 겁을 먹어서 힘껏 찌르지 못했다. 이렇게 스물여섯 번을 더 찌르느니 차라리 출산이 낫겠다 싶었다. 정숙은 다시 한번 눈을 질끈 감고 다시 체중을 실어 찔렀다. 이번에는 너무 세게 찔러 송곳이 바닥까지 닿았다.

아아아아아아악!

도저히 비명을 참을 수가 없었다. 너무 깊게 찔러 오른손 손바닥이 송곳 손잡이까지 닿아 있었다. 근배가 뛰어와 방문을 두드렸다. 왜 그래? 주영이 수능 망쳤대? 문 좀 열어봐. 아아악! 무슨 일인데? 답안지 밀려 썼대? 괜찮다고 그래. 수능 망쳐도 괜찮으니까 얼른 집에 오라고 해. 조용히 좀 해! 정숙은 소리를 질렀다. 그러고는 오른손에서 송곳을 뽑았다. 살살 뽑는 것보다 확 뽑는 것이 나았다. 손바닥에서는 피가 울컥울컥 나왔다. 바닥과 책 위로 뚝뚝 떨어지는 피를 보며 정숙은 한숨을 쉬었다. 책 표지의 복면 레슬러 얼굴은 체어샷에 맞은 것처럼 피 칠갑이 되어 있었다. 정숙은 부상당한 복면 레슬러처럼 바닥을 기어 다니며 이 짓을 몇 번이나 더 할 수 있을까 하는 생각을 했다. 정신을 차려보니 다시 부엌이었다. 성공이었다. 30분 전으로 돌아왔다.

정숙은 쌀을 씻고 있었다. 그러나 지금은 오른손의 통증 때문에 쌀을 씻을 수가 없었다. 수돗물을 틀어 오른손을 가져다대었다. 그래도 통증은 나아지지 않았다. 어쨌거나 계속 찌른다면 12시로 갈 수는 있었고, 손에 장애가 생길 일도 없었다. 그러나 앞으로 스물여섯 번을 더 찔러야 한다는 사실이 정숙을 좌절하게 했다. 하지만 깊게 생각할 시간이 없었다. 몇 초라도 빨리 찌르는 것이 이득이었다. 그리고 곧 있으면 근배가 퇴근한다. 근배가 퇴근하기 전에 찌르는 편이 나았다. 정숙은 오른손을 부여잡고 주영의 방으로 들어갔다. 아까와 마찬가지로 책장에서 박민규의 소설 더블을 꺼내려다가 힘이 빠져 침대에 털썩 주저앉았다. 빨리 찌르지 않으면 근배가 도착할 텐데 하는 생각이 들었지만, 몸이 움직이지 않았다. 앞으로 스물여섯 번을 더 해야 되는데 벌써 이러면 앞으로 어쩌나 싶었다. 그래도 몸이 움직이지 않았다. 그때 핸드폰이 울렸다. 거실로 가서 핸드폰을 보니 주영에게 걸려온 전화였다. 정숙은 한숨을 한 번 쉬고는 전화를 받았다. 지금 막 하려던 참이야.

엄마… 그만해.

주영이 울먹이며 말했다. 너무 아파. 못하겠어. 게다가 손이 안 움직여서 연필도 못 쥘 거 같아. 아파서 답안지에 체크도 못 해. 차라리 그 여자들한테 몇 대 맞는 게 나았을 뻔했어. 엄마도 많이 아프지? 괜히 나 때문에. 내가 잘못한 건데 엄마까지 아프게 해서 미안해. 내가 생각해도 너무 말도 안 되는 부탁을 했어. 스물여덟 번을 어떻게 찔러. 두 번도 너무 아픈데. 엄마, 너무 미안해. 미안해. 그리고 고마워. 정숙도 코끝이 시큰했다. 평생 살면서 주영에게 진심으로 미안하다는 말을 들어본 적이 없었다. 그리고 진심으로 고맙다는 말도 들어본 적이 없었다. 유년 시절을 다 보내고, 청소년 끝자락까지 키워놓은 뒤 송곳으로 오른손을 두 번 관통한 뒤에야 진심 어린 감사와 사과를 들은 것이다. 정숙은 울컥거리는 마음을 진정시키며 엄마는 괜찮아, 엄마니까 라고 말하려는 찰나에….

주영이 왔어?

근배가 집으로 들어왔다. 근배는 거실에서 눈이 빨개져서 전화를 받는 정숙을 보고 놀랐다. 무슨 일이야? 주영이 시험 망쳤대? 괜찮아, 괜찮아, 핸드폰 줘봐 하며 정숙의 핸드폰을 낚아챘다. 근배가 핸드폰을 낚아챌 때 정숙은 왼손으로 핸드폰을 들고 있어서 다행이란 생각을 했다. 근배는 핸드폰에 대고 우리 딸 어디야? 라고 했다. 핸드폰 너머로 아빠를 부르며 엉엉 우는 주영의 목소리가 정숙에게까지 들렸다. 근배는 괜찮아 우리 딸 괜찮아, 괜찮아, 아빠가 서울대에 잔디 깔아서 입학시켜 줄 테니 걱정 마, 같은 헛소리를 했다. 집으로 돌아온 주영은 근배는 신경도 쓰지 않은 채 정숙에게 안겨 펑펑 울었다. 정숙도 예전과 다르게 얘가 미쳤나? 징그럽게 왜 이래? 하지 않고 주영을 다독거려 주었다. 근배는 정숙과 주영을 보고 모녀 사이는 이해하기 힘들다며 중얼거렸다.

주영은 평소 실력보다는 못했지만, 그래도 수능 점수가 생각보다

높게 나와 성남에 위치한 대학 시각디자인과에 합격했다. 근배는 마포 아파트에 살고 싶으면 말하라고 했다. 그러나 주영은 아파트와 학교의 거리가 너무 멀어 결국 복정역에서 도보로 10분 거리의 원룸에 월세를 살게 되었다. 홍대나 이태원은 멀어서 자주 가진 못했지만, 틈날 때마다 가까운 강남역이나 신사동 가로수길에 놀러 가곤 했다. 게다가 고속버스터미널도 멀지 않아서 방학이나 명절이 되면 안성에 오기에도 수월했다. 졸업 후 선배의 소개로 방배동에 있는 애니메이션 작화 회사에 취직했다. 취직 후에는 바빠서 안성에 자주 내려가지 못했다. 직장인이 되었으니 마포 아파트에 살라는 근배의 말에 기뻐하며 이사를 준비했지만, 막상 취직하고 보니 출퇴근 시간이 너무 아까워 숭실대 입구 근처에 오피스텔을 잡았다. 열아홉 살 때는 수능이 뭐 그리 중요하다고 엄마의 손을 스물여덟 번을 찔러달라고 했나 하는 마음에 헛웃음이 나왔다. 그래도 주영은 한편으로는 행복했다. 정 급할 때 엄마에게 손을 네 번만 찔러달라고 하면 로또를 살 수 있다는 생각 때문이었다. 무언가 든든한 보험을 들어놓은 기분이었다.

10

일상_

벌써 8시네.

어제 킥보드 타던 아이를 살리려고 송곳으로 찔렀던 오른손이 아직도 욱신거렸다. 그래도 출근은 해야 하니 일어날 수밖에 없었다. 정숙은 일어나 끓여놓은 미역국을 데우고 상추겉절이, 오이소박이를 곁들여 아침을 먹었다. 달걀 프라이도 하나 할까 하다가 빨리 먹고 치우는 편이 나을 것 같아 관뒀다. 텔레비전 아침 프로에 나와 멍게가 아미노산과 타우린이 풍부하기 때문에 노화 방지뿐만 아니라 당뇨에도 좋다고 말하며 어색하게 웃는 욕지도 해녀 할머니를 보며 빨래를 갰다. 방금 해녀 할머니가 타우린을 타오렝이라 발음했던 것 같은데 하는 느낌을 받으며 세탁된 옷들을 장롱에 넣었다. 그러고는 은행에 들르기 위해 통장들도 챙겼다. 예전에는 몰랐지만, 은행 업무라는 것이

여간 귀찮은 것이 아니었다. 공과금을 내고, 적금을 내고, 월세 들어온 것을 확인하고, 편의점 정산도 해야 했다. 집과 편의점 두 개를 동시에 관리하려니 헷갈리기 일쑤였다. 인터넷 뱅킹을 하면 편하다는 말에 배워볼까 했었지만, 공인인증서에 자물쇠 카드에 전자결제 시스템은 또 뭘 해야 하는지 몰랐다. 여섯 개의 통장과 도장을 챙기고 씻기 위해 화장실 문을 열려고 했지만 잠겨 있어 열 수 없었다. 화장실 안에서 근배가 배변하기 위해 힘을 주는 소리가 나 안에 있어, 라는 말과 함께 새어 나왔다. 정숙은 한숨을 쉬고 다시 텔레비전 앞에 앉았다. 텔레비전에서는 지난겨울에 한창 인기 있었던 드라마 재방송을 하고 있었다. 때마침 정숙이 놓친 부분이었다. 깜깜한 밤거리, 여자주인공이 울며 버스에 힘없이 올라탔다. 잠시 후 버스가 떠나자 남자주인공이 나타나 버스를 쫓아가기 시작했다. 남자주인공은 버스를 쫓아가다 결국 숨이 차 멈춰 섰다. 그러고는 눈물이 그렁그렁한 눈으로 멀어져가는 버스를 바라보다가. 으아, 으아아아! 하며 포효했다. 정숙도 남자주인공처럼 어느새 눈물이 그렁그렁 고였다.

으아아, 죽는 줄 알았네.

근배는 배를 문지르며 화장실에서 나왔다. 소파에 앉아 있는 정숙 옆으로 다가와 리모컨을 잡고, 사흘 만에 변을 봤더니 이 정도 크기의 변이 다섯 개가 나왔다며 정숙의 눈앞에다 리모컨을 흔들었다. 그러다 리모컨이 잘못 눌려 다른 채널이 나왔다. 정숙은 짜증을 내며 리모컨을 빼앗아 근배의 팔뚝을 찰지게 한 대 때린 후 다시 드라마 채

널로 돌렸다. 텔레비전에는 남자주인공이 친구 역을 맡은 배우와 함께 술을 마시는 장면이 나왔다. 정숙은 남자주인공의 우수에 찬 눈빛에 빠졌고, 근배는 남자주인공이 먹고 있는 모둠회에 빠졌다. 특히 모둠회 옆에 스끼다시로 놓여 있는 멍게에 눈을 뗄 수가 없었다. 근배는 정숙의 눈치를 보며 매실을 사다가 매실청을 담가볼까 물었다. 정숙은 드라마에 집중할 수가 없었다. 방금 남자주인공이 무언가 결심을 한 눈빛으로 소주를 한 잔 마시고 친구에게 무슨 고백을 했는데 근배 때문에 듣지 못했다. 정숙은 근배가 왜 꼭 드라마 볼 때 와서 귀찮게 구는지 알 수 없었다.

매실청이 아니라 매실주 담그려고 그러는 거잖아. 멍게에다가 한잔 하려고!

근배는 정숙의 말에 깜짝 놀라 혹시 독심술을 하는 게 아닌가 하는 생각까지 했다. 정숙의 심기가 불편해진 이유는 근배가 술을 담그려고 한 것 때문이었다. 정숙은 어렸을 때 아버지가 술을 담그는 것이 늘 못마땅했다. 집에 인삼, 모과, 매실, 더덕, 도라지, 복분자주는 기본으로 있었고, 알 수 없는 약재들과 뱀, 벌집, 해구신주까지 있었다. 어린 정숙이 보기에 담금주들은 공포영화나 생물실험실에서나 볼법한 느낌이었다. 정숙은 아버지가 그 흉측한 병들을 애지중지하는 것을 이해하지 못했다. 그리고 그 병을 열 때면 늘 안 좋은 일이 생겼다. 평소 웃기만 하던 아버지가 엉엉 운다거나, 이상한 노래를 밤새워 부른다거나, 수백 번이나 들어왔던 아버지 어렸을 적 이야기를 다시 몇 시간이고 들어야 했다. 정숙의 아버지는 그 시대의 아버지들과 같았다. 그들처럼 술을 마셨고, 그들처럼 취해 있었고, 결국 그들처럼 간암에 걸려 돌아가셨다. 그나마 다행인 것은 정숙의 아버지는 그들과 다르게 폭력적이지는 않았다. 그래서 정숙은 아버지를 미워하지 않았다. 오히려 지금 요양원에서 살고 있는 어머니를 더 미워하는 편이다. 아버지가 돌아가시고 1년이 채 지나지도 않아서 정숙의 어머니는 연애를 시작했다. 그때 어머니는 아버지가 담가놓은 인삼주를 남자친구에게 선물로 주었다. 그러고는 집에 와서 아버지가 살아 계실 적에 그리도 싫어하던 담금주를 만들기 위해 술을 사놓고 인삼을 다듬고 씻는 것을 보고는 정이 확 떨어졌다. 그 꼴을 보고 정숙이 화를 내며 집을 발칵 뒤집어놓은 뒤에야 어머니의 연애는 손안에서 모래가 빠져나가듯 끝이 났다. 정숙의 어머니는 그 당시 연애가 아니었다고 부정했지만, 정숙은 어머니의 표정과 행동으로 연애라는 것을 확신했었다. 손안에서 모래가 빠져나갔어도 모래알은 손바닥에 붙어 있기 마련이었다. 그 당시 정숙의 어머니 나이는 마흔넷이었다. 그리고 정숙의 지금 나이는 쉰셋이다.

술 담글 생각 하지 말고, 할 일 없으면 은행에나 갔다 와.

돈 관리는 알아서 한다며? 근배의 말에 정숙은 힘이 빠졌다. 물론 정숙이 돈을 벌기 시작하면서부터 돈 관리도 알아서 하겠다고 했다. 편의점 정산을 해야 했고, 야간 아르바이트비도 챙겨주어야 했기 때문이다. 사업자와 소득세 납부도 정숙의 이름으로 되어 있고, 대출도 정숙의 이름으로 받았기 때문에 어쩔 수 없었다. 그리고 결정적으로 정숙은 근배에게 주영을 낳기 전 은행에서 했던 일을 전부 잊어버렸다고 말하지 못했다. 근배가 통장 줘봐, 내가 해다 줄게 라는 말이 입에서 나오는 순간 정숙은 참기 힘들었다. 근배의 거만한 표정과 말투가 정숙의 신경을 깊숙이 찔렀다. 물론 근배는 별 뜻 없이 지은 표정이었고, 별 뜻 없이 한 말이었지만 그렇다고 정숙이 별 뜻 없이 받아들일 수 있는 것도 아니었다. 정숙은 누가 은행 업무 보러 은행에 갔다 오라고 하는 건 줄 아느냐며 적금이나 청약 같은 것 좀 알아보라는 이야기였다고 쏘아붙였다. 그러고는 근배가 당신이 은행 일은 더 잘 아니까 알아서 한다고 했잖아, 라고 대꾸할 틈도 없이 베란다와 화장실도 청소 좀 하고, 겨울 코트도 드라이클리닝 맡기고, 냉장고도 정리한 다음 없는 것도 사다 채우고 그러라며 근배의 입을 막았다. 근배는 쏘아붙이는 정숙을 물끄러미 보며 예전에 내가 돈 벌어 올 때는 집안일 하라는 잔소리 안 한 것 같은데 너무 하는 거 아니야? 했다. 정숙은 내가 잘했으니까 그랬지, 라고 대답했지만 속으로는 뜨끔했다. 결론적으로 쏘아붙인 건 정숙이었지만 뜨끔한 것도 정숙이었다. 늘 이랬다. 이겨도 이긴 것 같지 않고, 늘 진 것 같은 기분이었다. 근배는 특유의 표정으로 입을 삐쭉 내밀며 정숙을 피해 방으로 들어갔다. 방으로 들어가는 근배의 늘어난 추리닝 바지 엉덩이가 짠하게 느껴졌다. 정숙은 퇴근할 때 편의점에서 매실주 몇 병을 가져와야겠다고 마음먹었다. 멍게는 말 안 해도 근배가 알아서 사다 놓을 것을 정숙은 알고 있었다. 20년 넘은 부부라면 서로 독심을 하는 게 어려운 일은 아니구나 하고도 생각했다.

오고 계세요? 아직 출발도 안 하셨죠?

야간 아르바이트를 하는 우진에게서 온 전화였다. 시계를 보니 9시 50분이었다. 은행에 들렀다가 10시까지 편의점에 도착해야겠다는 계획은 물거품이 되었다. 정숙이 주영보다도 세라 원장보다도 더욱 껄끄럽게 생각하는 사람이 바로 야간 아르바이트를 하는 우진이었다. 우진은 정숙이 가장 불편하게 생각하는 사람 중 두 번째였다. 그 이유는 정숙이 항상 지각하고 우진이 늘 기다려주기 때문이다. 게다가 원래 야간 아르바이트를 구할 때 계약했던 시간은 자정부터 아침 10시까지였지만, 정숙의 부탁으로 두 시간 일찍 밤 10시에 출근을 해서 열두 시간이나 일해주었다. 게다가 아르바이트하면서 실수한 적은커녕 정숙이 실수한 부분까지 다 해결했다. 은행원 출신인 정숙보다 시재 계산도 더 잘했다. 계산은 정숙이 빨랐지만, 우진은 시재가 펑크 난 것을 대부분 예측했다. 우진을 아르바이트로 뽑았을 때는 삐쩍 마른 데다 인상까지 어둡고 나이도 생각했던 것보다 많아 걱정했었다. 우진은 고등학교를 졸업하고 영화를 하겠다고 상경해 연출부 생활을 하며 시나리오를 쓰고 단편영화를 만들었다고 했다. 그러나 어떠한 단편영화제에서도 상을 타지 못했고, 써놓은 아홉 편의 시나리오는 고스란히 노트북 안에서 썩고 있다 했다. 결국 감독은 고사하고 조감독 한 번 해 보지 못한 채 생활고에 시달려 부모님이 계신 안성으로 내려온 것이다. 월세 보증금을 빼서 단편영화를 찍었던 것이 가장 큰 이유라고 했다. 그러고는 영화를 접고 소설을 쓰는 중이라며 야간 아르바이트할 때 손님이 안 계시면 소설을 써도 되겠느냐 물었다. 정숙은 사실 별로 미덥지 못했으나 근배가 나쁜 사람 같진 않고 저런 성격이 자존심이 강해서 일할 때 실수 안 하려고 노력한다며 추천했다. 그리고 근배의 예상이 맞았다. 지금까지 우진은 아무리 늦어도 출근 시간 10분 전에는 도착했고, 시재 금액은 한 번도 틀리지 않았다. 그러나 문제는 정숙에게 잔소리한다는 점이었다. 정숙은 늘 출근 시간을 지키지 않았고, 시재 금액은 항상 틀렸다. 우진이는 구구절절 옳은 소리를 해댔고, 정숙은 구구절절 옳은 소리를 듣고 있을 수밖에 없었다. 정숙이 기껏해야 할 수 있는 것은 우진이 저런 이야기를 해서 기분이 상했다고 근배에게 하소연하는 것과 우진이 구구절절 옳은 소리 했네, 라고 대답하는 근배에게 화풀이하는 것이 전부였다.

화장실 간다고 붙여놓고, 문 잠그고, 열쇠 우편함에 넣어놓고, 퇴근해.

저 오늘은 진짜 그냥 갑니다 하고 대답하는 우진에게 정숙은 내일부터 진짜 안 늦을게 오늘만 기다려줘 라고 말하고 싶었지만, 입에서는 그냥 가라고 했잖아가 튀어나왔다. 그러고는 우진의 한숨 소리에 기분이 상한 채로 전화를 끊을 수밖에 없었다. 그제야 근배는 방에서 뛰어나와 10시가 다 되었는데 안 가냐고 물었다. 정숙은 당신 때문에 늦었잖아가 목젖까지 올라왔지만 참고 집을 나섰다. 편의점까지 택시를 타고 5분 정도면 도착하는데 정산을 해야 되기 때문에 은행은 꼭 들러야 했다. 정숙은 택시를 잡느니 빨리 걸어가는 편이 낫겠다 싶었다. 그때 우진에게 열쇠 놓고 퇴근한다는 카톡과 우편함에 놓인 열쇠

사진이 도착했다. 별일이야 없을 것이다. 그러나 오늘따라 느낌이 좋지 않았다. 동네의 은행은 아침에 붐볐다. 안성이 경기도 외곽에 있는 도시인만큼 젊은 사람보다 나이 든 사람들이 많았고, 나이 든 사람들은 인터넷 뱅킹에 서툴렀다. 그리고 새벽잠도 없었다. 정숙이 은행에 도착했을 때는 이미 대기 번호가 16번이었다. 시계를 보니 10시 15분이었다. 대기 시간을 기다렸다가 은행 업무를 마치고 편의점으로 가면 11시가 넘을 것이 분명했다. 정숙은 텅텅 비어 있는 ATM현금자동입출금기으로 가서 할 수 있는 은행 업무를 마쳤다. 은행 업무를 하는 도중 세라 원장에게 계속 전화가 왔다. 그 탓에 비밀번호도 헷갈리고 여섯 개나 되는 통장 중 어떤 것을 집어넣어야 하는지도 잊어버렸다. 정숙은 빨리한다고 했지만 결국 10시 30분이 넘어서야 겨우 은행 업무를 끝냈다. 은행을 나오니 후덥지근했다. 비단 날씨 때문만은 아닐 것이다. 그래도 정숙은 달릴 수밖에 없었다. 평소라면 어차피 늦은 거 별일 있겠어? 하는 마음이었겠지만 오늘따라 뭔가 이상하게 불안한 느낌이었다.

설마 이제 출근하시는 건 아니시죠?

정숙이 두 번째로 불편해하는 사람이 우진이라면, 가장 불편해하는 사람은 잠깐 편의점 문 앞에 서 있는 슈퍼바이저 최 대리였다. 오늘따라 성 과장도 없었다. 후덥지근한 날씨에도 흐트러짐 없는 자세로 문 앞에 서 있는 최 대리를 보고 있자니 문득 성 과장이 했던 이야기가 떠올랐다. 글쎄 저놈이 좀 그래요. 나도 살면서 저렇게 융통성 없는 놈은 처음 봅니다. 개발팀, 영업팀 단체 회식 하는데 팀장이 술 한 잔 받으라고 해도 홀수 달은 술을 안 마시는 달이라고 안 받더라고요. 상무님까지 계셨는데, 참나. 자기가 홀수 달에 술 안 마시는 걸 누가 이해해줍니까? 분위기 싸해지는 것도 모르고 혼자 항정살이랑 냉면 시켜서 잘도 먹더라고요. 다른 사람들은 다 돼지갈비 먹는데 말이죠. 아무튼, 그런 놈입니다. 세상 많이 좋아졌어요. 그리고 저번 회식 때는 회식 다 끝나 가는데 뜬금없이 소주 한 병을 시키더라고요. 왜 그런가 했더니 3월 31일이었는데 자정이 넘어서 4월, 그러니까 짝수 달이 되었으니 술 마셔도 된대요. 기가 막히죠? 시켜놓은 소주 있는데 왜 새로 시키느냐 했더니 자기는 처음처럼만 마신다더라고요. 참이슬은 왜 안 마시냐, 맛없냐, 물었더니. 수지 팬이랍디다. 한숨이 나왔지만, 회식 자리고 오랜만에 술도 마신다고 하니 넘어갔죠. 그래서 분위기도 살릴 겸 건배사 한번 하라고 했습니다. 그랬더니 건배사를 뭐라고 했는지 아십니까? 벌떡 일어나 으흠으흠 하며 목을 가다듬더니.

당연히 첫 잔은 원 샷이겠죠?

부장님 표정은 그렇다 치고, 저놈을 바라보는 여직원들의 경멸 어린 눈빛이… 제가 다 무섭더라니까요. 그런데도 꿋꿋이 반 샷 안 돼요, 반 샷 안 돼요. 하더라니까요. 게다가 저놈 빼고는 아무도 첫 잔이 아니었어요. 자정이라 회식이 거의 끝날 무렵이었으니까요. 오싹하지 않아요? 저놈이 술을 한 잔도 안 마신 상태에서 그런 거라니까요. 술 취해서 한 행동이 아니었다 이거죠. 그리고 평소에 농담 좀 하는 녀석이 그랬다면 그런가 보다 했겠지만. 어찌 되었거나 저는 그때 느꼈습니다. 같이 일하기 힘들겠구나. 편의점 카운터에서 성 과장이 바나나맛 우유를 마시며 정숙과 잡담을 하는 동안에도 최 대리는 노트북을 선반에 켜놓고 보고서를 작성하고 있었다. 정숙이 그때 최 대리에게 카페라테를 가져다주며 이것 좀 드시면서 하세요, 했더니 스타벅스 더블샷 에스프레소 아니면 안 마신다고 했었다. 그러고는 이거 바코드 찍고 주시는 겁니까? 라고 물었다. 그 이후로 정숙에게 가장 불편한 사람은 최 대리였다.

제가 장염에 걸려서…. 화장실에 좀 오래 있었죠? 그나저나 성 과장님은 안 오셨네요?

정숙은 최 대리의 눈치를 보며 슬금슬금 우편함으로 가 재빨리 열쇠를 챙겼다. 최 대리가 다 알고 있다는 듯 코웃음을 쳤다. 정숙은 최 대리의 눈을 피해 억지웃음을 지으며 편의점 문을 열었다. 그리고 재빨리 뛰어가 스타벅스 더블샷 에스프레소 캔을 집어 최 대리에게 내밀었다. 캔을 받아든 최 대리는 포스기로 가서 바코드를 찍은 뒤 정숙을 바라보았다. 정숙은 재빨리 주머니에서 꺼낸 현금 2,000원을 집어넣고 500원을 꺼내 주머니에 넣었다. 그제야 최 대리는 캔을 열어 커피를 마시기 시작했다. 집에 가는데 시장에서 멍게가 제철이라고 해서 한 봉지 사서 저녁에 먹고 잤더니 아침에 일어나자마자 속이…. 최 대리는 창밖으로 보이는 모처럼 맑은 하늘에 눈을 떼지 않은 채 정숙의 말을 끊었다. 성 과장님은 개발팀이시라 업무 시간에 이 근방에 오신다는 건 이 주변에 새로운 편의점이 하나 더 생긴다는 뜻입니다. 점장님께 전혀 좋은 일이 아니지요. 그렇다고 제가 오는 것도 그다지 반갑지는 않으시겠지요? 보통 편의점에서 문제를 일으키는 건 프로의식 없이 아르바이트하시는 분들인데 여긴 점장님이 문제를 일으키시네요. 제 생각에 조만간 성 과장님이 이 근방에 나타나실 것 같습니다.

최 대리는 가방에서 노트북을 꺼내 부팅하기 시작했다. 정숙은 초조했다. 분명 좋은 징조는 아니었다. 정숙은 갑자기 인정머리 없는 우진이 원망스러웠다. 이참에 핑계를 만들어 우진을 자를까 했지만 사실 또 그만한 야간 아르바이트를 구하기도 힘들 것 같아 그런 생각을 그만두었다. 그리고 지금은 어떻게든 최 대리의 비위를 맞춰야 하는 게 우선이었다. 최 대리는 커피를 한 모금 마시더니 부팅이 다 된 노트북을 확인하고 마우스를 움켜쥐었다. 그 모습을 본 정숙은 최 대리가 자신의 심장을 콱 움켜쥔 기분이 들었다. 뭐 하는 거냐고 물어볼까? 아니 차라리 더 강하게 화를 낼까? 야! 너 지금 뭐 하는 거야? 내가 우스워 보여? 라고 해볼까? 아니 더 세게 노트북을 확 빼앗아 박살을 내버릴까? 그리고 멱살을 잡아 편의점 밖으로 끌어낼까? 정숙이 고민하는 동안 최 대리는 아는지 모르는지 마우스를 몇 번 클릭하더니 드디어 키보드에 손을 올렸다. 정숙은 더 초조해졌다. 어떻게든 무슨 조치를 취하지 않으면 정숙이 자리를 비웠던 것을 보고할 것이고, 본사에서는 징계가 떨어질 것이다. 주영의 핀잔, 세라 원장의 잔소리, 우진의 한숨. 그보다 더 듣기 싫은 것은 근배의 위로였다. 정숙이 잘못을 저지른 후 근배가 위로하면 할수록 정숙의 죄책감은 더해갔기 때문이다. 최 대리가 타이핑을 시작하자 정숙은 소리를 쳤다. 죄송해요! 네?

죄송해요. 한 번만 봐주세요. 그러자 최 대리가 타이핑을 멈추고 정숙을 지긋이 바라보았다.

점장님.

네? 점장님은 점장님 같은 점장님이 점장님 한 분이신 줄 아시겠지만 저는 점장님 같은 점장님뿐만이 아니라 점장님보다 더한 점장님도 많이 봤습니다. 네? 뭐, 뭐, 뭐…라는 지 잘. 정숙은 얼마 전 텔레비전 채널을 돌리다가 래퍼들이 나와 저런 식으로 떠들면서 랩 배틀 했던 것을 본 기억이 문득 났다. 래퍼가 저렇게 떠들어대면 주변 사람들은 기가 막힌다는 표정으로 탄성을 내뱉었었다. 탄성도 이야, 우와, 어머나 같은 보편적 탄성이 아니라. 와우, 호우, 쑤웩, 빼앰 같은 이국적인 탄성이었다. 정숙은 스쳐가듯 그 장면을 보았을 때도 저게 어째서 대단한 것인지 전혀 이해하지 못했었다. 지금도 최 대리의 이야기에 어떻게 반응해야 할지 막막했다. 예압?이라고 해볼까 하다가 괜히 심기를 건드리고 우스운 꼴만 당할 것 같아 입을 꾹 다물고 있었다. 최 대리는 그런 정숙을 여전히 지긋하게 바라보고 있었다. 유.모.어.입니다. 유모어요? 그게 뭐죠? 우스운 농담 같은 거란 말입니다. 유모어. 아! 유머. 유머요? 정숙은 결혼한 이후에 유머를 유모어라고 발음하는 사람을 처음 본 것 같았다. 유모어는 늬우스와 함께 1980년대에 사라진 단어 아닌가 하는 생각을 했다. 이걸 웃어야 할지 말아야 할지, 하고 있을 때 상대는 최 대리라는 생각이 정숙의 머릿속을 스쳐 지나갔다. 성 과장이 이야기했던 최 대리의 건배사도 뒤따라 기억이 났다.

와우! 힙합.

정숙은 아차 싶었다. 괜히 오버했다는 생각이 정숙의 머릿속을 꽉 채웠다. 와우까지는 그렇다 쳐도 뒤에 따라붙은 힙합은 절대적으로 아니었다. 예전 은행에서 일했을 때도 부지점장 비위를 이렇게까지 맞추지 않았었는데 나이도 한참 어린 최 대리 앞에서 이게 무슨 짓인가 하는 자괴감이 들었다. 그러나 이미 입 밖으로 떠나버린 힙합이었다. 정숙은 외면했던 시선을 거두어 최 대리를 조심스레 바라보았다. 최 대리는 다시 창밖의 모처럼 밝은 하늘을 바라보고 있었다. 그러고는 한숨을 쉬었다. 최 대리는 슬며시 노트북을 덮었다. 좋습니다. 유모어와 힙합을 아시는 분이시니 리스펙트해드리지요. 안도의 한숨을 내쉬는 정숙을 물끄러미 바라보다가 최 대리는 다시 말을 이어갔다. 이번 한 번은 그냥 넘어가는 대신 조건이 있습니다. 아르바이트를 한 명 더 고용하세요. 점장님과 야간 알바 두 분이 열두 시간씩 일하는 것은 무리가 있습니다. 여덟 시간씩 세 명이 일하세요. 그래 봐야 네 시간 시급밖에 더 들어가지 않습니다. 이러다가 갑자기 야간 알바 하시는 분이 그만두겠다고 하면 큰일 아니겠습니까? 정숙은 깜짝 놀랐다. 평소 우진을 자를까 말까 생각은 했지만, 우진이 스스로 그만둘 것이라는 생각은 하지 못했었다.

아르바이트 구함.

이라고 적힌 종이를 편의점 현관에 붙였다. 최 대리는 편의점을 나가면서 인터넷 구직 사이트에 올리면 사람을 구하기 쉬울 거라고 했다. 잡코리아나 알바천국에서 사람 구할 줄 아시죠? 그럼요, 그럼요. 사람 구하는 거 금방이에요. 믿고 가겠습니다 하는 최 대리의 뒤에서 살펴 가세요, 조심해서 가세요, 외치며 꾸벅거렸다. 최 대리가 골목을 꺾어 사라지자 정숙은 하늘을 올려다보았다. 모처럼 맑은 하늘이 눈부시게 빛나고 있었다. 새로 시작하는 기분으로 아르바이트 구할 때 야간 아르바이트도 바꿀까 했지만, 이상하게 근배는 우진에게 좋은 인상을 받고 있어서 반대할 것이 분명했다. 어쨌거나 이런 일이 벌어진 것은 우진이 인정머리 없게 그냥 퇴근해버렸기 때문이라고 생각했다. 그때 세라가 정숙의 눈치를 보며 다가왔다. 왔어? 별일 없었어? 무슨 별일? 아까 그 사람 본사에서 온 것 같았는데. 정숙은 한숨을 푹 쉬었다. 지각한 거 걸렸다가 징계 먹을 뻔했지. 다행히 그냥 넘어가 주더라고. 정숙의 말을 들은 세라는 환하게 웃으며 다행이네, 다행이야, 했다. 그러고는 정숙의 눈치를 슬쩍 보더니 말을 이어갔다. 사실 아까 컵라면 사려고 왔더니, 문은 잠겨 있는데 그 본사 사람이 문 앞에 서 기다리고 있더라고. 그래서 내가 여기 주인 분명 아직 출근 안 했을 거다, 매일 자리 비우고 싸돌아다닌다, 기다려봐야 소용없으니 차라리 빅마트로 가는 게 빠르다고 했지. 정숙은 세라의 말을 듣고 깜짝 놀랐다. 아니 그런 말을 하면 어떡해? 그게, 편의점 앞에서 안 가고 멍하니 계속 서 있어서…. 난 본사에서 나온 사람인 줄 몰랐지. 그리고 자기가 매일 늦잖아. 전화도 안 받고. 언제 올지도 모르는데 계속 기다리게 놔둬? 정숙은 화가 났지만, 딱히 반박할 말이 떠오르지 않았다. 세라는 정숙의 표정을 살피더니 말을 이어갔다. 보니까 아르바이트 구한다고 써 붙여 놨던데. 그러게 진즉에 내 말대로 아르바이트를 구했어야지. 이제 자기나 나나 50이 훌쩍 넘어서 그렇게 오래 일 못 해. 괜히 돈 욕심 부리지 말고, 아르바이트 두고 쉬엄쉬엄 마실 다닌다 생각하고 일하면 얼마나 좋아? 나야 하선이가 아직 기술이 부족해서 내가 좀 더 해야 되지만, 자기는 다르잖아. 주영이는 서울에서 알아서 잘 살아, 편의점에서는 쉬엄쉬엄해도 솔솔이 돈 들어와, 무슨 걱정이 있겠어? 그냥 좋은 남편이랑 놀러나 다니면서….

고만 좀 해!

남편 이야기가 나오자 정숙은 폭발하고 말았다. 그럼 언니가 데리고 살던가. 세라는 정숙이 화를 내자 깜짝 놀랐다. 사람 약 올리는 것도 아니고, 내가 참자 참자 하니까. 무슨 말만 나오면 꼭 결론이 남편 잘 만났다고 나와? 아니 자기는 자기 남편 칭찬을 해줘도 난리야? 칭찬할 만하니까 칭찬하지? 그럼 내가 자기네 남편 배 나오고 머리도 빠져서 볼품없고, 성격도 남자답지 못하게 미적지근한 데다 퇴직했으면 어디 택시라도 몰 생각을 해야지 늙은 마누라 밖에 나가서 일하게 만든다고 욕하면 좋겠어? 언니 무슨 말을 그렇게 해? 정숙이 발끈해서 반박하려 했지만 세라는 정숙의 말을 끊어버리고 말을 이었다. 그리고 데리고 살라면 내가 못 데리고 살 줄 알아? 맘 같아서는 자기 남편만 좋다고 하면 내가 돈도 벌고, 집안일도 다 하면서 데리고 살고 싶어. 언니! 정숙은 화가 나서 소리를 질렀다. 세라는 정숙을 보고 한숨을 푹 쉬었다. 얼마 전 밤에 자고 있는데 문밖에서 쿵 하는 소리가 들려서 깜짝 놀라 깼어. 하선이는 못 들었는지 아니면 듣고도 못 들은 척하는 건지 방에서 안 나오더라고. 그래서 조심조심 현관문 앞에 가는데 갑자기 누가 밖에서 철컥철컥하면서 문을 열려고 하는 거야. 얼마나 무서웠는지 아니? 놀라서 소리 지를까 봐 입을 막고 참는데 눈물이 다 나더라고. 손은 벌벌 떨리지. 다리는 후들거리지. 누구세요? 해야 되는데 말이 입 밖으로 안 나오는 거 있지. 다행히 발소리가 멀어지면서 조용해지고 아무 일도 없긴 했어. 그래서 좀 진정을 한 다음 자려고 누웠어. 그런데 무서워서 죽겠는데 잠이 오겠니? 또 누가 막 문 열려고 그러면 어떡해? 그러고 있는데 자기 생각이 딱 나더라니까. 자기는 남편 있으니 그럴 일 없잖아.

언니는 내가 남편 있는 게 약 올라?

정숙은 약간의 충격을 받았다. 세라가 이런 사고방식을 가졌는지 그동안은 몰랐기 때문이다. 여자만 있는 집에 누가 들어오려고 했다는 것은 두려울 수 있겠지만 그게 왜 정숙이 남편 잘 만난 걸로 연결되는지 도무지 알 수 없었다. 그냥 단순히 봤을 때 둘 다 비슷한 연배이고 동갑인 딸도 하나씩 있는데 정숙은 남편이 있고, 세라는 없기 때문에 저러는 거라고밖에 생각할 수 없었다. 단순하고 악의적인 질투였다. 그래, 약 오르다. 너무 분하고 속상하다. 나도 지금까지 나쁜 짓 한 번 한 적 없이 살았어. 나도 결혼해서 하선이 낳고 오순도순 행복하게 살고 싶었다고. 톡 까놓고 이야기해서 내가 자기보다 외모가 떨어져? 센스가 없어? 머리가 나빠? 일을 열심히 안 해? 내가 자기보다 잘못한 거는 남편 제대로 못 고른 거밖에 없어. 딱 그거 하나 잘못했다고 자기는 행복하게 살고, 나는 이러고 사는 게 너무 억울하고 분해. 그래 나는 그렇다 쳐. 하선이는? 주영이는 대학도 나오고, 서울에 취직해서 잘 사는데. 우리 불쌍한 하선이는 대학도 못 가고 나랑 이런 촌구석에서 할머니들 머리나 만지고 살잖아.

그게 왜 남편 탓이야? 언니 성격 때문이지.

그런 말이 목구멍까지 올라왔다가 세라가 눈물을 닦는 걸 보고는 말을 삼켰다. 정숙은 세라의 말을 듣고 기가 찼다. 바람을 피웠던 세라의 전 남편이 잘했다고 할 수는 없었다. 그렇다고 세라의 인생이 저렇게 된 것을 어떻게 전부 남편 탓으로 돌리고 살 수 있는지 이해가 되지 않았다. 정숙은 굳이 이유를 찾자면 시기와 질투심이 많고, 자신에게 너무 관대한 세라의 탓이라고 생각했다. 이혼하기 전에 세라는 항상 남편 자랑, 돈 자랑, 하선이 자랑을 입에 달고 살았었다. 세라의 이혼 사실이 동네에 알려지자 수군거리는 사람들이 하나둘 늘어났다. 그럴 때도 정숙은 슬픔을 뒤로 한 채 동네에 미용실을 차리고, 뒤에서 수군거리던 사람들에게까지 생글생글 웃어가며 꿋꿋이 살아가는 세라의 편을 들어줬었다. 그런데 지금의 세라는 자기보다 외모, 센스, 지식도 떨어지고 열심히 살지도 않는 정숙이 행복하게 사는 꼴을 못마땅해하는 것이었다. 정숙은 세라가 이혼하고 동네에서 우스운 꼴을 당하면서도 꿋꿋하게 사는 것 같지만 속으로는 상처가 심했구나 하는 생각이 들었다. 그러나 다른 한편으로는 저런 사고방식을 갖고 있다면 앞으로 가깝게 지내지는 말아야겠다는 생각도 했다. 정숙은 눈물을 훔치는 세라를 보며 길게 이야기해봐야 좋을 것이 없다고 판단했다.

컵라면 산다며?

세라는 그제야 맞다 내가 이럴 시간이 아닌데 하며 컵라면 진열대를 뒤졌다. 자기야, 통영 멍게 라면 안 들어왔어? 모르겠는데? 그런 게 있대? 아침에 텔레비전에서 멍게가 노화 방지랑 고혈압에 좋다고 하더라고. 아미노산과 타오렌이 들어서. 정숙은 텔레비전에 나온 욕지도 해녀 할머니가 타우린을 타오렌이라고 발음했던 것이 맞았구나 싶었다. 난 못 본 거 같은데? 누가 우리 편의점에서 판대? 하선이가 핸드폰으로 찾아보더니 편의점에서 통영 멍게 라면 판다고 하더라고. 편의점에서 꼭 먹어야 될 열 가지 음식 중 하나라던데 아직 안 들여놨어? 보통 신제품은 야간 알바 하는 애가 알아서 해놓거든. 세라는 정숙을 보며 한숨을 푹 쉬었다. 자기는 진짜 편하게 산다. 이건 아무리 생각해봐도 팔자야, 팔자. 내 생각에 자기는 인복을 타고 난 거 같아. 남편은 그렇다 치고 어떻게 알바까지 잘 만나? 정숙은 그 말을 듣고 기가 찼다. 근배를 잘 만난 것은 어느 정도 인정을 하겠으나 야간 알바 우진은 절대 아니었다. 언니! 제발 그만 좀 해! 그럼 야간 알바 하는 애 데려다가 언니 미용실에서 일 시키든가! 세라는 정숙이 소리를 지르자 깜짝 놀랐다. 자기 오늘 되게 예민하다. 갱년기야? 아무튼, 야간 알바한테 이야기해서 멍게 라면 좀 들여놔, 하며 세라는 편의점을 나갔다. 정숙은 세라와는 앞으로 절대 친하게 지내지 말아야겠다고 다짐했다. 생각해보니 편의점을 차리라는 조언도 정숙을 위해서가 아니라 세라가 자신의 편의를 위해서 그랬구나 싶었다. 정숙은 화를 가라앉히기 위해 냉장고에서 게토레이를 꺼내 벌컥벌컥 마셨다.

끼이이이익!

호랑이도 제 말 하면 온다고, 정숙이 게토레이를 마시자 편의점 문 앞에 스타렉스가 달려와 급하게 섰다. 그러고는 고 대표가 차에서 내려 평소처럼 실실거리며 편의점으로 들어왔다. 안녕하세요. 아르바이트 구하시나 봐요? 밖에 붙어 있던데, 잘 생각하셨어요. 혼자 너무 오래 일하시면 병나요. 그나저나 날씨가 너무 덥네요. 혼자 주저리주저리 떠들더니 냉장고로 가서 늘 그렇듯 게토레이를 계산도 하지 않은 채 따 마셨다. 고 대표! 계산 좀 하고 마시라고 제발. 정숙은 폭발했다. 고 대표는 화를 내는 정숙을 보고 놀랐지만 이내 능청스러운 웃음을 지으며 날이 너무 더워 정신이 하나도 없어가지고, 하하하 하며 지갑을 꺼냈다. 평소 같았으면 그냥 넘어가는 정숙이었으나 오늘은 달랐다. 아침부터 근배가 밉상 짓을 해댔고, 우진은 전화로 잔소리를 하더니 기다려주지도 않은 채 가버렸다. 은행에서 급하게 업무를 보고 출근했더니 때마침 최 대리가 나타나 눈치를 주며 헛소리를 해대는 바람에 짜증이 나 있는 상태였다. 그 짜증이 식기도 전에 세라가 나타나 뒷목 잡고 쓰러지기 일보 직전까지 사람 속을 뒤집어 놓은 직후였다. 게다가 어제 고 대표가 차 사고를 내는 바람에 오른손을 찔려 아픈 상황이었고, 그 덕분에 주영에게 일을 방해했다고 핀잔까지 들었기 때문이었다. 그 사건 중에 하나라도 기분 좋은 일이 끼어 있었다면 그래도 겨우 참아보려 했겠지만, 설상가상으로 좋지 않은 일만 계속 겹쳐 있던 상황이었다.

제발 정신 좀 차리고 살아!

정숙이 또다시 소리를 지르자 고 대표는 당황하여 표정이 굳었다. 허구한 날 이게 뭐야? 내가 계산 좀 하고 마시라고 몇 번이나 말해? 그리고 말이야. 차는 왜 그렇게 험하게 몰아? 방금 여기 앞에 차 세울 때도 쌩하니 와서 콱 세우더구먼. 사람 걸어 다니는 골목에서 그러다가 사고라도 나면 어떡하려고 그래? 어제도 보니까 축구교실 앞 신호등도 없는 도로에서도 엄청 빨리 달리던데. 골목에서 큰 도로로 진입할 때는 잠깐 멈춰서 누가 지나가나 봐야 하는 거 아니야? 어린애라도 지나가다 치였어 봐. 그거 누가 책임질 거야? 내가 진짜 참다 참다 하는 이야기인데. 사람 좋게 허허 웃으면서 다닌다고 다가 아니야. 지킬 건 지키고 살아야지. 고 대표는 정숙이 하는 이야기를 고개 숙인 채 묵묵히 듣고 있다가 눈물을 뚝뚝 흘렸다. 정숙은 깜짝 놀랐다. 물론 평소보다 심하게 이야기를 했지만, 이 정도로 나이 마흔 다 되어가는 남자가 울 것이라고는 생각지도 못했다.

저기, 내가 화낸 건 미안한데. 이게 그렇게 울 일은 아니잖아…요?

정숙은 고 대표의 눈치를 살피며 조심스레 이야기했다. 그러자 고 대표는 감정이 북받쳤는지 흐느끼며 울기 시작했다. 당황한 정숙이 카운터에서 냅킨을 가져다주었다. 고 대표의 어깨를 두드려줄까 하다가 괜히 더 울릴 것 같아서 하지 못했다. 고 대표는 눈물을 닦으며 진정하더니 말을 이어갔다. 어제 꿈에 6년 전에 돌아가신 아버지께서 나오셨어요. 아버지는 생전에 우리나라에서 중고차를 사다가 페루에 파는 일을 하셨거든요. 그런데 갑자기 심근경색으로 페루에서 돌아가신 겁니다. 그때 아버지가 중고차 사놓으신 게 있었는데 그걸 대부분 외상으로 사 오셨기 때문에 제가 살던 집 전세금 빼서 돈 갚고, 페루에 있던 아버지 집과 유품을 정리하고, 정신이 하나도 없었어요. 정신 차려보니 아버지 안 계신 건 둘째 치더라도 살 집부터 어떻게 좀 해야겠다는 생각에 정신없이 일했습니다. 일요일이고 명절이고 할 것 없이 일하는 바람에 어떻게 다시 전세금도 모았습니다. 요즘은 평택에 축구교실 한 군데 더 차리려고 알아보는 중이거든요. 그런데 지금까지 돌아가신 아버지가 그립기는커녕 생각난 적도 없었어요. 살아 계실 때도 항상 페루에 계시고 한국에는 1년에 한두 번 잠깐 왔다 가시기만 했으니까요.

제발 정신 좀 차리고 살아!

꿈에 나온 아버지가 그러면서 절 야단치시더라고요. 그래서 왜 그러시느냐 했더니 마냥허허 웃으면서 다닌다고 잘 사는 게 아니라 지킬 건 지키고 사는 게 잘 사는 거라고 그러셨어요. 예전에 아버지 살아 계실 때도 늘 저한테 그 소리 하셨거든요. 저는 그래도 지킬 건 지키고 산다고 생각하는데 아버지 눈에는 그러지 않으셨나 봐요. 그러더니 편의점 사모님께서 제 인생을 다시 살게 해줬다고 그러시며 찾아가 보라고 하시는 거예요. 그러고는 잠에서 깼는데. 6년 만에 꿈에서 아버지를 뵈니까 기분이 좀 이상하더라고요. 그리고 편의점 사모님이 인생을 다시 살게 해준다는 건지 다시 살게 해줬다는 건지 헷갈려서 혹시나 하는 마음에 로또나 하나 사볼까 하고 온 거죠. 그런데 사모님께서 제 아버지가 했던 이야기랑 똑같은 얘길 하시니 갑자기 아버지가 괜히 꿈에 나오신 게 아닌가 보다 싶기도 하고…. 고 대표는 다시 눈물을 흘리기 시작했다. 진짜 우리 아버지 힘들게 사셨거든요. 보증 사기 당하셔서 도망가다시피 페루에 가셔가지고, 사실 그전에는 페루가 어디에 있는지도 몰랐어요. 아버지랑 조기축구를 같이 하시던 분이 페루로 발령이 나서 그분 믿고 따라가다시피 간 거예요. 말도 안 통하는 나라 가셔서 못 배우고, 나이 드신 양반이 잠도 안 주무시면서 노력하셔서 자리 잡으셨는데. 어쨌거나 한국에 들어오시면 제가 진짜 효도한다고 약속했었어요. 하와이 여행도 보내드리고, 라식이랑 임플란트도 해드리고, 벤츠도 한 대 뽑아드린다고 말씀드렸더니.

난 벤츠 필요 없다. 재규어가 더 좋다.

그래서 벤츠 말고 재규어XF로 한 대 뽑아드리기로 약속하고, 고 대표는 아버지의 농담을 떠올리며 슬쩍 웃다가 다시 한숨을 쉬며 눈물을 흘렸다. 에휴, 그렇게 가실 거면 왜 그리 열심히 사셨는지. 정숙은 그제야 고 대표의 어깨를 두드려주었다. 감사합니다. 진짜 감사합니다. 고 대표는 감정을 추스르고 괜히 아침부터 소란을 피워 죄송하다고 했다. 살다 보면 그런 날도 있으니 너무 신경 쓰지 말아요. 다른 건 모르겠고 차는 좀 살살 몰고 다녀요. 그건 정말로 꼭 지켜야 돼. 안 그러면 진짜 큰일 나요. 고 대표는 앞으로 꼭 차를 살살 몰고 다니겠다고 정숙과 약속을 한 뒤에 편의점을 나갔다. 그러고는 얌전하게 차에 올라 천천히 출발했다. 정숙은 자신이 시간을 돌려 고 대표의 사고를 막아준 것을 고 대표의 아버지가 저승에서 지켜보고 알려줬나 하는 생각이 들었다. 그러다 오른손을 찌르면 왜 15분이 되돌아가는지도 모르는데 그런 것까지 어떻게 알 수 있겠나 싶었다. 혹시 킥보드 타던 아이의 엄마도 찾아오지 않을까 하는 생각을 하고 있는데 고 대표의 스타렉스가 다시 편의점 앞에 천천히 정차했다. 그러고는 고 대표가 후다닥 내려 편의점으로 들어왔다. 저 게토레이 계산 안 하고 갔어요. 정숙은 웃으며 오늘은 내가 살 테니 그냥 가라고 했다. 고 대표는 고맙습니다 하고는 다시 얌전하게 차에 올라 천천히 출발했다. 정숙은 예전에 주영이 15분으로는 할 수 있는 일이 없다고 했던 것이 떠올랐다. 처음 찔렀을 때는 강간을 피했고, 두 번째는 주영이 화상 입는 것을 막았다. 그다음에는 1등 번호로 로또를 사려다 실패했고, 주영의 수능을 다시 보게 해주려다 실패했다. 그러고는 어제 아이를 구하는 데 성공했다. 정숙은 분명히 이 능력은 타인을 도와줄 때만 효력을 발휘하는 것이라고 생각했다. 그러다 문득 주영이 수능 때 두 번 찔러서 30분 과거로 갔던 것이 생각이 났다. 그러고는 곰곰이 생각하다가 네 번 찌르면 로또 번호를 알아낼 수 있다는 사실을 깨달았다. 어제 손을 찌르는 바람에 지금은 손이 아파 엄두가 나지 않았다. 지금은 조용히 살다가 나중에 주영이 결혼할 때쯤 찔러 혼수를 해주어야겠다고 생각했다. 그런 생각에 기분이 좋아질 때쯤 다시 편의점 앞에 고 대표의 스타렉스가 천천히 섰다. 그리고 고 대표가 내려 편의점 안으로 들어왔다.

저, 그래도 아버지가 꿈에 나오셨으니 로또를 하나 사보는 게….

정숙은 한숨을 쉬었다. 고 대표님, 그건 아닌 거 같아. 아버지께서 무슨 번호를 알려준 것도 아니잖아요? 돌아가신 아버지가 꿈에 나와서 로또 당첨될 거였으면 난 벌써 대여섯 번 당첨되어서 압구정동에 있는 현대아파트 샀어. 그리고 아버지께서 지킬 건 지키고 살라 하셨다며? 그게 무슨 이야기겠어? 요행 바라지 말고, 성실하게 살란 말씀 아니겠어요? 그런데 그런 꿈을 꾸자마자 로또라니, 아버지께서 얼마나 속상하시겠어? 안 그래요? 정숙의 말을 들은 고 대표는 곰곰이 생각하더니 사모님 말씀이 맞는 것 같습니다. 그리고 말씀 편하게 하세요. 제가 막냇동생뻘인데 하며 웃었다. 정숙은 평소에 고 대표에게 존댓말을 했지만 아까 화를 내면서 반말을 해버리는 바람에 정리가 안 되어 있었다. 그럼 고 대표도 앞으로 사모님이라고 하지 말고 그냥 점장님이라고 해. 손바닥만 한 편의점 하면서 사모님 소리 들으니 어색해. 알겠습니다, 점장님. 그럼 가볼게요. 감사합니다, 하고 고 대표는 다시 차에 올랐다. 그러더니 다시 차에서 내려 편의점으로 들어왔다. 그러고는 하리보 젤리 하나를 집었다. 제가 축구를 해야 돼서 담배도 못 피우고, 술도 잘 안 마시니까 주전부리를 많이 하게 되네요. 정숙은 한숨이 절로 나왔다. 알아, 젤리 살 때마다 그 소리 하는데 내가 모르겠어? 정숙은 하리보도 그냥 줄까 하다가 고 대표가 자꾸 왔다 갔다 하는 게 귀찮아서 바코드를 찍어버렸다. 그러고는 계산하며 고 대표가 나쁜 사람은 아니지만 번거로운 타입인 것은 확실하다고 생각했다.

11

구인_

벚꽃! 그렇죠. 봄 하면 벚꽃이죠.

윤중로를 지나오는데 벚꽃 반 커플 반이더라고요. 말이 나왔으니 드리는 말씀인데요. 잠시만요. 그 이야기는 광고 듣고 와서 다시 듣겠습니다. 광고 듣고 올게요. 조강지처가 좋더라. 썬연료가 좋더라. 손님이 없는 편의점 카운터에서 정숙은 라디오를 듣고 있었다. 라디오에서는 한창 벚꽃 이야기 중이었다. 정숙은 몸이 근질근질했다. 어제 목련을 보러 나갔던 이후로 뭔가 일이 꼬여버린 기분이었지만 목련은 목련이고, 벚꽃은 또 다른 이야기 아닌가. 근배와 안성 컨트리클럽 가는 길로 벚꽃 구경을 갔던 것이 떠올랐다. 벚꽃이 만개할 때쯤 매년 그 길로 드라이브를 갔었다. 그러나 올해부터는 편의점을 지켜야 했기 때문에 그럴 수 없었다. 진작 주간 아르바이트를 구했다면 근배와 벚꽃을 보러 갔었을 텐데 하며 봄볕이 내리쬐는 편의점 내부를 멍하니 바라보았다.

딸랑.

문에 달아둔 종이 울리며 여자가 들어왔다. 그러고는 조용히 카운터로 와서 카운터 내부를 살폈다. 담배 드릴까요? 아니요. 아르바이트 구한다고 해서 왔는데요. 여자는 메고 있던 캔버스백에서 파일을 꺼내 그 안에 있던 등본과 이력서를 정숙에게 내밀었다. 사람 구한다고 아까 아침에 붙였는데 언제 이런 걸 준비했어요? 아침에 지나가다 보고서 바로 주민센터 가서 등본 떼고, 집에 가서 이력서 뽑아 가지고 온 거예요. 아직 사람 안 구하셨죠? 네, 아직요. 정숙은 여자의 등본과 이력서를 살펴봤다. 스물여섯 살에 용인대학교 경호학과를 졸업하고, 안성시청 옆에 있는 화랑태권도장에서 일했다고 적혀 있었다. 혜림은 키도 크고 덩치도 컸다. 태권도장은 왜 그만뒀어요? 정숙의 질문에 혜림은 한숨을 쉬었다. 사실 제가 애들을 별로 안 좋아해요. 초등학생들이 말을 얼마나 안 듣는데요. 그래요. 애들은 뭐 그럴 수 있다고 생각해요. 그런데 문제는 애들 부모가 너무 극성이에요. 우리 애가 태권도에 소질이 있느냐, 파란 띠는 언제 따느냐, 시도 때도 없이 전화에 카톡에…. 그리고 태권도라는 게 하다가 좀 다칠 수도 있는 거 아닌가요? 정숙은 문득 어제 킥보드를 타던 아이의 엄마가 생각이 났다. 결정적인 계기가 저를 보시면 아시겠지만 제가 덩치가 좀 있잖아요. 어떤 아이 엄마가 저한테 태권도 가르치면서 몸매 관리 안 하면

배우는 학생 입장에서 믿음이 가겠냐고 하는 거예요. 그래서 제가 그분에게 그랬어요. 저는 제 몸매가 나쁘지 않다고 생각해요. 저 팔굽혀 펴기도 서른 개나 하고요. 턱걸이도 여덟 개 정도 해요. 운동하는 사람으로서 몸매가 예쁜 것보다 튼튼한 몸을 가진 게 더 아름다운 거 아니겠어요? 어머니도 운동 열심히 하시면 지금보다 더 아름다운 몸매가 되실 거예요, 했더니 얼굴이 빨게지면서 우락부락한 여자들 징그러워서 남자들이 싫어하는 거 몰라요? 하고는 휙 나가더라고요. 어쨌거나 그 당시에는 참으면서 좋게 이야기했지만. 그날 밤에 집에 가서 펑펑 울었어요. 저도 모델처럼 날씬한 몸매면 좋겠죠. 그런데 그게 쉽게 되나요? 가뜩이나 운동하는 사람인데? 그런데 웃긴 게 뭔 줄 아세요? 알고 봤더니 그 아줌마 남편이 제 칭찬을 해서 그런 거였더라고요. 태권도 학원 여선생이 건강미가 넘쳐서 보기 좋다 했더니 뒤에서 보면 남자 같은데 뭐가 보기 좋으냐고 그러더래요. 그래서 비리비리해 가지고 애들 책가방도 무거워서 못 드는 당신보다 낫다고 하니까 화를 내더래요. 그러고는 며칠 있다가 저한테 몸매 관리 좀 하라고 했더니 제가 바락바락 대들었다면서 또 막 성질을 냈다지 뭐에요. 제가 진짜로 대들었으면 억울하지나 않죠. 그 아줌마는 엄청 말랐거든요. 얼굴도 조막만 하고, 화장도 세련되게 하고 다니고. 그런 아줌마가 덩치 크고 예쁘지도 않은 저한테 왜 그러는지 이해가 안 가더라고요. 어쨌거나 그 후에 그 아줌마 마주치면 미운털 안 박히려고 일부러 먼저 가서 밝게 웃으며 인사하고 그랬어요. 학부모랑 사이 안 좋아서 좋을 거 없잖아요. 문제는 그 이후에 제가 아빠들만 오면 생글생글 웃네, 가슴 크게 보이려고 일부러 도복을 작게 입고 다니네, 관장이랑 그런 사이네 하는 소문이 돌더라고요. 분명 그 아줌마가 퍼트린 소문일 거예요. 나중에는 저랑 친했던 아줌마들도 저를 안 좋게 보더라고요. 그래서 결국 더러워서 그만둔 거예요. 자기보다 뚱뚱하고 못난 저를 남편이 칭찬하는 게 짜증 났겠죠. 그런 데다 자기가 상처 주는 말을 해도 상처 안 받는 게 꼴 보기 싫었나 봐요. 상처 안 받은 게 아니라 안 받은 척한 건데. 그리고 보이는 것만큼 행복하지도 않았고요.

짝!

정숙은 자기도 모르게 박수를 쳤다. 맞아, 그런 사람들 좀 있어. 괜히 자기보다 별거 없는데 자기보다 잘 사는 거 같으면 그 꼴 못 보는 사람들이 있어요. 정숙은 아침에 왔다 간 세라가 생각이 났다. 그렇다고 일을 그만두면 어떡해요? 그래도 버티면서 계속했어야지. 정숙은 아쉬운 마음에 혜림을 달랬다. 좀 쉬다가 경찰공무원 준비를 하든가, 아니면 경호업체에 취직해볼 생각이에요. 경호업체에 있는 선배들이 많거든요. 그렇다고 한 달만 일하고 그만두거나 그럴 일 없어요. 한 1년은 좀 쉴 생각이니까요. 그리고 저 학교 다닐 때 편의점 아르바이트도 해봤었어요. 이건 말씀 안 드리려고 그런 건데, 제가 편의점 들어오자마자 카운터 안을 쓱 봤잖아요. 왜 본 줄 아세요? 의자가 있나 없나 본 거예요. 편의점 점장님 중에 깐깐해서 카운터에 앉아 있지 말라고 의자 두지 못하게 하는 점장님들이 있거든요. 그런 데는 절대 일 못 해요. 손님 없을 때 앉지도 못하게 하는 건 아르바이트를 사람 취급 안 한다는 이야기거든요. 게다가 그런 점장들은 아르바이트 못 믿어서 꼭 CCTV 돌려 보면서 트집까지 잡아요. 정숙은 혜림의 이야기를 듣고 깜짝 놀랐다. 카운터에 의자가 없으면 여덟 시간 동안 서서 일해야 한다는 이야기인데 어떻게 그렇게 매일 일할 수 있는지 이해가 되지 않았다. 정숙은 혜림이 마음에 들었다. 성격이 시원시원한 것도 마음에 들었고, 힘도 세서 일도 잘할 것 같았다. 여자가 팔굽혀 펴기 서른 개에 턱걸이 여덟 개라니. 그리고 가장 마음에 들었던 것은 혜림은 말이 많았다. 우진은 말이 별로 없는 데다 그나마 입을 열면 나오는 게 잔소리밖에 없었다. 근배는 말이 적은 편은 아니었지만 역시나 재미가 문제였다. 그나마 세라가 수다 떨기 가장 좋은 상대였지만, 오늘 아침 부로 껄끄러운 상대가 되었다. 그런 와중에 혜림이 나타난 것은 정숙에게 행운이었다.

오늘부터 일할 수 있어요?

정숙이 묻자 혜림은 그렇다고 대답하면서 캔버스백에서 통장 사본을 꺼내 정숙에게 주었다. 안 그래도 월급 때문에 통장 사본 가져와야 한다고 하려 했는데. 그럼 아침 8시부터 오후 4시까지 근무해주세요. 감사합니다, 점장님. 오늘은 일을 배워야 하니까 저녁 알바 올 때까지 근무할게요. 물류 들어오는 시간 좀 알려주세요. 신선식품은 매일 들어올 테고, 담배는 보통 몇 시에 들어오나요? 행사 상품도 체크해봐야 겠네요. 그런데 보니까 통영 멍게 라면이 없던데요. 발주 넣으실 때 그거 꼭 넣으세요. 그 라면이 편의점에서 반드시 먹어봐야 할 열 가지 음식 중 하나거든요. 정숙은 기분이 좋았다. 어쩌면 세라의 말대로 인복을 타고난 걸 수도 있다는 생각이 들었다. 그리고 중요한 벚꽃. 내일은 느긋하게 벚꽃을 구경한 후 오랜만에 외식하고 출근을 하리라 마음을 먹었다. 딸랑. 문에 달아둔 종이 울리며 누군가가 들어왔다. 혜림은 밝게 웃으며 정숙보다 먼저 어서 오세요 인사 했고, 정숙은 그런 혜림을 보며 미소를 지었다. 편의점으로 한 청년이 쭈뼛거리며 들어왔다. 정숙이 그 청년을 본 순간….

…!

시간이 멈추었다. 하얬다. 시원했다. 부드럽고, 맑았다. 달콤한 느낌에 향기롭기까지 했으며 무엇보다 중요한 것은 너무 아름다웠다. 움직일 수가 없었다. 송곳으로 오른손을 찔렀을 때 손을 타고 팔꿈치, 겨드랑이, 뒷목을 타고 오르던 뜨끔한 느낌이 오롯이 심장에서만 느껴졌다. 사람을 보고 이런 느낌을 가져본 적은 처음이었다. 은행에 근무할 때는 코앞에서 연예인을 본 적이 있었다. 텔레비전에서는 좀 느끼하다 싶은 연예인이었는데 실물로 보니 생각보다 너무 잘생겨서 놀랐었다. 그러나 근무 중이었기 때문에 티를 내지는 못하고 옆 눈으로 힐끗거리며 훔쳐보았다. 연예인이 은행을 나가고 나서야 여직원들끼리 비상구 계단에 모여 이야기를 나눴다. 같이 근무했던 미경은 오늘부로 내가 태어나서 본 가장 잘생긴 사람은 이명현이라며 호들갑을 떨었다. 정숙도 사람을 보고 그렇게 심장이 두근댄 적은 처음이라며 맞장구를 쳤다. 그러나 대화의 주제는 잘생긴 이명현에서 재수 없는 부지점장으로 금세 바뀌었었다. 우리도 재수 없는 부지점장 대신에 이명현 같은 부지점장이 오면 얼마나 좋아? 그러게. 그러게. 그런데 아침에 출근하자마자 부지점장이 나한테 뭐라고 했는지 알아? 뭔데요? 뭔데? 말도 마, 글쎄 하며 이야기가 다른 쪽으로 흘러가 버렸다. 근배와 처음 교제를 시작할 때도 이 사람이면 피곤하진 않겠구나 하는 마음뿐이었지 심장이 두근대고 그런 건은 없었다. 정숙이 쉰 살 넘게 살아오면서 중학교 시절 수학 선생님이 교무실로 불러 수학 점수가 25점이나 올라 기특하다며 머리를 쓰다듬어 주시고 딸기 산도를 줬을 때 이후로 이런 감정은 처음이었다. 편의점으로 들어온 청년은 20대 중반으로 보이긴 하나 고등학생이라고 하더라도 전혀 어색하지 않은 느낌이었다. 키는 큰 편은 아니었으나 머리가 작아 모델 같이 훤칠해 보였다. 잡티 하나 없는 하얀 피부에 살짝 왁스를 바른 짧은 머리, 스키니한 중청색 데님 위에 하늘색 스트라이프 셔츠를 입고 있었다. 그리고 김원준. 데뷔 초의 김원준과 알 듯 모를 듯 닮은 느낌이었다.

밖…에. 알바 구한다고 하셔서….

멍하니 청년을 바라보던 혜림은 그제야 정신을 차리고는 정숙을 쳐다보았다. 정숙도 그제야 정신이 들었다. 정숙은 아무 말 없이 사무실로 들어가 서랍에서 송곳을 꺼내 망설임도 없이 오른손을 힘껏 찔렀다. 아무런 생각도 없었다. 조금의 고민도 하지 않았다. 송곳이 박힌 손바닥을 보자 입에서 비명이 튀어나왔다. 비명을 참아야겠다는 생각도 하지 않았다. 아무런 생각 없이 오른손에 박힌 송곳을 쑥 뽑았다. 아픈 손을 움켜쥐고 정신을 차려보니 카운터에 앉아 있었다. 여러분의 사랑으로 30년이 되었습니다. 국민 연료 썬연료. 라디오에서는 15분 전에 듣던 광고가 흘러나왔다. 딸랑. 문에 달아둔 종이 울리며 혜림이 들어왔다. 그러고는 조용히 카운터로 와서 카운터 내부를 살폈다. 아르바이트 구했어요. 정숙의 말에 혜림은 깜짝 놀랐다. 알바 구하러 왔는지 어떻게 아셨어요? 들어와서 카운터에 의자 있나 없나 보는 것 보면 알지요. 점장이 깐깐한지 아닌지 확인하는 거잖아요. 혜림은 더더욱 놀랐다. 아니 어떻게 그것만 보고도 딱 아세요? 정숙은 혜림이 수다스러웠던 것이 생각났다. 괜히 말을 길게 하다가 혜림이 편의점을 나가기 전에 그 아름다운 청년이 들어와 버리면 모든 게 허사였다. 그 생각에 정숙은 초조해지기 시작했다. 내가 신기가 좀 있어요. 보니까 가방에 이미 이력서랑 통장 사본도 갖고 왔네. 혜림은 눈이 휘둥그레져서 정숙을 바라보았다. 아가씨, 내가 조언하나 하자면 딱 보니 체대 졸업하고 어디 태권도장에서 일했던 것 같은데. 괜히 편의점에서 아르바이트하면서 시간 보내지 말고, 경찰이나 군인 같은 거 준비해요. 딱 보니 그게 맞아. 혜림은 팔에 소름이 돋았다. 맞아요. 저 얼마 전까지 태권도장에 일했었는데. 그리고 경찰공무원 준비하려고 했었어요. 정숙은 괜히 말이 길어지는 것 같아 아차 싶었다. 여기랑 터가 안 맞아! 네? 이 편의점 하고 아가씨하고 상극이야. 괜히 여기 오래 있다가는 변을 당하게 생겼어. 얼른 가서 공부나 열심히 해요. 네? 네? 어? 고, 고맙습니다. 혜림은 변을 당한다는 말에 놀라 재빨리 편의점을 빠져나갔다. 정숙은 핸드폰이 울리는 소리에 한숨을 푹 쉬었다. 수신자는 안 봐도 뻔했다. 정숙은 아픈 오른손 대신 왼손으로 주영의 전화를 받았다.

12

징후_

육횟집이나 갈까?

그저께도 육횟집 갔잖아요. 그럼 주영 씨는 어디 가고 싶어요? 저는 오랜만에 베니건스요. 베니건스 없어진 지가 언제인데. 권 팀장은 회의실로 사람들을 모아놓고 오늘 저녁 회식 장소의 의견을 구하고 있었다. 팀장님 그제도 육횟집 갔는데 육횟집은 빼면 좀 안 돼요? 오늘 같은 날은 좀 좋은 데 가요. 강남으로 넘어갈까? 우리 데블스 도어 가자. 수제 맥주도 팔고, 크림파스타가 살살 녹아요. 그러니까 가고 싶은 데 적어서 제비뽑기하자니까? 권 팀장은 이면지에 자를 대고 여덟 조각으로 찢은 뒤 팀원들에게 나눠주었다. 팀원들은 각자 진지하게 회식 장소를 적기 시작했다. 그러나 대부분은 데블스 도어로 이미 마음을 굳혔다. 주영은 딱히 가고 싶은 회식 장소가 없었다. 최근 들어 술을 끊었기 때문에 회식을 빠질까도 생각 중이었다. 어디를 갈까 고민하다가 여자친구와 헤어진 이후로 모처럼 밝게 웃는 권 팀장의 얼굴을 한 번 보고는 육횟집이라고 적었다. 다 썼나요? 권 팀장은 비어 있는 현미녹차 상자를 들고 와서 회식 장소를 적은 쪽지를 수거했다. 뽑는 건 공정성을 위해 막내 소정 씨가 뽑도록 하겠습니다. 제가요? 그때 회의실 문을 열고 차 대리가 들어왔다. 대표님이 팀장님 찾으시던데요? 왜 날 찾으시지?

나 금방 갔다 올 테니까 뽑기 건드리지 마! 알았어?

권 팀장은 회의실 밖을 나가면서 팀원들에게 엄포를 놓은 뒤, 차 대리에게 육횟집 좋지 않으냐며 귓속말을 슬쩍 건넸다. 차 대리님 육횟집은 절대 안 돼요. 뭐가? 오늘 회식 장소요. 하필 오늘 회식이야? 장모님 오신다고 했는데. 난 어차피 못 가니까 다들 가고 싶은데 밀어줄게. 데블스 도어 가기로 했어요. 데블스 도어? 거긴 나중에 나도 시간 될 때 같이 가면 안 될까? 다음 회식은 심슨 시즌 29 끝나야 할 텐데 언제까지 기다려요. 차 대리는 쪽지와 볼펜을 잡고는 툴툴거리며 회식 장소를 적기 시작했다. 소정이 어깨너머로 차 대리가 적는 걸 훔쳐보더니 소리쳤다. 차 대리님 육횟집 썼어요. 뭐? 빼앗아! 팀원들은 차 대리를 붙잡고 적고 있는 쪽지를 빼앗아 찢어버렸다. 장난이야. 그런 장난은 하는 게 아니에요. 빨리 데블스 도어 쓰세요. 알았어. 그런데 다들 데블스 도어 가고 싶으면 거기로 가면 되지 왜 제비뽑기를 하는 거야? 그러니까요. 이해가 안 돼요. 차 대리는 쪽지에 데블스 도어라고 적고 두 번 접은 뒤 현미녹차 박스에 집어넣었다. 차 대리는 말 없는 주영을 슬쩍 보고는 다가와 말을 걸었다. 너는 왜 조용히 있어? 난 회식이고 뭐고 집에 가서 쉬고 싶어. 어제 채색하느라 죽는 줄 알았잖아. 게다가 요새 술도 안 마시는데 가서 뭐 해. 너 안 가면 권 팀장이 실망할 텐데. 무슨 소리야?

그런데 너 말이야.

주영은 차 대리의 눈빛에서 의심을 읽었다. 선배, 그건 아니다. 너 그제 권 팀장이랑 둘이 술 마셨지? 나 요새 술 안 마신다니까. 어쨌거나 같이 가긴 했잖아. 권 팀장이 왜 여자친구랑 헤어지고 너를 찾았겠냐? 주영은 한숨이 나왔다. 선배가 아기 씻기고 재우는 날이라면서 권 팀장한테 못 간다고 했다며? 그리고 나 말고도 다른 사람들한테 같이 가자고 했는데 다들 싫다고 가버렸지. 그런데 난 집도 가깝고, 결혼도 안 했고, 만만하니까 나 데리고 간 거지 뭐. 나도 괜히 따라가서 어제 채색 늦는 바람에 엄청 고생했어. 오늘도 회식이고 뭐고 집에 가서 쉴 거야. 주영의 말을 듣고도 차 대리의 눈빛에서는 의심이 사라지지 않았다. 주영아. 너랑 나랑 일곱 살 차이 나지? 그런가? 선배 서른하나야? 그럼 너 권 팀장이랑 띠동갑인데. 권 팀장이 너한테만 존댓말 쓰잖아. 그거 이상하지 않아?

모여봐!

권 팀장이 회의실 문을 열고 들어왔다. 그러고는 씨익 웃더니 안주머니에서 법인 카드를 꺼내 들었다. 대표님이 수고했다고 회식 거하게 하라신다. 와아아아아. 직원들은 환호성을 질렀다. 차 대리, 주영 씨랑 둘이 구석에서 뭐 하고 있어? 얼른 이리 와. 제비뽑기해야지. 주영 씨도 빨리 오세요. 차 대리는 주영에게 거 봐 하는 눈빛을 보내며 권 팀장과 직원들이 모여 있는 곳으로 움직였다. 주영도 모르겠네 하는 눈빛을 보이며 몸을 일으켰다. 소정 씨 빨리 뽑아. 저 이상한 거 뽑았다고 해서 욕하시면 안 돼요. 그럴 사람 없어. 만약에 누가 그런 소리 하면 그 사람 빼고 회식 갈 거야. 다들 알았지? 모두가 긴장된 눈빛으로 현미녹차 상자에 넣은 소정의 손을 바라보았다. 주영도 별 관심 없는 척했지만 어디가 나올지 궁금하긴 했다. 괜히 육횟집을 적어 넣은 게 아닌가 하는 생각이 들었다. 소정은 쪽지들을 손을 뒤적거린 후 하나를 꺼내 들었다. 직원들은 소정의 표정을 지켜보았다. 소정은 쪽지를 보고는 표정이 살짝 굳었다. 직원들의 표정도 덩달아 굳어졌다. 주영도 소정의 표정을 보고는 겁이 덜컥 났다. 육횟집 나온 거 아냐? 참다못한 권 팀장이 긴장한 표정으로 어디 나왔는데 그래? 하며 물었다. 그러자 소정은 씨익 웃더니 데블스 도어를 외치며 쪽지를 직원들에게 보여줬다.

와아아아아.

직원들은 환호성을 질렀고, 주영은 안도의 한숨을 쉬었다. 차 대리, 우리 오랜만에 강남 가게 생겼네? 차 대리님은 회식 못 가신대요.

장모님 오신다고 하셔서요. 그럼 가서 맥주 한 잔만 하고 가. 식당 예약을 해놔서 안 돼요. 그리고 와이프 데리고, 애 데리고, 장모님 모시고 택시 타기 힘들어요. 아쉽네. 주영 씨는 가실 거죠? 저도 오늘은 그냥 집에 가려고요. 주영 씨는 왜 또? 이거 대학 선후배끼리 짜고 그러는 거야? 팀장님은 오늘따라 자꾸 말도 안 되는 소리를 하세요? 농담이에요. 권 팀장은 머쓱한 듯 뒷머리를 긁었다. 그런데 주영 씨는 왜 빠지시려고요? 어제 저 채색하느라 죽는 줄 알았잖아요. 어깨도 아프고, 손은 더 아프고. 게다가 요새 저 술도 안 마시는 데 가서 뭐해요. 술 안 마시면 어때요. 데블스 도어 크림파스타가 살살 녹는다는데. 집에 가시면 혼자 밥 먹어야 되는 거 아니에요? 오늘은 술 마시라고 안 할 테니 식사나 하고 가요. 주영은 고민하다가 어차피 저녁은 먹어야 되고, 권 팀장과 단둘이 가는 게 아니니 식사만 하고 집에 갈 수 있겠다는 생각이 들었다. 그래요, 식사만 하고 갈게요 하는 주영의 말에 권 팀장은 오케이 그럼 같이 가는 겁니다, 하며 친근한 척 주영의 오른쪽 어깨를 살짝 두드렸다.

아아아아아악!!

주영의 비명에 직원들은 모두 놀라 권 팀장과 주영을 바라보았다. 권 팀장은 놀라서 주영의 어깨를 두드린 손을 내리지도 못한 채 서 있었다. 어깨가 그 정도로 아파요? 병원 가야 하는 거 아니에요? 하는 권 팀장의 말에 대꾸도 하지 않은 채 오른손을 움켜쥐고 주저앉았다. 직원들이 웅성거리며 어머 왜 그래? 팀장님이 때린 거야? 하자 권 팀장이 억울한 표정으로 손사래를 쳤다. 주영은 짜증이 확 올라왔다. 분명 정숙이 손을 찌른 것이다. 어제는 애가 차에 치여서 그랬다지만 이틀 연속으로 교통사고를 목격했을 리는 없었다. 그리고 찌른다는 연락도 오지 않았다. 이번엔 분명히 말도 안 되는 이유일 것이라고 생각했다.

나 금방 갔다 올 테니까 뽑기 건드리지 마! 알았어?

주영이 정신을 차려보니 권 팀장은 대표가 부른다는 차 대리의 말을 듣고 회의실을 나갔다. 시계를 보진 않았지만 15분 전으로 돌아왔다는 건 알 수 있었다. 차 대리는 오늘 회식이라는 직원들의 말에 장모님 오셔서 못 간다고 투덜대고 있었다. 직원들은 차 대리에게 회식 장소 제비뽑기에 데블스 도어를 쓰라고 강요했다. 소정이 구석에서 웅크리고 있는 주영을 보더니 다가왔다. 주영 선배 어디 아프세요? 어제 채색을 너무 오래 했더니 손이 아파서 그래요. 신경 쓰지 말아요. 안색이 안 좋으신데 병원에 가보셔야 하는 거 아니에요? 괜찮아요. 저기 차 대리님 쪽지에 육횟집 쓰는 거 같은데? 가서 좀 봐요. 네? 소정은 주영의 말에 놀라 쪽지를 쓰는 차 대리에게 다가가 뒤에서 힐끗 훔쳐보더니 차 대리님 육횟집 썼다며 소리를 질렀다. 뭐? 빼앗아! 팀원들은 차 대리를 붙잡고 적고 있는 쪽지를 빼앗아 찢어버렸다. 장난이야, 장난. 대리님, 그런 장난은 하는 게 아니에요. 빨리 데블스 도어 쓰세요. 우리가 보는 앞에서 쓰세요. 알았어. 차 대리는 쪽지를 쓰며 그냥 다수결로 데블스 도어를 가면 되지 뭐 하러 제비뽑기를 하느냐 했고,

직원들은 그러니까요, 내 말이 하며 맞장구를 쳤다. 차 대리는 쪽지를 적은 뒤 현미녹차 상자에 넣고는 구석에 있는 주영에게로 다가갔다. 너는 왜 조용히 있어? 몰라. 어차피 데블스 도어 갈 테고 난 술 안 마시니까 밥만 먹고 집에 갈 거야. 차 대리는 뭔가 궁금한 게 있는 표정으로 주영을 바라보았다. 주영은 손이 아픈 것도 짜증이 나고, 무엇보다 도대체 왜 정숙이 손을 찔렀는지 궁금했다. 주영은 차 대리에게 잠깐 나 엄마한테 전화 좀 이라고 말하며 회의실을 빠져나왔다.

많이… 아프지?

정숙의 조심하는 말투에 주영은 더욱 화가 났다. 분명 큰일이 아니라는 생각에서였다. 정숙의 말투가 다급하지도 심각하지도 않은 느낌이었다. 아니 아픈 건 둘째치고. 주영의 짜증 섞인 말투에 정숙은 말을 끊고 대답했다. 고양이가 차에 치였어. 고양이? 응 편의점 앞에서 고양이가 지나가다가 차에 치여서 죽어가는데. 거짓말하지 마. 정숙은 깜짝 놀랐다. 아니 내가 왜 거짓말을 해? 엄마 거짓말할 때는 바로 대답하잖아. 진짜면 오늘 아침에 너희 아빠가로 시작하거나 내가 편의점 출근하는데부터 시작하지 바로 고양이가 죽었다고 안 나와. 거짓말하려니까 바로 본론부터 이야기하는 거잖아. 정숙은 당황했다. 거짓말 아니라고 해봤자 주영이 믿지 않을 걸 같았다. 하지만 지금은 아니라고 할 수밖에 없었다. 정숙이 아니라고 대답하려는데 이번엔 주영이 말을 끊어버렸다. 뭐가 됐건 궁금하지 않으니까 제발 손 좀 찌르지 마, 절대. 알았어? 내가 부탁할게. 어제는 아이가 차에 치였다니까 그냥 넘어갔는데. 앞으로는 무슨 일이 있더라도 찌르지 마. 큰일 나면 경찰이나 119에 신고해. 평소에 이런 일 없다가 이틀 연속 이게 무슨 일이야. 나 회사 잘려. 회의하다 말고 손 붙잡고 비명 지르고. 창피하고, 아프고, 이게 뭐냐고. 정숙은 조용히 듣고 있다가 조심스레 말을 꺼낸다. 어차피 15분 전으로 오니까 사람들은 너 비명 지른 거 모르잖아.

그게 중요한 게 아니잖아!

주영이 빽 하고 소리를 지르자 회의실 문이 열리며 차 대리가 내다보았다. 주영은 미안하다는 듯 차 대리에게 어색하게 웃으며 손짓했다. 아무튼, 나 지금 회의 들어가야 되니까 나중에 이야기해. 앞으로 진짜 손 찌르지 마. 정숙도 시계를 보고는 다급해져서 빨리 전화를 끊고 싶었다. 알았어. 앞으로 엄마가 절대 손 안 찌를게. 오늘은 진짜 고양이가 차에 치여서. 거짓말 좀 그만하라고. 끊어! 주영은 마음을 다잡고 회의실로 들어갔다. 회의실 직원들이 모두 주영을 바라보았다. 차 대리가 걱정스러운 표정으로 다가왔다. 기르던 고양이가 죽은 거야? 어? 아니야. 신경 쓰지 마. 소정이 주영에게 조심스레 와서 괜찮으시냐고 물었다. 손도 아프고 그래서 오늘 좀 예민했네요. 미안해요. 곧 팀장님이 대표님한테 법인 카드 받아올 테니 제비뽑기 잘해서 우리 데블스 도어 가요. 그러자 차 대리는 의심의 눈으로 주영을 바라보았다. 대표님이 법인 카드 줄지 어떻게 알아? 그냥 안다니까.

모여봐!

권 팀장이 회의실 문을 열고 들어왔다. 그러고는 씨익 웃더니 안주머니에서 법인 카드를 꺼내 들었다. 대표님이 수고했다고 회식 거하게 하라신다. 와아아아아. 직원들은 환호성을 질렀다. 차 대리는 놀라서 주영을 바라보며 어떻게 알았느냐 물었다. 그냥 안다고. 소정 씨 빨리 뽑아. 소정은 현미녹차 상자를 들고 불안한 눈빛을 보였다. 저 이상한 거 뽑았다고 해서 욕하시면 안 돼요. 안 해. 만약에 누가 그런 소리 하면 그 사람 빼고 회식 갈 거야. 다들 알았지? 주영은 일어나 소정에게 다가가 아프지 않은 왼손으로 소정의 어깨를 주물렀다. 우리 소정 씨 데블스 도어 뽑으라고 기 넣어줄게. 소정에게 기를 넣어준 뒤 주영은 슬쩍 차 대리에게 다가갔다. 선배 내가 뭐 뽑을지 맞혀볼까? 너 신기 같은 거 있냐? 아니 그런 건 아니고, 아무튼 내 생각에 분명 데블스 도어가 뽑혀. 주영의 말에 차 대리는 코웃음을 쳤다. 다들 데블스 도어 써넣었는데 당연히 데블스 도어가 되겠지. 차 대리는 말은 그렇게 했지만, 혹시나 하는 마음에 소정이 현미녹차 상자에 손을 집어넣는 걸 유심히 바라보았다. 소정은 쪽지들을 손을 뒤적거린 후 드디어 한 개의 쪽지를 꺼내 들었다. 그러고는 조용히 펼쳐보았다. 직원들은 소정의 표정을 지켜보았다. 소정은 쪽지를 보고는 표정이 살짝 굳었다. 직원들의 표정도 덩달아 굳어졌다. 차 대리는 소정의 표정을 살핀 후 주영에게 어? 데블스 도어 아닌가 봐 라고 했다. 소정 씨 지금 괜히 쇼하는 거야. 데블스 도어라니까. 참다못한 권 팀장이 긴장한 표정으로 어디 나왔는데 표정이 그래 하며 물었다.

육횟집이요.

모든 직원이 놀랐지만, 그중 가장 놀란 것은 주영이었다. 분명히 데블스 도어가 나와야 하는데 육횟집이 나온 것이다. 직원들은 조용히 소정을 바라보았다. 소정은 울 듯한 표정을 짓고 있었다. 차 대리는 주영에게 참 나 데블스 도어 뽑힌다며 하고 비웃은 뒤에 소정에게 다가갔다. 우리 소정 씨가 뭐 뽑아도 비난 안 하기로 했잖아. 데블스 도어는 다음 회식 때 나랑 같이 가면 되겠네. 차 대리가 웃자 직원들은 짜증을 내기 시작했다. 뭐야, 왜 육횟집이냐? 이거 뭐 있는 거 아냐? 권팀장님 그렇게 육횟집에 가고 싶으세요? 나 육횟집 안 썼는데? 거짓말하지 마세요. 진짜야. 나 이수통닭 썼어. 나 그저께 육횟집 갔었는데 뭐 하러 또 육횟집을 쓰겠어? 그럼 누가 육횟집 썼어? 쪽지 봐 봐. 누구 글씨인가.

아, 뭐야! 그냥 데블스 도어 가요!

구석에 있던 주영이 급한 마음에 소리를 질렀다. 회식 장소 써넣을 때는 대표님이 법인 카드 주시기 전이라 회식비 생각해서 쓴 거니까 무효잖아요. 법인 카드 받았으니 그냥 데블스 도어 가도 되는 거잖아요. 여기서 데블스 도어 가고 싶은 사람 손 들어보세요. 선배는 장모님 오셔서 회식 못 간다고 했으니 빠지시고. 어디 보자. 하나. 둘… 벌써 과반수 넘었네. 그러면 데블스 도어는 죽어도 싫다 손 드세요. 아무도 없죠? 그럼 데블스 도어 갑시다. 와아아아아아. 주영의 말에 직원들은 박수를 쳤다. 그래, 그냥 이렇게 정하면 되는 걸 번거롭게 제비뽑기를 왜 하자고 해서. 어머, 소정 씨 울어? 왜 그런 거 갖고 울어.

소정 씨가 잘못 한 거 아니잖아. 데블스 도어 가기로 했으니까 그만 울어. 팀장님은 왜 쓸데없이 소정 씨한테 제비뽑으라고 하셔서 그래요? 난 육횟집이 뽑힐 줄은 몰랐지. 주영은 육횟집 이야기가 다시 나오자 흠칫 놀랐다. 그래도 권 팀장님이 대표님한테 법인 카드 받아오셨는데 너무 그러지들 마세요. 데블스 도어 가는데 다들 기분 풀고 갑시다. 권 팀장은 슬쩍 주영에게 다가와서 고마워요 했고, 주영은 간담이 서늘해진 기분이었다.

13

개화_

이제 5분 후면 청년이 올 것이라는 생각에 정숙의 심장은 미친 듯이 뛰기 시작했다. 재빨리 거울을 찾아 꺼내 들고는 머리 매무새를 만졌다. 마지막으로 파마를 했을 때가 이번 설이었나 했는데 곰곰이 생각해보니 작년 추석이었다. 설에는 세라가 하선이와 삿포로에 다녀온다며 미용실 문을 닫았던 기억이 났다. 작년 추석 전에 세라를 만나 미용실로 끌려 들어가 파마를 하다가 편의점을 차리라고 설득도 당했던 것이 떠올랐다. 내일 당장 머리를 해야겠다는 생각이 들었다. 우선 급한 대로 립스틱을 꺼내 바르다 너무 진하게 바른 것 같아 티슈로 지우려는데.

딸랑.

청년은 아까와 마찬가지로 수줍게 들어왔다. 다시 시간이 멈출 것 같아 정숙은 정신을 바짝 차렸다. 청년과 눈이 마주치자 다시 심장이 관통되는 기분이 들었다. 티를 내지 않으려 자연스레 웃어보았지만, 입술 끝이 파르르 떨렸다. 무슨 일로 오셨나요? 말을 내뱉은 정숙은 눈앞이 아찔해졌다. 편의점에 들어온 사람에게 무슨 일로 오셨나요? 라고 하는 건 누가 들어도 이상한 말이었기 때문이다. 그러고는 자신에 손에 들린 립스틱 묻은 티슈를 보고는 깜짝 놀랐다. 거울을 보니 입술은 지우다 만 립스틱 때문에 시뻘게져 있었다. 정숙은 무조건 손을 다시 찔러야겠다고 다짐했다. 아픈 것은 걱정되지 않았다. 주영에게 해야 될 변명도 생각하지 않았다.

밖…에.

청년이 조심스레 말을 꺼냈다. 정숙이 자기도 모르게 네? 하며 돌아보자 청년은 쭈뼛거린 채 알바 구한다고 하셔서 하며 말을 흐렸다. 정숙은 속으로 침착하자 침착하자를 계속 되뇌며 살짝 뒤돌아 윗입술과 아랫입술을 서로 문질러 립스틱을 균등하게 만들었다. 이력서하고 등본 가지고 오셨나요? 정숙의 질문에 당황한 청년의 표정이 오히려 정숙을 더 당황하게 만들었다. 청년이 금방이라도 죄송합니다 하며 뛰쳐나갈 것 같았다. 우선은 청년을 붙잡아 놔야 한다는 생각이 들었다. 이력서랑 등본은 이번 주까지 가져다주시면 되고요. 우선 들어오세요. 커피 드릴까요? 네? 감사합니다. 정숙은 청년의 감사합니다를 듣자마자 스타벅스 프라푸치노 카라멜향 병을 집어 들어 청년에게 건

네줬다. 저 이거 되게 좋아하는데. 어려 보이니 단 것을 좋아하지 않을까 했던 생각이 정확하게 맞아떨어졌다. 청년은 병마개 위에 씌워져 있는 비닐을 뜯지 못하고 손톱으로 틱틱거렸다. 제가 뜯어드릴게요. 정숙은 청년의 손에서 병을 건네받아 비닐을 뜯으려 했다. 덜덜 떨리는 자신의 손을 보고는 침착해지기 위해 아랫입술을 살짝 물었다. 청년은 정숙이 비닐 뜯는 모습을 빤히 쳐다보았다. 정숙은 온 정신을 집중해 비닐을 뜯고 뚜껑을 열어 청년에게 건넸다. 감사합니다 하며 받는 청년의 손과 정숙의 손이 살짝 스쳤다. 스친 부분이 불에 덴 듯 화끈거렸다. 정숙은 청년에게 잠시 서류를 가지러 사무실에 들어갔다 나오겠다고 하고는 사무실로 들어왔다. 정숙은 사무실로 들어오자마자 쌓아놓은 음료수 중 아무거나 손에 집히는 대로 뜯어 마셨다. 조금 진정된 정숙은 남은 음료수를 꿀꺽 비우고는 심호흡을 크게 하고 사무실 밖으로 나갔다. 성함이…?

연성재입니다.

성재 씨. 특이한 성이네요. 정숙은 특이한 성씨 같은 소재로 대화를 이끌어 나가다간 오지랖 넓은 아줌마가 될 것 같아 본론만 이야기하자고 생각했다. 편의점에서 일해보신 적은 있나요? 성재는 조금 전 등본과 이력서를 가져왔냐는 질문을 받았을 때보다 표정이 더욱 안 좋아졌다. 정숙은 성재의 표정을 읽고는 처음 일해보시는 분은 우리 편의점같이 손님 없는 데서 하시는 게 좋아요, 하며 최대한 밝게 웃었다. 아르바이트 처음 해봐요. 그러시구나. 나이는 어떻게 되세요? 스물한 살입니다. 정숙은 설마 했었지만 주영보다 어리다는 사실을 확인하고는 마음이 아팠다. 주영보다 나이가 많다고 하더라도 달라지는 건 없었지만 기분의 문제였다. 스물한 살. 젊네, 젊어. 대학은 다니고 있느냐, 군대는 어떻게 되느냐 같은 걸 묻고 싶었다. 그러나 성재의 표정이 또 안 좋아질까 봐 섣불리 묻지 못했다. 알바 시간은 아침 8시부터 오후 4시까지 하시면 돼요. 정숙의 말에 성재의 표정이 다시 어두워졌다. 정숙은 성재의 표정을 살피며 편한 시간대 있으면 맞춰줄 수도 있고요, 하며 재차 웃음을 지었다. 제가 아침에 잘 일어나지 못해서 오후나 밤에 하고 싶은데요. 정숙이 편의점 문 옆에 붙여놓은 구인광고에 아침 8시부터 오후 4시까지라고 적혀 있었다. 그럼 오후 4시부터 밤 12시는 어때요? 좋아요. 다른 사람 같았으면 밖에 아르바이트 시간 적힌 거 못 봤어요? 라고 따져 물을 정숙이었지만 성재에게는 그러지 못했다. 웃는 성재의 미소에 정숙은 자기도 모르게 따라 웃으며 스물한 살이고 아르바이트 처음이면 그럴 수도 있지 하고 생각했다. 정숙의 머릿속에는 어떻게든 성재를 편의점에서 아르바이트로 고용할 생각밖에 없었다. 그럼 오늘부터 일할 수 있어요? 죄송한데 제가 오늘은 그냥 물어보러 온 거라 내일부터 하면 안 될까요? 편한 대로 해요. 그럼 내일 4시까지 오겠습니다. 성재는 스타벅스 프라푸치노 카라멜향 병을 손에 꼭 쥐고는 인사를 꾸벅하고는 편의점을 나갔다. 정숙은 멍하니 있다가 깜짝 놀라 편의점 밖으로 나갔다. 저기요. 연락처 하나 주고 가요. 아, 네. 공일공에…. 정숙은 재빨리 핸드폰을 꺼내 성재의 연락처를 저장했다.

아르바이트 구했어.

잘하셨네요. 정숙과 교대하던 우진은 남의 일 이야기를 들은 듯 대답했다. 우진은 편의점 조끼를 입지도 않은 채 카운터로 들어오자마자 시재 점검을 했다. 스물한 살이고, 편의점은 고사하고 아르바이트 자체가 처음이래. 네가 잘 좀 알려줘. 꽤 맘에 드셨나 보네요? 정숙은 우진의 질문에 뜨끔했다. 아르바이트 처음 하는 사람을 바로 뽑으신 거 보면. 저 뽑으실 때는 며칠 지나서 연락 주셨잖아요. 아침에 최 대리가 당장 아르바이트 뽑으라고 하도 난리를 쳐서. 정숙의 대답에 우진은 시재 점검을 하다가 멈추고 정숙을 힐끗 쳐다보았다. 아닌 것 같은데요? 아냐. 진짜야. 아침에 너 문 잠그고 갔잖아. 은행 들렀는데 할머니들이 엄청 많은 거야. 어쨌거나 은행 업무 서둘러 보고 부랴부랴 출근하니까 글쎄 문 앞에 최 대리가 떡하니 기다리고 있더라고. 심장이 덜컹하더라니까. 최 대리 표정 알지? 우진은 담배 진열대를 정리하다 말고 정숙을 힐끔 보았다. 지금 말씀하시는 건 진짜인 것 같네요. 점장님 거짓말하실 때는 대답이 바로 나오는 거 아세요? 최 대리님이 왔다는 건 사실인데, 아르바이트를 바로 뽑은 이유는 다른 이유가 있는 것 아닌가요? 주영도 그렇고 우진도 그렇고 세라까지, 정숙 주변에 죄다 눈치 빠른 인간들만 있어서 짜증이 났다. 그나마 근배가 눈치가 없어 다행이라 생각했다. 그래, 잘생겨서 뽑았다. 애가 멀끔하고 착하게 생겼더라고. 옷도 깔끔하게 입고, 머리도 단정하고. 누구처럼 면도도 안 하고 다니지 않고. 우진은 다시 담배 진열대에 모자란 담배를 꽂아 넣으며 손으로 수염이 듬성듬성 난 턱을 쓸었다. 피곤하실 텐데 얼른 들어가세요.

왜 이렇게 늦었어?

정숙이 집에 들어오자 근배가 물었다. 우진이랑 잠깐 이야기 좀 하느라고. 우진이가 아침에 지각한다고 또 잔소리해? 그게 아니라. 아르바이트 구해가지고. 아르바이트를 구했다고? 갑자기? 하루 만에? 근배는 살짝 놀란 눈치였다. 정숙은 대답해놓고 아차 싶었다. 바로 대답하지 말고 좀 길게 이야기했어야 했는데, 버릇이라 쉽게 고쳐지지 않았다. 다행히 근배는 눈치채지 못한 것 같았다. 아침에 늦어서 우진이한테 그냥 문 잠그고 가라고 했는데, 그새 최 대리가 와서 가게 비워놨다고 엄청 뭐라 하더라고. 그래서 나도 은행 업무 보고 정산하고, 발주 넣고, 주말까지 계속 일하니 힘들기도 하고, 세라 원장도 어제부터 가게 비우지 말고 알바 구하라고 난리고, 고 대표도 와서 난리고. 주영이도 전화 와서 짜증 내고. 아무튼, 엄청 힘들었어. 그래서 아르바이트 구한다고 붙여 놨더니 바로 면접 보러 왔더라고. 그래서 그냥 인상도 좋고 착한 것 같아서 내일부터 하라고 했어. 정숙은 근배에게 말을 쏟아내고는 안방으로 들어갔다. 그래도 사람 아무나 쓰면 안 되는데. 이력서는 받았지? 줘봐.

그만 좀 해!

옷을 갈아입던 정숙은 근배에게 소리를 질렀다. 편의점 일은 내가 알아서 한다니까. 오늘 정말 여러 사람이 피곤하게 하네. 방금 내가 최 대리랑 우진이랑 세라 원장에 고 대표, 주영이까지 온종일 시달렸다고 이야기했잖아. 그런데 한술 더 떠서 당신까지 그러면 어쩌자는 거야? 근배는 정숙의 표정을 살피더니 시무룩해서 밖으로 나갔다. 정숙은 자신에게 짜증이 나 있는 것을 근배에게 풀었다. 성재를 보내고 편의점에서 혼자 있을 때부터 우진과 근무 교대 후 집에 올 때까지 머릿속에 계속 한 가지 생각뿐이었다. 어쩌자고 그랬을까? 아무리 생각해봐도 답이 나오지 않았다. 정숙이 나오자 근배는 아르바이트 구했으면 내일 점심 먹기 전에 안성 컨트리클럽 가는 길 쪽으로 벚꽃이나 보러 갈까? 하며 눈치를 살폈다. 근배는 정숙이 오전에 은행 업무를 봐야 하므로 당연히 오전 아르바이트를 뽑았을 것으로 생각했다. 정숙은 근배와 길게 이야기하기 싫었다. 근배에게 사실대로 이야기할 수도 없었고, 이런저런 거짓말로 둘러대기에도 너무 피곤했다. 정숙은 잠깐 바람 좀 쐬고 오겠다며 집 밖으로 나왔다. 막상 밖으로 나오니 딱히 갈 데가 없어 동네 산책을 하려고 발걸음을 옮기는데 옆집 담 너머로 활짝 핀 목련꽃 한 송이가 보였다. 정숙은 활짝 핀 목련을 보다가….

눈물이 울컥하고 나왔다.

모든 게 다 싫었다. 목련이고 벚꽃이고 모두 다 싫었다. 아무것도 모르는 근배도 싫었고, 짜증 내는 주영도 싫었다. 세라 원장도 야간 아르바이트 우진도 다 안 봤으면 싶었다. 편의점이고 뭐고 다 귀찮다는 생각이 들었다. 정숙은 그중 자기 자신이 가장 싫었다. 숱 없이 부스스한 머리와 늘어진 살이 싫었고, 주름진 눈가와 목이 싫었다. 고상하지 못한 말투와 싹싹하지 못한 성격도 싫었다. 오래도록 살아온 삶이 싫었고, 쉰셋이라는 나이가 싫었다. 그리고 무엇보다도 성재를 보고 싶어 하는 마음이 싫었다. 정숙은 눈물을 닦으며 다른 것은 어쩔 수 없다고 하더라도 성재를 보고 싶어 하는 마음은 어떻게든 정리를 해봐야겠다고 생각했다. 그러고는 성재 말고 다른 사람을 구해야겠다고 결심하며 일어났다. 바로 들어가기 뭐해서 동네 한 바퀴를 슬슬 걷다가 집으로 갔다. 집에 들어왔더니 근배가 보이지 않았다. 정숙은 핸드폰을 꺼내 근배에게 전화를 걸었다. 화장실에서 근배의 전화벨 소리가 들리자 정숙은 한숨을 쉬고 전화를 끊었다. 변기 물 내리는 소리가 들리고 화장실에서 근배가 나왔다. 피곤한데 일찍 자. 근배는 정숙과 눈도 마주치지 않고 안방으로 들어가 버렸다. 정숙은 근배와 같이 안방에 있기 껄끄러워 주방으로 가서 커피포트에 물을 올렸다. 그러고는 화장실에 들어가 소변을 보았다. 문득 이런 아줌마를 누가 좋아해줄까? 하는 생각이 들자 다시 눈물이 나올 것 같았다. 변기 옆 휴지통에 근배의 빠진 머리칼이 한 움큼 보였다. 정숙은 화장실을 나와 안방 문을 열었다. 근배는 불을 끈 채 침대에서 이불을 덮고 모로 누워 있었다. 자? 정숙의 물음에도 대답이 없었다. 김치부침개에 맥주나 한잔할까? 정숙의 말에 근배는 그럴까? 하며 이불을 젖히고 침대에서 벌떡 일어나 밖으로 나왔다.

14

회상_

정숙은 어젯밤에 제대로 잠들지 못했다. 근배와 김치부침개에 맥주 네 병을 마셨으나 실제로 정숙이 마신 맥주는 한 잔 반밖에 되지 않았다. 코를 골며 자는 근배 옆에서 정숙은 지금까지 살아온 자신의 인생을 돌아보았다. 어렸을 적에는 예쁘다는 소리를 곧잘 들었다. 그러나 어렸을 적 예쁘다는 이야기를 들었던 것이 정말 예뻐서가 아니라 어린아이에게 하는 소리라는 것을 중학생이 되어서야 깨달았다. 중학교에 올라가 교복을 입게 된 이후로 예쁜 아이와 그렇지 않은 아이가 확연히 갈렸다. 정숙은 자기가 보더라도 그렇게 예쁘지 않다는 것을 그때 알게 되었다. 키도 작은 편이었고 발육도 늦었다. 얼굴에는 여드름이 생기기 시작했고, 허름하고 커다란 교복은 정숙의 자존감을 더욱 낮췄다. 그런 정숙에게도 좋아하는 선생님이 있었다. 키가 크고 마른 외모의 수학 선생님은 다른 선생님들과 다르게 늘 미소를 짓고 있는 얼굴이었다. 잘생긴 얼굴은 아니었지만, 외모보다 더 큰 이유는 수학 선생님이 정숙에게 관심을 가져줬기 때문이었다.

우리 엄마 이름도 이정숙인데.

와하하하. 수학 선생님의 말을 듣고 웃는 아이들 속에 정숙은 얼굴이 빨갛게 달아올랐다. 그 이유 때문인지는 모르겠지만 수학 선생님은 정숙에게 관심을 보였다. 이정숙. 나와서 풀어볼래? 이정숙. 다른 생각 하지 말고 칠판 봐라. 이야, 이정숙. 머리 그렇게 단정하게 자르니 얼마나 보기 좋아. 그런 말들이 정숙에게는 늘 설렘이었다. 다른 선생들은 야, 너, 8번, 3분단 앞에서 두 번째로 정숙을 불렀기 때문이다. 중학교 2학년이 되었을 때 수학 선생님은 다른 곳으로 전근을 갔다. 매우 그립고 마음이 아플 것 같았지만 막상 별 느낌 없었다. 생각해보면 이상할 것도 없었다. 서른 살과 열네 살의 나이 차도 있었고, 수학 선생님이 유부남인 이유도 있었지만 가장 큰 이유는 어차피 정숙을 여자로 보지 않는다는 것을 잘 알고 있었기 때문이다.

우리 제주고등학교 학생들이 미래로 세계로 뻗어 나가는….

정숙이 30대 중반이었을 때 뉴스를 보다가 수학 선생님이 인터뷰하는 것을 우연히 보았었다. 제주고등학교가 관광 특성화 고교가 되었다는 뉴스의 현직 선생님 인터뷰였다. 처음에는 제대로 알아볼 수 없었지만, 수학 교사 허원석이라는 자막을 보고 확신했다. 제주도까지 가셨구나. 그런 생각이 며칠 뒤에나 떠오를 만큼 너무 늙어버린 수학 선생님의 모습은 정숙에게 상당한 충격이었다. 새까만 흑발 대신 희끗희끗한 회색 머리를 갖고 계셨다. 갸름한 턱선은 사라진 지 오래였고, 그 시절 즐겨 입던 하얀 셔츠 대신 갈색과 보라색이 섞인 아가일 패턴의 긴 팔 폴로셔츠를 입고 있었다. 그나마 미소는 그대로시구나 하는 생각도 일주일이 지나서 들었다. 서른의 새신랑 선생님은 50대가 되어 있었고, 열네 살 중학생은 서른 중반의 아이 엄마가 되었다는 생각이 머릿속을 떠나지 않았기 때문이었다. 그렇게 인기 많았던 젊은 선생님이 저렇게 중년 아저씨가 된 것을 보니 마음이 아팠다.

세월은 사랑을 가져간다.

어떤 시집에서 읽었던 글이 떠올랐다. 늙은 선생님의 모습에 충격을 받았던 서른 중반의 아이 엄마는 이제 정말 아무도 좋아해주지 않는 50대 중년 아줌마가 되었다. 주영이와 근배가 있었지만, 그 둘에게도 예전만큼 사랑받는다는 느낌은 없었다. 수학 선생님은 아직 살아계시려나 하는 생각이 들자 세월은 정말로 야속한 것이구나 싶었다. 또다시 눈물이 주르륵 흘렀다. 눈물을 닦고 옆에서 코를 골고 자는 근배를 팔꿈치로 슬쩍 밀었다. 근배의 코골이는 잠시 멈췄다가 금세 다시 시작되었다. 정숙은 조용히 침대에서 일어나 거실로 나와 시계를 봤다. 새벽 5시가 조금 안 되는 시간이었다. 텔레비전을 틀고 소리를 작게 줄였다. 커피를 끓여 근배가 그저께 먹다 남은 에이스 크래커와 함께 마시면서 베란다에서 동이 트는 것을 지켜보았다. 한참 후 근배가 방에서 나와 화장실에 들어갔다. 부스스한 얼굴로 인상을 찌푸린 채 언제 일어났어? 하는 근배를 보고 평생 이게 나의 현실이구나, 하는 생각에 다시 눈을 베란다로 돌렸다.

일찍 오셨네요?

정숙은 우진이 놀라는 모습을 처음 봤다. 내가 일찍 온 게 그렇게 놀랄 일이야? 한 달 반 만에 일찍 오셨으니까 그렇지요. 잔소리 말고 얼른 들어가. 이제부터 말씀하신 대로 0시 출근 8시 퇴근하면 되는 건가요? 우진의 질문에 정숙은 잠시 고민을 했다. 오늘은 밤 10시에 출근해줘. 왠지 느낌에 새로 온 알바가 출근 안 할 것 같아. 그리고 출근하더라도 오늘은 일찍 나와서 얼굴도 익히고. 그러죠. 그리고 점장님 일찍 오실 줄 모르고 정리 다 안 했는데. 분리수거하시고, 음식물 쓰레기 버리시고, 신선 물류 온 것 정리하셔야 돼요. 정숙이 대답할 겨를도 없이 우진은 이어폰을 귀에 꽂고 퇴근했다. 정숙은 쌓여 있는 신선 물류를 보고는 한숨을 쉬었다. 정숙은 시제 점검을 한 뒤에 신선 물류 정리를 하고, 청소를 시작했다. 청소가 끝나고 쓰레기를 비운 뒤 식품 유통기한을 확인했다. 담배 정리가 끝나자 점심시간이 시작되어 손님들이 많아지기 시작했다. 바쁜 시간이 지나가고 한가해지자 정숙의 머릿속은 복잡해지기 시작했다. 두 시간이 지나면 성재가 온다. 아르바이트를 못 하게 되었다고 어떻게 말하면 좋을지 생각나지 않았다. 본사에서 경력자를 뽑으라는 지시가 내려왔다고 하는 게 나을까? 그냥 우리 편의점과 안 맞는 것 같다고 하면서 무작정 그만두라고 우기는 게 좋을까? 어제 받은 연락처로 문자를 보낼까 하다가 그래도 마지막으로 얼굴을 보고 싶은 욕심에 그러지 못했다. 시간이 갈수록 정숙은 마음을 굳게 다졌다. 빅뱅의 리더 권지용, 할리우드 영화배우 데인 드한, 캐나다 총리 저스틴 트뤼도는 경기도 안성에서 편의점을 하는 이정숙의 삶과 아무런 관계도 없는 사람이다. 성재도 그들처럼 정숙의 삶과 아무런 관계도 없는 사람이라고 생각하기로 했다. 그리고 성재는….

4시가 되었는데 오지 않았다.

정숙은 핸드폰을 손에 쥔 채 전화를 해볼까 말까 망설였다. 성재가 말도 없이 안 나와 준다면 고마울 거라 생각했던 게 10분이 되지 않았다. 어제 일이 혹시 꿈이 아닐까 하는 생각도 들었다. 문 쪽에서 눈을 떼지 못했다. 정숙은 불안한 마음에 편의점 밖으로 나와 주변을 둘러보았다. 황사가 있어 하늘이 흐리고 누렇게 보였다. 미세먼지 때문에 목이 살짝 따끔거렸다. 인상을 찌푸린 채 편의점으로 들어가려는데 골목 끝에서 성재가 달려오고 있었다. 정숙의 심장이 두근거리기 시작했다. 성재는 편의점으로 달려와 정숙의 앞에서 숨을 헐떡거렸다.

죄송해요. 출근 첫날부터 늦었죠.

아니야, 5분밖에 안 늦었는데 뭘. 걸어오지 날씨도 안 좋은데 뛰어오면 어떡해요. 정숙은 냉장고로 달려가 게토레이를 꺼내 뚜껑을 딴

후 성재에게 내밀었다. 마셔요. 아이고. 이 땀나는 것 좀 봐. 정숙은 물티슈를 뜯은 뒤 서너 장을 뽑아 성재에게 건넸다. 성재는 게토레이를 마시다가 물티슈를 받아 이마와 목의 땀을 닦았다. 제가 어제 연락처를 드리기만 하고 받질 않아서 전화를 못 드렸어요. 제가 일찍 나오긴 했는데 등본 떼어 오려고 주민센터 갔더니 할머니들이…. 괜찮아요. 등본은 천천히 줘도 되는데 앉아서 좀 쉬어요. 저기 사무실 들어가면 쉴 데 있어요. 에어컨 틀어야겠네. 정숙은 재빨리 사무실로 들어가 에어컨을 틀려고 했다. 괜찮아요, 하며 성재는 재빨리 정숙의 팔을 잡아챘다. 정숙은 순간 물컹한 자신의 팔뚝이 부끄러우면서도 싫지 않았다. 오히려 고마운 느낌도 살짝 들었다. 근배를 제외하고는 누가 정숙을 만진 적이 언제였던지 기억도 나지 않았었다.

화장실 좀 다녀올게요.

열쇠 가져가야 되는데. 정숙은 카운터로 달려가 포스기 아래 걸어둔 화장실 열쇠를 꺼내 건넸다. 돌아가면 있는 계단으로 올라가면 있어요. 감사합니다. 맞다, 등본. 성재는 뒷주머니에서 두 번 접은 등본을 건넸다. 그러고는 열쇠를 받아 밖으로 나갔다. 정숙은 접힌 등본을 보고는 고민에 잠겼다. 대부분 이런 서류는 접지 않은 상태로 제출하는 것 아닌가 싶었다. 성재가 오기 전에 먼저 아르바이트를 하러 왔었던 혜림은 등본과 이력서를 구김 하나 없이 파일에 넣어왔었다. 등본을 열어보았다. 11월생이구나. 혼자 살고 있구나. 그런데 주소가 왜 서울시 강남구 논현동이지? 정숙은 불안했다. 성재는 아무것도 모르는 아이였다. 일을 잘 가르쳐서 할 수 있을지도 걱정이었다. 역시 일을 같이하지 못한다고 말해야 할 것 같았다. 정숙은 성재가 자신의 삶에 전혀 관계없는 사람이라 생각했던 것을 되뇌었다. 보고 있던 등본을 다시 접고 한숨을 쉬고 있을 때 성재가 문을 열고 웃으며 들어왔다.

땀을 너무 많이 흘려 세수 좀 하고 왔어요.

세수하고 온 성재를 본 정숙은 문득 고등학교 1학년 여름방학이 떠올랐다. 무지하게 더운 여름이었다. 고모가 미국 샌디에이고에 이민 가기 전에 마지막으로 보고 싶다며 명동 미도파 백화점에서 만나자고 했었다. 정숙은 고모를 별로 좋아하지 않았다. 집에 놀러 올 때마다 정숙의 아버지를 구박했기 때문이었다. 고모가 달갑지 않았지만, 가기 전에 항상 쥐여 주는 용돈 때문에 고모 안 왔으면 좋겠다는 말은 하지 못했다. 그날도 고모를 만나고 싶어서 나간 것이 아니라 명동이라는 곳에 가보고 싶었기 때문이었다. 명동으로 가는 버스 안은 찜통이 따로 없었다. 열어놓은 창문 밖에서는 뜨거운 바람과 퀴퀴한 매연, 그리고 버스가 정차할 때마다 역겨운 타이어 타는 냄새가 들어왔다. 버스에서 내리자 정수리를 내리찍는 뙤약볕을 피해 그늘로 들어갔다. 그리고 지나가는 사람에게 길을 물어 미도파 백화점으로 걸음을 옮겼다. 건널목을 건너기 위해 기다리는 동안 입고 있던 블라우스는 그새 땀으로 흠뻑 젖었다. 명동으로 나오라고 했던 고모가 원망스러웠다. 너무 더워 미칠 지경이었다. 건널목을 건너갈 때 어깨를 살짝 스치고 지나간 아저씨의 뒤통수를 째려보았다. 모든 게 짜증스러웠다. 더위

와 멀미로 스트레스를 받아 쓰러지기 직전에 미도파 백화점이 보였다. 정숙은 수많은 사람이 우르르 몰려 들어가는 백화점 문을 보자 현기증이 났다. 그리고 사람들 사이에 끼어 백화점으로 들어갔다.

어어?

시원하고 쾌적했다. 바깥과는 전혀 다른 세계였다. 화려하고 번쩍이는 공간 속에서 사람들이 다들 미소를 짓고 있었다. 그리고 무엇보다 향기로웠다. 이제 와 생각해보면 그 향기는 아마 백화점에서 파는 화장품이나 향수 냄새였을 것이다. 하지만 그 당시에는 처음 맡아보는 향기였다. 꽃보다 싱그럽고 과일보다 달콤한 향이었다. 성재가 세수하고 들어오자 그때 생각이 주마등처럼 스쳤다. 그때 맡았던 향기가 성재에게서 나는 것 같았다. 좋은 냄새 나네요? 땀 냄새 날까 봐 세수하고 향수 뿌렸거든요. 무슨 향수에요? 성재는 메고 있던 손바닥만 한 빨간 크로스백에서 하얀 향수병을 꺼내 보여줬다.

크리드 실버마운틴 워터에요.

향기가 너무 좋네요. 그렇죠? 제가 가장 좋아하는 향수에요. 정숙은 향기에 취한 것인지 성재에게 취한 것인지 멍하니 서 있었다. 성재는 멀뚱하게 서 있다가 말 없는 정숙에게 청소부터 해야 되나요? 했다. 정숙은 정신을 차리고 아니요. 아니요. 그게 아니라. 포스기 사용하는 법부터 알려드릴게요, 하며 카운터로 들어갔다. 정숙은 카운터로 들어가면서 그제야 성재를 자르려고 했던 것이 생각났다. 그런데 왜 등본에 주소가 서울시 강남구 논현동으로 되어 있어요? 제가 저번 달까지 논현동에 살았거든요. 전입신고를 해야 되는데 깜빡했어요. 그러면 곤란한…. 정숙은 말을 할 수가 없었다. 성재가 카운터로 들어오자 향수 냄새가 더욱 진하게 났다. 그날 미도파 백화점에서 고모는 정숙에게 반강제로 미니스커트를 사주었다. 그 미니스커트는 결국 고등학교 졸업할 때까지 집에서만 몇 번 입어보고는 말았다. 고모는 쇼핑을 끝내고 햄버거를 사주었는데 정숙은 태어나서 그렇게 맛있는 음식은 처음이었다. 햄버거가 사라지는 것이 아까웠다. 한 열 개쯤 집에 싸 가져가고 싶었다. 햄버거를 먹는 정숙을 보며 고모는 선글라스를 벗고 붉어진 눈시울을 닦으며 아빠 엄마 잘 모시며 살고 있으라 했다. 하지만 그런 말은 정숙의 귀에 들어오지 않았다. 정숙은 고등학교를 졸업하면 곧바로 백화점에 취직해야겠다고 다짐했다. 그리고 무엇보다 좋은 것은 이 상쾌하고 향기로운….

어떻게 하는 거예요?

네? 정숙은 자신의 얼굴이 붉어진 게 느껴졌다. 오늘 정말 덥네요. 정숙은 슬며시 카운터를 나가 연습 삼아 계산할 나이스 치즈버거를 집어 들고 카운터 앞으로 왔다. 손님이 물건을 가지고 오면 바코드 찍고, 포스기를 보고는 얼마입니다. 말해주고, 이런 햄버거 같은 것은 데워드릴까요? 물어보고, 1+1 제품이거나 사은품이 있는지 살펴본 후에 이야기해주고, 카드를 받으면 여기에 카드를 넣고 계산을 하면 돼요. 맞다. 그리고 계산하기 전에 할인이나 적립카드 있는지 물어보고, 봉투 필요한지도 물어보면 돼요. 편의점에서 물건 사봐서 알죠? 네, 제가 해볼게요. 어서 오세요. 바코드 찍고, 나이스 치즈버거 2,800원입니다. 봉투 필요하세요? 맞다. 데워드릴까요? 봉투에 넣어드릴까요? 잘하셨는데, 할인카드나 적립카드 있냐고 꼭 물어보셔야 하고요. 그리고 나이스 치즈버거는 지금 행사해서 스트롱 사이다를 같이 줘야 해요. 바코드 찍으면 화면에 떠요. 보이시죠? 그리고 등본은 전입 신고하신 다음에 다시 떼 오셔야 해요. 그리고 기왕이면 이렇게 안 접어왔으면 좋겠는데. 네, 알겠습니다. 그리고 점장님 말씀 편하게 하세요.

제가 자식 같은 나이인데.

그럼 다시 해볼게요. 손님이 오시면, 어서 오세요. 그다음에 바코드를 찍고. 성재 씨 혼자 연습 좀 하고 계세요. 저는 잠깐 쉬다가 올게요. 진짜로 손님 오시면 저 부르시고요. 정숙은 조용히 사무실로 들어갔다. 그러고는 흐르는 눈물을 손등으로 훔쳤다. 실제로 성재가 주영보다 세 살이나 어렸지만, 성재 입에서 자식 같은 나이인데 하는 말이 나오자 가슴이 미어졌다. 게다가 성재의 말 한마디에 사무실에 숨어 울고 있는 자신이 한심하고 부끄러워 눈물을 쉽게 멈출 수가 없었다. 그러다 문득 예전에 미도파 백화점 햄버거 가게에서 고모가 왜 햄버거를 먹고 있는 정숙을 보며 울었었는지 궁금해졌다. 미국 가기 전에 친오빠인 정숙의 아버지 앞에서도 울지 않았고, 정숙의 아버지가 돌아가셨을 때 샌디에이고에서 염을 하기 직전에 도착해서도 울지 않은 고모였는데 햄버거 가게에서는 왜 울었는지 이해가 되지 않았다. 눈물을 닦고 사무실을 나가기 위해 살짝 연 문틈 사이로 카운터에서 혼자 손님 응대 연습을 하는 성재를 보니 혹시 젊음이 그리워서 그러지 않았을까 하는 생각이 들었다. 나이 들어 겨우 결혼을 하고는 미국으로 이민 가기 직전에 백화점에 처음 와보고 햄버거를 처음 먹어보는 고등학생 조카의 모습을 보고 있자니 나도 어느새 늙었구나, 라는 생각이 문득 드셨겠구나 싶었다. 태어나서 처음 아르바이트를 하기 위해 손님 응대 연습을 하는 성재의 모습에 서글픔이 올라와 열었던 문을 다시 조심스레 닫았다.

15

연정_

어서 오세요!

성재의 목소리가 사무실까지 들릴 정도로 컸다. 정숙은 사무실 문을 살짝 열고 밖을 내다보았다. 손님이 들어와 있었고, 성재는 백화점에서 엄마를 잃어버린 아이처럼 얼어붙어 있었다. 정숙은 사무실을 나가려다 들어온 손님이 하선인 것을 보고는 나가지 않았다. 세라가 정숙의 기분을 살펴보라고 보낸 것이 분명했다. 하지만 하선은 편의점에 들어와 물건을 살 생각도 하지 않은 채 놀란 표정으로 성재의 얼굴을 보며 멍하니 서 있었다. 방금 전까지 손님이 들어오자 얼어 있던 성재가 아니었다. 성재는 자신을 빤히 바라보며 서 있는 하선을 보며 아무 말 없이 서 있었다. 당황하지도 않고 부끄러워하지도 않았다. 그렇다고 기분 나쁜 표정도 아니었다. 자신을 빤히 바라보는 하선을 잠시 지켜보다가 살며시 웃으며 뭐 드릴까요? 했다. 그제야 하선도 정신을 차렸다. 여기 아주머니, 아니 사장님 어디 가셨나요? 지금 사무실에 계신데 불러드릴까요? 아뇨, 아뇨. 하선은 다시 성재의 얼굴을 멍하니 바라보며 말이 없어졌다. 성재는 오히려 하선이 자신을 바라보는 시선을 즐기는 듯 보였다. 오늘부터 아르바이트하기로 했어요. 정말요? 하선이 깜짝 놀란 듯했다. 성재가 편의점 카운터 안에 있으므로 아르바이트를 한다는 것이 놀랄 일은 아니었다. 그러나 정숙은 하선이 왜 놀랐는지 알 것 같았다. 순정만화에서나 나올 법한 외모의 청년이 서울도 아닌 안성의 구석진 편의점에서 아르바이트한다는 것이 상식적이지 않았을 것이다. 아이돌 회사나 영화 오디션 보는 곳에 가서 그냥 앉아만 있어도 뽑힐 것 같은데 왜 하필 편의점 아르바이트인지 이해가 되지 않았을 것이다.

아니 왜 여기서 아르바이트를….

하선의 질문에 정숙도 귀를 세우며 성재의 대답을 기다렸다. 그거야 돈 벌려고 하는 거죠. 뭐 사러 오신 거 아니세요? 하선은 그제야 정신을 차리고 컵라면 판매대로 가서 뒤적이다가 아직도 멍게 라면 안 들어왔네 하고는 리얼 치즈 라면과 새우탕면을 집어 카운터로 왔다. 성재는 카운터에 놓인 컵라면 두 개를 보고 심호흡을 했다. 제가 지금 처음으로 계산을 해보는 거예요. 실수하더라도 이해해주세요. 천천히 하세요. 성재는 컵라면의 바코드를 찍은 뒤 2,800원입니다. 봉투에 담아드릴까요? 하고 물었다. 아뇨, 걸어서 금방이라 그냥 들고 갈게요. 그리고 저쪽에 나무젓가락 있거든요. 그거 주세요. 예? 성재는 당황하며 하선이 가리킨 곳에서 나무젓가락을 꺼내주었다. 하선이 카드를 내밀자 성재는 카드를 받아들고 계산을 했다. 하선은 계산하는 성재에게서 눈을 떼지 못했다. 저기요, 여기서 돈 버시려고 아르바이트하시는 거라고 하셨잖아요. 제가 저쪽 세라미용실에서 일하거든요. 그래서 머리색이 예쁘시구나. 네? 성재의 말에 하선은 얼굴이 붉어졌다. 하선은 당황한 듯 머리를 만지며 이게 새로 나온 블러드 오렌지 컬러인데 테라 마일드인가? 아무튼, 그런 게 들어서 머릿결도 상하지 않고 좋아요. 그래요? 성재는 손을 뻗어 검지와 중지 끝으로 하선의 머리칼 끝을 살짝 만져보았다. 사무실에서 지켜보던 정숙은 그 모습을 보고는 당장이라도 뛰쳐나오고 싶었다. 정말 머릿결이 너무 부드럽네요. 봄인데 좀 더 밝게 하셨어도 좋았을 것 같은데. 제가 피부가 하얀 편이라 너무 밝으면 안 어울린다고 엄마가 그래서. 그러시구나. 엄마가 미용실 원장님이에요. 그래서 드리는 말씀인데, 혹시 미용 배워보실 생각 없으세요? 하선의 말에 정숙은 화들짝 놀랐다. 기왕 아르바이트하실 거면 기술도 배우시고 돈도 더 벌 수 있는 데서 하시는 게 낫지 않아요? 글쎄요? 정숙은 하선의 이야기를 듣고 피가 거꾸로 솟는 것 같았다. 어제는 세라가 기분을 상하게 하더니 오늘은 하선이 와서 손까지 찔러 겨우 구한 아르바이트를 빼내려 하고 있었다. 조금 전까지만 해도 성재를 그만두게 해야겠다는 생각은 전부 잊어버리고 어떻게든 성재를 붙잡아 놔야 한다는 마음뿐이었다.

하선이 왔니?

정숙은 사무실 문을 열고 웃으며 나왔다. 너희는 매일 컵라면만 먹는 거야? 세라 언니도 아무리 돈 버는 것도 좋지만 딸 밥은 먹여야지. 정숙은 신선식품 판매대로 가서 매콤 불고기 도시락 두 개를 꺼내 하선에게 건넸다. 밥 먹으면서 해. 세라 언니도 그러다 병난다고. 하나 있는 딸이 엄마 챙겨야지. 하선은 정숙의 행동에 당황했지만 감사합니다, 하며 도시락을 받았다. 엄마가 어제 말실수하신 것 같다며 죄송하다고 전해달래요. 아니야, 신경 쓰지 마시라고 그래. 덕분에 이렇게 좋은 아르바이트도 구하고 얼마나 좋아. 하선은 정숙 몰래 성재를 곁눈질로 훔쳐보다 화들짝 놀랐다. 그리고 엄마가 머리 공짜로 다듬어준다고 한번 오시라고 하던데. 그래? 잘됐네. 안 그래도 머리할 때 됐는데. 오늘 일 끝난 다음 간다고 말씀드려. 더 살 거 있니? 아니요, 안녕히 계세요. 하선은 편의점 밖을 나가면서도 안녕히 가세요, 하는 성재에게서 눈을 떼지 못했다. 하선이 간 것을 보고 정숙은 신선식품 판매대에서 매콤 불고기 도시락을 가져와 바코드를 찍고 자신의 카드로 계산했다.

단골이신가 봐요?

저 옆에서 엄마랑 미용실 하는 앤데. 성재 씨보다 나이도 많아요. 스물넷이에요. 그렇구나. 미용실 원장님이랑 많이 친하신가 봐요. 머리도 공짜로 해주신다고 하고, 따님 나이도 아시고. 정숙은 성재의 말을 듣고 한숨이 나왔다. 그게 아니고 어제 세라 원장이 괜히 와서 슈퍼바이저한테 나 지각한 거 이르고, 너는 행복하게 사는데 나는 이게 뭐냐. 네가 나보다 잘난 거는 남편 잘 만난 거밖에 없지 않으냐 그런 소리나 해대고. 그리고 하선이 나이를 아는 건 우리 딸이랑 동창이라 아는 거지 친하고 그런 것도 아니에요. 그분이랑 점장님 따님이랑 동창이시구나. 그런데 남편 잘 만났다는 게 욕인가요? 정숙은 맥이 탁 풀렸다. 성재를 처음 보았을 때부터 그렇게 말조심을 하려고 했었는데 하선이 왔다 가고 나서 자기도 모르게 가족 이야기를 해버렸다. 성재와 그런 이야기를 하고 싶지는 않았다. 남편은 어떤 분이세요? 그런 건 알 필요 없고요. 청소하는 법 알려 드릴게요. 성재는 정숙의 대답에 의기소침해진 표정을 지었다. 정숙은 성재가 그런 표정을 보이자 난처해졌다. 아니 그게 우리 남편은 그냥 환갑 다 된 아저씨예요. 잘생기지도 않았고, 그냥 뚱뚱하고 머리 벗겨진 아저씨. 퇴직하고 집에서 놀아요. 남편 잘 만났다고 그러는데 세라 원장이 바람난 남편이랑 이혼해서 그냥 하는 소리지. 아무튼, 뭐 남편 이야기는 나중에 하고, 우선 손님 없을 때 청소부터 해놔야 돼요. 정숙은 성재의 표정을 살폈다. 성재는 살짝 웃으며 네 알겠습니다, 했다. 그 미소와 말투에 정숙은 안도의 한숨을 쉬었다.

아직 안 가셨네요?

깜짝 놀라 돌아보니 우진이 와 있었다. 시계를 보니 벌써 밤 10시였다. 어어, 새로 온 사람 소개는 해주고 가야 할 것 같아서. 사실 정숙은 시간 가는 줄 몰랐다. 성재에게 청소하는 법을 알려주면서도 성재에게 눈을 떼지 못했다. 성재의 눈과 입술, 선반 위를 닦을 때 살짝 들린 티셔츠 사이로 보이는 얇은 허리. 걸레를 잡은 길고 가는 손가락. 쪼그려 앉아 선반 아래를 닦을 때 보이는 복사뼈와 발목. 하얀 운동화. 푸른 셔츠. 하얀 치아. 푸른 미소. 몇 시간을 보고만 있더라도 전혀 지겹지 않을 것 같았다. 성재는 정숙이 무슨 말을 하든 귀담아 들어주고 별것 아닌 이야기에도 감탄했다. 그래서 하지 말아야 될 이야기도 술술 하게 만들었다. 근배는 정숙의 말에 웃기지도 않은 농담을 하거나 답답한 소리만 늘어놨었고, 주영은 정숙의 이야기에 관심도 없었다. 그나마 세라와 말이 통하기는 했지만, 정숙보다 세라가 더 말이 많아 정숙은 자신의 이야기를 별로 하지 못한 채 들어주는 처지였다. 그런데 성재는 자신의 이야기는 별로 하지 않으면서 정숙의 이야기를 관심 갖고 들어주며 시답지 않은 농담을 한다거나 전혀 다른 이야기를 하지도 않았다. 그러다 보니 남편 퇴직금으로 편의점을 차린 이야기며 딸 주영이 서울에서 회사에 다닌다는 이야기까지 해버렸다. 세라 원장이 이혼하게 된 이야기를 할 때는 이런 이야기를 하면 안 되는데 하면서도 입 밖으로 나오는 이야기를 멈출 수가 없었다. 그리고 성재의 하얀 피부, 푸른 향기, 그리고 계속되는 하얀 질문, 푸른 반응들이 시간을 쏜살같이 만들었다. 야간 알바 하는 친구는 나이가 많아요. 서른여섯인가, 서른여덟인가? 일은 잘해요. 그런데 워낙 사람한테 관심이 없어. 괜히 시비 걸거나 귀찮게 하는 건 없을 텐데. 나처럼 뭐 이런저런 이야기 할 일은 없을 거예요. 걔도 참 이상한 게 소설 쓴다는 사람이 어떻게 사람한테 관심이 없어요. 소설이요? 저는 동화를 써볼까 하는데. 동화요? 그냥 생각 중이에요. 다 쓰면 한번 보여줘요.

안녕하세요? 연성재입니다.

성재의 배꼽 인사에 우진은 고개를 까딱하며 인사를 받았다. 보니까 어려 보이시네. 나이가? 스물하나입니다. 띠동갑도 넘네? 말 놔도 되지? 네, 말씀 편하게 하세요. 그러고는 우진은 말이 없었다. 혼자 카운터에 들어가 조용히 시제 점검을 했다. 성재는 우진 몰래 미소를 지으며 정숙을 보고 고개를 살짝 끄덕였다. 정숙도 살짝 웃으며 우진에게 들키지 않으려는 듯 소리를 내지 않고 입 모양으로만 내 말이 맞죠? 했다. 점장님이 내 소개를 어떻게 했는지 모르겠지만 대충 맞을 거야. 우진의 말에 성재와 정숙은 화들짝 놀랐다. 점장님, 이 친구에게 뭐 알려주셨어요? 우선 계산하는 거랑 청소하는 거랑. 그리고… 아, 화장실 위치. 우진은 정숙을 말없이 바라보다가 한숨을 쉬었다. 그럼 오늘은 담배 정리하는 것, 유통기한 확인하는 것, 시제 점검하는 것을 알려줄게. 일하면서 내가 부탁 좀 하자면 내가 출근하기 전에 물류 온 것 있으면 정리해놓고, 쓰레기 비워놓고, 청소 적당히만 해줘. 다른 것보다 특히 음식물 쓰레기는 꼭 버려주고. 알겠습니다. 정숙은 우진이 괜히 성재에게 군기를 잡을까 봐 걱정되었다. 성재 씨도 우진 씨처럼 작가 되려고 한대, 동화작가. 그렇군요. 그런데 점장님은 퇴근 안 하세요? 응? 가야지. 정숙은 떨어지지 않은 발걸음을 옮겼다.

저녁은?

정숙이 집으로 들어오자 텔레비전을 보던 근배는 벌떡 일어나 달려

나왔다. 몰라, 그냥 라면이나 먹고 말래. 라면? 나 점심에 라면 먹었는데. 다른 거 먹으면 안 될까? 집에 있으면서 이 시간까지 저녁도 안 먹고 뭐 했어? 오면 같이 먹으려고 그랬지. 그래서 뭐 먹자고? 초밥이나 먹으러 갈까? 정숙이 근배가 틀어놓은 텔레비전을 힐끔 보았더니 연예인들이 오사카 여행을 떠나 맛집 탐방을 하고 있었다. 이 시간에 어디 가서 초밥을 먹어? 한경대학교 정문 쪽에 늦게까지 하는 초밥집 있어. 초밥 먹으려고 이 밤에 차 갖고 20분을 가자고? 나 아침에 출근해서 계속 일하다가 지금 집에 들어왔는데 그러고 싶어? 근배는 시무룩한 얼굴로 라면 말고 다른 거 뭐 먹을 거 없나 하며 주방으로 들어갔다. 그럼 햇반 데워서 있는 반찬에 그냥 먹어. 정숙은 안방으로 들어가 옷을 갈아입고 화장실로 가서 세수까지 하고 나왔다. 그 사이에 근배는 햇반을 데우고, 햄을 굽고, 달걀 프라이를 하고, 김치를 꺼내놓은 뒤 버섯과 감자, 호박을 넣어 간소하게 된장찌개를 끓였다. 정숙은 로션을 바르고 나와 대충 먹자니까 뭐 하러 찌개까지 끓였어? 하며 식탁 앞에 앉았다. 근배는 말없이 물컵에 물을 따르고 수저를 놓았다. 근배가 약간 기분 상한 듯 보였지만 정숙은 개의치 않았다. 밥을 먹으려고 숟가락을 드는 순간 문득….

초록매실?

싱크대 위에 놓인 매실 음료병이 눈에 들어왔다. 매실? 매실 사다가 매실청 담는다고 하지 않았어? 술 담그는 거 싫다고 사지 말라고 했잖아. 그랬나? 그랬다고 초록매실 사다 마신 거야? 참나. 정숙은 근배에게 주려고 편의점에서 매실주를 가져오려고 했던 것이 기억났다. 성재가 온 이후로 정신이 없었다. 좋아하지도 않는 햄을 젓가락으로 잘라 먹는 근배를 보니 미안한 마음이 들었다. 오늘따라 근배의 머리숱은 더욱 없어 보였다. 최 대리 왔다 가고, 아르바이트 뽑느라 정신이 너무 없어. 새로 온 아르바이트가 애는 착한데 좀 어리바리해. 그래서 오늘 온종일 인수인계하고, 그것도 모자라 우진이한테 두 시간 일찍 오라고 해서 계속 인수인계하는 중이야. 정숙의 이야기에도 근배는 말없이 후룩거리며 된장찌개를 떠먹었다. 아무튼, 인수인계는 오늘 중으로 우진이가 알아서 잘할 테니까 내일부터는 4시에 퇴근할 수 있어. 그러니까 내일 저녁에 초밥 먹으러 가자, 알았지? 그래. 근배는 시큰둥하게 대답하고 물을 마시며 수저와 밥그릇을 치웠다. 벌써 다 먹었어? 정숙의 질문에 근배는 으응 하고는 소파로 가서 앉은 후 리모컨을 잡았다. 평소 같으면 정숙이 밥 다 먹을 때까지 끊기도 애매하고 웃어주기도 힘든 이야기를 식탁에 앉아 시시콜콜 해댔을 텐데 삐쳐도 단단히 삐친 것 같았다. 정숙이 식사를 마치고 그릇을 치우자 근배가 조용히 주방으로 와서 앞치마를 둘렀다. 설거지 내가 할게. 피곤하다며? 그릇 몇 개 안 되는 데 가서 텔레비전 봐. 정숙은 근배에게서 앞치마를 빼앗은 뒤 등을 떠밀었다. 근배는 못 이기는 척 다시 텔레비전 앞으로 갔다.

위이이이잉

정숙이 설거지를 하다가 돌아보자 근배가 소파 아래를 청소기로 밀고 있었다. 밤중에 시끄럽게 왜 청소기를 돌려? 머리카락이 너무 많이 빠져 있어서. 밟고 다니기 그렇잖아. 요기만 잠깐 미는 거야. 근배가 머리카락을 손으로 쓸어 넘긴 후 손에 붙은 머리카락을 툭툭 털었다. 그리고 다시 청소기로 새로 떨어진 머리카락을 빨아들였다. 다 했어. 근배는 별일 아니라는 듯 청소기를 정리하고 다시 소파에 앉아 텔레비전을 보았다. 정숙은 설거지를 다시 하며 예전에는 머리 빠지는 것에 대해 굉장히 예민하더니 환갑 다 되었다고 이제는 무심해졌구나 하는 생각이 들었다. 설거지를 마치고 앞치마를 벗는데 으휴 하는 한숨 소리가 들렸다. 근배는 핸드폰 셀프 카메라 모드로 자신의 벗겨진 머리를 넘겨보며 우울한 표정을 짓고 있었다. 계속 만지면 더 빠져 그냥 놔둬. 정숙의 말에 근배는 핸드폰을 내려놓았다. 당신도 머리할 때 되지 않았어? 작년 추석 때 하고 안 했나? 안 그래도 세라 원장이 공짜로 머리 다듬어준다고 오늘 오라고 했는데 인수인계하느라 바빠서 가지도 못했어. 그럼 내일 머리하고 와. 안 그래도 그러려고. 4시에 일 끝나고, 머리 좀 다듬고 오면 7시 전에는 오겠네. 진작 아르바이트 구할 걸 그랬어. 안 자? 난 낮에 낮잠 좀 자서 텔레비전 좀 더 보자 자려고. 마누라는 밖에서 뼈 빠지게 일하는 데 팔자 좋아. 정숙이 양치질하려고 화장실로 들어가자 근배는 다시 으휴 하고 한숨을 쉬고는 텔레비전으로 시선을 향했다. 정숙이 양치를 마치고 침대에 누워 핸드폰을 볼 동안에도 근배는 방으로 들어오지 않았다. 핸드폰 불빛에 눈이 아파 끄고 핸드폰을 충전기에 꽂은 뒤 눈을 붙였다. 언제 잠들었는지도 모르게 잠을 자다가 근배가 침대에 들어와 눕는 것이 느껴져 슬쩍 잠에서 깼다. 돌아누운 근배에게서 약한 술 냄새가 풍겼다.

16

배설_

아르바이트 구하신 이후로 지각을 안 하시네요?

우진은 희한하다는 듯 일찍 출근한 정숙을 바라보았다. 어제처럼 그냥 도망가지 말고, 쓰레기 좀 버리고 가. 쓰레기는 점장님이 버리세요. 제가 신선식품 정리를 할게요. 저 비위 약한 거 아시면서. 정숙은 한숨을 쉬며 음식물 쓰레기를 버리고 우진은 신선식품 정리를 했다. 정리가 끝나고 우진이 퇴근하기 위해 주머니에서 이어폰을 꺼내자 정숙은 재빨리 바나나맛 우유 한 개를 우진에게 쥐여 주었다. 어제 고생했어. 인수인계해보니까 어때? 일 잘할 거 같아? 아니요. 물론 정숙도 성재가 인수인계를 잘 받았을 거라 생각하진 않았지만, 우진이 너무 단호하게 대답하는 바람에 당황했다. 왜? 사회 경험이 없어서 그런지 뭘 잘 모르더라고요. 뭘 해야 되는지도 잘 모르고. 애는 착한 것 같긴 한데. 일을 잘할 것 같은 느낌은 아니에요. 시간 지나면 괜찮아지지 않을까? 시간 지날 때까지 여기서 일할지 모르겠네요. 왜? 점장님이 보시기에도 그 친구가 편의점에서 일할 것 같은 느낌은 아니잖아요? 그렇긴 한데. 그냥 느낌만 그렇다는 거야? 우진은 정숙을 잠시 바라보다가 말이 길어질 것 같아지자 이어폰을 다시 주머니에 넣고 카운터에서 빨대를 하나 꺼내 바나나맛 우유에 꽂은 뒤 쭈욱 마셨다.

냄새가 나요.

무슨 냄새? 향수? 향수 냄새 말하는 거야? 우진은 정숙을 놀라운 듯이 바라보았다. 왜? 생각보다 점장님이 예리한 구석이 있구나 싶어서요. 향수 뿌리고 다녀서 일을 오래 안 한다고 생각하는 거야? 우진은 다시 정숙을 놀란 눈으로 바라보았다. 또 왜? 점장님은 역시 예리한 구석이 없으시구나 싶어서요. 장난하지 말고 제대로 이야기해봐. 우진은 다시 바나나맛 우유를 쭈욱 빨아들였다. 그냥 이건 단순히 제 추측이니까 괜히 오해하지 마세요. 그 친구랑 같이 있는데 향수 냄새가 진하게 나더라고요. 그런데 그 향이 굉장히 좋아서 무슨 향수 쓰느냐 물어봤어요. 그랬더니 자그마한 빨간색 가방에서 하얀 향수를 하나 꺼내 보여주더라고요. 그 향수가 크리드 실버마운틴 워터였어요. 보통 남자들이 향수 들고 다니면서 뿌리지 않거든요. 물론 그런 남자들도 있긴 하죠. 대부분 외모나 옷, 헤어스타일에 신경을 많이 쓰는 사람들이 그러죠. 성재 씨가 그런 스타일인가 보지 뭐. 그렇죠. 성재 나이가 스물한 살이라고 그랬죠? 크리드 향수가 스물한 살이 쓰기에는 꽤 비싼 향수에요. 보통 향수 가격에 서너 배는 될 거예요. 그리고 더 중요한 것은 향수를 꺼낸 작고 빨간 가방. 그 가방은 슈프림과 루이뷔통 컬래버레이션 크로스백이더라고요. 가방 가격이 300만 원은 그냥 넘을 겁니다. 정숙은 가격을 듣고 깜짝 놀랐다. 가방 가격이 성재 한 달 월급의 2배가 넘었다. 저는 당연히 이미테이션일 거라 생각해서 티가 안 난다고 했더니 진짜라고 하더라고요. 아는 분이 선물로 주셨다는데 과연 그 아는 분이 누구일까 궁금해졌습니다. 스물한 살에 편의점 주간 알바를 하잖아요. 방학 기간도 아니니 대학은 안 다닐 테고, 향수를 들고 다닐 정도로 외모에 관심이 많고, 아는 분이 300만 원이 넘는 가방을 선물로 줬다. 그리고 얼마 전까지 강남구 논현동에 살았다. 이러면 대충 답 나왔다고 봐야죠. 답이 뭔데?

호스트죠.

성재 씨가 호스트바에 다녔다고? 아니면 부잣집 골칫덩어리 아들이 가출한 것이거나. 둘 중 하나입니다. 저는 전자에 무게를 둡니다. 왜냐하면, 부잣집 아들은 가출해도 엄마 카드가 있기 때문에 편의점 아르바이트 같은 건 하지 않을 테니까요. 정숙은 어제 성재가 하선을 대했던 것이 떠올랐다. 추측입니다. 아닐 가능성이 더 크지요. 제가 소설을 쓰다 보니 그런 상상을 많이 해서 그런 거니 괜히 성재한테 호스트 했느냐고 물어보지 마세요. 정숙은 안도의 한숨을 쉬었다. 깜짝 놀랐잖아. 앞으로 그런 말도 안 되는 이야기 하지 마. 어쨌거나 호스트바에 다녔거나 부잣집 도련님이 아니라도 300만 원 넘는 가방을 들고 30만 원짜리 향수 뿌리고 다니는 친구가 한 달에 100만 원 받으면서 편의점 아르바이트를 오래 할 가능성이 적다는 건 설득력 있는 이야기 아니겠습니까? 정숙은 우진의 말대로 그 주장에는 설득력이 있다고 생각했다.

새벽에 멍게 라면 들어와서 사무실에 뒀어요.

우진은 주머니 안에서 엉켜버린 이어폰을 꺼내 풀며 편의점을 나갔다. 성재가 정말 호스트바에서 일했다면 어쩌지? 사실, 뭐 상관없는 것 아닌가? 300만 원짜리 가방을 갖고 다니는 애가 편의점에서 일을 잘할까? 화류계에 있던 사람들은 돈을 쉽게 벌고 쓰던 버릇 때문에 결국은 다시 화류계로 돌아간다던데. 강남에서 일하다가 안성으로는 왜 온 거지? 혹시 돈 떼먹고 도망 온 건가? 이런저런 생각에 빠져 있는데 세라가 조심스레 들어왔다. 안 바쁘네? 편의점에 바쁠 게 뭐 있다고 머리하러도 못 와? 세라는 페트병 콜라 한 병과 컵라면 두 개를 챙겨 카운터로 왔다. 그리고 미안하게 도시락은 뭐 하러 보냈어. 아무튼, 잘 먹었어. 정숙이 세라의 표정을 보니 정말로 미안해하는 것 같았다. 정숙은 측은한 마음이 들었다. 그래도 한 동네 같이 오래 살고, 주영이와 하선이도 친구인데 굳이 얼굴 붉히며 지낼 필요 뭐 있나 싶었다.

멍게 라면 들어왔어.

정숙은 사무실로 들어가 멍게 라면 두 개를 꺼내 들고 나왔다. 이게 그 멍게 라면이야? 하선이가 그러던데 이게 그렇게 맛있다며? 아까 새벽에 들어온 거라 나도 안 먹어봐서 몰라. 그나저나 새로 온 알바가 엄청 잘생겼다던데. 잘생기면 뭐 해. 일을 잘해야지. 나이도 스물한 살이야. 완전 애기지 뭐. 그런데 그렇게 잘생긴 애 매장에 두면 좀 피곤할 텐데. 예전에 정우성이나 그런 사람들 이야기 못 들었어? 아르바이트하는데 얼굴 한번 보려고 여자애들이 가게 앞에 막 줄 서고 그랬다는 거? 괜히 걔 보겠다고 물건 사지도 않으면서 편의점에 어중이떠중이 몰려오면 어쩌려고? 여기가 여대 앞도 아니고 손님들 죄다 담배 사러 오는 아저씨 아니면 고 대표가 데리고 다니는 꼬맹이들밖에 없는데, 뭘 그런 걱정을 해? 그리고 정우성 정도로 잘생긴 건 아니야. 정숙은 사실 성재가 정우성보다 낫다고 생각했지만 세라 앞에서는 그렇게 말을 할 수 없었다. 하선이가 보기엔 키 빼고 정우성보다 낫다던데? 어쨌거나 걔도 차라리 한경대학교 앞 먹자골목 같은 데서 아르바이트하면 돈 많이 벌 텐데 왜 이런 데서 일한대? 걘 몇 시에 와? 얼굴이나 좀 봐야겠다.

신경 끄시고, 얼른 가서 라면 드세요.

정숙은 세라와 말을 길게 했다가 기분이 나빠질 것 같았다. 야간 아르바이트가 정리를 제대로 안 해놓고 퇴근해서 일거리가 쌓였으니 나중에 이야기하자며 세라를 내보냈다. 정숙은 세라가 간 뒤에 우진의 이야기와 세라의 이야기를 종합해보았다. 성재는 편의점에서 어영

부영 일하다가 결국 그만둘 것이다. 그리고 대학가 근처나 여고 근처에서 돈을 더 받고 아르바이트를 할 것이고, 소문이 퍼져 더 나은 곳으로 스카우트가 될 것이다. 아무리 생각해도 적은 돈을 받고 구석진 편의점에서 오래 일할 이유가 없었다. 그렇게 생각하니 오히려 마음이 편했다. 정숙은 성재가 일을 그만둘 때까지만 성재를 좋아하기로 마음먹었다. 성재가 일을 그만둘 때가 오면 마음이 아플까 봐 걱정되었지만, 중학교 시절 좋아했던 수학 선생님이 전근 가실 때도 아무렇지 않았으니 막상 닥치면 별거 아닐 수도 있겠다는 생각이 들었다.

어? 통영 멍게 라면 나왔네?

정숙은 청소를 끝내고 사무실에 있던 멍게 라면을 진열했다. 점심시간이 되자 손님들이 몰려왔고, 모두 멍게 라면을 하나씩 사 들고 나갔다. 식사를 마치고 담배나 캔커피를 사러 왔던 손님들까지도 모두 멍게 라면을 구매했다. 정숙은 혹시 몰라 두 개를 따로 빼놓았다. 한 개는 정숙이 맛볼 생각이었고, 다른 한 개는 성재를 줄 예정이었다. 멍게 라면 두 상자가 한 시간도 안 되어서 품절되었다. 점심시간이 지나고 한가한 시간이 되자 정숙은 멍게 라면에 물을 부었다. 처음에 맛을 보니 일반 라면과 다를 바 없었다. 면의 식감은 쫄깃한 게 나쁘지 않았다. 그리고는 5초 뒤 혀가 얼얼해지기 시작했다. 이거 엄청 맵잖아? 컵라면 용기를 살펴보니 구석에 불꽃 그림과 HOT이라는 글자가 찍혀 있었다. 정숙은 낙지볶음을 즐겨 먹어서 이 정도 매운 것은 견딜 수 있었다. 그리고 중간에 올라오는 멍게 향이 중독성이 있어서 매워도 먹는 데 힘들지 않았다.

그럼 저희는 내일 또 찾아뵙도록 하겠습니다. 남은 하루도 섹시하세요.

오후 라디오 방송이 끝나고 4시가 되어가자 정숙의 심장이 다시 두근거리기 시작했다. 오늘부터는 성재 혼자 편의점을 보게 해야 하는데 얼마 동안 같이 있다가 퇴근해야 어색하지 않을까 걱정이 들었다. 그러다 갑자기 불안한 생각이 들기 시작했다. 성재가 언제라도 출근하지 않을 수도 있겠다는 생각이었다. 당장 오늘부터 안 나온다 하더라도 이상할 것이 하나도 없었다. 그러면 우진이는 제가 그럴 거라고 했잖아요, 할 테고 근배는 그래서 내가 사람은 잘 알아보고 써야 한다니까 할 것이다. 그리고 세라도 한마디 거들 것이 분명했다. 그런 생각을 하고 있자니 머리가 아파져 왔다. 기운이 없어 잠시 앉아 있어야지 하려는 찰나에 현기증이 살짝 왔다. 의자에 앉자 몸이 으슬으슬했다. 추운 날씨는 아닌데 감기에 걸렸나? 요새 너무 신경을 써서 면역력이 떨어졌나? 정숙은 일어나 냉장고에서 비타500 한 병을 꺼내 바코드를 찍고 계산한 뒤 마셨다. 차가운 음료가 배 속에 들어가자마자….

꾸르르르륵.

하는 소리가 아랫배에서 들려왔다. 정숙은 재빨리 화장실 열쇠를 챙겨서 카운터를 뛰쳐나왔다. 손님이 한 명도 없는 한가한 시간인 게 천만다행이었다. 편의점 문을 재빨리 걸어 잠그고 화장실로 뛰어갔다. 화장실 바깥문을 열쇠로 열고 빠른 속도로 하나밖에 없는 좌변기 칸으로 들어가 문을 잠갔다. 바지와 속옷을 벗고 변기에 앉자마자 대변이 주르르륵 나왔다. 정숙은 그제야 안도의 한숨을 쉬었다. 더는 으슬으슬 춥지도 않았고, 현기증도 사라졌다. 다리가 조금 떨리고 항문이 따끔거리는 것 외에는 평상시보다 몸 상태가 더 좋았다. 생각해보니 며칠 동안 변을 보지 못했었다. 그러다 매운 멍게 라면을 먹자 장에 반응이 왔던 것이다.

점장님 여기 계세요?

성재의 목소리가 들리자 정숙은 깜짝 놀랐다. 급하게 들어오느라 화장실 바깥문을 잠그지 못했다. 편의점 문은 잠겨 있고, 화장실 문은 불이 켜진 채 열려 있었다. 정숙이 화장실에 없는 척할 수 있는 상황이 아니었다. 정숙은 금방 나갈게요 하고 말하며 눈을 질끈 감은 채 아랫입술을 깨물었다. 너무 부끄러웠다. 두 달 동안 아르바이트를 한 우진에게도 화장실에 있는 모습을 들킨 적이 없었는데 이틀 일한 성재에게 들켜버렸다. 냄새 때문에 대변을 본 사실을 알 텐데 어떻게 성재의 얼굴을 봐야 할까 걱정이 앞섰다. 그렇다고 화장실에 계속 앉아 있을 수도 없는 노릇이었고, 성재를 편의점 문 앞에 계속 세워둘 수도 없는 노릇이었다. 정숙은 체념한 채 마무리하고 옷을 입은 뒤 물을 내렸다. 변기 속의 대변이 조용히 위로 올라오기 시작했다. 그러더니 변기 밖으로 흘러넘치기 직전까지 올라오다 멈췄다. 정숙은 당황해 소리를 지를 뻔하다가 밖에 성재가 들을까 봐 입을 막았다. 그러고는 조심스레 나와 세면대 아래에 있던 뚫어뻥을 들고 와 변기를 조심스레 쑤셔댔다. 그리고 다시 물을 내리자 변기 물이 변기 밖으로 흘러넘치기 시작했다. 정숙은 신발이 젖을까 봐 우선 재빨리 화장실 밖으로 나왔다.

하아.

정숙은 죽고 싶었다. 이럴 때일수록 침착해야 한다고 다독였다. 성재에게 들키기 전에 빨리 일을 처리해야겠다고 생각했다. 송곳으로 손을 찌를까도 생각했지만 15분 전으로 돌아간다 하더라도 생리 현상은 막을 수 없었다. 그리고 다른 화장실을 찾아갈 정도로 시간이나 정숙의 위장 상태가 여유 있지도 않았다. 손을 두 번 찔러 30분 전으로 가면 가능하지 않을까 고민했지만 주영이 가만히 있지도 않을뿐더러, 무엇보다도 두 번 연속으로 손을 찌를 자신이 없었다. 정숙은 어쩔 수 없이 편의점으로 갔다. 성재는 아무것도 모른 채 정숙을 보고 밝게 웃으며 인사했다. 죄송해요. 오늘도 좀 늦었죠. 뛰어온다고 온 건데. 저 화장실에서 세수 좀 하고 올게요. 안 돼요! 정숙이 소리를 지르자 성재가 놀라 쳐다보았다. 정숙은 머릿속으로 어떻게 말하면 좋을지 생각해보았지만, 생각하면 할수록 머릿속이 하얘졌다. 정숙은 편의점 문을 열고 냉장고에서 게토레이 하나를 꺼내 성재에게 주었다. 이거 좀 마시고 계세요. 더우니까 에어컨 켜고 계셔도 되고요. 잠시만 나갔다 올게요. 게토레이를 건네받고 멍하니 서 있는 성재를 뒤로한 채 정숙은 재빨리 진열대에서 고무장갑을 하나 챙겨 화장실로 갔다. 화장실 문을 열자 냄새가 진동했다. 정숙은 일이 더 커지기 전에 빨리 수습해야겠다고 다짐했다.

화장실 막혔나 보네요.

정숙이 뒤돌아보니 성재가 게토레이를 마시며 넘쳐 있는 변기를 바라보고 있었다. 정숙은 손을 백번을 찌르는 한이 있더라도 지금 상황을 없었던 것으로 해야겠다고 마음먹었다. 고무장갑 주세요. 네? 저 화장실 잘 뚫어요. 제가 논현동에서 살 때 화장실 많이 뚫어봤어요. 성재는 정숙의 손에서 빼앗은 고무장갑을 끼운 뒤 뚫어뻥을 들고 변기 물이 흘러넘친 화장실로 성큼성큼 걸어 들어갔다. 어어? 신발 젖어요. 괜찮아요. 비싼 신발 아니에요. 어제 우진이 형님께서 편의점에서 일할 때는 더러워질 수 있으니 비싼 옷 입고 오지 말라고 하시더라고요. 성재는 잠시 변기 속을 바라보다가 고무장갑 낀 손을 변기 속에 쑥 집어넣었다. 그 모습을 본 정숙은 눈앞이 아찔했다. 성재는 잠시 변기 안을 휘적거리다가 무언가를 끄집어냈다. 하리보 젤리 한 봉지가 고무장갑 낀 성재의 손에 들려 있었다. 성재가 변기 레버를 누르자 변기 물은 시원하게 내려갔다. 논현동에 있을 때 술집에서 잠깐 일했는데요, 손님들이 술 마시고 볼일 보다가 변기를 엄청 막히게 했거든요. 그래서 제가 자주 뚫고 그랬어요. 물티슈, 생리대, 담뱃갑, 스타킹, 핸드폰 별의별 게 다 있는 거 봤는데 젤리는 처음 보네요. 화장실 청소해야겠어요. 아니에요, 성재 씨는 편의점 카운터 보고 계세요. 여긴 제가 치울게요. 어제 보니까 손님 없을 시간이던데 금방 청소하고 가면 되죠. 아니에요. 창고 정리해야 되는데 무거운 게 많아서 못했거든요. 그거 해주세요. 화장실은 제가 하고 갈게요. 성재가 알겠습니다 하며 고무장갑을 벗었는데 성재의 티셔츠 팔꿈치 부분이 젖어 있었다. 아이고, 옷 젖었네요. 성재는 젖은 팔꿈치 부분을 보며 이래서 우진이 형님이 비싼 옷 입고 오지 말라고 하신 거였구나 하며 웃었다. 사무실 책상 옆에 보면 게토레이에서 사은품으로 나온 티셔츠 있어요. 그걸로 갈아입으세요.

아후, 냄새.

정숙은 성재가 나가자 정신이 들고 사태 파악이 되기 시작했다. 바닥과 변기는 엉망진창이었고 냄새는 또 어쩌나 싶었다. 도대체 누가 변기에 하리보 젤리를 빠트린 거지? 빠트렸으면 꺼내야지, 그걸 그냥 둬? 성재 씨 얼굴은 어떻게 보나? 어차피 며칠 하다가 그만둘 사람이니 신경 꺼야지. 성재 씨 옷 젖은 데서도 냄새날 텐데. 맞다, 게토레이에서 받은 티셔츠 책상 옆에 있는 게 걸리적거려서 캐비닛에 넣어놨는데. 정숙은 재빨리 편의점으로 들어가 사무실 문을 열었다. 책상 옆에서 티셔츠를 찾지 못한 성재가 사무실을 뒤지다 캐비닛에서 티셔츠를 이미 찾은 상태였다. 그리고 티셔츠를 갈아입기 위해 젖은 티셔츠를 벗고 있었다. 성재의 얇은 허리와 깨끗한 피부, 겨드랑이 아래로 도드라진 갈비뼈, 청바지 벨트 위로 살짝 보이는 빨간색 팬티 밴드가 정숙의 눈에 들어왔다. 정숙은 멍하니 그 모습을 바라보다 성재와 눈이 마주쳤다. 어, 어, 티셔츠 찾으셨네요? 책상 옆이 아니라 캐비닛에 넣어놨는데. 책상 옆에 없어서 찾아보니 있더라고요. 성재는 당황하지 않은 채 라임색 게토레이 티셔츠를 입었다. 성재의 갈비뼈를 조금이라도 더 보고 싶은 마음과 그러면 안 된다는 마음 사이를 갈팡질팡하는 와중에 성재는 옷을 다 입었다. 정숙은 다시 성재와 눈이 마주치자 얼굴이 빨개진 채 조심스레 사무실 문을 닫고 나왔다. 잠시 후 성재가 편의점 조끼를 입고 사무실로 나왔다. 그럼 잠깐만 카운터에 계세요. 화장실 청소하고 올게요. 정숙은 성재의 대답을 듣지도 않은 채 도망치듯 편의점을 나왔다.

아이고 냄새.

정숙이 화장실에 들어가자 냄새가 코를 찔렀다. 밖에 나갔다가 들어오니 냄새는 더 지독하게 느껴졌다. 성재가 이 냄새를 맡았을 거라 생각하니 정말 죽고 싶었다. 근배랑 살면서도 정숙은 자신의 변을 보여준 적은 없었다. 주영을 출산하려고 관장했을 때도 근배에게 나가라고 소리를 질렀었다. 물은 배수구로 다 빠져나갔고 남은 찌꺼기들이 익사체처럼 화장실 바닥에 누워 있었다. 그나마 다행이라 생각되었다. 쓰레받기로 찌꺼기만 처리하면 되겠다 싶었다. 그런데 냄새는 어쩌나 하는 생각을 하며 쓰레받기를 가지러 다시 편의점으로 향했다. 편의점 안에 들어가니 성재가 보이지 않았다. 쓰레받기를 가지러 사무실에 들어가자 성재가 바지를 벗어들고는 바짓단에 섬유탈취제를 뿌리고 있었다. 성재의 미끈한 다리와 가는 발목, 빨간색 짧은 드로

즈 팬티가 정숙의 눈에 들어왔다. 정숙은 아까와 다르게 태연한 척하지 못하고 입에서 아이고가 바로 튀어나왔다. 사무실 문을 닫고 밖으로 나온 정숙의 얼굴은 성재의 드로즈 팬티보다 더욱 빨갛게 되었다. 성재는 아무 일 없었다는 듯이 나오면서 바짓단이 좀 젖어서 냄새날까봐 페브리즈를 좀 뿌렸어요. 캐비닛에 있던 거 썼는데 괜찮죠? 그럼요, 괜찮아요. 바지 많이 젖었어요? 살짝 젖은 정도라 상관없어요. 우진이 형님이 비싼 옷 입고 오지 말라고 해서 바지도 유니클로에서 세일할 때 산 거 입고 왔는데 다행이네요.

하아, 냄새는 어쩐다?

정숙은 화장실 청소를 끝냈다. 락스를 풀어서 바닥과 변기를 다 닦았다. 보기에는 깔끔했지만, 아직도 화장실에서 냄새가 나는 것 같았다. 환기 좀 시키면 되겠지 하는 마음으로 화장실 문을 열어놓은 채 나왔다. 손님 없는 편의점 카운터에는 성재가 멍하니 서 있었다. 손님 없을 때는 다리 아프니까 앉아 계세요. 점장님은 퇴근하셔야죠? 저 퇴근해도 괜찮으시겠어요? 그런데 혹시 무슨 문제 생기면 전화 드려도 되죠? 그럼요, 전화 주셔도 되죠. 성재가 전화하겠다는 말에 가슴이 콩닥콩닥하려고 하는 데 전화가 걸려왔다. 세라였다. 언제 퇴근해? 퇴근하고 머리하러 온다며? 이제 가려고. 지금 손님 없으니까 얼른 와. 정숙이 전화를 끊고 퇴근할 준비를 하려고 하는데 발길이 떨어지지 않았다. 점장님 퇴근하시기 전에 저 잠깐 화장실 좀 다녀올게요. 그러세요. 화장실 문 열어놨으니 열쇠 안 가져가셔도 돼요. 성재는 자신의 빨간 슈프림 루이비통 컬래버레이션 가방을 챙겨 화장실로 갔다. 정숙은 사무실로 가서 신발을 갈아 신고 편의점 조끼도 벗어 캐비닛에 넣었다. 캐비닛 안에 성재가 갈아입은 티셔츠와 섬유탈취제가 보였다. 정숙은 자기도 모르게 성재가 벗어놓은 티셔츠를 만져보았다. 그러다 문득 조금 전 성재가 옷을 갈아입던 모습이 떠올랐다. 근배가 아닌 남자의 속살을 실제로 본 적이 언제였는지 기억이 나지 않았다. 섬유탈취제를 집어 들고 허공에 한 번 뿌리고 냄새를 맡았다. 은은한 향이 퍼지며 성재가 바지를 벗고 섬유탈취제를 뿌리던 장면이 확 떠올랐다. 그때 성재가 사무실 문을 열고 들어왔다. 정숙은 화들짝 놀라 섬유탈취제를 뒤춤에 감췄다. 화장실 다녀왔어요. 아. 아, 그래요. 성재는 정숙이 뒤춤에 감춘 것이 무언가 하며 쳐다보았다. 저도 옷에서 냄새나는 것 같아 좀 뿌리려고요. 정숙은 어색하게 섬유탈취제를 뿌린 뒤에 사무실 밖으로 나왔다. 그러다 섬유탈취제를 화장실에도 뿌려야겠다는 생각이 들어 다시 들어가 섬유탈취제를 들고 나왔다.

어? 이 냄새는?

정숙이 섬유탈취제를 들고 화장실에 들어가자 화장실에서 고등학교 시절 갔었던 미도파 백화점 향기가 났다. 성재의 향수 냄새였다. 성재가 화장실에 들어와 향수를 뿌리고 간 모양이었다. 정숙은 잠시 동안 화장실에서 성재의 향수 냄새를 맡았다. 화장실 밖으로 나가기가 싫었다. 그리고 퇴근하기도 싫었다. 성재와 같이 편의점에서 좀 더 있고 싶었다. 무슨 핑계를 대면 늦게 퇴근하려는 것이 설득력이 있을까 생각해보았지만, 딱히 생각이 나지 않았다. 그때 근배에게서 퇴근하고 머리하는 중이냐며 문자가 왔다. 정숙은 이제 퇴근하는 중이라며 답장을 하고는 화장실을 나왔다. 오늘 초밥 먹으러 가는 거야? 라는 근배의 문자에 한숨을 한 번 쉬고 ㅇㅇ 하고 답장을 보냈다.

17

변색_

파마도 할 거야?

세라는 정숙을 미용실 의자에 앉히고 목에 가운을 둘렀다. 그리고 정숙의 머리카락을 만지며 눈치를 봤다. 파마도 공짜로 해주게? 정숙의 말에 세라는 표정이 잠시 굳었다. 공짜로 해주기로 했으니 해줘야지. 그런데 지금 하선이가 없어가지고 혼자 하기 좀 힘들 것 같아서 물어보는 거야. 정숙은 세라가 왠지 측은해 보였다. 됐어. 그냥 다듬어만 줘. 정숙의 말에 세라의 표정이 풀리며 정숙의 머리를 만지는 손길이 경쾌해졌다. 하선이 얘는 내가 너 온다고 좀 있으라고 그랬는데 급한 약속이 있다고 나가버리는 거 있지. 딸이니까 데리고 있지 다른 미용실에서 그러면 당장 쫓겨나.

어, 오셨어요?

문을 열고 하선이 들어오며 정숙에게 인사를 했다. 너 약속 있다며? 친구가 갑자기 일이 생겼다며 밤에 보자고 해서. 다시 표정이 굳어진 세라가 정숙의 눈치를 보기 시작했다. 파마할래? 정숙은 거울 너머로 하선을 노려보는 세라의 표정을 살폈다. 그러다 하선의 염색한 머리가 눈에 들어왔다. 아니 파마 안 해도 돼. 정숙의 말에 세라는 다시 표정이 밝아졌다. 그렇지? 너는 얼굴이 좀 커서 파마가 안 어울리더라. 파마하면 나이 들어 보여. 정숙이 세라를 쳐다보자 세라는 아차 싶었다. 그러니까 막 뽀글뽀글한 아줌마 파마는 그렇다는 이야기지. 굵게 살짝 말면 또 괜찮아. 얼굴이 조금 크긴 해도 어려 보이니까. 그치 하선아? 그럼 굵게 살짝 말아볼까? 라는 정숙의 혼잣말에 세라는 표정이 다시 어두워졌다. 하선아. 파마할 거 챙겨와. 됐어. 파마는 나중에 할래. 정숙의 말에 세라는 다시 표정이 밝아졌다. 하선아, 파마 안 하신다니까 아줌마 샴푸 먼저 해드려라.

대신 염색이나 해줘.

염색? 세라는 놀라 정숙을 쳐다보았다. 왜 갑자기 염색이야? 흰 머리도 별로 안 보이는데? 하선이 머리 색깔 예쁘네. 저 색으로 해보려고. 하선도 놀라 정숙을 쳐다보았다. 하선이랑 똑같은 머리색으로 염색해달라고? 아니, 난 하선이 보다 피부가 까만 편이니까 좀 더 밝게 해줘. 저 색보다 밝게? 그럼 탈색하고 해야 되는데? 탈색하면 되지 뭐. 그럼 머릿결 상할 텐데. 괜찮으니까 해줘. 자기도 이제 나이가 있는데 밝은색은 좀 그렇지 않아? 염색 공짜로 해주는 대신에 헤어 팩이랑 트리트먼트는 돈 내고 할게, 됐지? 돈 때문에 그러는 게 아니라. 정숙은 짜증이 나서 가운을 풀고 벌떡 일어났다. 됐어, 해주기 싫으면 하지 마. 세라는 깜짝 놀라 정숙을 붙잡았다. 아니야. 난 후회할까 봐 그러는 거지. 진짜 후회 안 할 자신 있어? 내가 삭발을 해달라는 것도 아니고 맘에 안 들면 다시 검은색으로 하면 되는데 뭐가 문제야? 정숙의 말에 세라는 체념한 표정으로 다시 정숙을 의자에 앉히고 가운을 둘렀다. 하선아 염색 준비하고 블러드 오렌지 가져와. 엄마, 탈색부터 해야 되는데? 그러네. 세라와 하선이 탈색 준비를 하는 동안 정숙은 근배에게 문자를 보냈다.

오랜만에 머리하는 거라 좀 늦어.

한참 후, 탈색하느라 머리에 감아놓았던 포일을 벗겨내자 정숙은 정신까지 탈색이 된 느낌이었다. 정숙은 태어나서 그런 머리색을 처음 해보았다. 세라와 하선도 놀란 눈치였다. 세라는 당황한 기색을 숨긴 채 탈색이 잘됐네 했고, 하선도 연예인 머리색 같아요. 볼빨간사춘기 1집 때 머리색이랑 똑같네 했다. 거의 흰색에 가까운 노란색이었다. 세라는 정숙의 표정을 살피며 하선에게 블러드 오렌지를 가져오라고 했다. 정숙은 이게 맞는 건가 싶었다. 왜 갑자기 젊었을 때도 하지 않았던 염색을 했을까 생각을 했다. 성재가 하선의 머리를 보고 예쁘다고 한 것 때문이었다. 그거 외엔 다른 이유가 없었다. 그렇다고 해도 이렇게 충동적으로 염색을 해버리다니. 엄마. 세라가 돌아보자 하선이 난처한 표정을 지었다. 나 이제 약속시간 다 됐는데. 세라는 한숨을 쉬더니, 그래 염색은 엄마가 할 테니 가 봐, 라고 했다. 하선은 염색 장갑을 벗고 정숙에게 죄송해요, 약속이 있어서… 머리 잘하고 가세요, 하더니 나가버렸다. 세라는 염색약을 섞으면서 넋 나간 정숙을 바라보았다. 자기야. 하선이 없어서 내가 헤어 팩까지 해주긴 힘들고, 트리트먼트만 살짝 해줄게. 정숙은 지금이라도 검은색으로 염색해달라고 해야 하나 싶었다. 그러나 이미 블러드 오렌지 염색약을 뜯어버린 상황이었고, 정숙이 뭐라 말할 새도 없이 세라는 염색약을 머리에 바르기 시작했다. 정숙은 이미 되돌아올 수 없는 강을 건넜구나 싶었다.

어때, 마음에 들어?

염색이 끝나고 샴푸와 트리트먼트를 한 뒤에 드라이하자 탈색했을 때보다는 그래도 색이 짙어져서 마음이 놓였다. 그렇더라도 정숙이 지금까지 살아오면서 했던 헤어스타일 중 가장 파격적인 스타일이었다. 염색하는 동안 세라는 하선이가 없으니까 하는 이야기라며 여느 미용사들처럼 이런저런 이야기를 시작했다. 고 대표와 같이 일하는 조 단장이 미용실에 너무 자주 온다며 걱정했고, 며칠 전에 본 드라마에서 모듬회에 매실주 마시는 장면이 나왔는데 같이 갈 사람이 없어서 못 먹고 있다며 푸념했다. 그리고 해외여행 가보고 싶은데 같이 갈 생각 없냐고 물었다. 그러나 그런 이야기들은 정숙의 귀에 들어오지 않았다. 정숙은 이런 머리를 하고 집까지 어떻게 갈지 걱정이 되었다. 게

다가 저녁에 한경대학교 앞에 가서 초밥을 먹어야 한다는 생각이 들자 아찔했다. 그러나 가장 큰 걱정은 내일 성재를 보는 것이었다. 드라이가 끝나고 탈색했을 때보다 나아진 머리를 보고는 그제야 세라의 말이 귀에 들어왔다. 만약 남편이 머리색 갖고 뭐라고 하면 내가 억지로 시켰다고 그래. 세라는 걱정스러운 눈빛으로 정숙을 바라보았다. 그런 세라를 보며 정숙이 답답하다는 듯 한마디 했다. 우리 남편은 이런 거 갖고 뭐라고 안 해.

머리카락이 많으니 염색도 하고 좋겠어.

집에 도착한 정숙의 머리를 보고 근배는 부러워했다. 이상하지 않아? 봄인데 화사하니 좋네. 사람들이 나이 먹고 주책이라고 하지 않을까? 오늘 염색해서 그래 시간 지나면 적응돼서 괜찮을 거야. 난 훨씬 젊어 보이고 좋아. 이러다가 우리 마누라 바람나는 거 아니야? 이 동네는 바람 날 남자도 없어. 쓸데없는 소리 그만하고 얼른 초밥 먹으러 가게 옷 갈아입어. 정숙은 뜨끔한 마음을 감추고 태연하게 말했다. 근배는 핸드폰을 꺼내 정숙의 사진을 찍으려고 했다. 사진은 왜 찍어? 주영이한테 보내주려고. 정숙은 재빨리 근배 손에서 핸드폰을 빼앗았다. 주영이한테 이야기하지 마. 걔 또 잔소리한단 말이야. 왜 당신은 주영이한테 꼼짝을 못해? 근배가 옷을 갈아입으러 방으로 들어갔다. 정숙은 머리를 만지며 거실에 있는 거울을 보았다. 근배의 말대로 얼핏 보면 젊어 보이는 것 같긴 하지만 눈가와 입가의 주름, 그리고 처진 볼살은 어쩔 수가 없었다. 옷을 갈아입고 나온 근배가 빨리 가자며 재촉했다.

초밥 디너 A세트 두 개하고 매화순 한 병 주세요.

근배는 놀라며 그냥 커플 세트 시키지 뭐 하러 비싼 거 시키느냐 했다. A세트 시켜야 멍게가 나오네. 당신 멍게도 먹고 싶다며? 정숙은 앞으로 언제 올지 모르는데 기왕 온 거 잘 먹고 가자며 메뉴판을 접었다. 그러고는 염색한 머리가 신경 쓰이는 듯 주변을 두리번거렸다. 건너 테이블의 대학생 커플은 자기들끼리 키득거리느라 전혀 신경 쓰지 않았고, 구석 쪽 회사원 단체 손님들은 무슨 일이 있는지 단체로 인상 쓰고 한숨 쉬며 소주를 마시느라 정신이 없었다. 주문을 받으러 온 아르바이트 청년도 정숙의 머리는 전혀 신경 쓰지 않는 눈치였다. 애피타이저로 샐러드와 전복죽이 회 몇 점과 함께 나왔다. 근배는 매화순을 따서 정숙의 잔에 따라주려고 했다. 운전도 해야 되고 내일 출근도 해야 되니까 당신이나 마셔. 근배는 자신의 잔에 매화순을 따르며 그러게 택시 타고 오자니까 했다. 그리고 혼자 술을 마신 뒤 연어회 한 점을 입에 집어넣었다. 그리고 전복죽을 먹는 정숙에게 새로 온 아르바이트는 어떠냐고 물었다. 아니 신경 끄라니까 왜 자꾸 물어? 일 잘해. 잘하니까 그만 좀 물어봐. 정숙의 짜증에 근배는 새로 사람이 왔다니까 궁금해서 두어 번 물어본 것 갖고 왜 짜증을 내느냐 했다. 몰라, 궁금하면 당신이 편의점으로 와서 보든가. 왜 자꾸 꼬치꼬치 캐물어? 퇴근한 다음에는 편의점 생각 좀 안 하게 해주면 안 돼? 편의점 말고 다른 이야기 해. 근배는 기분이 상한 듯 한숨을 한 번 쉬고 매화순을 다시 따른 뒤 훅하고 마셨다. 다른 이야기 뭐 해? 주영이 이야기? 주영이 이야기건 뭐건 나 화장실 갔다 올 테니까 어떤 이야기를 하면 좋을지 생각해봐.

나가셔서 오른쪽으로 돌아가신 뒤 건물 입구로 들어가시면 2층에 있습니다.

정숙이 일식집 밖으로 나오자 대학가라 그런지 젊은 사람들이 많이 지나다녔다. 그럼에도 불구하고 정숙의 머리색을 신경 쓰는 사람은 아무도 없었다. 정숙도 자신의 머리색에 대해 더 이상 신경 쓰고 싶지 않아졌다. 그러다 멀리 자신의 머리색과 같은 머리색을 한 여자가 보였다. 요새 이 머리색이 유행이구나 하는 생각을 하며 보니 그 여자는 바로 하선이었다. 재도 여기서 약속이 있었구나. 옆에 누구지? 남자 같은데? 손잡고 있는 거야? 어머. 하선이 연애하나? 정숙은 호기심에 살며시 하선을 훔쳐보았다. 남자가 두리번거리더니 하선의 손을 끌고 골목 구석으로 들어갔다. 정숙은 겁이 덜컥 났다. 혹시 하선이 나쁜 일을 당하지 않을까 싶어 재빨리 하선과 남자가 사라진 골목 구석으로 뛰어갔다. 인적이 없는 골목에서 남자가 하선의 머리카락을 만지고 있었다. 그 남자 얼굴을 자세히 보니 고 대표였다. 세상에, 하선이가 고 대표를 만나고 있나? 둘이 열 살 넘게 차이 날 텐데. 조 단장이라는 사람이 하선이 좋아한다고 하지 않았나? 고 대표랑 조 단장이랑 둘이 친구잖아. 고 대표는 평소 트레이닝복 차림으로 다녀서 캐주얼한 차림의 남자가 고 대표라고는 상상도 못 했었다. 하선이 고 대표를 보며 웃고 있는 걸 보고 정숙은 마음이 조금 놓였다. 정숙은 하선이 왜 고 대표와 만나는지 이해를 하지 못했다. 고 대표는 잘생긴 얼굴이 아니었다. 축구를 가르치느라 항상 밖에 있어 피부도 까맣고, 키도 그렇게 큰 편이 아니었다. 그에 비해 하선은 예쁘고 키도 훤칠했다. 성격도 엄마와는 반대로 사근사근했다. 남녀가 사귀는 데 무슨 이유가 있겠어. 서로 맘 맞으면 사귀는 거지라고 생각하는 찰나에 갑자기 고 대표가 하선에게 입을 맞췄다.

세상에!

하선이 깜짝 놀라는 눈치였지만 입을 떼지는 않았다. 정숙은 그 모습을 보고 너무 놀라 순간적으로 고개를 휙 돌렸다. 잠시 마음을 가다듬고 다시 쳐다볼 때까지도 둘의 입술은 붙어 있었다. 고 대표의 손은 하선의 허리를 휘감고 있었고, 하선도 고 대표를 껴안고 있었다. 그러다 하선이 고 대표의 얼굴을 밀어 키스를 중단시켰다. 하선은 부끄러운 듯 고개를 숙이며 뭐라 말을 했고, 고 대표는 하선의 말을 듣고는 주변을 두리번거렸다. 그러다 정숙과 눈이 마주쳤다. 정숙은 깜짝 놀라 몸을 숨겼다. 고 대표는 하선의 어깨를 감싸고는 반대편 골목으로 나갔다. 고 대표는 염색한 정숙을 알아보지 못했다. 정숙은 고 대표와 하선이 간 쪽으로 조심스레 발을 옮겼다. 둘은 다정하게 걷다가 주차해놓은 검은색 재규어에 올라탔다. 정숙의 눈이 휘둥그레졌다. 항상 스타렉스만 타고 다니던 고 대표였는데. 재규어는 어디서 난 거지? 싶었다. 하선이와 데이트하려고 렌트했나 했지만, 트렁크 구석에

A.S.F.C AnSung Football Club라는 스티커가 붙어 있는 걸 보고는 고 대표 차라는 것을 확신했다. 하선을 태운 고 대표의 재규어가 출발하는 모습을 보고 정숙은 남녀가 사귀는 데는 무슨 이유가 있긴 있구나, 하는 생각을 했다.

방금 내가 뭘 봤는지 알아?

하선이 있잖아. 세라미용실 딸. 주영이 친구. 걔가 글쎄 방금 밖에서 고 대표랑 둘이 데이트하고 있더라고. 나는 생각도 못 했네. 그런데 보니까 보통 사이가 아닌 거 같더라니까. 고 대표가 하선이를 확 끌고 골목으로 들어가더니 막 키스를 하는데. 사람들 보면 어쩌려고 길거리에서 그러나 몰라. 젊은 사람들이라 그런 거 신경 안 쓰나? 그런데 더 충격적인 게 뭔 줄 알아? 진짜 상상도 못 할 거야. 놀라지 마. 글쎄 고 대표가 재규어를 끌고 왔더라고. 그 표범 그림 있는 차가 재규어 맞지? 어때? 놀랐지? 그래서 난 설마설마 하면서 누구한테 빌려 왔겠거니 했는데, 차 뒤에 떡하니 고 대표 축구교실 스티커가 붙어 있는 거야. 세상에나. 추리닝 입고 스타렉스 끌고 다니다가 옷도 깔끔하게 차려입고 재규어 딱 몰고 그러니까 완전 다른 사람 같더라고. 하여간 참, 모를 일이야.

화장실 갔다 올 동안 할 이야기 준비해놓으라더니 당신 혼자 떠드네?

근배는 정숙의 속사포 같은 수다를 흘려듣고는 광어 초밥을 먹었다. 정숙은 근배의 뜨뜻미지근한 반응이 놀라웠다. 하선이랑 고 대표랑 사귀고 고 대표는 재규어가 있다는데 안 놀라워? 세상에 놀랄 일이 얼마나 많은데 그런 거 갖고 놀래? 당신은 참 태평해서 좋겠어. 난 다른 사람들 연애하는 거에 큰 관심이 없어요. 화장실 어디로 가야 돼? 나가서 오른쪽으로 돌아간 다음 건물 입구로 들어가면 2층에 있어. 화장실 갔다 올 테니까 이번에는 당신이 무슨 이야기 할지 생각해 봐. 남들 이야기 말고 우리 이야기로. 근배가 나가자 정숙은 문득 주영은 만나는 남자가 있는지 궁금해졌다. 전화해서 물어보면 짜증 낼 것 뻔하니 근배에게 전화해서 물어보라고 해야겠다고 마음을 먹었다. 정숙은 새우 초밥을 먹으려다 근배 자리에 머리카락이 한 움큼 떨어져 있는 것을 발견했다. 정숙은 한숨을 쉬고는 탁자 위에 있던 물티슈를 뜯어 떨어진 근배의 머리카락을 치웠다.

머리카락이 이게 뭐야?

집에 온 정숙은 화장실에 들어갔다가 염색된 머리를 보고 망연자실했다. 미용실을 나오기 전 마지막으로 거울을 봤을 때는 나름대로 괜찮다는 생각을 했었고, 집에 와서 마주친 근배도 젊어 보인다고 했기 때문에 이 정도일 줄은 몰랐다. 미용실 거울과 옷가게 거울은 믿는 게 아니라는 사실을 잠시 망각했었다. 집으로 와서 우리도 오랜만에 키스나 해보자는 취한 근배를 밀어내다가 괜스레 미안해져서 입술에 대충 쪽 한 번 해주고 재운 뒤에 양치질하러 화장실에 들어왔다가 그제야 머리색이 어떤 상태인지 확인한 것이다. 초밥집 옆 골목에서 고 대표가 몰라볼 만하다는 생각이 들었다. 그러다 내일 성재를 보기 전에 다시 검은색으로 염색을 해야겠다고 마음먹었다. 내일 하루만 근배에게 편의점을 봐달라고 한 뒤 미용실에 갈 생각이었다. 그러다 근배와 성재가 마주치면 어쩌나 싶은 생각이 들었다. 언젠가는 마주치겠지만 그 언젠가를 최대한 미루고 싶은 마음이었다. 성재가 머리가 벗겨진 환갑 다 된 근배를 보면 괜히 자기까지 늙게 볼까 걱정이었다.

18

접촉_

똥구멍으로 화재 진압도 할 수 있을 것 같아.

근배는 새벽부터 설사 때문에 화장실을 드나들다가 여덟 번째 볼일을 마친 후 소파에 철퍼덕 드러누웠다. 지금 이 상태로 대장내시경을 해도 아무런 문제가 없을 거라며 인상을 찌푸린 채 아랫배를 쓰다듬었다. 오랜만에 비싼 초밥 세트를 먹어서 그런 것 같아. 짜증 난 정숙이 엎드려 주저리주저리 떠드는 근배의 엉덩이를 찰싹하고 때리자 근배는 벌떡 일어나 다시 화장실로 뛰어갔다. 근배에게 편의점을 맡기고 다시 검은색으로 염색하려던 계획은 물거품이 되었다. 우진에게 잠시 편의점을 맡기고 염색을 할까 생각을 했지만 염색하는 데 적어도 서너 시간이 걸리기 때문에 그럴 수도 없었다.

염색하셨네요?

정숙이 조심스레 편의점으로 들어서자 우진은 정숙을 시큰둥하게 쳐다보며 말했다. 좀 주책이지? 날씨도 더워지는데 시원해 보이고 좋네요. 우진의 말에 정숙은 검은색으로 다시 염색해야겠다는 생각을 접었다. 그나저나 요새 그 머리색이 유행인가 보네요? 우진의 말에 정숙이 깜짝 놀랐다. 왜? 또 누가 이 머리색 하고 다녀? 밤에 가끔 오는 손님인데. 저쪽 미용실에서 일하는 젊은 여자분도 점장님 머리색이랑 비슷하게 하고 다니더라고요. 정숙은 속으로 뜨끔했지만, 모르는 척하며 아아 그러니? 하고 말았다. 그럼 퇴근할게요. 정숙은 카운터에서 나와 주머니 이어폰을 꺼내는 우진을 가로막았다. 왜요? 더운데 바나나 우유 하나 마시고 가. 정숙은 재빨리 바나나맛 우유에 빨대를 꽂아 우진에게 들이밀었다. 우진은 이어폰을 다시 주머니에 넣고 바나나맛 우유를 한 모금 쭈욱 빨아 마신 후 정숙을 바라보았다.

불안정하다고 해야 하나?

으응? 정숙은 갑자기 우진이 무슨 이야기를 하는지 몰라 갸우뚱했다. 우진은 정숙을 물끄러미 바라보더니 성재 이야기 듣고 싶으셔서 그러시는 거 아니에요? 했다. 정숙은 화들짝 놀라며 아니, 더우니까 시원한 거 하나 마시고 가라는 이야기지. 그런데 불안정하다는 말이 무슨 뜻이야? 뜸을 들이는 우진에게 빨리 말하라고 재촉하고 싶었지만 그러지 못했다. 우진은 바나나맛 우유 한 모금을 더 마신 뒤 뜸을 들이다가 이야기를 이어갔다. 그 왜 보편적으로 착하고 순진한 사람들 있잖아요. 밝고, 잘 웃고, 남의 말 잘 들어주고, 그런데 뭔가 잘 모르고. 성재가 그런 스타일 같긴 한데 조금 미묘하게 눈빛이 흔들려요. 불안해 보인다고 해야 할라나? 어두워 보인다고 해야 할라나? 정숙은 전혀 생각지도 못했던 부분이었다. 정숙은 오히려 성재가 밝다고 생각했었다. 모든 면에서 어둡다고 느껴본 적이 한 번도 없었다. 우진이 성재에게 겁을 줬나 싶어서 무슨 일이 있었느냐고 물었다. 뭐 별거 아닌데요.

형님, 저 여기 좀 더 있으면 안 되나요?

제가 퇴근하라고 했더니 멀뚱멀뚱 서서 그런 이야기를 하더라고요. 혼자 살아서 집에 가도 딱히 할 게 없다며 조금만 있다 가겠다고 해서 그러라고 했지요. 그런데 둘이 편의점에 있으면서 뭘 하겠습니까. 그냥 이런저런 이야기나 하는 거죠. 성재가 먼저 글 쓰는 것에 관해 물어보더라고요. 소설 쓰는 건 어렵지 않냐? 자기는 동화 쓰는 것도 어려운데 소설은 엄두가 안 난다. 재미있는 소설을 추천해달라. 그러면서 잡담을 하다가 손님 오면 계산도 하고, 정리도 하면서 이야기를 나눴는데. 계속 이야기하다 보니 자기 이야기는 안 하려고 하더라고요. 보통 사람들은 남의 이야기를 들어주는 것보다 자기 이야기를 하고 싶어 하거든요. 재밌었던 일. 힘들었던 일. 누구에게 들은 이야기. 그런 이야기들을 하고 싶어 하고 그런 이야기를 하며 공감받고 싶어 하죠. 그래서 저 혼자 글 쓰는 것에 대해 주저리주저리 떠들다가 혼자만 계속 이야기하는 것 같아 성재에게 전에는 뭐 하고 살았느냐 물어봤어요. 그랬더니 표정이 안 좋아지는 거예요. 아, 뭐, 그냥저냥. 이것저것 하며 살았어요. 사는 게 다 똑같죠. 그러더니 시계를 보고는 혼잣말로 너무 늦었다 하고는 가방을 챙기면서 형님 귀찮으실 텐데 전 이만 가볼게요, 하더라고요. 그래서 괜한 걸 물어봤구나 싶어서 화제도 돌릴 겸 기회 되면 동화 쓴 거나 보여달라고 하며 퇴근시켰죠. 그냥 이야기만 들으셔서는 성재가 자기 이야기를 하기 싫었나보다 하실 텐데. 제가 뭐 하고 살았느냐 물었을 때 마치 도둑질하다 걸린 사람 같은 느낌이었어요. 어쨌거나 얘도 딱히 정상은 아니구나 싶었어요. 혹시 수배 중인가? 하는 생각까지 들었다니까요. 물론 성재 성격상 그럴 가능성은 낮지만 혹시 또 모르는 거잖아요?

침소봉대하는 것 아니야?

정숙은 우진의 이야기를 듣고 별것 아닌 거로 유난 떤다고 생각했다가, 그래도 우진이가 말한 대로 성재에게 과거 이야기는 물어보지 않는 편이 좋겠다고 생각했다. 우진은 정숙에게 침소봉대란 말도 아시냐며 비아냥거렸고 정숙은 기분이 상해 얼른 퇴근하라고 했다. 정숙은 우진에게 들은 성재의 행동이 궁금했다. 정숙도 성재와 있을 때 자기 이야기만 했지 성재의 이야기를 들은 적이 없었다. 그 당시에는 성재가 이야기를 참 잘 들어주는구나 싶었다. 하지만 자기 이야기를 하기 싫어서 그랬을 거라고는 짐작하지 못했다. 우진이 성재의 행동을 별로 대수롭지 않게 생각했다면 그냥 성재는 자기 이야기를 잘 안 하려고 해요, 하고 말았을 것이다. 굳이 불안정하다고 이야기한 것은 분명 뭔가 이상한 느낌이 있기 때문이라고 생각했다. 성재가 출근하면 우진의 말대로 불안정한 느낌인지 살펴봐야겠다고 마음을 먹었다.

죄송한데 화장실 좀 쓸 수 있을까요?

점심시간이 지난 후 한가할 때쯤 정숙은 담배를 정리하고 있었다. 그때 30대 초반으로 보이는 남자가 편의점으로 뛰어 들어와 다급한 표정으로 물었다. 정숙은 열쇠와 함께 화장실 위치를 알려줬다. 남자는 고맙다고 말하며 사색이 된 얼굴로 편의점을 나갔다. 그리고 시간이 지나도 화장실에 갔던 남자는 돌아오지 않았다. 혹시 또 화장실이 막힌 것 아니야? 하는 생각이 들 때쯤 편의점 문에 달린 종이 딸랑하고 울렸다. 그곳에는 영화배우 이명현이 서 있었다. 안녕하세요? 실례지만 말씀 좀 여쭐게요. 한 15분 전쯤에 검은색 티셔츠에 파란색 야구모자 쓴 사람이 화장실 간다고 오지 않았나요? 정숙은 이게 무슨 일인지 싶어 멍하니 이명현을 바라보고 있었다. 저 예전에 이명현 씨 뵌 적 있는데. 네? 젊었을 때 조흥은행 한남점에서 일하고 있는데 이명현 씨가 오신 적 있었어요. 이명현은 정숙의 이야기를 듣고 당황스러운 표정을 지었지만, 정숙은 전혀 신경 쓰지 않았다. 그러셨구나. 조흥은행이 없어진 지 좀 됐죠? 네, 2006년에 신한은행과 합병되었어요. 그런데 그 검은색 티셔츠 입은 남자는 여기 안 들어왔었나요? 화장실에 있을 거예요. 그런데 이명현 씨는 무슨 일로 안성까지 오셨어요? 무슨 촬영 있으신가? 아아, 네. 영화 촬영이 있어서 가는 길에 잠시 들렀어요. 영화요? 이 동네서 영화 찍어요? 아니요. 여기서 차로 한 30분은 더 가야 돼요.

아이고. 형님 죄송해요. 화장실이 막혀서.

이명현이 정숙과의 대화로 난처해하고 있을 때 검은 티셔츠 입은 남자가 화장실 열쇠를 손에 들고 들어왔다. 화장실 빌려 썼는데 고장 내놓고 그냥 갈 수 없잖아요. 보니까 변기 안에 무슨 젤리 봉투가 들어 있어서 물이 안 내려갔더라고요. 오줌이었기에 다행이지 똥이라도 쌌으면 난리 날 뻔했어요. 정숙은 남자의 말을 듣고 깜짝 놀랐다. 정숙은 하리보 젤리 봉투를 진열대에서 꺼내 남자에게 보여주며 이 젤리냐고 물었다. 남자는 그렇다고 했다. 세상에, 어제도 누가 변기에 이걸 넣어놔서 아주 난리도 아니었는데. 누가 상습적으로 장난을 치는 모양이에요. 어이구, 놀래라. 남자는 정숙의 이야기를 듣다가 정숙의 얼굴을 보고 깜짝 놀랐다. 왜요? 아니 아까는 급해서 몰랐는데 이제 보니 연세가 좀 있는 분이셔서. 머리색이 그래서 저는 어린 친구인 줄 알았어요. 제가 혹시 말실수 같은 거 하진 않았죠? 반말했다던가. 정숙은 그제야 어제 머리 염색을 했던 것이 생각났다. 주책이죠? 아니에요. 시원해 보이고 좋은데요. 감사합니다. 정숙의 얼굴에는 미소가 번졌고 이명현의 얼굴에는 그늘이 드리웠다.

야, 늦었어. 빨리 가자.

이명현은 인상을 찌푸리며 남자에게 눈치를 주고 정숙에게는 웃는 얼굴로 안녕히 계세요, 하고 밖으로 나갔다. 남자도 정숙에게 인사를 꾸벅하고 밖으로 나갔다. 정숙이 정신을 차릴 새 도 없이 남자가 다시 안으로 들어와 캔커피 판매대를 두리번거리다가 2+1 행사상품 커피 세 개를 집어 들었다. 정숙이 캔커피 계산을 마치자 남자는 캔커피 하나를 정숙에게 내밀었다. 하나는 사장님 드세요. 그리고 사장님 머리색 잘 나왔어요. 나는 나보다 어린 사람인 줄 알았다니까요. 깜짝 놀랐네. 남자는 남은 캔커피 두 개를 들고 후다닥 편의점을 나갔다. 정숙은 문을 잠그고 재빨리 화장실로 달려가 거울을 보았다. 남자의 말을 듣고 보니 머리 염색한 것이 그다지 나빠 보이지 않았다. 얼핏 보면 젊어 보이는 것 같기도 했다.

머리 염색하셨네요?

정숙은 성재의 목소리에 깜짝 놀라 카운터에 앉아 있다가 벌떡 일어났다. 아직 4시가 되려면 30분도 더 남은 시간이었다. 왜 이렇게 일찍 왔어요? 점장님 보고 싶어서요. 성재의 대답과 미소에 정숙은 물에 젖은 솜사탕처럼 사르르 녹는 기분이었다. 매번 지각해서 오늘은 좀 일찍 왔어요. 그럴 필요 없는데. 우진이가 성재 씨 퇴근 시간 지나서도 퇴근 안 하고 일 도와준다고 그러더라고요. 도와주긴요. 배우는 거죠. 그나저나 머리색 되게 예쁘네요. 저 이런 색 엄청 좋아하는데. 성재는 정숙에게 다가와 정숙의 머리카락을 살짝 만졌다. 염색하셨는데 머리도 많이 안 상하셨네요. 성재의 말과 미소와 접촉에 정숙은 뜨거운 물에 젖은 솜사탕처럼 사르르르르 녹는 것 같았다. 정숙은 가까이 다가온 성재의 얼굴과 입술을 보자 심장이 두근거렸다. 문득 어제 하선과 고 대표가 생각이 났다. 어제도 고 대표가 하선의 머릿결을 만지다가 키스를 했었다. 정숙은 이러다 큰일 나겠다 싶어 오시느라 더우실 텐데 시원한 거 하나 드세요, 하며 슬쩍 성재의 손길을 빠져나가 냉장고로 향했다. 오늘은 천천히 걸어와서 괜찮아요. 그러면 카운터에 앉아서 잠깐 쉬고 계세요. 저는 사무실 정리 좀 할게요. 정숙은 성재를 피해 사무실로 들어갔다.

키스해야겠다.

정숙은 성재에게 키스하기로 마음을 먹었다. 키스를 하고 난 뒤 재빨리 사무실로 달려와 손바닥을 찔러 15분 전으로 가면 된다. 그렇게 하면 성재는 키스했던 사실을 모르게 되니 아무런 문제도 없을 것 같았다. 정숙은 서랍을 열어 송곳을 찾아놓았다. 이명현이 왔다 간 것도 어느 정도 영향을 끼쳤다. 정숙은 이명현과 자신이 어떤 인연이 있다는 생각을 전혀 하지 않았었다. 그러나 정숙은 은행에 다닐 때 이명현을 보고, 오늘 또 보았다. 다음번에 이명현을 보게 되면 조흥은행 한남점에서 뵈었고, 안성 편의점에서도 뵈었는데 이번이 세 번째 뵙는 거네요, 라고 말할 것이다. 그러면 이명현은 그래요, 생각나네요, 할 것이 분명했다. 만약 다음에 이명현을 만났을 때 아무 말도 하지 않는다면 이명현은 정숙을 기억하지 못할 것이다. 그렇기 때문에 인연은 만들어갈 수도 있는 것이라는 결론이 났다. 말도 안 되는 생각이었지만 정숙은 자신이 성재와 키스를 하기 위해 모든 상황과 현실을 합리화시켰다. 어제 고 대표와 하선의 키스 장면을 본 것과 이명현이 방문한 것이 성재와 키스를 하라는 계시라는 생각까지 했다. 15분 과거로 갈 수 있는 능력이 감사했다. 이런 식으로 하면 언제든 성재와 키스하고 싶을 때마다 키스할 수 있었다. 물론 손을 관통하는 아픔이야 있겠지만 그런 아픔 정도야 충분히 감수할 수 있었다. 딱 한 가지 문제가 있었는데 그것은 바로 주영이었다. 우선 주영에게 할 거짓말을 생각해내야 했다. 그리고 주영에게 거짓말인 걸 들키지 않으려면 바로 대답하지 말고 서론을 길게 말해야 한다는 것도 되새겼다.

내가 어제 장롱 정리를 하다가 반지를 하나 찾았는데.

또 뭔데? 본론만 이야기해. 주영의 대답에 정숙은 우선 첫 관문은 통과했다고 생각했다. 알았어. 본론만 이야기하자면 하수구에 반지를 빠뜨렸어. 거짓말하지 마. 주영은 속지 않았다. 정숙은 주영이 도대체 눈치를 어떤 방법으로 연마했기에 저렇게나 눈치가 빠른 건지 궁금했다. 혹시 독심술 같은 걸 하나 싶었지만, 지금은 그게 중요한 게 아니었다. 정숙은 지금 빨리 손을 찔러야 하며, 15분 지난 뒤에 찌르면 반지를 못 찾는다고 했다. 거짓말 좀 하지 말라고. 주영은 여전히 속지 않았다. 정숙은 성재와 키스하는 것보다 주영이를 속이는 게 더 힘들다고 생각했다. 아무튼, 난 말했으니 그렇게 알아. 준비 좀 하고 5분 있다가 찌를 거야. 알았지? 엄마! 엄마! 주영의 외침에도 불구하고 정숙은 전화를 끊었다. 바로 주영에게 전화가 왔으나 받지 않은 채 핸드폰 전원을 꺼버렸다. 그리고 서랍을 열어 송곳의 위치를 다시 한 번 확인하고는 심호흡을 했다. 사무실 문을 열기 위해 문고리를 잡았으나 돌려서 열지 못했다. 밖으로 나가기가 두려웠다. 그러나 이미 주영에게 손을 찌를 거라고 말해놓은 상황이라 더 늦어지면 곤란했다. 정숙은 마음을 진정시킨 뒤 사무실 문고리를 돌렸다.

미스터 츄. 입술 위에 츄. 달콤하게 츄.

라디오에서는 때마침 에이핑크의 노래가 나왔다. 성재가 방금 향수를 뿌렸는지 편의점에서 성재의 향수 냄새가 났다. 창밖의 햇살은 따사로웠고, 라디오의 노래는 향기로웠고, 게토레이를 마시고 있던 성재는 아름다웠다. 정숙은 마음을 다잡고 성재에게 다가갔다. 그러고는 성재를 덥석 껴안고 키스를 했다. 부드럽고 달콤하게 하고 싶었지만, 너무 긴장되어 입술에 힘이 잔뜩 들어갔다. 드라마에서처럼 로맨틱한 프렌치키스를 하려고 했으나 그냥 꽉 껴안은 채 딱딱해진 입술로 성재의 입술을 누르는 형국이었다. 성재는 깜짝 놀라 어찌할 바를 몰랐다. 성재가 상황을 파악하기도 전에 정숙은 성재에게서 입술을 떼었다. 그러고는 눈 마주칠 새도 없이 재빨리 도망치듯 사무실로 들어갔다. 너무 긴장한 탓인지 키스를 해서 기분이 좋다는 느낌은 전혀 없었다. 마치 도둑질하고 도망치는 것처럼 손이 덜덜 떨리고, 다리가 후들거렸다. 사무실로 들어가며 정숙은 후회했다. 조금 더 오래 할걸. 너무 뻣뻣하게 했어. 괜찮아. 다음에 잘하면 돼. 이번엔 연습했다 생각하자. 정숙은 사무실로 들어오자마자 서랍을 열어 송곳을 꺼냈다.

그러고는 손바닥을 찌르기 위해 송곳을 꽉 잡은 뒤 입술을 질끈 물었다. 손을 펴서 책상에 놓은 후 송곳을 쥔 손을 높게 쳐들었다. 그때 성재가 사무실로 뛰어 들어와 송곳을 잡은 정숙의 손목을 덥석 낚아채더니 정숙의 손에서 송곳을 빼앗았다.

안 돼. 얼른 줘!

정숙은 놀라 소리쳤다. 점장님 왜 이러세요? 이러시면 안 돼요. 아니야, 괜찮아. 성재 씨 미안해. 빨리 줘. 늦으면 안 돼. 지금 이걸로 자해하시려는 거잖아요. 왜 그러시는지 모르겠지만 그러시면 안 돼요. 성재 씨가 몰라서 그래. 빨리 송곳 줘. 절대 안 돼요. 성재의 단호한 모습에 정숙은 이러다 큰일 나겠다 싶었다. 정숙은 성재에게 달려들었다. 성재가 손에 쥐고 있는 송곳을 완력으로라도 빼앗아야겠다는 생각이었다. 정숙은 송곳을 잡은 성재의 손목을 꽉 움켜잡았다. 정숙이 힘을 줘 성재의 손목을 끌어내렸다. 그러자 성재는 천천히 정숙을 껴안고 키스를 했다. 부드럽고 달콤하게, 서두르지 않고 천천히 키스했다. 정숙은 성재의 손목을 스르르 놓고는 성재의 허리를 살포시 안았다. 성재도 잡고 있던 송곳을 던져버리고는 정숙의 목덜미를 감쌌다. 고등학생 시절 미도파 백화점으로 돌아간 것 같았다. 성재에게서 풍기는 백화점의 향기. 햄버거를 처음 먹었을 때의 그 부드러움과 달콤함이 성재의 입술에서 느껴졌다. 그리고 따뜻함. 정숙이 키스를 받아들이자 성재는 슬며시 정숙의 티셔츠 속으로 손을 넣어 가슴을 만졌다. 정숙은 화들짝 놀라 성재에게서 떨어졌다. 성재는 정숙을 보며 미소를 지었다. 정숙은 다리가 후들거리는 바람에 더는 서 있을 수 없어서 의자에 풀썩 주저앉았다. 성재는 던져놓은 송곳을 주워들었다. 그러고는 송곳을 흔들며 정숙에게 말했다. 키스는 또 하셔도 되는데 이런 짓은 절대 하시면 안 돼요. 아셨죠?

무슨 생각으로 그런 거야?

정숙은 성재가 왜 자신에게 키스했는지 궁금했다. 저야말로 궁금하네요. 키스한 건 그렇다 치지만 자해는 왜 하시려는 거예요? 정숙은 대답할 수 없었다. 그리고 지금은 그게 중요한 게 아니었다. 이러다가 15분이 지날 것 같았다. 정숙은 다급해졌다. 미안해. 내가 잠깐 미쳤나 봐. 앞으로는 절대 이런 일 없을 거야. 그러니까 제발 송곳 좀 줄래? 저한테 키스하신 것 때문에 자해를 하시는 거라면 그러실 필요 없어요. 저도 키스하는 것 좋아하니까. 정숙은 당황했다. 나 같이 나이 많은 아줌마랑 키스하는 게 괜찮아? 나이 많은 아줌마랑 키스하는 건 괜찮지 않은데 점장님이랑 키스하는 건 좋아요. 성재의 말이 끝나는 순간 종이 울렸다. 그 종은 정숙에게만 들렸다. 종소리를 듣자마자 성재에게로 달려가 키스를 했다. 정숙은 성재에게 키스하면서 내가 왜 이러지? 나 미친 거 아냐? 라고 생각했다. 성재는 다시 정숙의 허리와 뒷머리를 감싸 쥐고 키스를 받아주었다. 정숙의 머릿속 생각들을 모조리 지워줄 법한 깊고 깊은 키스였다.

19

연민_

퇴근하고 뭐 하세요?

권 팀장이 채색실 문을 열고 주영에게 물었다. 퇴근하고 집에 가죠. 그러시구나. 권 팀장은 슬며시 웃으며 조용히 문을 닫고 나갔다. 주영은 짜증이 났다. 점심을 먹은 다음 차 대리와 나눈 이야기 때문에 기분이 더욱 나빴다. 같은 회사 다니면서 밥 한번 먹기 왜 이렇게 힘드냐? 그러게 말이야. 둘은 회사 앞 중식당에 들어가 저번 주부터 판매를 시작한 중국냉면을 먹었다. 식사할 때는 차 대리의 육아와 출산에 관한 이야기가 주를 이뤘다. 겨울에 수박이 먹고 싶다고 해서 사다 줬더니 춥다고 안 먹겠대. 새벽 2시에 양수가 터진 거 있지. 하필 또 내가 술 마시고 들어온 날이었어. 그저께 우리 애 침대에서 떨어졌잖아. 내가 애를 침대에서 재우지 말라고 수도 없이 이야기했는데. 그나저나 요새 아울렛에는 키즈 카페가 엄청나게 잘되어 있더라고. 주영은 중국냉면을 먹으며 차 대리의 이야기를 듣는 둥 마는 둥 했다. 밥은 내가 살 테니 커피 사. 계산을 끝내고 나온 차 대리는 주영을 데리고 회사에서 멀찌감치 떨어진 커피숍으로 들어갔다. 걷기 싫으니 회사 앞에서 마시자는 주영의 말을 무시한 채 굳이 먼 곳까지 가는 차 대리가 주영은 이해되지 않았다.

그거 희망 고문이야.

권 팀장님 힘들어. 차 대리의 이야기에 주영은 코웃음을 쳤다. 선배가 몰라서 그러는데. 나 권 팀장님한테 살갑게 대한 적 한 번도 없어. 저번에 몇 번 같이 육횟집 간 것 때문에 그런 거라면 나 진짜 억울해. 집에 가 봐야 인스턴트나 배달음식으로 저녁 때우는데. 권 팀장님이 아니라 대표님이나 얼마 전 입사한 소정 씨가 먹자고 해도 먹었을 거야. 오늘도 선배랑 밥 먹었잖아. 그럼 나 지금 애 딸린 유부남이랑 바람피우는 거네? 주영은 화를 식힐 겸 자몽주스를 쭉 마셨다. 차 대리는 한숨을 쉬며 머그잔에 담긴 커피를 홀짝였다. 이야기했잖아. 권 팀장님은 그렇게 생각 안 하신다고. 그러니까 그게 내 잘못이냐고? 네가 잘못했다는 이야기가 아니라, 권 팀장님이 다르게 생각하시니까 하는 이야기잖아. 그러니까 권 팀장님이 그렇게 생각하는 게 내 잘못이냐니까? 누가 잘못했다는 이야기가 아니라니까. 그럼 어쩌라는 거야? 아니 어쩌라는 게 아니잖아. 그럼 그런 이야기를 나한테 왜 해? 그냥 그렇다고. 그러니까 그냥 그런 이야기를 왜 나한테 하느냐고? 그냥 알아두라는 거야. 그걸 왜 내가 알아둬야 하는데? 차 대리는 뭔가 이상하다는 듯 논쟁을 멈추고 주영을 가만히 쳐다보았다.

무슨 일 있냐?

왜 이렇게 예민해? 꼭 우리 와이프 임신했을 때 보는 것 같다. 성질이 난 주영은 화를 식히기 위해 다시 자몽주스를 쭉 빨았으나 컵에 얼음밖에 남지 않아 쿠욱쿠욱 소리만 났다. 에이, 왜 이렇게 쬐끔 줘? 다 얼음이네. 이러니까 여기 소파가 편해도 여기로 안 오고 다 회사 앞 커피숍으로 가지. 선배 이제 들어가자. 나 얼른 채색 마무리해야 돼. 주영은 차 대리가 권 팀장 이야기를 하려고 회사에서 멀리 떨어진 커피숍으로 데리고 왔다는 생각이 들자 더욱 짜증이 치솟았다. 그러나 주영은 차 대리에게 짜증 낼 일이 아니라고 생각했다. 이건 다 권 팀장이 처신을 잘못해서 벌어진 일이었다. 오히려 이상한 소문 번지기 전에 이야기해준 차 대리에게 고마워해야 할 문제였다. 권 팀장이 결혼을 약속했던 여자친구랑 헤어졌다고 측은하게 여길 게 아니었다. 물론 권 팀장의 잘못이라고 할 수도 없지만 그래도 앞으로의 관계는 확실히 해둘 필요가 있었다. 주영이 차 대리와 점심 식사 후 회사로 들어와 자리에 앉아 한숨 돌리니 쌓인 일거리들이 눈에 보였다. 시계를 보니 2시가 다 되어가고 있었다. 점심시간에 너무 자리를 오래 비웠다는 생각에 서둘러 채색을 시작했다. 그러면서 차 대리와 했던 권 팀장 이야기가 잊히나 싶었는데, 뜬금없이 권 팀장이 들어와 퇴근하고 뭐 하느냐 물은 것이다. 성질 같아서는 시원하게 욕 한번 퍼부어주고 싶었다.

하지만 권 팀장 성격에 주영에게 그런 소리를 들으면 상처를 심하게 받을 것이 뻔했다. 그리고 가뜩이나 작고 좁은 회사에서 구설에 오르기는 싫었다. 그러나 권 팀장의 행동에 차오르는 짜증을 어찌할 수가 없었다. 술이라도 안 끊었으면 하는 생각을 하고 있을 때 정숙에게 전화가 왔다.

거짓말하지 마.

정숙은 누가 들어도 뻔한 거짓말을 하고 전화를 끊었다. 주영은 이해가 되지 않았다. 얼마 전 정숙이 아이를 구하고 고양이를 구한다며 손을 찔러 댔던 고통이 아직 가시지 않았다. 다시 전화를 걸었지만 정숙은 받지 않았다. 혹시 어디서 야매로 마취 주사 같은 거 구한 거 아냐? 하는 의심도 들었다. 그렇지 않고서야 아무 일도 아닌 거로 자신의 손을 그렇게 마구 찔러댈 수가 없었다. 주영은 로또와 수능 때를 제외하고는 정숙에게 시간을 되돌려 달라고 부탁한 적이 한 번도 없었다. 손도 아프거니와 15분으로는 뭘 할 수가 없었기 때문이다. 그러나 정숙은 겨우 반지 하나 찾겠다고 손을 찌른다는 것이었다. 게다가 그것도 거짓말 같았다. 주영은 다시 정숙에게 전화를 걸었지만, 전화기는 꺼져 있었다. 5분 뒤에 손을 찌르겠다고 했으니 앞으로 5분 동안은 공포에 떨어야 했다. 주영은 비명을 지를지도 모르니 사람이 없는 옥상으로 가 있어야겠다고 생각하다가 어차피 15분 전으로 가면 내가 비명 지른 거 다 잊어버릴 텐데 그냥 사무실에 있어도 되겠다고 생각했다. 다 잊어버린다고? 주영은 벌떡 일어나 권 팀장에게 갔다.

이야기 좀 해요.

주영의 등장에 권 팀장 그리고 다른 직원들까지 깜짝 놀랐다. 권 팀장은 주영의 표정을 살피더니 어디 조용한 데 가서 이야기할까요? 커피 한잔하실래요? 하고 조심스레 말했다. 주영은 시간이 없었지만, 사람들이 다 쳐다보는 자리에서 이야기하기 싫었다. 그리고 괜히 누군가가 와서 주영 씨 왜 그래? 무슨 일이야? 하며 말리기라도 하면 시간이 지체되기 때문에 사람들이 없는 곳에서 이야기하는 게 나을 거라는 생각도 들었다. 저 요새 커피 안 마신다고 했잖아요. 회의실 가서 이야기하시죠. 권 팀장은 심상치 않은 분위기를 느꼈다. 권 팀장이 회의실로 들어가자 벽시계를 보고 있던 주영이 재빨리 회의실 문을 닫았다. 권 팀장은 그 짧은 사이에 여러 가지 생각이 들었다. 우선은 주영에게 뭔가 잘못한 것이 있는지 생각을 더듬어 갔다. 저번에 마감을 앞둔 주영을 졸라 같이 육횟집에 가서 술 취했던 것은 이미 대가를 치렀다. 그리고 그날 주영을 두고 집에 간 일은 주영이 분명히 괜찮다며 신경 쓰지 말라고 했었다. 데블스 도어에 회식을 갔을 때도 크림파스타만 먹고 들어간다는 주영을 잡지도 않았다. 권 팀장은 이런저런 생각을 하다가 순간 아차 했다. 옷 이쁘네요. 화장이 잘됐네요. 이런 것도 다 성희롱이 되는 시대잖아. 퇴근하고 어디 좋은 데 가나 봐요. 이런 말도 다 성희롱이라고 했는데. 혹시 주영 씨가 성희롱으로 나를 고소하려고 그러나? 그냥 주의만 주겠지? 그 일 이후로 주영 씨가 예민해져서 신경 써준다고 한 게 좀 오버였나?

시간 없으니까 빨리 이야기할게요.

제가 몇 번이나 괜찮다고 이야기했잖아요. 팀장님 이러시면 제가 더 곤란해져요. 회사에서 팀장님이 저한테 찝쩍거린다고 수군대는 건 상관없는데, 제가 팀장님한테 꼬리 친다고 생각하는 사람들도 있어요. 팀장님 여자친구분과 헤어지니까 제가 들이댄다고 생각하는 사람들도 있다고요. 진짜 이해가 안 돼서 그러는데, 진짜로 왜 그러시는 거예요? 혹시 그날 일 때문에 그러시는 게 아니라 진짜 저 좋아해서 그래요? 아니잖아요. 그냥 저랑 한번 자고 싶어서 그래요? 그것도 아닐 거 아니에요. 헤어진 여자친구분 엄청 미인이시던데, 저 같은 애 눈에 차지도 않으시잖아요. 팀장님 좋은 분이신 건 알겠는데. 저 정말 불편해요. 권 팀장은 여섯 살 어린 여자친구와 헤어지고 열두 살 어린 부하직원에게 혼이 나는 자신의 처지가 한심했다. 그리고 주영에게 그날 술 한잔하자고 했던 것을 다시 한번 후회했다. 배가 고팠고, 기분이 안 좋았고, 주영이 혼자 남아 있었고, 그리고 주영이 여자친구였던 서주현과 이름이 비슷해서였다. 별 이유도 없었었다.

주현, 아니 주영 씨. 늦었으니 저녁 먹고 갈래요?

주영은 순순히 권 팀장을 따라 육횟집으로 들어갔다. 권 팀장은 육회 비빔밥을 먹고 서비스로 나온 선짓국을 떠먹다가 문득 술 생각이 났다. 내일 별일 없으면 소주나 한 병 시킬까요? 그러세요. 여기 사장님 장사 잘하시네. 밥만 먹고 갈 생각이었는데 서비스로 선짓국이 나오면 술을 안 먹고 갈 수가 없잖아. 소주가 먼저 나오자 권 팀장은 주영에게 한 잔 따라주고, 자신도 한 잔 따랐다. 건배. 짠. 주영은 소주를 단번에 쭉 마신 후 숟가락으로 선지를 잘라 먹었다. 주영 씨 술 좀 드시나 봐. 권 팀장은 빈 주영의 잔에 다시 소주를 채웠다.

여자친구가 바람난 거 같아요.

테이블에는 빈 소주병이 네 병이 있었고, 비워져 가는 게 한 병이 있었다. 참소라와 연어회를 거의 다 먹어갈 때쯤 서비스로 타코와사비가 나왔다. 에? 이제 나가려고 그러는데 서비스 또 주시면 어떡해? 에이, 모르겠다. 참이슬 하나 더 주세요. 사장님 장사 참 잘하시네. 맞다, 사장님 계산부터 해주세요. 이러다가 집에도 못 가겠네. 권 팀장은 취중에도 지갑을 찾아 카드를 꺼냈다. 사장은 사람 좋은 웃음을 지으며 카드를 받아들고 갔다. 어디까지 이야기했죠? 여자친구 바람난 거 같다고요. 그럼 팀장님도 바람피우세요. 에? 에이. 그건 아니지. 내가 누구랑 바람을 피워? 주영 씨랑 피울까? 하하하.

그래요, 저랑 피워요.

사장은 소주를 가져오다가 주영의 말을 듣고 깜짝 놀랐다. 그리고 주영과 눈이 마주치자 어색하게 웃으며 소주와 권 팀장의 카드를 내려놓고 도망치듯 사라졌다. 주영은 소주 뚜껑을 따서 권 팀장에게 따라주고 자신도 한 잔 따랐다. 바람피우는 건 어떻게 알았어요? 들어보세요. 그게 내년 봄에 나랑 같이 보라카이 가자고 해놓고, 다음 달에 친구랑 보라카이 간다는 거예요. 게임 끝난 거지. 무슨 게임이 끝나요? 그렇잖아요. 내년 봄에 저랑 보라카이 갈 건데, 굳이 다음 달에 친구랑 보라카이를 갈 이유가 있어요? 같이 간다는 친구가 남자예요? 아뇨, 여자. 그럼 아니네. 그냥 보라카이가 가보고 싶었던 거네. 그래요? 다음 주에 같이 참치회 먹기로 해놓고, 너무 먹고 싶으면 오늘 먹을 수도 있는 거잖아요. 게다가 여자친구분이 다음 달에 가서 어디가 좋은지, 어디가 맛있는지 알아 오면 더 좋죠. 그런가요? 그럼요. 팀장님 오버하시는 거예요. 게임 안 끝났어요. 건배. 주영은 권 팀장의 여자친구가 절대적으로 바람이 났다고 생각했다. 아무리 좋다고 해도 같은 해외 여행지를 연달아 두 번 가는 경우는 없다. 분명 여자친구는 어떤 핑계를 대서 내년에 권 팀장과는 여행을 가지 않을 것이다. 친구와 세부를 가도 되고, 오키나와를 가도 되는데 굳이 권 팀장과 가기로 했던 보라카이를 간다는 것은 선전포고나 다름없다. 그리고 분명 같이 가는 친구도 여자가 아닐 것이다.

이상한 생각 하지 마시고, 여자친구한테 잘하세요.

주영은 아까 자신이 한 말이 후회되었다. 저랑 바람피워요? 참나. 서주영, 너 진짜 미쳤구나. 너 이 정도밖에 안 되는 애였어? 너 이렇게 약해? 진짜 실망이다. 이런 생각을 계속해댔다. 주영은 소주를 가져다주던 사장과 눈이 마주쳤을 때는 죽고 싶을 정도로 창피했었다. 이런 상황에서 권 팀장의 여자친구가 바람을 피우고 있는 게 맞다며 주장하는 것은 자기랑 바람을 피우자고 하는 꼴밖에 안 된다는 생각에 권 팀장의 여자친구가 바람난 게 아니라고 거짓말하게 된 것이다. 팀장님 내년 가을에 결혼한다고 했잖아요. 한다는 게 아니라 할까 한다는 거였죠. 어쨌든. 그분도 결혼하시면 친구랑 여행가기도 힘들 텐데 쿨하게 보내줘요. 그리고 내년 봄에 보라카이 가셔서 애 하나 만들어 오시면 되겠네, 차 대리처럼. 뭐라고요? 차 대리는 결혼할 생각 전혀 없었는데 애가 생긴 거고, 팀장님은 결혼할 생각 있는 상황에서 애가 생기는 거니까 다르죠. 저 화장실 갔다 올 테니까 잘 생각해보세요. 주영은 화장실을 가기 위해 일어나다 취기가 올라 휘청거렸다. 그러다 스테인리스 물컵을 엎질렀다. 어머, 어떡해. 괜찮아요, 안 젖었어. 아니에요, 바지 젖었어요. 금방 말라요. 화장실 다녀와요. 권 팀장은 티슈를 뽑아 테이블과 바짓단을 닦았다. 주영은 비틀거리며 화장실로 갔다.

푸우, 푸우. 정신 차리자, 서주영.

주영은 화장실 거울에 비친 취한 자신과 눈을 마주치려고 애를 쓰며 한숨을 쉬었다. 술이 갑자기 확 오르네. 괜찮아. 수습 잘했다. 그런데 여기 사장이 눈치챈 거 같은데. 알 게 뭐야. 권 팀장만 모르면 돼. 쪽팔려. 주영은 권 팀장을 좋아했다. 주영보다 열두 살이나 많았고 잘생기지도 않았지만, 마음이 갔다. 재미도 없고 소심한 데다 사람들에게 싫은 말 한마디 못하지만 상관없었다. 주영도 자신이 왜 권 팀장에게 마음이 가는지 알 수 없었다. 근배와 느낌이 비슷하기 때문이 아닐까 하는 생각이 잠시 들었지만 절대 그렇지 않다고 부정했다. 권 팀장은 머리숱 많은데 아빠는 거의 대머리잖아. 쓸데없는 생각 하지 말자. 주영은 불쾌해진 얼굴로 벽을 짚어가며 좌변기 끝에 칸으로 들어갔다. 그러고는 소변을 보며 졸다가 변기 문에 머리를 쾅 하고 부딪혔다. 옆 칸에서 어머 씨발 놀래라, 하는 소리가 들리자 죄송합니다, 하며 바지를 추켜 입고 후다닥 화장실에서 나왔다.

어? 같이 나가신 거 아니셨어요?

권 팀장이 사라진 테이블을 치우던 사장이 놀란 눈으로 주영을 쳐다보았다. 그때 주영은 권 팀장을 좋아하던 마음이 한순간에 사라졌다. 이래서 그 여자가 바람을 피웠구나. 납득이 갔다. 여자랑 술 먹다가 말도 없이 집에 가 버리는 남자라니. 아빠와 느낌이 비슷한가 싶었지만 그렇지 않게 느껴진 이유가 있었어. 오히려 다행이다. 사장은 주영의 눈치를 보았다. 아까 손님이 여자분 어디 가셨냐고 물으셔서 저는 가신 줄 알고 가셨다고 말씀드렸거든요. 사장의 말이 거짓말이라는 것을 주영은 알고 있었다. 주영이 화장실에 갈 때 사장과 눈이 마주쳤기 때문이다. 그리고 화장실 쪽으로 가는 것도 분명히 보았다. 그러셨구나, 하고 주영은 자리에 다시 앉았다. 택시 잡아드릴까요? 무슨 소리예요. 소주가 아직 남았잖아요. 주영의 말에 사장은 화들짝 놀라 치우던 잔을 다시 내려놓았다. 주영은 남은 소주를 잔에 따라 홀짝 마셨다. 눈물 한 방울이 또르르 흘렀다.

주영 씨가 울면 제가 뭐가 돼요.

뭐가 되긴요. 쓰레기가 되지. 주영이 눈물을 닦으며 권 팀장을 노려보았다. 권 팀장은 회의실 구석에 있는 크리넥스를 뽑아 주영에게 건넸다. 주영은 크리넥스를 받아 꾹꾹 눌러 눈물을 닦은 뒤 말을 이어갔다. 그래요, 다 이야기할게요. 그때 제가 저랑 바람피우자고 농담한 거는 죄송해요. 그때는 팀장님 조금 좋아했었어요. 그런데 지금은 아니거든요. 그날 저 술에 취했는데 혼자 두고 말도 없이 사라진 이후로 정말 팀장님은 정말 아니다 그렇게 결론 내렸어요. 그리고 다음 날도 어제는 잘 들어갔어요? 하고 묻지도 않았잖아요. 그냥 제 눈치만 보고 계시기에 제가 먼저 어제 잘 들어갔으니 걱정 마시라고 했잖아요. 그랬는데도 그 후로도 계속 제 눈치만 보고 계시잖아요. 그리고 이런 말까지는 안 드리려고 그랬는데 팀장님 여자친구가 바람난 것도 이해가 돼요. 팀장님 같은 사람이랑 누가 결혼하고 싶어 하겠어요? 나 같아도 바람피우겠다. 저 그날 팀장님 가버리고 무슨 일 있었는지 아세요? 모르죠? 제가 괜찮다고 하니까 진짜 괜찮은 줄 알죠? 주영은 설움이 복받쳐 눈물이 다시 주르륵 흘렀다. 아, 진짜 사람이 어쩌면 그렇게 무책임하고 너무 막 그래? 진짜 짜증 나. 주영은 티슈로 다시 눈물을 닦다가 문득 이상한 생각이 들었다. 5분 지나지 않았나? 손이 아플 때가 지난 것 같은데 아프지 않았다. 시계를 보니 10분이 지나 있었다. 밖을 보니 모든 직원이 회의실을 쳐다보고 있었다. 순간 무서운 생각이 들었다. 엄마가 손 안 찌르면 어쩌지? 권 팀장의 표정은 굳어져 있었다.

그래요. 그날 무슨 일 있었어요?

권 팀장의 질문에 주영은 당황했다. 정숙이 손을 찌르지 않을 수도 있을 거라는 생각을 하지 못한 게 후회됐다. 아무 일도 없었다고 몇 번을 말해요? 네? 방금 주영 씨가. 됐어요, 팀장님이랑 말하기 싫어요. 주영은 회의실 문을 박차고 나가서 회의실 밖에서 지켜보던 직원들을 가로지르며 옥상으로 뛰어 올라갔다. 권 팀장은 갑자기 무슨 일인가 싶었다. 다른 직원들도 다들 어리둥절했다. 옥상으로 올라온 주영은 시계를 보았다. 아직 15분이 지나지 않아 지금이라도 손을 찌르면 권 팀장에게 이야기 좀 하자고 하기 전으로 돌아갈 수 있었다. 정숙에게 전화를 계속 걸었지만, 정숙의 전화는 꺼져 있었다. 어떡하지? 혹시 나도 손을 찌르면 과거로 갈 수 있지 않을까? 주영은 재빨리 옥상에서 내려왔다. 주영이 옥상에서 내려오자 회의실 앞에서 웅성거리던 직원들은 일순 조용해졌다. 주영은 자신의 책상을 뒤졌지만 송곳은 보이지 않았다. 커터로 찌를까 하다가 그걸로는 관통하기 힘들 것 같아 그만두었다. 시계를 보니 시간이 얼마 남지 않았다. 옆에서 놀란 눈으로 바라보고 있는 소정이 주영의 눈에 들어왔다. 소정 씨 혹시 송곳 있어? 네? 송곳은 뭐 하시려고요? 선배님 그러시면 안 돼요. 소정은 겁먹은 표정으로 주영을 바라보다가 지나가는 차 대리를 보고 뛰어갔다. 차 대리님, 주영 선배님이 송곳 찾아요. 차 대리님이 좀 말려보세요. 주영은 깜짝 놀라 달려오는 차 대리를 보고 맥이 탁 풀렸다. 도대체 엄마는 어떻게 그렇게 손을 푹푹 잘도 찌르지? 정말 대단해.

20

환생_

다시 태어난 것 같아요.

내 모든 게 다 달라졌어요. 그대 만난 후…. 정숙은 카운터로 달려가서 라디오를 껐다. 라디오를 켜놓으면 사무실에서 손님 오는 소리를 들을 수 없기 때문이다. 정숙은 다시 사무실로 들어갔다. 정숙이 들어오자 성재가 팔을 벌렸다. 정숙은 성재에게 달려가 안겼다. 성재와 정숙은 다시 키스하기 시작했다. 그리고 성재는 정숙의 티셔츠 속으로 손을 집어넣었다. 찰싹. 정숙은 성재의 손등을 때렸다. 가슴 안 만지면 안 돼? 왜요? 나 가슴 안 예뻐. 성재는 웃음을 터뜨렸다. 괜찮아요. 내가 안 괜찮아서 그래. 성재는 잠시 정숙의 표정을 살폈다. 진짜 싫으신가 보네. 그나저나 점장님 저한테 말 놓으셨네요? 성재 씨도 말 놔도 돼. 푸하하핫. 다른 사람들이 들으면 난리 나요. 성재의 웃음에 정숙은 정신이 혼미해졌다. 미안해. 진짜 미안해. 이런 일이 생기다니. 정숙의 사과에 성재는 미소를 지었다. 정숙은 태어나서 이런 적이 처음이었다. 근배와 첫 키스는 사귀고 3개월이 조금 안 되었을 때였다. 순대 볶음에 소주를 마신 뒤 근배가 집으로 바래다주는 길이었다. 이 사람은 도대체 언제 키스를 할 생각이지? 내가 먼저 해야 하나? 취한 척할 걸 그랬나? 그래도 소주 두 잔밖에 안 마셨는데 취한 척하는 건 너무 티 나는 거 아냐? 생각할 때쯤 근배가 이마에 살짝 뽀뽀를 했다. 깜짝 놀라 근배를 쳐다보니 근배가 죄송합니다 했고, 괜찮아요 하고 대답하니까 그제야 머뭇머뭇하며 화장실 노크하듯 입술에 키스했다. 그 이후로는 근배 외에 다른 사람과 키스해 본 적이 없었다. 그런 삶을 살았던 정숙은 조금 전 종소리를 들은 이후로 다른 삶을 사는 기분이었다. 더는 쉰셋의 아줌마 이정숙이 아닌 기분이었다. 그리고 성재도 더는 스물하나의 어린애처럼 보이지 않았다.

두려워하지 마세요.

성재의 말에 이럴 생각은 아니었어, 라고 해 봤자 먹힐 리가 없었다. 가만히 있는 애한테 들입다 키스해버린 건 자신이었다. 키스하고 난 뒤 손을 찔러서 없었던 일로 할 생각이었다고 말할 수도 없는 노릇이었다. 그리고 시간이 이렇게 지난 지금 손을 찔러 되돌릴 수도 없었다. 정숙은 아무런 생각 하지 않고 받아들이기로 했다. 성재의 말대로 두려워할 필요가 없었다. 성재는 정숙의 삶을 변화시켜주기 위해 나타난 사람이었다. 처음 아르바이트를 구한다고 후광을 비추며 편의점에 들어왔을 때부터 그랬다. 산 밑의 백합화였고, 빛나는 새벽별이었다. 이 땅 위에 비길 것이 없었다. 시간이 가는지 날짜가 가는지도 모르던 삶이 행복과 사랑으로 가득 찼다. 정숙은 잃었던 생명을 찾고 광명을 얻은 기분이었다. 이정숙에서 이정숙으로 다시 태어났다. 정숙은 낮에는 절대 근배가 편의점에 못 오도록 해야겠다고 결심했다.

퇴근 안 하셔도 돼요?

성재의 질문에 시간을 확인하려고 핸드폰을 봤을 때 주영과 통화하고 전원을 꺼놨던 것이 생각났다. 전원을 켜자 주영에게 다섯 통, 근배와 세라에게 각각 한 통씩 부재중 전화가 와 있었다. 시간을 보니 5시가 지나가고 있었다. 성재와 키스 몇 번을 했는데 한 시간이 훌쩍 지나버린 것이다. 정숙은 성재에게 전화하고 온다며 사무실을 나와 편의점 밖으로 나갔다. 왜 안 들어와? 근배의 무심한 말투를 듣자 다시 예전의 근배 아내 정숙으로 돌아간 기분이었다. 정리할 게 좀 있어서. 정숙은 바로 대답하지 말고 길게 말했어야 거짓말 티가 안 나는데 싶었지만, 어차피 근배는 눈치채지 못할 것이라는 생각에 걱정을 접었다. 많이 남았어? 저녁은 어쩔 거야? 배고프면 당신 먼저 저녁 먹어. 너무 안 늦으면 기다렸다가 같이 먹지 뭐. 바쁘니까 나중에 이야기해. 정숙은 전화를 끊고 세라에게 전화를 걸까 하다가 관뒀다. 부재중이 한 통 온 것 보면 머리 염색 때문에 전화했을 것이 분명했다. 다시 편의점으로 들어가려는데 주영에게 전화가 왔다. 정숙은 한숨이 절로 나왔다. 다시 예전의 주영 엄마 정숙으로 돌아간 기분이었다.

어, 반지 찾았어.

도대체 전화는 왜 꺼놔? 배터리가 다 닳았어. 거짓말 좀 하지 마. 왜 자꾸 거짓말이야? 그리고 손은 왜 안 찔렀어? 그게. 아르바이트 하는 애가 반지 꺼내줬어. 어떻게? 응? 그…. 그게. 자석으로. 무슨 반지가 자석에 붙어. 거짓말 좀 그만해. 아니 도대체 뭐 하고 다니는 거야? 그리고 손을 안 찌르면 안 찌른다고 전화해줘야지. 기다리는 사람은 생각도 안 해? 너는 안 찔러도 잔소리니? 당연한 거 아니야? 엄마가 손 찌른다고 해서 일하다 말고 마음의 준비 하고 있는데 안 찌른다고 얘길 해야 나도 다시 일할 거 아냐. 정숙은 전화를 받다가 슬쩍 편의점 안을 쳐다보았다. 어느새 성재가 카운터 안으로 들어가 전화하는 정숙을 지켜보고 있었다. 성재가 정숙을 보며 미소를 지었다. 성재의 미소를 바라보는 도중에 주영의 잔소리가 들리자 짜증이 솟구쳤다.

너 연애는 하니?

무슨 갑자기 연애야? 너 나이가 스물넷이야. 지금까지 남자 만난다는 이야기 한 번도 못 들었다. 지금처럼 엄마한테 성질이나 부리고 그러는데 어떤 남자가 좋아하겠어? 하선이는 자기네 엄마한테 싹싹하게 잘하니까 연애도 하고 그러잖아. 하선이 남자 생겼어? 그래 이것아. 하선이는 안성 구석에서도 연애만 잘하는데, 너는 뭐가 모자라서 서울에 있으면서도 연애 한번 못 하고 있어? 네가 하선이보다 외모는 좀 떨어져도 대학 나왔겠다, 돈도 더 잘 벌겠다. 안 되면 성형이라도 좀 하든가. 엄마! 엄마 내일모레 환갑이다. 환갑 되기 전에 사위는 못 보더라도 남자친구라도 좀 보자. 됐어. 아무튼, 진짜 손 찌르지 마. 무슨 일이 있어도 찌르지 마. 알았어? 하고 주영은 전화를 끊었다. 눈에는 눈 이에는 이, 잔소리에는 잔소리였다. 전화를 끊고 나자 환갑 다 되어간다는 말은 하지 말 걸 그랬다는 후회가 밀려왔다. 멀리 서쪽 하늘의 저녁 노을빛도 찬란하게 밀려왔다. 노을빛을 보고 있자니 슬쩍 마음이 울적해졌다. 하지만 이 세상 어떤 빛보다 성재가 더 빛났다. 성재의 밝은 미소를 보자 정숙은 영혼까지 기뻐지는 기분이었다.

무슨 낙지를 이렇게 많이 사 왔어?

근배는 정숙이 식탁에 내려놓은 장바구니를 뒤지며 말했다. 저녁으로 당신 좋아하는 낙지볶음 하려고. 소주도 사 왔네? 그런데 너무 많이 사 왔다. 그냥 많이 해서 우진이도 좀 먹으라고 갖다주고. 세라미용실에도 좀 갖다주고 그러려고. 잘 생각했어. 우진이도 야간에 일하느라고 고생 많고, 세라미용실 원장도 염색 공짜로 해주고. 하는 김에 좀 더 해서 주간에 일하는 친구도 좀 주지. 많다 싶으면 그래도 되고. 그나저나 주간에 일하는 친구는 이름이 뭐야? 시끄럽고. 베란다 가서 양파 두 개만 가져와서 껍질 좀 까줘. 당근도 하나 가져오고. 정숙이 낙지를 씻어서 다듬는 동안 근배는 양파와 당근을 손질했다. 부엌 좁으니까 가서 텔레비전 보고 있어. 근배는 청양고추를 썰려다 말고 등 떠밀려 소파로 갔다. 잠시 후 중국식 프라이팬 한가득 낙지볶음이 만들어졌다. 밥 먹어. 근배는 소파에서 벌떡 일어나 식탁으로 달려왔다. 먼저 소주부터 한 잔 따라 마신 후 낙지볶음을 집어 먹었다. 어라? 고추 안 넣었어? 쪼끔 넣었어. 낙지볶음은 매운맛으로 먹는 건데. 너무 맵게 먹으면 안 좋아. 당신 머리 자꾸 빠지는 것도 맵게 먹어서 그런 거야. 술 먹고 매운 거 먹고 그러면 열이 머리로 가서 탈모 온다고. 누가 그래? 아침 방송에서 유명한 한의사가 나와서 그랬어. 그러니까 매운 거 너무 많이 먹지 마. 술도 좀 줄이고. 정숙은 낙지볶음을 먹으며 이 정도면 성재도 잘 먹겠지 싶었다. 아직 어리니까 매운 걸 잘 못 먹을 거라는 생각에 고추를 많이 넣지 않았다.

어쩐 일로 이런 걸 다 주세요?

우진은 이상하다는 듯 정숙을 바라봤다. 그냥 하는 김에 많이 했어. 점장님이 이런 거 해다가 주시는 거 처음이라. 어쨌거나 잘 먹을게요. 염색도 하시고, 낙지볶음도 하시고. 다른 사람 같네요? 잔소리하지 말고, 신선식품이나 정리해주고 가. 난 쓰레기 정리할 테니까. 우진은 정숙을 빤히 쳐다보았다. 왜 그렇게 봐? 성재 이야기 안 물어보세요? 계속 꼬치꼬치 묻더니 오늘은 안 물어보셔서. 왜? 무슨 일 있었어? 아뇨. 아무 일도 없었어요. 그럼 빨리 신선식품이나 정리하고 퇴근해. 우진은 정숙을 의아하게 바라보았다. 정숙은 우진과 눈을 마주치지 않기 위해 재빨리 재활용 쓰레기통으로 향했다. 우진은 능숙한 솜씨로 신선식품을 정리하고는 퇴근했다. 우진이 퇴근하자 정숙은 마음이 놓였다. 주영은 서울에 있고, 세라는 미용실에 있었다. 그래서 가장 주의를 기울일 인물은 우진이라는 결론이 섰다. 그때 우진이 다시 편의점으로 들어왔다. 정숙은 들어온 우진과 눈이 마주치자 화들짝 놀라 눈을 피했다. 우진은 바나나맛 우유를 하나 꺼내 빨대를 꽂았다. 그거 계산하고 먹어야지.

점장님이 계산해주세요.

정숙은 순간 심장에 빨대가 꽂힌 기분이었다. 우진이 뭔가를 알고 있지 싶었다. 왜? 왜 내가 계산해야 하는데? 정숙의 떨리는 목소리에 아랑곳하지 않고 우진은 가방에서 A4용지 몇 장을 내밀었다. 이게 뭐야? 제가 성재 좀 불안정하다고 했죠? 이거 성재가 쓴 동화에요. 어제 자기가 쓴 동화 읽어봐 달라고 주더라고요. 한번 읽어보시면 성재가 어떤 사람인지 좀 파악될 거 같아서 보여드리는 거예요. 이거 내가 막 읽어봐도 돼? 작가 입장에서는 독자가 많을수록 좋지 않겠어요? 정숙은 성재가 자신보다 우진에게 먼저 동화를 보여준 것이 서운했다. 정숙은 우진에게서 성재의 동화를 받아 읽기 시작했다.

시력 좋은 두더지 잭

두더지 잭이 태어난 곳은 결명자 밭이었어요.
결명자를 먹고 자란 잭은 시력이 매우 좋았답니다.

시력이 좋은 두더지 잭은 다른 두더지들과 다르게

지렁이와 땅강아지를 먹지 못했어요.

지렁이는 너무 징그러웠고, 땅강아지는 너무 귀여웠기 때문이에요.
오히려 잭은 땅강아지 마오와 친구가 되었지요.

다른 두더지들은 시력 좋은 잭을 질투했어요.
그래서 잭은 언제나 땅강아지 마오와 함께 지냈답니다.

어느 날 잭은 마오에게 말했어요.
"난 깜깜한 땅속이 너무 답답해. 땅 위로 올라가 보고 싶어."

잭의 이야기를 들은 마오는 깜짝 놀랐어요.
"안 돼. 땅 위로 올라가면 위험한 것들이 잔뜩 있다고 했어."

하지만 잭은 생각했어요.
'나는 다른 두더지들과는 달라. 시력이 좋으니 위험한 것을 잘 피할 수 있어.'

잭은 마오의 만류에도 불구하고 땅 위로 올라갔어요.

땅 위에는 온갖 아름다운 것들이 가득했어요.
파란 하늘, 푸른 잔디. 노란 민들레. 빨간 토마토. 하얀 봄맞이꽃.

땅속처럼 어둡지도, 퀴퀴한 냄새도 나지 않았어요.

해님은 따뜻하고, 이슬은 상쾌했어요.

두더지 잭은 생각했어요.

'세상이 이렇게 아름다운 곳이었다니. 난 왜 계속 땅속에서만 살았을까?'

그때 하늘에서 솔개 한 마리가 잭을 보고는 재빨리 하강해 발톱으로 낚아챘어요.

땅속에서만 살던 잭은 하늘을 날아다니는 것이 있다는 사실을 몰랐어요.

친구 잭을 잃어버린 마오는 슬픔의 눈물을 흘렸어요.

마오는 잭이 죽었다는 소식을 잭의 아빠 두더지에게 전달하러 갔어요.

잭의 아빠 두더지는 마오를 보자마자

배가 고픈 나머지 눈 깜짝할 사이에 먹어치워 버렸답니다.

어때요?

정숙은 우진의 물음에 뭐라 할 말이 없었다. 이 동화를 어떻게 받아들여야 할지 몰랐다. 잘 쓴 것 같은데? 정숙이 자신 없는 목소리로 말하자 우진은 정숙의 손에서 들려 있던 동화를 받아 가방에 집어넣었다. 쓰긴 잘 썼어요. 그런데 왜 이런 내용을 썼을까요? 동화의 목적은 보통 어린아이들에게 감동이나 교훈을 주기 위함이잖아요? 그럼 성재의 동화에서는 어떠한 메시지가 있을까요? 정숙은 이해하기 힘들었다. 시력 좋은 두더지가 땅 밖으로 나와 솔개한테 잡아먹힌 이야기가 주는 메시지가 무엇일까 골똘히 생각했다. 성재는 이제 갓 스물을 넘은 나이니까 분명히 자기 이야기를 썼겠죠? 보통 첫 작품은 자기 이야기를 하는 거 아시죠? 제가 처음 찍은 단편 영화도 군대에서 겪었던 폭력에 관한 내용이었어요. 대부분 다 그런 거 아시잖아요. 게다가 이 동화는 아예 대놓고 성재 자기 이야기인 거 느끼셨죠? 시력 좋은 두더지 잭. 잭은 성재 자신이죠. 이름이 잭인 것도 성재의 재에서 따 왔겠죠? 그렇다면 땅강아지 마오는 누구냐? 특이한 게 잭은 영어 이름인데. 마오는 영어권 이름은 아닌 거 같죠? 중국이나 일본식 이름 같아요. 마오쩌둥이나 아사다 마오처럼. 정숙은 우진의 이야기를 듣고 성재와 관계를 들키지 않도록 가장 조심해야 할 사람은 절대적으로 우진이라고 생각했다. 우진은 자신만만하게 씩 웃으며 말을 이어갔다. 아무튼, 땅강아지 마오에 대해서 말씀을 드리…. 잠시만요. 전화 좀 먼저 받을게요.

네. 네? 벌써 오셨어요? 금방 가겠습니다.

점장님. 저 가볼게요. 우진은 전화를 끊더니 정숙의 인사를 받지도 않고 서둘러 편의점을 나갔다. 이야기하다 말고 어디가? 내일 말씀드릴게요. 도대체 땅강아지 마오는 누구지? 설마 나는 아니겠지? 아니지, 나랑 키스한 건 어제였는데. 그리고 마오랑 정숙이랑 이름도 전혀 다르잖아. 동화를 언제 쓴 거지? 정숙은 라디오를 껐다. 생각하는 데 방해되었기 때문이었다. 그리고 대부분 시간을 카운터에 앉아 성재에 대해 생각했다. 우리는 어떤 관계가 된 거지? 성재는 왜 나와 키스를 했을까? 성재는 혹시 돈이 필요해서 나에게 접근한 걸까? 프랑스 대통령 마크롱과 영부인의 나이 차이는 얼마나 되더라? 너무 앞서 생각하는 거 아냐? 생각을 하는 사이에 손님이 우르르 몰려 들어왔다. 시계를 보니 벌써 점심시간이 지나 있었다. 정숙은 배고픔도 잊은 채 담배와 캔커피, 바나나맛 우유와 요구르트맛 젤리 등을 빠르게 계산해댔다. 정신없이 계산하다 보니 어느새 한가한 시간이 되었다. 그러나 정숙은 조끼를 벗어 던지고 나가지 않았다. 슈퍼바이저 최 대리에게 걸렸기 때문도 아니고, 봄꽃이 시들해졌기 때문도 아니었다. 정숙은 단지 생각할 시간이 필요했다. 어디까지 생각했지? 맞다. 땅강아지 마오.

그럴 줄 알았어.

편의점 문이 열려 있어 세라가 들어오는 줄 모르고 있던 정숙은 화들짝 놀랐다. 산책하러 못 나가고 혼자 멍하니 있을 줄 알았다. 미용실은 어쩌고? 하선이 있잖아. 어제 내가 전화했었는데 부재중 못 봤어? 왜 왔어? 편의점에 왜 와? 라면 사러 왔지. 통영 멍게 라면 있지? 없네? 아까 다 나갔어. 에이, 좀 빼놓지. 하선이 보내지 왜 직접 왔어?

자기 얼굴 보려고 왔지. 문 잠그고 산책하는 거 본사에 걸린 이후로 자기 밖에 못 나오잖아. 우리 미용실은 내가 본사라서 괜찮아. 남편이 머리 보고 한 소리 안 해? 우리 남편은 이런 거로 뭐라고 안 한다니까. 시원해 보이고 좋다더라고. 어쩜 좋아? 사람 참. 세라는 근배 칭찬을 하려다 아차 싶어 입을 닫았다. 세라는 정숙의 눈치를 보며 말 돌릴 거리를 찾았다. 그나저나 잘생긴 알바는 언제 와? 이제 곧 오지 않아? 정숙은 깜짝 놀랐다. 성재와의 관계를 들키지 말아야 할 인물 1순위는 우진이었다. 그 이유는 같은 공간에서 마주치기 때문이었다. 만약 세라가 같은 공간에 있다면 당연히 들키지 말아야 할 1순위는 세라였다. 세라는 눈치도 빠른 데다 우진과 다르게 가십거리에도 관심이 많았기 때문이다. 오려면 아직 멀었으니까 얼른 살 거 사고 가. 왜 가라고 그래? 내가 재미있는 이야기해 주려고 그러는데. 재미있는 이야기? 뭔데? 세라는 씩 웃더니 정숙에게 가까이 다가왔다. 하선이 연애하는 거 같아. 정숙은 깜짝 놀랐다. 연애하는 거면 연애하는 거지 같아는 뭐야? 내가 연애하냐고 물어봤더니 시치미 뚝 떼고 아니라고 그러더라고. 그런데 난 못 속이지. 자기 염색하다 말고 친구 만나러 나간다고 한 것도 친구가 아니라 남자 만나러 간 걸 거야. 하선이가 화장할 때 볼 터치 안 하거든. 예전에 조 단장이 머리하러 와서 하선이가 볼 터치 한 거 보고는 복숭아처럼 예쁘다고 한 이후로 절대 안 해. 그런데 그날은 볼 터치하고 나가더라고. 남자 만나는 거지. 복숭아처럼 해 갖고서는. 그리고 꼭 나가서 전화하고 카톡 해. 100퍼센트지 뭐. 그런데 이건 그냥 느낌인데, 왠지 내가 아는 사람일 것 같아. 세라의 미소에 정숙은 팔에 소름이 쫙 돋았다.

안 그래도 낙지볶음 주려고 가져왔는데.

햇반 가져가서 낙지볶음이랑 먹어. 어쩐 일로 낙지볶음을 다 해서 줘? 염색도 공짜로 해줬는데 나도 뭐라도 해줘야지. 고마워. 잘 먹을게. 일부러 맵게 안 했어. 고추 좀 더 썰어 넣어서 먹어. 그리고 새로 온 알바는 보고 싶으면 밤에 와서 보든가 해. 그냥 하는 소리지, 내가 걔 봐서 뭐 하니? 아무튼 잘 먹을게. 세라는 정숙이 주는 낙지볶음과 햇반을 들고 편의점을 나갔다. 그제야 정숙은 안도의 한숨을 쉬었다. 세라와 이야기를 하다 보면 두어 시간이 후딱 지나갔다. 하선이가 만나는 남자가 아는 사람인 건 어찌 알았냐? 사실 하선이가 고 대표를 만나는 걸 봤다. 그리고 고 대표 재규어 타고 다니더라 같은 이야기를 하다가는 분명 성재 올 시간까지 수다를 떨 것이다. 그러다 성재와 세라가 마주치면 관계를 들키는 것은 시간문제였다. 정숙이 성재를 바라보는 눈빛을 세라가 본다면 완벽하게 걸린다고 봐야 했다. 다행히도 점심시간이 훨씬 지난 시간이라 세라는 배가 고팠고, 라면이나 먹으려다 운 좋게 얻은 낙지볶음도 마음에 들었는지 순순히 편의점을 나갔다. 세라를 보내고 나자 정숙은 긴장이 확 풀렸다. 냉장고로 가서 레드불을 꺼내 벌컥벌컥 마셨다.

오늘 많이 힘드셨나 봐요?

세라가 문을 열어놓고 간 바람에 성재가 들어오는 소리를 못 들었다. 정숙은 세라가 조금만 늦게 갔어도 들켰을 거라는 생각에 등골이 오싹했다. 왜 벌써 왔어? 보고 싶어서요. 정숙은 성재의 말에 오싹했던 등골까지 따뜻해지는 기분이었다. 정숙은 누군가가 자신을 보고 싶어서 한다는 사실이 놀라웠다. 예쁘지도 않고 돈도 많지 않은 아줌마를 보고 싶다고 한 시간이나 일찍 출근한다는 게 신기했다. 성재는 넋 나간 듯 서 있는 정숙의 손을 끌고 사무실로 들어갔다. 그러고는 정숙의 어깨를 감싸 안으며 키스를 했다. 정숙은 갑작스러운 키스에 정신이 아찔해져 자기도 모르게 성재의 허리를 꽉 안았다. 성재가 오기 전에 했던 생각들이 모조리 사라져버렸다. 성재와의 관계 지속 문제, 성재가 접근한 의도, 마크롱 부부의 나이 차, 두더지와 땅강아지 따위는 다 잊어버렸다. 다시금 정숙의 머릿속에서 종소리가 울리는 듯 싶었다.

딸랑.

성재는 화들짝 놀라 입술을 떼었다. 그러고는 제가 나갈게요 하며 사무실을 나가 카운터로 갔다. 폐지를 주우러 다니는 할머니가 카운터 앞에 서 있었다. 할머니는 카운터 앞에 멀뚱히 서서 성재를 바라보았다. 뭐 필요하신 거 있으세요? 성재의 물음에 할머니는 손에 쥔 5,000원짜리 지폐를 내밀었다. 말보루 아이스 부라스트. 성재는 담배 진열대에서 말보로 아이스 블라스트를 꺼내 할머니에게 내밀었다. 할머니는 담배를 받고 밖으로 나가려고 했다. 할머니 거스름돈 가져가셔야죠. 그제야 할머니는 거스름돈을 받아 밖으로 나갔다. 정숙은 뭔가 이상한 기분이 들었다. 재빨리 할머니를 쫓아 나갔다. 할머니는 담배를 들고는 건물 옆 골목으로 들어갔다. 정숙이 따라가 보니 한 고등학생 남자아이가 할머니에게 담배를 건네받고 있었다.

야, 너 뭐 하는 거니?

정숙은 자기도 모르게 소리를 지른 뒤 살짝 움츠러들었다. 고등학생이라지만 덩치도 크고 인상도 험했다. 고등학생은 에이 씨 하며 인상을 찌푸렸다. 할머니는 상황 파악이 되지 않는지 정숙을 보고 멍하니 서 있었다. 너 지금 할머니한테 담배 심부름시킨 거야? 학생이 그러면 돼? 너 어디 학교야? 정숙이 따져 묻자 고등학생은 인상을 찌푸리며 정숙에게 다가왔다. 정숙은 겁이 덜컥 났다. 성재 씨! 성재 씨! 이리 좀 와봐. 얘 경찰에 신고해야겠어! 성재 씨! 빨리 와봐! 고등학생은 정숙에게 다가와 죄송합니다 하며 고개를 숙여 사과했다. 정숙은 잠시 당황했다. 담배 내놔. 정숙의 말에 고등학생은 순순히 주머니에서 담배를 꺼내 줬다. 정숙은 재빨리 지갑에서 5,000원을 꺼내 고등학생에게 쥐여 주었다. 앞으로 너 한 번만 더 우리 편의점에서 담배 사면 내가 너희 학교에 다 이야기할 거야. 여기 CCTV도 다 있어. 고등학생은 정숙이 준 5,000원을 받아 들고 죄송합니다 하고는 도망치듯 골목을 빠져나갔다. 정숙은 멍하니 서 있는 할머니에게 다가갔다. 할머니 애들한테 담배 사다 주고 그러시면 어떡해요? 동네 소문나면 큰일 나요. 정숙의 말을 들은 할머니는 시무룩한 표정으로 주머니에서 2,000원을 꺼내 정숙에게 조심스레 내밀었다. 정숙은 고등학생이 담배 심부름 값으로 준 돈이겠지 싶었다. 할머니 이 돈은 나중에 그 학생 만나면 주시고, 절대 담배나 술 같은 거 학생들한테 사주면 안 돼요. 아셨죠?

어디 다녀오셨어요?

정숙이 편의점으로 들어가자 성재는 당황한 표정으로 정숙을 바라보았다. 성재 씨 아까 불렀는데 못 들었어? 네? 저 시제 점검하느라 못 들었는데요. 왜 부르셨어요? 정숙은 편의점 문도 열려 있었고 그렇게 큰 소리로 불렀는데 못 들었을 리가 없다고 생각했다. 그리고 성재의 불편한 표정을 봐서도 분명 들었을 거라는 확신이 섰다. 저 표정을 언제 봤더라? 예전에 혹시 편의점에서 일해보신 적 있으세요? 하고 물었더니 저런 표정이었지. 성재 씨 덥지 않아? 시원한 거 하나 마셔. 정숙이 웃으며 말하자 그제야 성재의 표정이 풀어졌다. 정숙은 성재의 예민한 부분을 알아놔야겠다고 다짐했다. 그리고 성재가 쓴 동화에 대해서도 묻지 말고, 정 궁금하면 우진을 통해 알아보는 방법을 택하기로 마음먹었다. 그리고 미성년자 담배 문제나 기타 사항들도 우진을 통해 전달해야겠다고 생각했다. 저 세수 좀 하고 올게요. 성재가 화장실 열쇠를 들고 밖으로 나갔다. 잠시 후 들어온 성재의 앞머리는 살짝 젖어 있었고, 백화점 향기가 났다. 정숙은 이제 그 향기를 맡으면 고등학생으로 돌아간 기분이 들었다. 고등학생 정숙이 스무 살 성재를 만나서 사랑하고, 포옹하고, 키스하고, 그리고.

들어갈까요?

성재는 조심스레 편의점 문을 닫은 뒤 정숙의 손을 잡고 물었다. 정숙은 웃지 않으려고 노력했지만, 미소가 흘러나왔다. 성재는 정숙의 입꼬리를 보고는 손을 잡아끌어 사무실로 들어갔다. 성재가 정숙의 목덜미를 살며시 잡고 눈을 맞췄다. 하지만 정숙은 성재를 바라볼 수 없었다. 주름살이 보이지는 않을까? 기미를 감춘 파운데이션이 떠 보이지는 않을까? 턱살을 접히지 않게 하려면 고개를 들어야 하는데. 그런 생각을 하면서 눈을 감았지만, 입꼬리는 여전히 내려가지 않았다. 잠시 기다려도 아무 일이 없자 정숙은 살짝 눈을 떴다. 그걸 본 성재가 살짝 웃으며 그제야 정숙에게 키스했다. 정숙은 다시 눈을 감고 허리에 손을 감으며, 어둡고 향기로운 행복 속으로 천천히 녹아 들어갔다.

사위 삼으면 되시겠네?

물류 배달을 온 송씨가 성재를 보더니 잘생겼다며 한마디했다. 그러고는 생수 다섯 묶음을 차에서 내리며 성재에게 같이 좀 나르자 했다. 성재 씨, 하지 마. 정숙이 송씨를 노려보며 막아섰다. 저기요. 그거는 우리 아르바이트가 하는 일이 아니라 물류 직원이 하는 일이잖아요. 제가 시급 주는 사람을 왜 그쪽이 일을 시켜요? 그쪽이 월급 줄 거예요? 그리고 아직 나이 50 안 넘었죠? 제가 그쪽한테 반말한 적 있어요? 그런데 왜 그쪽은 우리 알바한테 반말하세요? 그것도 초면에? 송씨는 정숙의 반응에 적잖이 당황했다. 아니, 그냥 조카 같고 앞으로 가끔 얼굴 볼 거라서 친해지려고 그런 건데. 친해지면요? 친해지면 물류 나르라고 시키려고 그러는 거잖아요. 우리 아르바이트한테 일 시키지 마세요. 성재 씨 나 퇴근해. 정숙은 사무실로 들어가 편의점 조끼를 벗고 나와 가방을 들고 편의점을 나갔다.

다시 오셨네요?

송씨가 물품을 놓고 간 뒤 정숙이 편의점으로 들어오자 성재는 그럴 줄 알았다는 듯 태연하게 인사했다. 나 다시 올 줄 알고 있었어? 네, 안 가시고 골목 구석에서 보고 계셨잖아요. 내가 일부러 숨어서 본 게 아니라… 성재 씨 혹시 낙지볶음 좋아해? 낙지볶음이요? 완전 좋아하죠. 성재의 대답에 정숙은 활짝 웃었다. 성재 씨는 너무 착해서 큰일이야. 요새는 너무 착해도 안 돼. 어디 가서 나쁜 짓 당할까 봐 걱정이야. 그렇게 걱정되시면 점장님이 저 데리고 살면 되잖아요. 까똑! 정숙은 성재의 말에 놀라고 핸드폰에서 울리는 카톡 소리에 한 번 더 놀랐다. 정숙은 핸드폰을 꺼내 보지 않아도 퇴근 시간이 지나서 카톡을 보낼 사람은 근배밖에 없다는 걸 알고 있었다. 맞다, 낙지볶음 줘야지. 내가 사무실에 책상 옆에 놔뒀어. 정숙은 낙지볶음을 가지러 사무실로 들어갔다. 낙지볶음을 넣은 쇼핑백을 찾고 있는데 성재가 따라 들어왔다.

성재 씨 매운 거 싫어할….

정숙이 성재에게 낙지볶음을 주며 이야기하는데 성재가 정숙의 입술을 덮쳤다. 정숙은 행복했다. 살면서 이렇게 행복한 때가 있었나 싶었다. 지금까지 삶은 딱히 불행하지도 않았지만 행복하지도 않았다. 그 순간 정숙은 무언가에 감사했다. 신을 믿었다면 아마 그 신에게 감사했을 것이다. 그러는 동시에 두려움이 들었다. 어차피 오래가지 못할 행복이라는 생각이었다. 차라리 시작하지 않는 게 나았을까 싶을 정도로 두려웠다. 성재는 정숙의 겨드랑이 사이에 팔을 천천히 뱀처럼 집어넣고는 꼭 안았다. 그러고는 입술을 정숙의 입술에서 목을 향해 천천히 훑었다. 그러고는 정숙의 목에 키스했다. 정숙은 등 언저리에서 찌릿함을 느꼈다. 아아, 하는 탄성이 흘러나왔다. 민망한 나머지 성재를 살짝 밀어냈다. 그러자 성재는 재빨리 키스를 멈췄다. 아쉬웠다. 좀 더 오래 하길 바랐는데 살짝 밀었다고 바로 떨어지는 성재가 야속했다. 그리고 성재와 이런 관계를 오래갈 수 없다는 생각이 들자 눈물이 주르륵 흘렀다. 정숙은 깜짝 놀라 허공을 올려다보며 눈물을 감췄다. 성재는 정숙의 눈물을 닦아주며 키스가 많이 느셨는데요 했다. 그러자 이번에는 피식 웃음이 나왔다. 뜬금없이 그게 무슨 소리야? 아니에요. 아까까지만 해도 입술이 딱딱했는데, 지금은 입술이 되게 부드러워졌어요. 정숙은 부끄러운 듯 성재의 가슴팍을 톡 쳤다. 그러자 성재는 살포시 정숙을 끌어안았다. 정숙은 그 어떤 것을 잃더라도 이 행복을 지켜야겠다고 결심했다.

어? 언제 왔어?

정숙과 성재가 사무실을 나가자 편의점에 하선이 놀란 눈으로 바라보고 있었다. 방금요. 순간 정숙은 하선이 세라로 겹쳐 보였다. 닮지 않았다고 생각했는데 그래도 딸이라 닮았구나 하며 세라가 아닌 것에 안도감을 느꼈다. 세라였으면 분명히 정숙과 성재가 같이 사무실에서 나오는 것을 보고 이상한 낌새를 맡았을 것이다. 그런데 왜 두 분이 사무실에서 같이 나오세요? 생수 와서 같이 날랐어. 정숙은 거짓말할 때 바로 대답하는 버릇은 고치기 힘들구나 하고 생각했다. 아줌마 염색 잘되셨네요. 탈색만 하셨을 때는 사실 좀 놀랐었는데. 블러드 오렌지가 저보다 더 잘 어울려요. 정숙은 하선을 따라 염색을 한 것을 성재에게 들킬까 봐 조마조마했다. 그래, 고마워. 나 지금 퇴근하거든. 살 거 있으면 사고 가. 정숙이 도망치듯 편의점을 나가려는데 하선이 잡았다. 아줌마 잠깐만요. 왜? 낙지볶음 그릇 가지고 왔어요. 엄마가 너무 잘 먹었다고 전해드리래요. 하선은 낙지볶음이 담겨 있던 밀폐용기를 내밀었다. 정숙은 짜증이 났다. 낙지볶음을 성재에게만 준 것처럼 보여야 했는데, 이러면 정말 낙지볶음을 너무 많이 하는 바람에 여기저기 다 나눠준 꼴이 되어버린다. 그런데 하선이 너 혹시 연애하니? 아니요. 누구 소개시켜 주시려고요? 정숙은 하선의 대답에 기가 찼다. 사실 대답보다 행동에 더 기가 막혔다. 하선이 누구 소개시켜 주시려고요 하면서 성재를 힐끔 보았기 때문이다. 어젯밤에 한경대학교 앞에서 널 본 거 같아서. 머리색이 같아서 넌 줄 알았는데 아니었구나. 하선은 눈이 휘둥그레졌다. 정숙은 하선이 세라 딸이긴 하지만 아직 세라처럼 약삭빠르지 못하고 순진한 구석이 있구나 싶었다. 왜 그렇게 놀라? 그게 아니라 아줌마 목에. 목? 정숙은 깜짝 놀라 자신도 모르게 성재가 키스했던 목 부분을 손으로 가렸다. 좀 빨갛지? 벌써 모기가 있더라고. 아무튼, 난 퇴근할 테니 살 거 사고 가. 성재 씨, 들어갈게. 수고해. 정숙은 후다닥 편의점을 나가면서 거짓말할 때 바로 대답하는 버릇은 정말 고치기 힘들구나 하고 생각했다.

21

징조_

초저녁부터 무슨 술이야?

정숙이 집에 들어오자 근배는 고구마 줄기 볶음에 소주를 마시고 있었다. 싱크대를 보니 대충 라면으로 끼니를 때운 듯 보였다. 혼자 먹기 심심해서 딱 두 잔만 마신다는 게. 먹다 보니 이렇게 됐네. 냉동실에 안창살 있는데 그거라도 구워 먹지. 혼자 무슨 고기를 구워 먹어. 정숙은 고구마 줄기 볶음을 젓가락으로 집어 먹는 근배를 잠시 바라보다 방으로 들어가 옷을 갈아입고 나왔다. 냉동실에 삼치 하나 있는데 그거 구워줘? 아냐, 다 마셨어. 근배는 소주가 한 잔 반 정도 남은 소주병의 뚜껑을 닫았다. 놔둬. 내가 치울게. 근배는 남은 소주를 냉장고에 넣고 정숙의 눈치를 보며 방으로 들어가 침대에 누웠다. 정숙은 젓가락과 고구마 줄기 볶음을 치우고 식탁을 닦았다. 식탁 구석에 구겨져 있는 휴지를 주워들고 쓰레기통을 열었다. 쓰레기통 안에는 근배에게서 빠진 머리카락이 한 움큼 버려져 있었다. 술 마시면 머리 많이 빠진다고 내가 이야기를…. 으휴. 정숙은 짜증을 내려다 참았다. 식욕도 없었다. 머리 빠진다고 스트레스를 받으면서도 병원 한 번 가보지 않는 근배가 이해되지 않았다. 조기축구 같은 데 나가보든가 아니면 낚시라도 하면 좀 좋아? 집에서 텔레비전 보고 술 마시는 거 말고 하는 일이 없어. 아직 환갑도 안 됐는데 벌써 이러면 어째. 내가 집안일 할 때는 안 저랬는데.

피곤할 텐데 일찍 자.

근배는 텔레비전을 보고 있는 정숙에게 말했다. 정숙은 근배의 말을 들은 체도 하지 않았다. 쳐다보기도 싫었다. 초저녁부터 술 마시고 일찌감치 잠자리에 드는 근배가 한심했다. 베란다 청소 좀 하라고 한 지가 보름이 넘었다. 주방 청소를 하지 않아 냉장고 바닥에 흘린 김칫국물은 늘 정숙이 닦았다. 장을 봐놓으라고 하면 술만 사다 놓는 바람에 정숙이 다시 장을 보러 간 적도 여러 차례 있었다. 정숙은 근배를 따라 방으로 들어갔다. 침대에서 책을 읽고 있는 근배 옆에 앉았다. 무섭게 왜 그래? 근배는 정숙의 눈치를 보며 물었다. 요새 한 전무 뭐 하고 사신대? 모르겠는데? 연락 안 한 지 몇 년 됐어. 퇴사하고 몇 번 보자 하고는 연락 없었지 뭐. 예전에 한 전무랑 낚시도 다니고 그랬잖아. 날씨도 좋은데 집에만 있지 말고 같이 낚시나 등산 같은 거 다녀봐. 낚시하려면 낚싯대도 다시 사야 하는데 돈 많이 들어. 돈이 중요한 게 아니고 온종일 텔레비전만 끼고 집에 있지 말고 밖에도 좀 다니고 사람도 만나고 그래야지. 그러다 우울증 걸려. 머리도 더 빠지고. 근배는 정숙을 보고 슬쩍 웃었다. 골프나 배워볼까? 예전에 한 전무가 같이 골프 가자고 하긴 했었는데. 그래, 뭐라도 좀 해 봐. 알았어. 내일 한 전무한테 전화나 해봐야겠다. 근배는 책을 덮고 침대에 누웠다.

점장님 주무세요?

우진에게 전화가 걸려왔다. 정숙이 시계를 보니 11시가 조금 넘었다. 지금 막 자려고 누웠어. 왜? 다름이 아니라 지금 제가 서울인데요. 버스를 놓쳐서 두세 시간 정도 늦을 것 같아요. 성재에게 늦는다고 얘길 해줘야 하는데 연락처 좀 알려주세요. 그런 건 미리미리 이야기해야지 지금 이야기하면 어떡해? 죄송합니다. 우진의 사과에 정숙은 살짝 기분이 좋아졌다. 평소 정숙은 지각과 사소한 실수 등으로 우진에게 자주 사과를 했지만, 우진의 사과를 받은 적은 처음이었다. 그럼 2시까지는 올 수 있는 거야? 여유 있게 3시 전까지는 무조건 도착하도록 할게요. 알았어. 정숙이 전화를 끊자 잠에서 깬 근배가 꾸물거리며 일어났다. 우진이 늦는대? 내가 나갈까? 아냐, 내가 가면 돼. 당신은 자. 새벽에 혼자 편의점 보려면 위험하지 않겠어? 그리고 내일 아침에 또 나가야 하는데 피곤하잖아. 내가 나가서 잠깐 보지 뭐. 3시까지만 하면 되는 거잖아. 근배가 이불을 걷고 나가려는 걸 정숙이 말렸다. 당신은 내가 부탁할 때 말고는 편의점 일에 신경 끄라니까. 내가 알아서 할 테니 잠이나 자. 정숙은 핸드폰을 들고 방에서 나와 성재에게 메시지를 보냈다. 우진이 늦는다니까 1시까지만 좀 있어 줘. 내가 금방 나갈게. 정숙이 메시지를 보내자마자 네, 알겠습니다, 기다릴게요라는 답장과 하트 날리는 곰돌이 이모티콘이 도착했다. 정숙은 세수하며 내심 우진에게 고마운 마음이 들었다. 밤에 성재를 보러 간다고 생각하니 가슴이 두근거렸다.

이거 사은품 있는데요.

여고생의 말에 성재는 잠시 당황했다. 사은품이요? 매콤 갈비 도시락을 드시면 딸기우유를 드립니다, 라고 쓰여 있잖아요. 여고생은 도시락 뚜껑의 문구를 성재에게 보여줬다. 성재는 문구를 보더니 그러네요? 죄송합니다, 하고는 딸기우유를 가져왔다. 도시락 바코드를 찍고 딸기우유 바코드를 찍자 딸기우유 가격이 0원으로 나왔다. 어? 정말 그러네. 딸기우유가 공짜네요. 신기해하는 성재를 여고생은 물끄러미 쳐다보았다. 이거 몰카에요? 네? 혹시 연예인 아니에요? 편의점 체험 같은 프로그램 촬영하는 거죠? 제가 아르바이트한 지 며칠 안 돼서 잘 모르는 거예요. 성재의 미소에 여고생의 얼굴은 발그레해졌다. 여고생은 부끄러운 듯 도시락과 딸기우유를 들고 도망치듯 안녕히 계세요 하며 편의점을 빠져나갔다. 성재가 시계를 보니 자정이 다 되어갔다. 정숙이 도착할 때쯤 된 것 같았다. 성재는 빨간 가방에서 향수를 꺼내 손목에 뿌렸다.

말보로 레드 하나요.

말보로 레드요? 하고 되물은 뒤에 성재는 얼어붙었다. 담배를 사려던 남자는 성재를 보고는 허? 하고 헛웃음을 뱉었다. 연성재. 와, 씨팔 연성재. 너 여기 있었냐? 성재는 다리가 덜덜 떨렸다. 얼굴은 예전보다 더 검게 그을렸고 머리가 짧아졌지만 분명 태수였다. 어, 나 여기서 아르바이트해. 세상 참 좁아, 그치? 태수가 웃으며 성재를 바라보았다. 성재는 태수의 시선을 피했다. 그때 서른 중반쯤의 남자가 편의점으로 들어왔다. 태수는 남자가 들어오자 성재를 노려보더니 편의점 상품을 구경하는 척했다. 남자가 맥주를 사고 나가자 태수는 미친 듯이 웃었다. 어떻게 여기서 만나냐? 태수는 아사히 맥주 큰 캔을 하나 꺼내 따 마시며 다시 성재에게 다가왔다. 말보로 레드 세 갑. 성재는 태수의 말을 듣고 눈치를 보며 담배 진열대에서 말보로 레드 세 갑을 꺼내 바코드를 찍었다. 맥주도 찍어야지. 태수는 마시던 맥주 캔의 바코드 부분을 성재에게 내밀었다. 성재는 태수 손에 들려 있는 맥주의 바코드를 조심스레 찍었다. 네가 계산해라. 어? 알았어. 성재는 재빨리 자신의 카드를 꺼내 계산을 했다. 태수는 편의점 내부를 살펴보았다. 태수의 눈에 CCTV가 들어왔다. 잠깐 밖에서 보자. 태수의 말에 성재는 심장이 철렁 내려앉는 기분이었다. 나올 때 라이터 하나 갖고 나와라. 태수는 편의점 밖으로 나갔다. 성재는 라이터 하나를 들고 태수의 뒤를 따라 나갔다. 태수는 편의점 화장실 가는 골목에 서 있었다. 빨리 와. 태수는 편의점에서 나오는 성재를 보고는 골목 안으로 들어갔다. 태수가 담배를 뜯어 한 개비 꺼내 물자 성재가 골목으로 슬금슬금 들어왔다. 태수가 입에 문 담배를 성재 쪽으로 들이밀자 성재는 재빨리 담배에 불을 붙였다. 야, 이것 좀 들고 있어 봐. 태수는 성재에게 마시던 맥주를 건넸다. 태수는 성재가 맥주를 받아들자….

짝!

하고 따귀를 때렸다. 따귀 소리가 어두운 밤 골목에 울렸다. 성재는 눈앞이 번쩍이는 바람에 휘청거리다 맥주를 쏟을 뻔했다. 똑바로 서. 턱 들고. 피하지 마라. 태수는 성재를 세운 후 다시 따귀를 때리려다가 맞다, 얼굴은 때리지 말라고 했지, 하면서 손을 거뒀다. 그러고는 성재가 들고 있던 맥주를 다시 받아들고 시원하게 쭉 들이켰다. 너도 운 더럽게 없다. 여기서 나 만날 거라고는 생각도 못 했을 거 아냐, 그치? 나도 못 했는데. 너 논현동에 있다는 이야기 듣고 내가 한두 달은 그 동네 뒤졌을 거다. 그런데 어떻게 여기서 만나냐? 너는 내가 너 찾아서 여기까지 온 줄 알겠지만, 사실 너 여기 있는지 전혀 몰랐어. 나 여기 취직하러 왔거든. 친척 형이 여기 유소년 축구교실에서 애들 축구강사 뽑는다고 알려줘서 그거라도 해볼까 싶어 온 거야. 그러다 담배 사러 들어간 편의점에서 어떻게 딱 널 본거지. 대단하지 않냐? 이건 진짜 운명이야, 운명.

너 때문에 소년원 10호 처분받았잖아. 이 시팔새끼야.

성재는 태수의 말이 들리지 않았다. 다리는 후들거리고 뺨은 얼얼

했다. 당장이라도 토할 것 같은 기분이었다. 경태한테 이야기 다 들었어. 학교, 경찰서, 법원에서 너 울고불고 아주 지랄을 했다더라? 꼬바를 거면 경태 그 새끼도 불었어야지. 경태 그 새끼는 사회봉사하고 끝났다던데, 왜 나만 불었냐고? 이 개새끼야! 성재는 태수의 고함에 자기도 모르게 손을 올려 방어 자세를 취했다. 손 내려. 우리 이제 성인인데 애들처럼 내가 너 때리고 그러겠냐? 방금 때린 건 내가 밖에 나온 지 얼마 안 돼서 실수로 그런 거야. 이해하지? 그리고 나 아직 보호관찰 중이라 사고 치면 안 돼. 그런데 너 논현동에서 여기로 온 거, 혹시 나 출소한 거 알고 도망 온 거냐? 나 왔다고 경태가 알려줬지? 그치? 대답 안 해? 대답 안 하냐고! 태수의 고함에 성재는 우물쭈물하며 대답했다. 아니야. 일하던 데 잘려서 여기로 온 거야. 그럼 논현동 편의점에서 일해도 되잖아. 그런데 왜 여기까지 왔어? 너희 아버지 너 뒤지든 말든 신경도 안 쓰잖아. 그런데 왜 안성까지 왔냐고? 신경 써. 뭐라고? 아빠가 나 신경 쓴다고.

시팔. 이 미친 새끼가 진짜.

태수가 물고 있던 담배를 뱉은 뒤 성재의 머리카락을 움켜잡고 주먹으로 때리려는 시늉을 했다. 성재는 놀라 두 손으로 얼굴을 막으며 두려움에 떨었다. 태수는 성재의 겁먹은 얼굴을 보고 있자니 미소가 절로 지어졌다. 성재야. 우리 좋게좋게 가자. 아까 이야기했듯이 이건 운명이야. 넌 나한테 빠져나갈 수가 없어. 알아들어? 또 도망가 봐. 태수는 뒷주머니에서 버터플라이 나이프를 꺼내 한 손으로 돌려 날을 꺼내 성재의 얼굴에 가져다 댔다. 성재는 차가운 나이프 날이 목에 살짝 닿는 순간 온몸이 얼어버릴 것 같았다. 태수 성격에 여차하면 정말 찌를 거라는 걸 알고 있었기 때문에 조심스레 고개를 끄덕일 수밖에 없었다. 태수는 움켜잡았던 성재의 머리카락을 놓아주며 다시 담배를 꺼내 물었다. 성재는 덜덜 떨리는 손으로 다시 태수의 담배에 불을 붙였다. 어차피 난 전과자로 인생 끝나서 아쉬울 게 없어. 떠들었더니 배고프네. 밥이나 먹으러 가게 가서 돈 좀 꺼내 와라. 성재는 주섬주섬 주머니에서 지갑을 꺼냈다. 누가 네 돈 달래? 편의점 가서 꺼내 오라고. CCTV 있어서 안 돼. 태수는 성재의 대답을 듣고 곰곰이 생각했다.

우선 너 핸드폰 내놔 봐.

태수는 성재의 핸드폰으로 자신에게 전화를 걸어 성재의 번호를 확인한 다음 성재에게 돌려주었다. 그러고는 성재의 번호를 저장했다. 그나저나 너 거지 됐냐? 옷 좀 좋은 거 입고 다녀라. 예전에는 비싼 옷도 잘 얻어 입고 다니더니만. 태수는 성재의 손에 들려 있던 지갑을 낚아챘다. 지갑은 또 에르메스네? 쪽팔리게 가짜 들고 다니지 말고. 태수는 성재의 지갑에서 현금을 꺼내서 쓱 보더니 자기 주머니에 넣고 지갑을 다시 성재에게 던져주었다. 성재는 편의점 일할 때 좋은 옷 입고 일하지 말라고 했던 우진의 말이 생각났다. 나 여기 축구교실 취직하면 조용히 살아야 하니까 너무 걱정하지 마. 그냥 가끔 얼굴이나 보면서 지내자, 예전처럼. 성재는 예전처럼이란 말을 듣자 눈앞이 깜깜해지는 기분이 들었다. 태수는 남은 맥주를 꿀꺽거리며 마신 뒤 캔을 성재에게 쥐여 줬다. 분리수거해라. 간다. 자주 보자.

오래 기다렸지?

정숙이 헐레벌떡 편의점 안으로 들어왔다. 얼굴이 왜 그래? 정숙은 성재의 붉은 볼을 보고는 깜짝 놀랐다. 손님한테 맞았어? 어떻게 된 거야? 성재는 말이 없었다. CCTV 돌려 봐야겠다. 그러지 마세요. 성재는 정숙을 말렸다. 누가 그런 거야? 왜? 왜 그랬대? 경찰에 신고해야지. 괜찮아요. 아니 그놈 또 오면 어떡해. 저기요, 점장님. 왜? 이야기해. 저… 일 그만하면 안 될까요? 성재의 말을 듣자마자 정숙의 눈에서 눈물이 주르륵 흘렀다. 성재가 언젠가는 일을 그만둘 거라는 걸 알고 있었지만 그날이 이렇게도 빨리, 그리고 느닷없이 올 줄은 생각지도 못했다. 그리고 이리도 쉽게 눈물이 나올 거라고도 생각지 못했다. 성재도 정숙의 눈물을 보고 깜짝 놀랐다. 아니 지금 당장 그만두겠다는 이야기는 아니고요. 성재 씨. 내가 어떻게 하면 돼? 내가 뭐든지 할게. 오전에 일할래? 오전에는 술 취한 사람 없으니까 이런 일 없을 거야. 아침잠 많다고 했지. 그러면 내가 성재 씨 일하는 시간에 같이 있어줄까? 아뇨. 안 그러셔도 돼요. 성재는 화들짝 놀라 손을 저으며 말했다. 태수가 성재와 정숙이 같이 있는 것을 보면 무슨 짓을 할지 몰랐다.

가슴 만져도 돼.

가슴 만져도 아무 말 안 할게. 성재는 정숙의 이야기에 당황한 표정을 짓다가 차츰 미소가 새어 나왔다. 갑자기 그게 무슨 말씀이세요? 하지만 정숙은 웃을 수 없었다. 나 정말 성재 씨가 그만두지 않으면 좋겠어. 알겠어요. 그만두지 않을게요. 성재 씨 무슨 일 있으면 나한테 꼭 말해줘. 내가 해결할 수 있는 부분은 최대한 해줄게. 보증 같은 거는 좀 힘들지만. 너무 큰 돈 아니면 빌려줄 수도 있어. 편의점이 보기보다 돈이 안 돼. 이거저거 빼면 내가 가져가는 돈이 겨우 200만 원 정도야. 점장님은 도대체 무슨 생각을 하시는 거예요? 제가 점장님한테 돈 빼내려 한다고 생각하신 거예요? 아니야, 기분 나빴다면 미안해. 그게 아니라 내가 그 정도까지는 해줄 수 있다는 이야기를 하고 싶었어. 그러면 진짜 가슴 만져도 돼요? 성재가 웃으며 묻자 정숙은 세차게 고개를 끄덕였다. 괜찮아. 성재는 손을 천천히 정숙에게 뻗었다. 정숙의 심장이 미친 듯이 뛰었다. 속옷 속으로 손을 넣으면 어쩌지? 하고 생각하는 데 성재의 손이 쓰윽 정숙의 눈물을 닦았다. 오늘은 저 먼저 들어갈게요. 내일 봬요. 내일 나올 거지? 나올게요. 진짜야. 갑자기 연락도 없이 안 나오면 안 돼. 약속했어. 알았어요. 성재는 억지로 웃으며 가방을 꺼내 들고 편의점을 나왔다. 그 모습을 멀리서 하선이 놀란 눈으로 지켜보고 있었다.

엄마, 일어나 봐.

하선이 집에 들어오자마자 자고 있던 세라를 흔들어 깨웠다. 얼굴에 팩을 붙인 채 잠이 들었던 세라가 벌떡 일어났다. 도둑 들었어? 도둑은 무슨 도둑이야. 아이고, 놀라라. 세라는 안도의 한숨을 내쉬며 가슴을 쓸어내렸다. 무슨 일인데 그래? 세라가 하선을 노려보았다. 내가 방금 뭐 봤는지 알아? 뭘 봤는데. 집에 오다가 보니까 편의점에 주영이네 엄마가 계시더라고. 하선의 말을 들은 세라는 정신이 번쩍 들었다. 자정이 넘은 시간에 정숙이 편의점에 있을 리가 없었다. 새로 왔다던 잘생긴 아르바이트 애랑 같이 있었구나. 그렇지! 세라의 예상대로였다. 낮에 하선이 편의점에 갔다가 정숙이 아르바이트생이랑 같이 있다가 도망치듯 퇴근하는 걸 봤다고 했을 때도 이미 예상은 했었다. 그러나 세라가 직접 본 것이 아니기에 설마 했던 것이었다. 세라의 생활신조 중 하나가 완벽한 증거가 없을 때 섣불리 움직이지 마라였다. 엄마가 조만간 알아낼 테니까 넌 조용히 지켜보고 있어. 엄마가 어떻게 알아내려고? 그건 지금부터 생각해봐야지. 우선 최대한 조심스럽게 증거를 확보해야 돼. 나중에 이야기 나왔을 때 빼도 박도 못하게. 네 아빠 바람피우는 증거를 3년 동안 모으도록 아무도 눈치 못 챘어. 그거에 비하면 주영이네 엄마 증거 모으는 건 일도 아니야. 하선은 얼굴에 팩이 떨어지지 않도록 조심스럽게 웃는 세라가 약간 섬뜩하게 느껴졌다. 그런데 너 연애하니? 아니 연애는 무슨…. 뛰어왔더니 덥네. 씻어야지. 하선은 자신과 고 대표가 만나고 있다는 걸 세라가 이미 알고 있을지도 모른다고 생각했다.

죄송해요.

피곤하실 텐데 얼른 들어가세요. 우진은 2시가 조금 넘어서 편의점에 도착했다. 나 내일 좀 늦어도 되지? 정숙의 질문에 우진은 그러세요, 라고 했다. 평소와 다르게 우울해 보이는 우진을 뒤로하고 정숙은 퇴근했다. 근배는 이미 잠들어 있었다. 정숙이 들어와 화장을 지우고 침대에 누워도 깨지 않았다. 정숙도 머리가 베개에 닿자마자 잠들었다. 이상한 꿈을 꾸었다. 눈이 소복이 쌓인 높은 산에서 하염없이 걸어 내려오는 꿈이었다. 하늘에는 커다란 달이 떠 있었고, 시커먼 솔개 한 마리가 빙글빙글 돌고 있었다. 정숙은 솔개를 바라보며 내려오다 작은 샘을 발견했다. 샘 주변으로 붉은 동백꽃이 피어 있었다. 정숙은 동백꽃의 아름다움에 샘 근처로 다가갔다. 그런데 샘 안에 주영이 앉아 있었다. 너 추운데 왜 거기 들어가 있어? 옷 다 젖었잖아. 얼른 나와. 그러자 주영은 정숙을 무섭게 노려보았다. 이게 다 엄마 때문인 거 알지? 엄마는 왜 엄마 생각만 해? 정숙은 당황했다. 내가 뭘? 엄마가 내 땅강아지 먹었잖아. 왜 내 땅강아지 먹었어? 말해봐! 주영의 고함에 정숙은 깜짝 놀라 잠에서 깼다. 이불이 흠뻑 젖을 정도로 땀을 흘린 상태였다. 그것도 모른 채 근배는 배를 벌러덩 깐 채 자고 있었다. 정숙은 조용히 침대에서 나왔다. 시계를 보니 오전 7시였다.

일찍 오셨네요?

정숙이 편의점에 들어오자 우진은 시큰둥하게 인사를 했다. 정숙은 잠이 오지 않아 제시간에 출근했다. 신선식품 정리랑 분리수거는 제가 다 했어요. 너 눈이 빨개 얼른 들어가서 자. 카운터를 나온 우진은 이어폰을 꺼내 엉킨 줄을 풀려다 한숨을 쉬고는 다시 이어폰을 주머니에 집어넣었다. 정숙은 바나나맛 우유를 가져와 우진에게 주었다. 어제 저 늦는 바람에 성재를 못 봐서 해드릴 이야기가 없는데요. 어제 무슨 일로 서울에 간 거야? 제가 예전에 영화일 할 때 써놓은 시나리오가 하나 있었는데 그거 계약을 했었거든요. 그랬어? 벌써 반년 전에 계약했던 거예요. 그런데 계약금이 안 들어와서 기다리고 기다리다 전화를 했더니 영화사 사무실로 한번 들르라고 하더라고요. 그래서 서울로 올라갔죠. 비타500 한 박스 사 들고 찾아갔더니 대표가 계약금 못 주겠다고 하더라고요. 저랑 계약했던 프로듀서가 자기 맘대로 시나리오를 여덟 편이나 계약했대요. 계약금도 안 주고. 그래서 다른 작가들도 다 계약금 달라고 찾아와서 다 계약 파기했다고 하더라고요. 그 작가들에게 계약금을 줘버리면 영화사 망한다면서. 저만 연락이 없어서 이미 다 알고 있는 줄 알았다고 하더라고요. 그리고 그 프로듀서도 이미 몇 달 전에 퇴직했더라고요. 그 프로듀서가 시키는 대로 시나리오를 수도 없이 수정하고, 검사받고, 만나서 밥도 사고, 커피도 사고. 그러면서 항상 저에게 그렇게 말했었죠. 우진아.

예술영화 할 거면 혼자서 해.

시나리오 이렇게 수정해서 갖다주면 옛날에는 빰 맞았어. 나니까 너 이 가격에 계약도 해준 거야. 어떻게 하냐고 나한테 물어보면 어떡해? 내가 작가야? 네가 작가지? 재밌게 하라고. 재밌게. 자꾸 이런 식이면 각색작가 따로 써야 되는데, 각색비용 네가 낼래? 기왕 쓰는 거 야한 것도 좀 넣고 그래라. 죄송합니다, 잘하겠습니다. 우진이는 바나나 우유를 한 모금 마셨다. 다른 작가 중에 소송 건다는 작가들도 있었다는데. 어차피 변호사비용이 더 나가니 그런 생각 하지 말라고 하더라고요. 그리고 작가가 영화사 상대로 소송 걸었다는 이야기가 이 바닥에 들리면 서로 좋을 거 없다고도 했고요. 저는 소송 같은 거 생각도 안 하고 있었어요. 그냥 머릿속에는 왜 나를 서울까지 불러서 이런 이야기를 하는 걸까? 전화로 하거나 메일로 해도 되는데. 나는 왜 이런 이야기를 들으려고 잠도 못 자고 서울까지 왔을까? 비타500까지 사 들고, 하는 생각만 들었지요. 그러던 와중에 대표가 비타500 상자를 돌려주며 이건 가져가 했고, 저는 아니에요. 고속버스 타고 내려야 가야 하는데 들고 다니기 좀 그래요. 그냥 드세요, 하며 어쩔 수 없이 웃는 얼굴로 영화사를 나왔죠. 영화사 나오는데 대표가 배웅 나와서 시나리오 재밌게 하나 써 와봐 그러는데 이걸 죽일까? 하다가 대표도 뭐 악의가 있어서 그러는 건 아니겠거니 하며 나왔죠.

그게 뭐야?

정숙은 우진의 이야기를 들으며 서울에 가기 전에 영화사 대표한테 왜 부르시는 거냐고 물어보면 되는 거 아니야? 혼자 똑똑한 척 다 하면서 왜 그런 생각을 못 할까? 하는 생각을 했다. 그리고 곧 우진의 이야기는 잊어버렸다. 대단한 일도 아니고 재미있는 일도 아니었다. 정숙에게 중요한 건 우진이 아니었다. 정숙은 어제 일로 충격을 받았다. 언젠가는 성재가 편의점을 그만둘 거라고 예상하고 있었고, 나름 마음의 준비도 되어 있다고 생각했다. 그런데 성재가 그만둔다고 말했을 때의 자신 행동이 이해가 가지 않았다. 온 우주가 무너져 내리는 것 같았다. 그렇게 눈물이 많이 나올 줄도 몰랐고, 그렇게 구질구질하게 매달릴 거라고 생각도 못 했다. 성재는 그냥 재미 삼아 이러는 것일까? 또 그만둔다고 이야기하면 어떡하지? 성재랑 언제까지 이렇게 지낼 수 있을까? 이런저런 고민을 하는 정숙의 모습을 멀리서 세라가 지켜보고 있었다. 세라는 하선에게 혼자 미용실 문을 열고 손님이 너무 많이 오면 그때 연락하라고 문자메시지를 보냈다.

어? 염색하셨네요?

고 대표는 정숙을 보고 놀라는 눈치였다. 정숙은 하선과 머리색이 비슷했기 때문에 고 대표가 당황한 것을 알고 있었다. 고 대표는 알 듯 모를 듯한 표정으로 게토레이를 꺼내 마시려다 정숙의 표정을 보고는 아 참, 계산 안 했지, 하고 게토레이를 카운터에 올려놓았다. 그리고 여전히 하리보 젤리 한 봉지도 카운터에 올려놓았다. 제가 축구를 해야 해서. 알아. 담배도 안 피우고 술도 안 마셔서 주전부리하게 된다고. 그나저나 고 대표는 결혼 안 해? 정숙의 질문에 고 대표는 손사래를 치며 웃었다. 에이, 누가 저 같은 놈하고 결혼하겠어요. 나이도 많고, 돈도 없는데. 고 대표는 계산을 마친 게토레이를 벌컥벌컥 마셨다. 아휴, 덥다. 고 대표가 왜 돈이 없어? 축구교실 오래 했는데 돈 좀 모았을 거 아냐. 요새 이 동네에 아이들도 별로 없고, 이래저래 남는 것도 없어요. 그리고 저 동네 분들에게 후원을 받았기 때문에 남은 돈은 죄다 지역 발전에 투자합니다. 정숙은 기가 찼다. 재규어 타고 가는 거 봤다고 말하고 싶어 입이 근질거렸다. 그래도 이제 고 대표도 나이가 있는데 얼른 결혼해야지. 내가 여자 소개해줄까? 누구요? 세라미용실 딸 있지? 하선이라고. 걔 애가 예쁜데 착하기까지 해. 고 대표랑 잘 어울릴 거 같은데. 정숙의 말에 고 대표는 웃음을 터뜨렸다. 저 죽어요, 점장님. 아시는지 모르겠지만 우리 조 단장이 그 미용실 따님을 엄청 좋아합니다. 괜히 저 미용실 따님한테 찝쩍댔다가 조 단장한테 뼈도 못 추려요. 정숙은 근배에게 이야기해서 고 대표에게 후원금 내는 걸 중단해야겠다고 마음먹었다.

그런데 그 친구 좀 이상해요.

새로 온 알바하는 친구 있잖아요. 허옇고 기생오라비같이 생긴 친구. 정숙은 고 대표 입에서 성재 이야기가 나오자 귀가 솔깃했다. 뭐가 이상한데. 어제 제가 음료수 사러 왔었는데, 고등학생으로 보이는 애가 담배를 달라고 하니 그냥 내주더라고요. 그리고 분명 그 친구도 고등학생인 거 눈치챘어요. 담배를 꺼내 주는데 뭔가 머뭇거리다가 제 눈치 한 번 보고는 슬며시 꺼내 주더라고요. 그래서 제가 깜짝 놀라. 야! 너 고등학생이 담배 사도 돼? 했더니 그놈이 후다닥 도망가더라고요. 그래서 제가 알바하는 친구한테, 딱 봐도 고등학생인데 신분증 검사 안 하면 어쩌냐, 그러다 걸리면 벌금 나온다 그랬더니 뭐라는 줄 아세요? 그러면 제가 벌금 내야죠. 그러는 거예요. 참나. 벌금이 무슨 한 2, 3만 원 나오는 줄 아나. 그렇다고 해도 그러면 안 되는 거잖아요. 그래서 제가 한 소리 하려다가 바쁘기도 하고, 괜히 오지랖

부리는 것 같아서 그냥 나왔어요. 그런데 점장님은 아셔야 할 거 같아서요. 제가 볼 때는 또 고등학생이 담배 사러 오면 그 친구 분명히 또 담배 팝니다. 큰일 나요. 점장님 그런 사람 내보내시고 좀 멀쩡한 사람 쓰세요. 저희 축구교실에 젊은 코치들 있는데 그 친구들 쓰세요. 오전 타임에 축구 하고, 저녁때 여기서 알바하라고 하면 좋아할 거예요. 오늘 조 단장 친척 동생도 코치한다고 서울에서 왔는데 애가 눈빛이 빠릿빠릿해 보이고 괜찮더라고요. 지금 전화해서 와보라고 할까요?

전화하지 말고 문자로 해.

세라는 하선의 전화를 받으며 조심스레 말했다. 엄마, 어디야? 몰라도 돼. 손님 너무 많이 오면 문자 하고. 전화 끊는다. 세라는 전화를 끊고 다시 카메라 뷰파인더에 눈을 가져다 댔다. 세라는 편의점 건너편 건물 옥상에 양산을 펼치고 낚시용 의자에 앉아 카메라를 보고 있었다. 카메라는 예전 하선이 아빠의 외도 증거 수집할 때 사용했던 캐논 이오스5 필름 카메라였다. 10년 넘게 사용하지 않았지만, 작동은 정상적이었다. 그리고 초점거리가 200밀리미터에 달하는 망원 줌렌즈를 달아서 감시하는 데 큰 불편은 없었다. 정숙은 고 대표와 대화를 나누었다. 초반에는 평범한 대화처럼 보였지만 시간이 갈수록 정숙의 표정이 좋아 보이지 않았다. 그러더니 결국 고 대표 등을 떠밀다시피 편의점에서 내쫓았다. 고 대표는 알 수 없다는 표정을 짓고는 편의점 화장실에 들어갔다가 나와 자신의 스타렉스를 몰고 사라졌다. 그 후에도 정숙의 표정은 계속 좋지 않았다. 무슨 고민이 있는지 혼자 멍하니 있다가 한숨을 쉬기도 하고 무언가 잊으려는 듯 고개를 젓기도 했다. 세라는 정숙에게 특별한 일이 없는 것 같아 우선 잠시 철수해야겠다고 생각했다.

피곤하면 오늘은 쉬어도 되는데.

성재가 출근하자 정숙은 마음에도 없는 소리를 했다. 정숙은 혹시나 성재가 출근하지 않을까 봐 계속 마음을 졸였었다. 다행히 성재는 평소와 다를 바 없이 출근했지만, 무언가가 사라진 느낌이었다. 단순히 피곤해 보인다고 하기에는 잔뜩 긴장한 모습이어서 이유를 알 수 없었다. 어떻게 하면 성재의 기분이 풀어질지 생각하면서 성재의 눈치를 계속 봤다. 성재 씨, 혹시 무슨 일 있었는지 내가 알면 안 돼? 별일 아니에요, 라고 말하는 성재의 눈에는 두려움이 가득 차 있었다. 그런 성재를 본 정숙의 눈에 눈물이 그렁그렁 맺혔다. 그나마 울지 않으려고 필사적으로 노력을 해서 이 정도였다. 정숙은 성재에게 아무런 도움이 되지 못하는 것이 속상했다. 그리고 계속 이러다가는 곧 성재가 사라질 거라는 생각에 가슴이 찢어질 듯 아팠다. 성재는 정숙의 표정을 보고 난처해졌다. 사무실 들어가서 이야기하실래요? 정숙은 고개를 끄덕였다. 성재는 슬며시 웃으며 사무실로 들어갔고 정숙도 따라 들어갔다. 사무실에 들어서자마자 정숙은 성재를 껴안고 키스를 했다. 성재도 정숙을 안으며 키스했지만, 어제와는 다른 느낌이었다. 정숙은 성재의 손을 잡아 자신의 가슴에 가져다 댔다. 성재는 거부하지 않고 정숙의 가슴을 만지며 키스를 했다.

누가 물어보면 엄마 몸살 걸렸다고 해.

점심을 먹은 세라는 다시 옥상으로 올라와 카메라를 설치하고 하선에게 문자를 보낸 후 뷰파인더로 편의점을 살폈다. 잠시 후 한 청년이 편의점으로 들어갔고, 초조해하던 정숙이 벌떡 일어나 카운터에서 나왔다. 보아하니 새로 온 아르바이트생인 것 같았다. 둘이 이야기를 나누는데 정숙의 표정이 꽤 심각해 보였다. 아르바이트생과 점장이 심각한 대화를 나눌 게 뭐가 있을까 궁금했다. 그러더니 아르바이트생이 사무실로 들어갔고 정숙도 따라 들어갔다. 분위기가 단순히 사무실 정리하려고 들어가는 것 같지 않았다. 겉으로 보기에는 평범해 보였지만 무언가 미묘하게 수상함이 느껴졌다. 잠시 뒤에 정숙과 아르바이트생이 손을 잡고 사무실에서 나왔다. 세라는 깜짝 놀랐지만, 정신을 차려보니 둘은 손을 놓고 있었다. 방금 잘못 본 게 아닌가 하는 생각이 들 정도로 찰나였다. 세라는 카메라 셔터에 손을 올려놓지 않은 것을 후회했다. 둘은 사무실로 들어갈 때와 다르게 분위기가 화기애애했다. 분명 저 안에서 무슨 일이 있었어. 말이 안 되잖아. 아니야, 남녀 사이는 모를 일이지. 그리고 저 애가 돈을 보고 정숙에게 접근한 거라면 그럴 수도 있어. 남편 잘 만나서 아무것도 모르는 정숙이가 어린애 꼬임에 홀딱 넘어간 거고.

퇴근할 시간 지나지 않았어?

세라가 편의점으로 들어오자 정숙은 화들짝 놀랐다. 새로 온 아르바이트 보고 싶으면 저녁때 오라며? 지나가다 커피도 마실 겸 해서 들렀지. 세라는 성재를 빤히 바라보았다. 하얀 피부에 야리야리한 몸매. 아직 어린 티를 벗지 못한 옷차림과 진동하는 향수 냄새. 세라는 성재의 첫인상이 썩 유쾌하지 않았다. 잘생겼다기보다는 예쁘게 생겼네. 안녕하세요? 나 저쪽 세라미용실 원장이에요. 얘랑 동네 친구예요. 언니가 언니지 왜 친구야? 다 늙어서 두어 살 차이면 뭐 친구 아니니? 세라가 정숙의 표정을 살폈다. 정숙은 당황하면서도 기분 나쁜 듯 보였다. 그 표정을 보고 세라는 무언가 있다는 확신을 얻었다. 우리 딸이 하도 잘생겼다고 해서 궁금해서 왔어요. 정말 잘생겼네. 얼굴 봤으면 됐어. 커피나 사고 가야지. 요새 커피 뭐가 잘나가? 정숙은 빨리 세라를 보내야겠다는 생각에 재빠르게 냉장고로 가서 눈에 보이는 커피를 아무거나 집어 세라에게 주었다. 그사이 세라는 핸드폰을 꺼내 녹음 버튼을 눌러놓고 카운터 아래 놓인 스니커즈 상자에 몰래 집어넣었다. 내일 낮에 또 놀러 올게. 수고해요. 세라는 성재에게도 인사를 한 뒤 편의점을 나갔다.

성재 씨, 저 언니가 가장 조심해야 할 인물이야.

우리 이러는 거 저 언니가 알면 온 동네, 아니 전국이 다 알게 될 거야. 분명 뭔가 냄새를 맡고 온 거 같아. 저 언니 딸이 나랑 비슷한 색으로 머리 염색한 애거든. 누군지 알지? 어제 우리가 사무실에서 나왔을 때 편의점에 있었잖아. 우리가 사무실에서 나올 때 분위기가 좀 이상하니까 엄마한테 이야기한 게 분명해. 지금 이 시간에 여기 올 언니가 아니거든. 오더라도 저렇게 금방 갈 사람도 아니고. 뭔가 수상해. 정숙이 이야기하는 중에 성재가 정숙에게 다가와 천천히 허리를 껴안았다. 정숙은 화들짝 놀랐다. 사람들 보면 어쩌려고 이래? 그럼 안에 다시 들어가서 할까요? 성재의 물음에 정숙은 성재의 손을 잡고 사무실로 들어갔다. 그 모습을 세라가 골목에서 숨어서 보다가 화들짝 놀랐다. 세라는 정숙과 성재가 사무실로 들어가자 다시 편의점으로 발을 옮겼다. 그러고는 편의점 문에 달린 종이 울리지 않게 조심스레 문을 열고 들어왔다. 스니커즈 상자에 숨긴 핸드폰을 꺼내 들고 사무실 문틈에 귀를 대고 안쪽 소리를 엿듣기 시작했다. 문틈으로 녹음 기능이 켜진 핸드폰도 가까이 가져다 대었다. 사무실로 들어온 정숙은 다시 성재를 껴안고 키스했다. 성재는 가슴을 좀 더 세게 움켜쥐며 열정적으로 키스를 했다. 그리고 다른 손을 정숙의 바지 속으로 넣으려고 했다. 정숙은 놀라 성재의 손을 움켜잡았다. 여기는 다음에. 왜요? 속옷이 안 예뻐. 정숙은 부끄러워 고개를 숙였다. 오늘은 가슴까지만. 알겠어요. 성재는 다시 정숙을 껴안고 키스를 시작했다. 문밖에서 듣고 있던 세라는 놀라 입을 다물지 못했다.

딸랑!

소리에 세라가 돌아보니 여고생 셋이 문을 열고 편의점으로 들어왔다. 세라는 재빨리 사무실 문에서 떨어졌다. 그 순간 사무실 문이 벌컥 열리며 정숙이 나왔다. 정숙은 세라가 편의점 안에 있는 것을 보고는 너무 놀라 비명을 지를 뻔했다. 언니, 언니가 왜 여기 있어? 그게,

핸드폰을 놓고 가서…. 찾았어, 찾았어. 세라는 정숙에게 핸드폰을 흔들어 보이더니 재빠르게 편의점을 나갔다. 그제야 성재는 사무실에서 슬그머니 나왔다. 성재가 사무실에서 나오자 여고생 중 한 명이 다른 여고생들에게 저 오빠야, 완전 잘생겼지? 내 말 맞지? 했고, 다른 여고생들은 성재를 보고 놀라며 헐, 대박, 하며 입을 다물지 못했다. 성재는 어제 왔던 여고생을 알아보고 미소를 지었다. 그러나 정숙은 웃을 수 없었다. 정숙은 CCTV 모니터로 달려가 영상을 되돌려보았다. 세라가 들어와서 이야기를 나누다가 정숙이 커피를 가지러간 사이에 재빨리 핸드폰을 스니커즈 상자에 넣는 것이 보였다. 정숙은 그 모습을 보고 경악했다. 그리고 정숙과 성재가 사무실로 들어가자 도둑고양이처럼 몰래 들어와 핸드폰을 챙기고 사무실 문 옆에 귀와 핸드폰을 대고 엿듣는 모습이 보였다. 핸드폰을 저렇게 문틈에 대고 있다는 것은 분명 녹음을 하는 것이었다. 정숙은 재빨리 서랍에서 송곳을 꺼내 아무 망설임 없이 손을 찔렀다.

22

소식_

밖에 누가 온 것 같은데.

정숙은 조심스레 성재의 입술에서 입술을 떼고는 말했다. 15분 전 성재와 사무실에서 키스하던 때로 돌아온 것이다. 아무 소리도 안 들렸는데요. 성재는 다시 정숙에게 키스하려고 했다. 아악! 성재가 오른손으로 정숙의 왼손을 살짝 잡자 정숙은 자지러지게 비명을 질렀다. 아침에 상자에 깔려서 다쳤어. 어디 봐요. 병원 가보셔야 하는 거 아니에요? 곧 있으면 세라가 편의점으로 들어올 것을 알고 있는 정숙은 잠시도 지체할 수 없었다. 진짜 누구 온 것 같아서 그래. 잠깐만 나가 보고 올게. 정숙이 도망치듯 밖으로 나가자 성재는 우울해졌다. 성재는 태수와 마주친 뒤로 잠도 제대로 잘 수 없었다. 태수가 출소했다는 소식을 듣고 논현동을 떠나면서 앞으로 평생 태수를 마주칠 일이 없을 거라고 생각했다. 태수 소식을 알려준 경태에게도 어디로 간다는 이야기를 하지 않았다. 그런데 이렇게 빨리 마주치고 나니 오히려 맥이 풀렸다. 게다가 태수가 일부러 찾아온 것도 아니고 면접 보러 온 동네 편의점에서 마주치고 나니 정말 운명인가 하는 생각도 들었다. 그러다 편의점을 그만둔다고 했을 때 보인 정숙의 모습에 그나마 힘을 얻었다. 정숙이 자신을 그 정도로 좋아해줄 것이라고는 생각지도 못했다. 어쩌면 정숙이 태수를 쫓아주지 않을까 하는 기대감도 생겼다. 그런데 키스를 하다 말고 도망치듯 나가는 정숙을 보니 마음이 좋지 않았다. 성재는 좀 더 적극적으로 정숙에게 접근해야겠다고 결심했다.

아무도 없는데요?

성재가 사무실에서 나와보니 아무도 없는 편의점에 정숙이 가판대 뒤에 숨어서 창밖으로 무언가를 살피고 있었다. 정숙은 어디선가 세라가 지켜보고 있다고 확신했다. 주변을 둘러보았지만 세라의 모습은 찾을 수 없었다. 정숙은 세라가 옆 건물 옥상에서 망원 카메라로 지켜보고 있을 것이라고는 추호도 생각하지 못했다. 옥상에서 카메라로 지켜보던 세라는 정숙이 숨어서 바깥을 엿보는 걸 보며 남에게 들키면 안 되는 행동을 했기 때문에 저러는 것이라고 생각했다. 정숙이 바깥을 살펴보고 있는데 핸드폰이 울렸다. 당연히 주영이었다. 정숙은 성재의 눈치를 보며 밖으로 나가 전화를 받았다. 엄마가 지금 굉장히 급한 일이 있으니까 15분 있다가 전화할게, 하고는 전화를 끊어버렸다. 전화를 끊고 나자 멀리서 세라가 걸어오는 것이 보였다. 세라는 아무 일 없다는 듯 생글생글 웃으며 다가왔다. 정숙도 어색하게나마 웃으며 세라를 맞았다. 무슨 전화를 밖에 나와서 해? 주영이. 그런데 이 시간에는 어쩐 일이야? 미용실에 손님 없어? 새로 온 아르바이트 보고 싶으면 저녁때 오라며. 지나가다 커피도 한잔 마실 겸 해서 왔지.

그런데 퇴근할 시간 지나지 않았어?

정숙은 세라의 말에 확신이 섰다. 손을 찌르기 전에도 저 질문을 했었지만 그때는 너무 당황해서 생각하지 못했다. 그런데 이번에는 눈치를 챘다. 세라는 정숙의 퇴근 시간을 체크하고 있었다. 그리고 아직 퇴근하지 않은 것을 알고 온 것이다. 분명 어디선가 지켜보고 있었던 것이 분명했다. 세라가 편의점으로 들어가자 정숙도 따라 들어갔다. 세라는 성재를 보고는 웃으며 인사했다. 이분이시구나? 잘생겼다기보다는 예쁘게 생겼네. 안녕하세요? 나 저쪽 세라미용실 원장이에요. 얘랑 동네 친구예요. 세라는 일부러 정숙 앞에서 성재에게 동네 친구라고 말했다. 그리고 정숙의 반응을 살폈으나 정숙은 별 반응을 하지 않았다. 평소 같았으면 언니가 왜 친구야? 언니지, 했을 텐데 세라는 반응 없는 정숙이 이상했다. 우리 딸이 하도 잘생겼다고 해서 궁금해서 왔어요. 정말 잘생겼네. 얼굴 봤으면 됐어. 커피나 사고 가야지. 요새 커피 뭐가 잘나가? 요새 잘 팔리는 거 하나 골라줘. 정숙은 세라의 말을 듣고 커피를 천천히 골랐다. 그때 세라는 조심스레 핸드폰 녹음 버튼을 켜서 카운터 아래에 있는 스니커즈 상자에 넣었다. 정숙은 스타벅스 카라멜 프라푸치노 병을 들고 왔다. 이게 제일 맛있어. 정숙이 바코드를 찍자 가격을 본 세라가 엄청 비싼 커피네 하며 놀랐다. 세라는 커피를 계산한 뒤에 내일 낮에 또 놀러 올게, 수고해요, 하고 성재에게도 인사를 한 뒤 편의점을 나갔다.

언니.

세라가 뒤돌아보니 정숙이 따라 나왔다. 세라는 정숙의 손에 자신의 핸드폰이 들려 있는 것을 보고는 깜짝 놀랐다. 어머, 그거 내 핸드폰 아니니? 내 정신 좀 봐. 세라는 정숙의 손에서 핸드폰을 낚아챈 뒤 당황한 표정을 감추기 위해 뒤돌아서 고마워, 라고 하며 재빨리 자리를 떴다. 세라는 핸드폰을 놓고 나간 것을 정숙이 알아차린 것이 의아했다. 분명 커피를 고르고 있을 때 눈치채지 못하게 스니커즈 상자에 넣었는데 어떻게 알았을까? 분명 냉장고 유리에 반사된 모습을 보고 있었을 거야. 왜 나를 보고 있었지? 뭔가 켕기는 게 있기 때문이지. 어쩌면 내가 옥상에서 감시하고 있는 것도 알아챌지 몰라. 우선은 한 발 후퇴해야겠네. 평소에 정숙이를 너무 우습게 봤어.

언니 더 놀다 가지.

말은 그렇게 했지만, 정숙은 재빨리 미용실 반대편으로 걸어가는 세라 뒷모습을 보며 팔에 소름이 돋았다. 세라의 핸드폰을 스니커즈 상자에서 꺼냈을 때 녹음기능이 켜져 있는 것을 보고 경악했었다. 하지만 지금 따지고 물어봐야 좋을 게 없을 것 같았다. 그리고 지금 저렇게 도망치다시피 가지만 분명 계속 주시할 것이 뻔했다. 오늘은 정숙도 성재와 같이 있기보다는 일찍 퇴근해야겠다고 생각했다. 어디선가 세라가 지켜보고 있을 것 같기도 했고, 조금 있으면 주영에게 전화도 걸려올 것이다. 정숙은 편의점으로 들어가 성재 씨 오늘은 내가 일찍 좀 들어가 봐야 할 것 같아, 라고 말한 뒤에 사무실로 들어갔다. 그러고는 성재가 들어올지도 모른다는 생각에 재빨리 조끼를 벗고 신발을 갈아 신은 뒤 가방을 챙겨 나왔다. 만약 성재가 사무실로 들어온다면 키스를 할 것이고 그러면 계속 같이 있고 싶을 것이기 때문이다. 정숙이 사무실로 나오자 아니나 다를까 성재가 사무실로 들어오려고 하고 있었다. 잠깐만 있다가 가시면 안 돼요? 성재의 미소에 정숙은 도저히 안 된다고 말할 수 없었다. 그때 여고생 세 명이 편의점 문을 열고 들어왔다. 성재는 당황해서 정숙에게서 조금 떨어졌다. 들어온 여고생 중 한 명이 다른 여고생들에게 저 오빠야. 완전 잘생겼지? 내 말 맞지? 했고, 다른 여고생들은 성재를 보고 놀라 헐, 대박, 하며 입을 다물지 못했다. 성재는 어제 왔던 여고생을 알아보고 미소를 지었다. 정숙은 재빠르게 성재 씨 그럼 내일 봐, 하고 인사하며 편의점을 나왔다. 정숙이 편의점을 나오자마자 다시 주영에게 전화가 걸려왔다.

15분 지난 거 같아서 전화했어.

주영이 의외로 짜증을 내지 않았다. 안 그래도 지금 전화하려던 참이었어. 정숙은 아직 변명거리를 준비해두지 못했다. 주영에게 거짓말을 하려면 치밀해야 할뿐더러 사전 연습까지 해야 했는데 그러기에 시간이 촉박했다. 엄마, 내가 일이 있어서 지금 점심 겸 저녁을 먹었거든. 육회비빔밥을 시켜서 먹었는데 갑자기 손이 아파서 봤더니 내 눈앞에 방금 전 다 먹었던 육회비빔밥이 다시 있는 거야. 이걸 다시 먹어야 돼? 그런데 손이 너무 아파서 먹을 기분도 안 나. 육횟집 사장님이 보기에는 내가 와서 육회비빔밥 시켰는데 먹지도 않고 그냥 계산하고 나가는 거로 보일 거 아냐? 그럼 시켜놓고 왜 안 드시냐고 묻겠지? 그럼 뭐라고 해야 돼? 지금 임신 중인데 먹을 수 있을 것 같아서 시켜놓고 보니 갑자기 입덧이 심해져서 못 먹는다고 그럴까? 그게 가장 설득력 있겠지? 그렇지? 정숙은 할 말이 없었다. 무슨 이유를 대더라도 주영이 믿지 않을 것 같았다. 그리고 앞으로 성재와 지내다 보면 이런 일이 자주 있을 것 같은 데 그때마다 주영에게 어떻게 변명해야 할지도 막막했다. 우진이나 세라만 신경 꺼주면 좋을 텐데. 우진은 자르면 된다 치지만 세라는 어떻게 할 수도 없었다. 주영은 말 없는 정숙에게 여전히 평소와 다르게 짜증을 내지 않으며 말을 이어갔다. 엄마, 앞으로 어떠한 일이 있더라도 손 찌르지 마. 눈앞에서 고양이가 죽든, 어떤 애가 차에 치이더라도 찌르지 마. 무슨 일이 벌어지더라도 절대 찌르지 마. 왜냐하면….

나, 임신했어.

정숙은 주영의 말에 걸어가며 전화를 받다가 얼어붙은 듯 멈춰 섰다. 엄마 손자인지 손녀인지 아직은 모르지만 얘 잘못되면 안 되잖아. 엄마가 이야기도 없이 갑자기 손 찌를 때마다 애 떨어질까 봐 무서워 죽겠어. 내 손 아픈 거보다 내 배 속에 있는 아기 잘못되면 나 더 이상 못살아. 정숙은 갑작스러운 주영의 고백에 기가 찼다. 농담하는 거지? 장난이지? 무슨 갑자기 임신을 해? 너 남자 있어? 누군데? 앞으로 어쩌려고 임신을 해? 너 지금 나이가 몇인데? 회사는 어떡하려고? 그래서 애 낳을 거야? 아니 남자가 누구야? 뭐 하는 남자인데? 아니, 어떻게 그렇게 갑자기 임신을 해? 엄마, 원래 임신은 갑자기 하는 거야. 천천히 임신하는 사람이 어디 있어? 너는 지금 그걸 말이라고 하니? 너 얼른 내려와. 주말에 내려와. 그 남자도 데리고 내려와. 아니다. 우선은 혼자 내려와. 너 이거 아빠 알면 큰일 나. 정숙은 눈앞이 캄캄했다. 생각지도 못한 일이었다. 이번 주말에는 내려가기 좀 힘들 것 같고, 내려가게 되면 우선은 혼자 내려갈게. 그리고 아빠한테는 내가 직접 말할 테니 엄마는 이야기하지 말고 있어.

고객이 전화를 받지 않아 소리샘으로 연결됩니다.

근배가 계속 전화를 받지 않았다. 시계를 보니 밤 10시가 조금 되지 않은 시간이었다. 집에 온 정숙은 정신을 차릴 수가 없었다. 집에 가면 근배에게 주영의 이야기를 해야 하나 말아야 하나 걱정이었다. 근배가 둔하다고 하더라도 평소와 다르게 공황상태인 정숙을 알아차리지 못할 정도는 아니었다. 그래서 인근 공원에 가서 침착하자, 침착하자, 하며 마음을 가라앉히고는 집으로 들어왔다. 그러나 근배는 집에 없었다. 전화를 해봐도 받지 않았다. 근배는 핸드폰으로 연락 오는 사람이 거의 없어서 평소에도 전화를 잘 받지 않았다. 외출해서는 벨 소리도 잘 듣지 못했다. 정숙이 옆에서 전화 온 거 아니야? 라고 말을 해줘야지, 그래? 이게 내 벨 소리였어? 하며 전화를 받을 정도였다. 평소에는 근배가 전화를 받지 않는 것을 대수롭지 않게 생각했지만 오늘은 아니었다. 근배가 밤 10시가 다 되어서까지 집에 안 들어온 적은 처음이었다. 정말 무슨 일이 생긴 게 아닌가 싶을 때 근배가 들어오는 소리가 들렸다. 근배는 술이 얼큰하게 취해 집으로 들어왔다.

오랜만에 한 전무 만나서 한잔했지.

근배는 기분이 좋아 보였다. 당신이 한 전무한테 연락해보라고 해서 연락했더니 무지하게 반가워하더라고, 말 난 김에 한잔하자. 그래. 어차피 둘 다 하는 일도 없어 남는 건 시간뿐인데 지금 당장 보자. 그래서 만났지. 한 전무 있잖아. 그새 폭삭 늙었더라고. 그래도 예전에는 풍채도 좀 있고 눈빛도 매섭고 그랬는데. 지금은 그냥 배 나오고 고약해 보이는 할아버지야. 그리고 한 전무랑 이제 그냥 친구 먹기로 했어. 옛날이나 전무였지 이제 같이 늙어가는 처지에 뭐 그런 거 따져. 또 웃긴 게, 덩치랑 안 어울리게 손바닥만 한 치와와를 키우더구먼. 남자는 늙으면 개를 키워야 안 외롭디니? 그러면서 핸드폰으로 개 사진 보여주며 자랑하는데 어이가 없어서 혼자 실없이 웃었네. 한 전무는 그것도 모르고 자기 개 예뻐서 웃는 줄 알고 사진이며 동영상이며 계속 보여주는 거야.

술 드시고 오셔서 대단히 신나셨네?

정숙은 천하 태평하게 술 마시고 들어와 허허거리는 근배의 행동이 기분 나빴다. 성질 같아서는 술이 확 깨게 주영의 임신 사실을 말해버릴까도 했지만, 그랬다가는 주영에게 무슨 소리를 들을지 몰라서 참았다. 낚시나 골프 같은 걸 하라고 그랬지 누가 술 퍼마시고 다니래? 집에 있으면 혼자 술 마시고 있어서 한 전무나 만나보라고 했더니 둘이서 술을 마시면 어쩌자는 거야? 근배는 정숙의 짜증 난 목소리에 눈치를 살폈다. 한 전무가 통풍이 있대. 한 전무가 통풍이 있다고? 그런데 통풍이 있는 사람이 술을 왜 그렇게 마셔? 한 전무는 안 마셨어. 나만 마셨지. 정숙이 도저히 참지 못하고 손바닥으로 근배의 등짝을 착! 착! 착! 하고 때렸다. 아후, 따가워. 손자국 생기겠네. 얼른 씻고 들어가서 자.

어으, 죽겠다.

씻고 나온 근배는 뱉은 말과는 다르게 기분 좋은 표정으로 방으로 들어가 누웠다. 정숙은 근배가 술을 마시고 들어온 것이 오히려 다행이라는 생각이 들었다. 그렇지 않았으면 주영의 임신 소식을 듣고 충격에 빠져 들어온 정숙의 표정을 보며, 무슨 일이 있느냐고 귀찮게 꼬치꼬치 캐물었을 것이다. 어쩌면 정숙이 심각한 표정으로 들어온 것도 눈치채지 못하고 저녁으로 뭘 먹을까, 같은 소리나 해대면서 가뜩이나 싱숭생숭한 정숙의 속을 뒤집어놓았을 것이다. 그러다 보면 정숙은 근배에게 속도 모르고 팔자 좋다며 화를 내다 본의 아니게 주영이 임신 이야기를 꺼냈을 것이다. 그러느니 차라리 근배가 술 마시고 자버리는 게 서로에게 좋은 일이라고 생각했다. 정숙도 잠자리에 들기 위해 씻으러 화장실에 들어갔다. 화장실에 개수대에 근배의 빠진 머리가 한 움큼 보였다. 정숙은 화를 참지 못하고 방으로 뛰어 들어가 자려고 누워 있는 근배의 등짝을 착! 착! 착! 때렸다. 내가 술 마시면 열이 올라서 머리 빠진다고 그렇게 이야기를 했는데. 술을 마시지 말든지. 아니면 머리 빠진다고 스트레스를 받지 말든지. 근배는 베개로 귀를 막고 이불을 뒤집어쓴 채 정숙의 잔소리를 방어했다.

탈모는 유전이야.

이불 속에서 근배의 목소리가 조그맣게 들렸다. 뭐라고? 술 마셔서 머리 빠지는 게 아니라고. 시아버지 머리숱 많으셨다며? 그런데 무슨 유전이야? 미국에 계신다는 아주버님도 탈모가 있으셔? 돌연변인가 보지 뭐. 말 같지도 않은 소리 하고 앉아 있네. 돌연변이 같은 헛소리 하지 말고 마누라 말 좀 들어. 당신은 술 줄이고 운동하면 머리 안 빠져. 아무튼, 한 전무는 자주 보고 친하게 지내. 통풍 있으시다니까 술은 먹지 말고, 커피 마셔. 그리고 낚시나 골프 같은 거 못하면 둘이 바둑 같은 거 두고 그래. 어쨌거나 술 마시고 다니지 말라고. 마시더라도 적당히 마셔야지.

주영이는 요새 뭐 한대?

근배의 물음에 정숙의 가슴이 철렁 내려앉았다. 주영이? 몰라. 회사 다니느라 바쁘겠지. 그 녀석 요새 통 연락이 없어. 당신이 전화를 잘 안 받으니까 그렇잖아. 아까도 내가 계속 전화했는데 안 받았잖아. 그랬어? 내 전화기 어디 있지? 벗어놓은 바지에 있어서 내가 충전기에 꽂아놨어. 잊어버린 줄 알고 깜짝 놀랐네. 그건 그렇고, 주영이 요새 안 바쁘면 한 번 내려왔다가 가라고 그래. 내일 전화 좀 해봐. 근배가 계속 주영이 이야기를 꺼내자 정숙은 마음이 조마조마했다. 주영이가 혼자 살면서 회사 다니니까 아침에 눈 뜨면 출근했다가 퇴근하고 집에 와서는 쓰러져 자기 바쁘고. 그러다 주말 오면 청소랑 빨래 몰아서 하고, 그래도 젊은 앤데 집에만 있겠어? 시간 나면 밖에서 사람들도 만나고 그럴 거 아냐, 얼마나 바쁘겠어. 누가 밥을 챙겨주기나 하겠어. 빨래랑 청소를 해주겠어. 자기 혼자서 다 해야지. 그렇다고 내가 서울 올라가서 뒷바라지해줄 수는 없잖아. 나도 여기서 일이 있는데. 그렇다고 당신이 올라가 봐야 짐만 되고. 안 그래? 크으으으. 뭐야, 자? 정숙이 근배를 살펴보니 그새 코를 골며 잠들어 있었다. 정숙은 근배의 코 고는 소리를 듣다가 잠이 올 것 같지 않아 불을 끄고 방을 나갔다.

23

준비_

누가 자꾸 화장실 변기 안에 젤리를 버려놓네요.

우진이 출근해서 보니 편의점 문이 잠겨 있었다. 화장실로 가보니 성재가 고무장갑을 끼우고 변기를 뚫고 있었다. 성재의 손에는 젖은 하리보 젤리 봉투가 들려 있었다. 저번에도 막혀서 보니까 이게 들어 있었는데 오늘 또 이러네요. 이거 제 생각에 상습적으로 하는 것 같아요. 저 아래 축구교실 하는 아저씨가 이 젤리 자주 사 가시던데. 혹시 그 아저씨 아닐까요? 성재는 고무장갑을 벗고 주머니에서 향수를 꺼내 화장실 허공에 모기약 뿌리듯 뿌렸다. 우진은 그걸 보고 깜짝 놀랐다. 너 그 비싼 향수를 화장실에 막 뿌리면 어떡해? 차라리 사무실에서 페브리즈 가져와서 뿌리지. 괜찮아요. 집에 이거 한 병 더 있어요. 우진은 30만 원이 넘는 향수가 두 병이나 있다는 말에 도대체 얘는 왜 편의점에서 아르바이트를 하는 건지 더욱 이해할 수 없었다.

나 향수 한 번만 뿌려봐도 돼?

성재가 우진에게 내일 뵐게요 하며 인사를 하고 편의점을 나가려는데 우진이 조심스럽게 성재에게 물었다. 성재는 그럼요, 하며 작고 빨간 가방에서 향수를 꺼내 우진에게 주었다. 우진은 성재의 눈치를 보며 손목에 한 번 뿌린 뒤에 다른 손목에 살짝 찍고 귀 뒤쪽에 톡톡하고 두드려 발랐다. 그러고는 손목에 코를 대고 깊게 향을 들이마셨다. 성재는 향수 냄새를 맡고 황홀한 표정이 되어가는 우진을 보며 미소를 지었다. 형님도 크리드 향수 좋아하세요? 크리드 향수 이야기만 들었지 실제로 맡아본 건 지금이 처음이라 다른 건 어떤지도 몰라. 그런데 이거 맡아보니 명불허전이네. 그럼 그거 그냥 드릴까요? 저 어차피 집에 한 병 더 있는데. 아니야, 괜찮아. 우진은 부담이 되어 거절했다. 사실 이 향수는 형님이 쓰시기에는 좀 가볍죠? 나중에 기회 되면 제가 크리드 향수 하나 선물해드릴게요.

얼른 가.

우진은 성재가 귀찮았다. 눈치를 보며 미적거리는 성재를 반강제적으로 퇴근시킨 후 시제 점검을 했다. 역시나 계산이 뭔가 맞지 않았다. 정숙이 실수했을 때는 같이 일하는 동안 정숙의 성격이나 행동들을 파악해놓은 상태여서 유추하기가 어렵지 않았다. 그러나 성재는 일을 시작한 지 얼마 되지 않았기 때문에 문제가 발생한 이유를 알아내는 것이 힘들었다. 우진도 이제 지쳤다. 서울에 다녀온 이후로 더욱 그랬다. 우진은 스무 살 때부터 단편 영화를 찍고, 촬영 현장을 돌아다니며 시나리오를 썼었다. 영화판을 떠난 지금도 꾸준히 영화를 보고, 책을 읽으며 소설을 썼다. 블록버스터는 안 챙겨 보더라도 해외 영화제 수상작들은 꼭 찾아보았다. 책은 고전이나 외국 소설보다는 문장과 단어 쓰임새를 익히기 위해 신간 국내 소설 위주로 챙겨 읽었다. 그렇게 편의점 야간 아르바이트를 하고, 글을 쓰며 선비처럼 살고 있었다. 컴퓨터 온라인 게임을 잠깐 하거나 인터넷 유머사이트를 보는 것 외에는 즐거움도 없었다. 그렇게 묵묵히 살아왔으나 지금에 와서는 스무 살 성재와 전혀 다를 바 없다는 사실에 힘이 빠졌다. 동화를 쓰겠다고는 하지만 글쓰기보다 치장에만 관심 있어 보이는 성재와 10년 넘게 영화와 책을 꾸준히 보고 읽으며 글을 쓴 우진과 차이가 주간 아르바이트냐 야간 아르바이트냐 하는 것밖에 없다는 생각이 들었다. 오히려 마흔을 바라보는 우진보다 스물을 넘긴 지 얼마 되지 않은 성재가 가능성은 더 컸다. 게다가 어떤 이유인지 모르겠지만 성재가 돈도 더 많았다. 물론 외모는 말할 것도 없었다. 그 와중에 성재에게 크리드 향수를 선물해주겠다는 말까지 듣자 앞으로 어떻게 살아야 하는 생각까지 들게 되었다.

여기 아르바이트하는 애 그만뒀나요?

우진이 고개를 돌리자 소리도 없이 손님이 들어와 있었다. 우진은 새벽 3시에 핸드폰으로 영화를 보면서도 손님이 오는 낌새를 놓치지 않았었다. 그러나 오늘은 지쳐서인지 향수 냄새에 홀려서인지 그만 손님이 온 것도 모르고 있었다. 우진은 슬슬 편의점 아르바이트를 그만해야겠다는 생각을 했다. 들어온 손님은 태수였다. 태수는 검은색 유벤투스 티셔츠에 회색 나이키 반바지를 입고 있었다. 그리고 손에 들고 있는 레드불을 계산하기 위해 카운터에 놓았다. 우진은 태수를 보고 고 대표가 하는 축구교실 코치인가 싶었지만, 태수의 눈빛을 보고는 아이들을 가르칠 성격은 아닌 것 같다는 느낌을 받았다. 새로 온 아르바이트 말씀하시는 거면 그 친구는 주간 아르바이트라서 퇴근했어요. 우진은 레드불을 계산하며 대답했다. 몇 시에 퇴근했어요? 방금까지 여기 있었던 것 같은데? 태수의 말에 우진은 살짝 놀랐다. 어떻게 아세요? 편의점에서 걔 향수 냄새가 나서요. 우진은 성재 향수를 빌려서 뿌린 것이 민망했다. 그렇다고 처음 보는 손님에게 제가 빌려서 뿌렸어요, 하기도 구차하고 같은 향수 쓴다고 거짓말하기도 우스운 노릇이었다. 성재랑 친하신가 봐요? 우진의 질문에 태수는 약간 당황한 것처럼 보였다. 우진은 태수의 느낌이 이상했다. 향수 냄새까지 알 정도의 사이라면 몇 시에 일하는지도 알 테고, 모른다 하더라도 전화로 물어보면 되는 건데. 그리고 분명 퇴근했나요, 도 아니고 그만뒀나요, 라고 물었다. 친한 친구는 아니고요. 그냥 동창이에요. 태수는 계산된 레드불을 챙겨서 편의점을 나갔다.

너까지 도대체 왜 그래?

정숙은 출근하자마자 우진의 이야기를 듣고 한숨이 나왔다. 어제 저녁 주영의 임신 소식과 술 취한 근배의 코골이 때문에 한숨도 못 자고 출근을 했다. 가뜩이나 신경이 날카로워져 있는데 느닷없이 일을 그만두겠다는 우진의 말에 짜증이 솟구쳤다. 성재도 일을 그만하겠다고 하고, 세라는 언제 눈치를 챘는지 몰래 감시하고, 주영은 또 뜬금없이 임신하고. 가뜩이나 미치기 일보 직전인 상황인데 우진까지 이런 식으로 나올 줄은 몰랐다. 화가 난 정숙은 우진을 잡고 싶은 마음도 없었다. 지금 주간 아르바이트 뽑은 지 며칠 됐다고 갑자기 그만둔다고 그래? 너야 그냥 나가버리면 그만이겠지만, 그럼 편의점은 어쩌라고? 그냥 대책 없이 그만두겠다고 하면 다야? 네 기분만 중요하고, 다른 사람은 죽든 말든 상관없다는 거네? 당장 내일부터 안 나오겠다는 건 아니고요. 사람 구하시고 인수인계하실 때까지는 있을게요. 그리고 저도 몇 년 있으면 마흔인데 계속 편의점에서 아르바이트하면서 살 수는 없잖아요. 누가 계속 편의점 아르바이트하래? 소설 쓴다며? 소설을 쓰기는 쓰는 거야? 지금 편의점 일 하는 바람에 소설 못 써서 그만두겠다, 뭐 그런 이야기 하려나 본데. 진짜 열심히 하는 사람들은 공사장에서 막노동하면서도 고시 합격하고 그래. 편의점 일 하느라 소설 못 쓴다는 건 다 핑계야. 점장님, 저 편의점 일 하면서도 소설 썼어요. 단편 소설 네 편 쓰고, 지금 장편 소설 쓰는 중이에요. 그런 것 때문에 그만두는 건 아니에요. 됐고. 알았으니까 마음대로 해. 안 그래도 고 대표가 자기네 코치들 아르바이트 쓰라고 했었는데 잘됐네. 사람 구하면 인수인계만 좀 해줘. 그때까지만 부탁해, 알았지? 신선식품이랑 쓰레기 비우는 거 내가 할 테니까 그냥 퇴근해. 정숙은 우진이 퇴근하며 인사하는데도 쳐다보지 않았다. 우진이 퇴근하자마자 사무실에서 구인광고 포스터를 찾다가 예전에 면접을 보러 왔던 혜림이 생각이 났다. 그때 괜히 혜림에게 겁을 줘서 쫓아 보냈다는 생각이 들었다. 그러다 문득 면접을 보다가 성재가 들어왔을 때 첫눈에 반한 것 같았던 혜림의 표정이 떠올랐다. 정숙은 무조건 남자를 뽑아야겠다고 마음먹었다.

요새는 라디오 안 들어?

세라가 편의점으로 들어와 정숙의 눈치를 살폈다. 통영 멍게 라면 있지? 그거 점심시간 지나면 다 나가잖아. 그래서 점심시간 되기 전에 사러 온 거야. 세라는 정숙이 묻지도 않은 이야기를 혼자 떠들어댔다. 하지만 세라는 라면 진열대에는 눈길도 주지 않은 채 정숙의 표정만 살폈다. 정숙은 세라가 온 것을 보며 한편으로 대단하다고 생각했다. 지금 모닝 파마 시간이라 손님이 많을 때인데도 불구하고 하선에게 미용실을 맡기고 온 것이다. 정숙은 딸에게 미용실을 맡겨놓고 편의점에 와서 뭔가 캐보려고 기웃거리는 세라를 보고 있자니 순간 역겨움이 올라왔다. 그래도 동네에서 알고 지낸 지 오래된 사이인 데다 주영이와 하선이도 친구고 해서 그냥저냥 좋게 지냈는데 그럴 필요가 없다고 확신했다. 세라는 주변에 둬서 좋을 것 하나 없는 사람이었다. 그나마 미용실에서 듣는 동네 사람들의 가십거리를 전해주는 것이 재미있었으나 이제는 그 입방아에 정숙이 오를 차례가 되었다.

언니는 왜 그러고 살아?

세라는 정숙의 뜬금없는 공격에 기분이 상했으나 티를 내지 않았다. 미용실에서 감정노동을 한 덕분에 이 정도 감정을 숨기는 것은 일도 아니었다. 그러나 정숙의 말에 명치 부근이 후끈거리는 느낌을 받았다. 남편 잘 만난 복으로 아무 어려움 없이 살아온 정숙이 자신의 삶에 대해 왈가왈부하려고 한다는 것 자체가 용납되지 않았다. 정숙은 남편이 바람나서 증거를 모은 적도, 위자료 소송을 해본 적도 없었다. 공부 잘하던 딸이 망가지는 것을 본 적도 없었고, 미용실에서 독한 파마약과 염색약 냄새를 맡아가며 온종일 서서 10년 넘게 일해본 적도 없었다. 그렇게 아무것도 모르고 편안하게 살아온 정숙의 입에서 그런 말이 나오면 절대 안 되는 것이었다. 하지만 세라는 참았다. 여기서 한마디 쏴주면 속이야 시원할 것이다. 그러나 그 후에는 당분간 정숙에게 접근하는 것이 어려워진다. 그래도 언젠가는 결국 꼬리가 밟히겠지만, 정숙을 계속 감시하는 건 미용실 운영에도 지장이 있으므로 길게 끌어봐야 좋을 것이 없다고 생각했다. 세라는 억지로 입꼬리를 올린 뒤, 그러게 나도 내가 왜 이러고 사는지 모르겠다, 하며 웃었다. 그리고 이 보 전진을 위해 일 보 후퇴하는 마음으로 지금은 통영 멍게 라면을 사서 얼른 나가야겠다고 마음먹었다.

언니가 너무 한심해서 그래.

정숙의 말에 세라의 통영 멍게 라면을 집으려던 손이 파르르 떨렸다. 그래, 내 어디가 그렇게 한심한데? 이야기나 들어보자. 세라는 그냥 참았어야 했는데 하고 후회했지만 이미 말을 뱉어버린 뒤였다. 곧바로 수습할 방법을 침착하게 생각했다. 우선 정숙의 말을 참고 들어주며 그래, 듣고 보니 네 말이 맞는 것 같다 하며 인정하는 척한다. 그러고는 하선이 기다리겠다며 간다고 하면 붙잡지 못할 것이다. 그 후에는 정숙의 성격상 너무 심하게 말했다 싶어서 다시 찾아올 것이다. 그때 가서 이해해주는 척하며 잘 구슬리면 자기도 모르게 하지 말아야 할 이야기를 해버릴 가능성이 매우 크다. 정숙이 어떤 말로 험담을 하더라도 우선은 참아야 한다고 스스로를 다독였다.

다른 사람 불행한 게 좋아?

언니 보면 다른 사람들 행복한 걸 절대 못 보더라? 철물점 아들 사법고시 합격한 이야기할 때도 아들 잘 키웠네, 개천에서 용 났네, 그런 이야기 하는 게 아니라 한턱 쏘라고 할까 봐 사실을 숨겼네, 철물점 사장님은 사람이 음흉하네, 이런 이야기만 했잖아. 고 대표네 축구교실 애들이 전국 유소년 축구대회 준우승했을 때도 고 대표가 협회 측에 돈을 먹였을 거라는 둥 심판이 고 대표 후배였다는 둥 그런 이야기만 했었지. 그리고 남 안된 일 이야기할 때는 신이 나서 하더구먼. 누구네 자식이 회사에서 잘렸네. 누구네 남편이 빚보증을 잘못 섰다네. 누구네 엄마가 자궁암이라네. 그런 이야기 할 때 보면 말은 안됐네 불쌍하네 하지만 눈은 웃고 있어. 그럴 때 보면 섬뜩해. 언니는 언니 삶이 불행하다고 생각하잖아. 그래서 남들도 언니처럼 불행

해야 직성이 풀리나 봐. 나도 불행했으면 좋겠지? 그렇지? 여기 아르바이트하는 애랑 바람나서 어린애한테 이용당하고 돈도 뜯기고 이혼까지 당해서 길거리에 나앉았으면 좋겠지? 그러면 미용실에서 손님 머리를 자르면서 저쪽 편의점 하던 여자 어떻게 됐는지 아느냐면서 신나서 이야기할 거 아냐. 손님들한테 그런 이야기할 생각 하면 벌써부터 행복하지?

하선이 아빠가 왜 바람이 났겠어?

언니가 그러니까 바람난 거지. 하선이 아빠 돈도 잘 벌고 사람도 잘생기고 유머 감각도 있는 데다 사람이 근본적으로 착했잖아. 하선이한테도 잘하고. 그런데 그런 사람이 왜 바람이 났겠어? 하선이네 아빠랑 바람난 여자가 언니보다 예뻐? 언니보다 몸매가 좋아? 내 생각에 안 그럴걸? 그런데 왜 바람이 났을까? 이유는 언니가 더 잘 알 거 아니야. 하선이 아빠가 원래 바람기가 심했어? 이 여자 저 여자 찝쩍대는 스타일이야? 그거 알고 결혼한 거야? 하선이 아빠는 지금 그 여자랑 재혼해서 잘 산다며? 아들도 있고. 하선이는 하선이 아빠랑 연락 자주 한다고 주영이가 그러던데. 그리고 하선이가 그랬대. 자기는 아빠 이해한다고. 언니 나보고 남편 잘 만났다고 계속 그러는데. 정확한 사실은 하선이 아빠가 마누라 잘못 만났던 거야. 항상 감시하고 의심하고 남들 욕이나 하고 비교하고 사사건건 불만인 여자랑 누가 계속 살고 싶겠어. 그리고….

하선이 안 불쌍해?

왜 하선이 붙들고 있어? 하선이가 외모가 떨어져? 아니면 머리가 나빠? 솔직한 말로 우리 주영이보다도 예쁘고 머리도 좋고 싹싹해. 그런 애를 왜 이런 동네 미용실에서 썩히고 있어? 그거 다 언니 욕심이잖아. 하선이가 서울 가서 청담동 미용실에 취직해봐. 돈을 언니보다 몇 배는 더 벌걸? 하다못해 연예인 스타일리스트를 해도 외모 덕분에 방송 타서 연예인까지 할 수 있는 애야. 남편이랑 이혼하고, 하나 있는 딸까지 서울 가버리면 혼자 이 동네서 외롭게 늙어갈까 봐 어떻게든 하선이 붙들고 있는 거잖아. 그거 나도 알고 있는데 하선이가 모를 거 같아? 애가 착해서 이혼당한 엄마 불쌍하니까 그냥 붙어 있는 거지. 그러고 보니 하선이는 아빠 닮았네. 언니 닮았으면 지금 이러고 사는 거에 불평불만하고 엄마 욕한 다음에 벌써 짐 싸 들고 서울 갔겠지. 언니 계속 이런 식으로 살면 결국에 하선이도 언니 안 봐. 언니 하선이가 연애하는지 안 하는지 항상 감시하잖아. 그러다 하선이 사귀는 사람 생기면 어쩔 거야? 하선이한테 그 사람 흉보면서 만나지 말라고 할 거 아냐. 왜? 둘이 연애하고 잘 지내다 결혼하면 언니 혼자 되는 게 무서워서. 언니가 그러면 하선이가 가만히 있겠어? 언니 계속 볼 거 같아? 그래, 하선이가 착한 남자 만나서 언니 참아가며 결혼했다 하자. 그럼 언니 가만히 있겠어? 사위 욕하고, 사돈댁 욕하고, 하선이뿐 아니라 사위까지 감시하고. 그러다 보면 하선이 남편이 너희 엄마 왜 그러냐, 하면서 싸울 거 아냐. 그러다 이혼이라도 하면, 하선이는 언니 평생 안 봐. 지금 하선이도 부모, 아니 엄마 잘못 만나서 불쌍하게 사는 거야. 언니 주변 사람들이 언니 때문에 다 불행하게 사는 거라고. 세라는 편의점 바닥에 있는 얼룩을 아무 표정 없이 바라보고 있었다. 기분이 좋은지 나쁜지, 이야기를 들은 건지 듣지 않은 건지 알 수 없었다. 그러다 아무 말 없이 빈손으로 편의점을 나갔다.

속이 다 후련하네.

정숙은 세라가 나간 뒤 맥주 한 캔을 꺼내 벌컥벌컥 마셨다. 정말 속이 뻥 뚫린 것처럼 시원했다. 지금까지 왜 착한 척하며 참고 살았는지 후회가 되었다. 정숙은 일말의 죄책감도 느끼지 못했다. 오히려 정의 구현을 했다는 생각까지 들었다. 편의점 밖으로 나가보니 오랜만에 선선한 바람이 불었다. 황사 때문에 뿌옇던 하늘도 쾌청했다. 편의점 문을 닫은 채 산책하고 싶어졌다. 하지만 곧 가장 바빠지는 점심시간이라 그럴 수 없었다. 점심시간이 지나가고, 재고 파악을 하다 보면 곧 성재가 올 것이다. 늘 그렇듯 환하게 웃으며 달려와 화장실에서 세수하고 향수를 뿌릴 것이다. 그러고는 편의점으로 들어와 웃으며 이야기를 하고 사무실로 들어가 키스를 할 것이다. 쾌청한 하늘과 선선한 바람. 한가로운 오후. 따스한 온기. 입술. 향기. 또 입술. 체온. 그리고 또 입술. 그 생각에 정숙은 자신도 모르게 미소를 지었다. 몇 시간이 지나면 성재를 보겠지만 그 시간까지 기다리기 힘들었다. 정숙은 사무실로 들어가 어제 성재가 근무했던 시간으로 CCTV를 돌렸다. 화면에 어제 정숙이 주영의 전화를 받으며 퇴근하는 모습이 보였다. 성재를 보기 위해 왔던 여고생들은 자기들끼리 키득거리며 성재를 훔쳐보았다. 성재는 그 여고생들을 신경도 쓰지 않은 채 시제 점검을 하고 있었다. 정숙은 화면의 성재를 바라보는 것만으로도 행복했다. 오히려 직접 볼 때보다 자세히 볼 수 있어서 더 좋았다. 성재가 혼자 무엇을 했는지 궁금하기도 했지만, 그보다 성재 모습을 보는 것이 더욱 중요했기 때문에 CCTV를 빨리 돌리지 않았다. 그렇게 화면 속의 성재를 한참 바라보았다.

아아, 소풍 가고 싶다.

정숙은 점심시간이 되어 손님들이 많아지는 바람에 정신없이 시간을 보내고 나니 기분이 좋아졌다. 그만큼 성재가 올 시간에 가까워졌기 때문이다. 다시 한가한 시간이 되어 간단하게 삼각 김밥 두 개를 먹고 딸기우유를 마셨다. 그러고는 편의점 문을 열고 동네를 훑어보았다. 약한 바람이 불어 소풍을 가고 싶다는 생각이 들었다. 주간 아르바이트를 구하면 꽃구경을 하러 다닐 계획이었다. 그러나 성재가 오는 바람에 그러질 못했다. 꽃이 다 무슨 소용이랴 하는 생각을 하고 있는데 멀리서 성재가 웃으며 걸어오고 있었다. 성재의 출근 시간까지는 아직 한 시간 반도 더 남은 시간이었다.

왜 이렇게 빨리 왔어?

점장님 매일 저 때문에 늦게 퇴근하시잖아요. 그래서 앞으로 일찍 와서 같이 있으려고요. 성재는 손에 들린 종이봉투를 들어 보였다. 샌드위치 만들어 왔는데, 드실래요? 성재는 종이봉투에서 샌드위치 두 개를 꺼냈다. 대단하게 만든 건 아니고요. 저번에 낙지볶음도 해 주셨는데 저도 뭐 해드리고 싶어서요. 샌드위치는 식빵으로 만든 평범한 햄 치즈 샌드위치였으나 정숙에게는 전혀 평범하지 않았다. 정숙은 지금까지 살아온 이유가 지금 이 순간을 위해서였던 게 아닌가 하는 생각이 들었다. 무서우리만큼 행복한 순간이었다. 언제 이런 걸 다 만들 생각을 했어? 잠들기 전에 생각이 났어요. 그래서 만들어놓고 잘까 하다가 그러면 맛이 없어지니까 일찍 일어나서 만들었어요. 잠들기 전에 생각이 났다고? 네, 잘 때 점장님 생각나요. 정숙은 자신도 모르게 입가에 미소가 맴돌았다.

오래 기다리셨어요?

시제 점검을 마치고 사무실로 들어와 묻는 성재에게 정숙은 대답도 하지 않은 채 키스를 했다. 그걸로 대답이 되었는지 성재도 정숙을 껴안은 채 키스를 했다. 그 순간 정숙은 앞으로 아무 걱정도 하지 않기로 했다. 세라와의 다툼도 주영의 임신도 성재와의 불안한 관계도 다 잊었다. 정숙은 성재의 손을 잡고 천천히 자신의 브래지어 속으로 밀어 넣었다.

아무도 안 계세요?

성재와 정숙은 화들짝 놀라 떨어졌다. 서서히 잊혔던 오후 4시와 편의점 안 사무실이 어느새 돌아와 있었다. 민망하거나 부끄러울 틈도 없이 성재는 제가 나가볼게요, 하며 밖으로 나갔다. 정숙은 흐트러진 옷매무새를 만졌다. 정숙은 편의점 문에 달려 있던 종소리도 손님의 목소리도 듣지 못했다. 위험하다는 생각이 들었다. 다음부터 성재와 사무실에 들어올 때는 문을 잠가야겠다고 생각했다. 이때쯤이면 들어왔던 손님이 물건을 사고 나갔겠지 싶어 사무실 문을 열고 빼꼼 내다보았다. 성재는 사무실 문에서 몇 발자국 떨어져 서 있었다. 성재의 등밖에 보이지 않아 성재가 어떤 표정으로 왜 그렇게 서 있는지 알 수가 없었다. 손님으로 온 사람도 성재를 보고 서 있기만 했다. 손님은 성재 정도 나이에 운동복을 입은 시커먼 청년이었다. 정숙은 뭔가 이상해서 사무실 밖으로 나왔다. 손님은 정숙과 눈이 마주치자 정숙을 위아래로 훑어보더니 편의점 밖으로 나갔다. 뭐야? 왜 그래? 정숙이 성재에게 다가가 물었다. 아니에요. 학교 동창인데 여기서 다 만나네요. 저 잠깐 저 친구랑 이야기 좀 하고 올게요. 성재는 어물쩍 웃어넘기며 어정쩡하게 밖으로 나갔다. 정숙은 이상하다 싶어 사무실로 들어와 CCTV를 돌려보았다. 성재의 동창이라는 청년이 문을 열고 편의점으로 들어왔다. 문에 달린 종이 흔들리는 것이 보였다. 그 당시 정숙은 그 소리를 듣지 못했다. 청년은 편의점을 두리번거리며 살폈다. 물건을 고르는 것 같진 않아 보였다. 카운터 안쪽도 들여다보았다. 그러고는 밖으로 나갔다가 잠시 후 다시 들어오더니 CCTV를 바라보았다. 순간 CCTV 속 청년과 정숙의 눈이 마주쳤다. 날카로운 눈매로 노려보는 청년의 모습에 등골이 서늘해졌다. 정숙은 마치 청년을 몰래 훔쳐보다 들킨 것처럼 눈을 피했다. 청년이 다시 편의점을 살피고는 사무실 문 쪽으로 뭐라 말을 했다. 그러자 잠시 후 성재가 나왔다. 성재는 청년을 보고 우두커니 서 있었다. 청년이 성재에게 무슨 말을 하고 성재는 가만히 서서 듣고만 있었다. 그 뒤에 정숙이 사무실에서 나오는 것이 보였다. 정숙은 CCTV를 원상복귀 시킨 후 사무실을 나왔다. 궁금한 마음에 편의점 밖으로 나가 살펴봤지만 성재는 보이지 않았다.

너. 요새 저 아줌마랑 붙어먹냐?

아니야! 성재는 태수의 질문에 자기도 모르게 소리를 질렀다. 성재의 목소리가 좁은 골목에 메아리쳤다. 그 소리에 태수뿐만 아니라 성재 자신도 놀랐다. 태수는 무의식적으로 주변을 살피고 아무도 없는 것을 확인한 후에야 성재를 노려보았다. 아닌 거 알아. 이 시팔새끼야. 왜 소리는 지르고 지랄이야? 성재는 그제야 겁에 질려 태수를 바라보던 눈을 아래로 깔았다. 새끼. 예민하게 반응하네? 태수는 담배를 꺼내 입에 물고 불을 붙였다. 겁에 질린 성재를 바라보다가 한숨과 함께 담배 연기를 내뱉었다. 씨팔, 네가 처신을 잘하고 다녀야지. 생긴 건 멀쩡해 갖고. 당연히 네가 저렇게 늙고, 이상하게 생긴 아줌마랑 붙어먹고 그러지는 않겠지. 딱 봐도 저 아줌마한테서 돈 나올 구멍도 없을 거 같은데. 태수는 담배를 다시 깊게 마신 후 내뱉었다. 어쨌거나 아닌 건 아는데. 너도 처신을 잘하라고. 예전에 너에 대해 무슨 소문 들렸는지 너도 잘 알 거 아니야. 성재가 아무 말 안 하자 태수는 성재의 표정을 살폈다. 모르냐? 경태가 이야기 안 해줘? 그 새끼가 이야기 안 할 리가 없는데? 성재가 전혀 모른다는 표정으로 고개를 저었다. 태수는 성재의 행동을 보고 피식 웃었다. 참나. 구라 까고 있네. 다 알잖아. 예전에 학교에도 소문 쫙 퍼졌는데 그걸 너만 모르는 게 말이 돼? 모…르는데. 성재의 대답에 태수는 얼굴에는 웃음이 사라졌다. 진짜 모른다고? 이걸 내가 이야기해줘야 하나?

너 마효네즈 알지? 마효정.

태수의 입에서 마효정이 나오자 성재는 깜짝 놀랐다. 뭐야? 내가 모르는 줄 알았냐? 너 중3 때 마효네즈랑 사귀었잖아. 마효네즈가 나한테 직접 이야기했어. 너랑 사귀었다고. 성재는 놀란 눈으로 조심스럽게 태수를 쳐다보며 물었다. 너는 효정이 누나랑 어떻게 알아? 마효네즈가 우리 옆집 살았잖아. 마효네즈네 엄마랑 우리 엄마랑 친했고. 마효네즈 동생이 효준이 형이잖아. 그리고 너 이 개새끼, 마효네즈네 집 앞에서 키스하는 것도 다 봤어. 창문 열고 담배 피우는데 둘이 좆나게 키스하더만. 아무튼, 그게 중요한 게 아니고. 너 마효네즈랑 헤어지고 마효네즈가 네 이야기 어떻게 하고 다닌 줄 모르지? 마효네즈가 너희 집 놀러 갔는데 너희 아빠가 마효네즈한테….

성재랑 나랑 셋이 놀지 않을래?

그랬다고 하더라. 그래서 마효네즈가 미친 거 아니냐고 그랬더니, 너희 아빠가 원래 네가 아줌마 꼬셔오면 같이 자주 놀고 그랬다고 했대. 그런데 네가 마효네즈 꼬셔왔는데 아무런 이야기도 없어서 물어본 거라고 그랬다더라고. 그 이야기 마효네즈가 너랑 헤어지고 좆나 떠벌리고 다녔어. 자기가 안 놀아줘서 너희 아빠가 너 좆나 팼다고. 셋이 논다는 게 무슨 뜻인 줄 알지? 크크. 아무튼, 학교 애들 다 알고 있었어. 난 마효네즈한테 직접 듣긴 했지만, 좆나 헛소리라 안 믿고 있었는데 나중에 경태가 나한테 와서, 그 소식 아느냐고 물으면서 이야기해주더라고. 그래서 내가 씨팔 병신아, 그걸 믿냐? 마효네즈 그 똘아이 같은 년이 헛소리하는 거지? 그랬더니 경태 새끼가 너랑 너희 아빠랑 어떤 아줌마랑 셋이 집에 들어가는 거 좆나 많이 봤다고 지랄하더라. 그래서 내가 구라까지 말라고 좆나 팼어.

그럼 내가 효정이 누나랑 사귀어서 괴롭힌 거였어?

웃으며 이야기를 하던 태수가 성재의 물음에 담배를 집어 던지고 눈에 쌍심지를 켜며 성재를 노려보았다. 지랄하지 마! 이 시팔새끼야. 너는 하는 짓이나 생긴 게 좆나 재수 없어서 내가 교육 좀 시킨 거고. 이 새끼가 뒤질라고 헛소리하고 있어. 너, 이 시팔, 내가 좋게좋게 이야기하니까 옛날 생각 안 나나 본데. 옛날 같았으면 넌 뒤졌어, 이 씹새끼야. 지금 패면 편의점 아줌마가 네 얼굴 보고 신고할까 봐 참는 디. 태수는 화를 주체하지 못해 씨씨거리다 크게 심호흡했다. 그러니까 너도 처신 잘하고 다니라고. 물론 나 빵에 있는 사이에 논현동에서 뭔 짓거리하고 다닌 줄은 경태한테 들어서 알지. 안 그래도 너 그딴 짓거리하고 다닐 줄 알았어. 태수는 한심하다는 듯 성재를 바라보다 한숨을 쉬었다. 내가 너였으면 진짜 아무것도 안 하고 오디션이나 보러 다녔을 텐데. 나는 네가 왜 이런 데서 이러고 있는지 이해가 안 간다. 내가 빵에 간 사이에 너 오디션 보러 다녔으면 지금쯤 기획사에 들어가서 매니저랑 같이 다니고 있을 거 아냐. 내가 너 찾았어도 근처에 가지도 못했을 거고. 참, 경태나 다른 애들이 SNS에 네 이야기 막 올리고 그럴까 봐 못한 거냐? 하긴 요새 그런 거 뜨면 연예인들 좆되는 거 한순간이더구먼. 그런데 그런 거 걱정하지 마. 돈 조금 쓰면 그런 애들 없애는 거 일도 아니야. 나 같아도 누가 천만 원만 준다고 하면 당장 내일이라도 하지. 몰래 접근해서 수면제 먹이고 예쁘게 포장한 다음, 새벽에 낚싯배 하나 빌려 타고 나가서 바다에 쓱 밀어 넣으면 게임 끝. 증거도 안 남을걸? 태수는 주머니에서 버터플라이 나이프를 꺼내 돌리다가 재빠르게 움켜잡았다. 이런 건 그냥 겁주려고 있는 거지. 이런 거로 찔러서는 죽지도 않아.

나 들어가 봐야 될 거 같은데.

태수가 노려보자 성재는 눈을 마주치지 못하고 아래를 내려다보며 조심스레 말을 이어갔다. 알바할 시간인데 계속 안 들어오면 이상하게 생각할 거 같아서. 태수는 담배 한 개비를 다시 입에 물고 불을 붙였다. 씨팔, 내가 너 붙들고 떠든 시간이 아깝다. 내가 본론만 말할게. 새벽 1시에 CCTV 꺼놓은 다음 문 잠그지 말고 밖에 나가 있어. 성재는 놀란 눈으로 태수를 바라보았다. 뭘 꼬나봐? 나 월급 받을 때까지 생활비는 있어야 할 거 아냐. 네가 생활비 대줄래? 내가 보니까 여기 촌 동네라 편의점 근처 골목에 CCTV도 없더라. 주차한 차도 별로 없어서 블랙박스 신경도 안 써도 되고. 너는 그냥 CCTV만 슬쩍 끄고 화장실 들어가서 30분만 있다가 와. 나머지는 내가 알아서 할 테니까. 그리고 사장이나 경찰이 뭐 지랄하면 넌 그냥 모른다고 그래. 화장실 갔다 와보니까 어떤 씹새가 털어갔다고. 이따 새벽에 올 테니까 준비하고 있어. 핸드폰으로 1시 딱 되면, 아니다, 너무 딱 맞으면 수상하지. 1시 17분 되면 CCTV 끄고 나가. 알았냐? 성재는 태수의 말에 우물쭈물하다가 힘겹게 말을 꺼냈다. 나 12시 퇴근인데? 성재의 말이 끝나자 태수는 손바닥으로 성재의 뒤통수를 후려갈겼다. 빡! 소리가 나는 동시에 성재가 앞으로 휘청거렸다. 성재는 뒤통수를 부여잡고 쪼그려 앉은 채 벌벌 떨고 있었다. 일어나. 좋게 말할 때 일어나라고 이 개새끼야. 성재는 태수의 말에 조심스레 일어났다. 태수가 신고 있던 풋살화 끝이 성재의 정강이뼈를 툭 하고 쳤다. 성재의 눈에서 눈물이 핑 돌았다. 성재는 차인 정강이를 잡고 다시 주저앉았다. 태수는 다시 쪼그려 앉아 있는 성재의 뒤통수를 서너 대 후려갈겼다.

매를 벌어요, 매를.

시팔새끼야. 내가 아무 생각도 없이 1시라고 그러는 거 같냐? 나도 다 시간조사 해보고 그 시간에 손님이 가장 없으니까 그러는 거 아냐. 내가 어제 계속 지켜봤는데 1시부터는 손님이 아예 없어. 그리고 2시 될 때쯤부터 가끔 있더라. 그런데 이 동네는 왜 새벽 2시에 퇴근하는 사람이 있냐? 뭐 하는 인간들이지? 태수는 다시 뒷주머니에서 버터플라이 나이프를 꺼낸 뒤 쪼그려 앉아 있는 성재 앞에 같이 쪼그려 앉았다. 그러고는 나이프로 아스팔트 바닥을 드르륵드르륵 긁었다. 내가 잠도 안 자고 그렇게 알아봤는데. 내가 너 퇴근 시간 맞춰서 다시 알아봐야 하냐? 네가 맞춰야 할 거 아냐. 그렇지? 성재는 고개를 끄덕였다. 태수는 버터플라이 나이프로 성재의 머리를 툭툭 쳤다. 너는 내가 진짜 돈이 없어서 편의점 털려는 줄 아냐? 같이 잘해보자고 그러는 거 아냐. 나랑 같이 일하기 싫으냐? 성재는 재빨리 고개를 좌우로 저었다. 태수는 성재를 잠시 바라보다가 일어나서 성재를 내려다보았다. 너는 나한테 갚을 게 아주 많아. 딴 짓거리할 생각하지 마. 농담으로 하는 말이 아니라, 진짜로 죽여버린다. 진짜로.

1시 17분이야.

태수는 골목 밖으로 나갔다. 성재는 태수가 간 뒤에도 쉽사리 일어나지 못했다. 성재는 태수가 말했던 자신에 대한 소문을 예전부터 알고 있었다. 그렇기 때문에 그것으로 충격을 받지는 않았다. 그러나 태수에게 그 이야기를 해준 것이 경태라는 사실이 충격이었다. 경태는 성재에게 그런 헛소문 믿는 사람 아무도 없으니까 걱정하지 말라고 했었다. 그러고는 태수에게 가서 그 소문을 사실인 듯 말했다는 게 기가 막혔다. 어쩌면 안성에 있는 것을 경태가 태수에게 알려줬을 수도 있을 것이다. 물론 경태에게조차 안성에 있다는 이야기는 하지는 않았지만, 교도소에 있었던 태수보다는 연락을 주고받던 경태가 성재의 행방을 뒷조사하기 쉬웠을 것이다. 경태도 태수가 무서워서 어쩔 수 없이 그랬을지도 모른다는 생각이 들었다. 경태가 성재의 뒤통수를 치기 위해 겉으로는 성재를 걱정하는 척하고, 뒤에서는 태수에게 성재의 비밀을 다 말했을 가능성도 있다. 하지만 성재는 그렇게까지 생각하고 싶지 않았다. 그리고 그것만은 절대 아니길 빌었다. 하지만 태수에게 먼저 가서 성재의 소문을 이야기했다는 것은 도저히 이해가 되지 않았다. 성재는 아버지도 효정도 그리고 믿었던 경태마저 자신의 편이 아니라는 생각에 몸이 떨려왔다. 그래도 한 가닥 희망을 품고 핸드폰을 꺼내 경태에게 전화를 걸었다. 고객의 사정으로 전화를 받을 수 없습니다. 경태는 전화를 끊어버렸다. 그리고 바로 문자가 왔다.

나한테 전화하지 마.

너랑 통화한 거 알면 태수가 나 죽일 거야. 성재는 문자를 보고 태수 만났어? 하고 답장을 보냈다. 답장이 왜 안 오지? 하고 생각할 때쯤 다시 경태에게 답장이 왔다. 저번 주 목요일에 태수가 찾아와서 너 어디 있냐고 물어봐서 모른다고 했다. 그랬더니 갑자기 칼로 내 옆구리를 찌르더라. 그래서 수술하고 지금 병원에 입원 중이다. 성재는 경태의 문자를 읽고는 얼굴이 하얗게 질렸다. 태수가 조금 전에 했던 말들이 떠올랐다. 버터플라이 나이프를 돌리며 이걸로 사람 못 죽여, 라고 했던 말과 골목을 빠져나가기 전에 농담으로 하는 말이 아니라 진짜로 죽여버린다고 했던 말이 머릿속에서 떠나질 않았다. 성재는 다시 경태에게 괜찮아? 하고 문자를 보냈다. 잠시 후 경태에게 답장이 왔다. 태수가 칼로 찌를 때 살짝 피한 다음 사람 많은 곳으로 도망쳐서 많이 다치진 않았어. 아무튼, 나한테 연락하지 마. 이 문자도 지울 거야. 성재는 고마워 하고 문자를 보냈다.

성재 씨 뭐 해?

성재가 고개를 돌리니 골목 끝에 정숙이 서 있었다. 죄송해요. 친구랑 전화 좀 하느라고요. 나는 무슨 일 생긴 줄 알고 깜짝 놀랐잖아. 아까 왔던 사람 친구 맞아? 전혀 성재 씨랑 어울릴 것 같지 않게 생겼던데. 들어가세요. 성재는 걱정하는 정숙을 데리고 다시 편의점으로 들어갔다. 정숙은 편의점으로 들어가며 성재의 표정을 계속 살폈다. 성재가 친구라는 사람과 편의점을 나갈 때도 표정이 안 좋았지만, 헤어지고 난 지금의 표정이 더 안 좋았기 때문이다. 성재 역시 정숙의 눈치를 살피고 있었다. 새벽 1시 17분에 태수가 편의점의 돈을 훔치게끔 CCTV를 꺼야 하는 것을 정숙에게 들키면 안 되기 때문이다. 문제는 정숙이 태수의 얼굴을 보았을 뿐만 아니라, 지금도 뭔가 성재와 태수의 관계를 이상하게 생각하고 있다는 것이다. 편의점이 털리고 나면 가장 먼저 의심받을 사람은 성재였다. 경찰에서는 분명 성재에게 왜 12시 퇴근인데 편의점에서 왜 1시가 지난 시간까지 일했는지 물을 것이고, CCTV는 왜 껐는지 추궁할 것이다. 그러면 편의점 돈을 훔친 범인이 성재가 되는 것은 명백한 사실이었다. 만약 성재가 결백을 주장하기 시작하면 태수가 의심을 받게 될 것이다. 태수가 경찰 조사를 받다가 불리해지면 성재와 공범이라고 자백할 것은 당연한 이야기다. 그리고 성재를 가만두지 않을 것이다. 정말로 죽일지도 모른다. 결국,

걸리게 되면 성재 혼자 단독 범행이라고 뒤집어쓰는 편이 오히려 성재에게 안전했다. 어쩌면 처음부터 태수의 계획은 돈은 자기가 챙기고 범죄는 성재가 뒤집어쓰게 하려던 것은 아니었을까? 오히려 그렇게 생각하는 것이 가장 설득력이 있었다. 그렇게 하나둘 의심을 하다 보니 이상한 생각이 들었다. 경태는 정말 태수의 칼에 찔려 병원에 입원한 것일까? 전화를 못 받는다고 했는데 왜 문자는 가능했을까? 전화기 너머로 병원 소리가 아닌 다른 소리가 들릴까 봐 그런 것은 아닐까? 문자를 주고받은 것을 삭제할 수 있어서 그랬다 친다면 통화 목록도 충분히 삭제할 수 있었는데 왜 그랬을까?

진짜 무슨 일 있는 거 아니지?

옆에서 정숙이 걱정되는 얼굴로 물었다. 성재는 정숙의 얼굴을 보자마자 지금 자신을 도와줄 수 있는 유일한 사람은 정숙이라고 생각했다. 편의점이 털리고 난 다음 정숙이 그 사실을 알게 되면 경찰에 신고하지 말아달라고 부탁할 계획이었다. 그리고 도둑맞은 돈은 성재의 월급에서 빼기로 하면 정숙은 그 말을 들어줄 거라고 믿었다. 요즘은 현금으로 계산하는 사람들이 거의 없어서 편의점에서 태수가 훔칠 수 있는 돈은 얼마 되지 않았다. 그래도 지방이라 서울보다는 현금 계산하는 사람들이 많다고 하지만, 그래 봐야 성재가 3개월 정도 일하면 다 갚을 수 있을 정도였다. 아니면 안 쓰고 있는 가방이나 신발 몇 개만 팔아도 갚을 수 있었다. 정숙은 성재가 편의점을 그만두길 원하지 않으니 성재의 부탁을 충분히 들어줄 것이라고 믿었다. 그렇게 사건을 무마시켜 놓은 다음 성재는 논현동에서 그랬던 것처럼 안성에서 사라질 생각이었다. 당장 사라지고 싶었지만, 지금은 다른 거처를 알아볼 시간도 없었고, 핸드폰 번호를 바꿀 시간도 없었다. 그리고 어디선가 태수가 감시하고 있을 가능성도 있었다. 괜히 선불리 움직이다가 태수의 화만 돋울 것 같았다.

오늘은 동화를 써보고 싶네요.

정숙은 무슨 뜬금없는 소린가 싶었다. 방금 골목에서 친구와 전화한 게 아니었어요. 동화 공모전에 출품한 게 당선되었나 확인해본 거예요. 정숙은 그제야 성재의 표정이 왜 안 좋았는지 이해가 되었다. 안타까운 마음에 성재를 살짝 안아주었다. 이제는 밖에서 누가 보든 말든 손님이 오든 말든 신경 쓰지 않았다. 정숙은 다른 사람의 시선보다 성재가 얼마나 실망하고 마음의 상처를 받았는지가 더 중요했다. 정숙이 성재의 등을 토닥여주자 성재는 말을 이어갔다. 공모전 담당자가 글은 좋지만, 아이들 눈높이에 맞지 않는다고 하더라고요. 아이들이 이해하기 쉽게 써보라고 하셔서 그렇게 한 번 써보려고요. 정숙은 성재가 기특했다. 계약 취소가 되었다고 편의점을 그만둔다던 우진과는 달랐다. 성재는 방금 공모전 탈락 소식을 듣고도 바로 다시 도전할 정도로 강단이 있는 아이. 아니 남자였다. 당장 오늘부터 새로운 동화를 써야겠어요. 점장님 죄송하지만, 오늘은 좀 일찍 들어가세요. 동화 구상을 좀 하려고요. 그럴래? 그래, 너무 기죽어 있지 말고. 한 번에 딱 붙으면 좋겠지만 그러면 오히려 실력이 안 늘어. 성재 씨는 충분히 재능이 있으니까 이번에는 꼭 당선될 거야. 대신에 아이들 눈높이에 맞춰서 써봐. 알았지? 네. 고맙습니다. 성재는 정숙의 손은 꼭 잡았다. 정숙은 다시 성재와 사무실로 들어가고 싶었지만, 오늘은 성재가 동화를 쓰고 싶어 하니 일찍 퇴근하기로 했다. 다 쓰고 나면 무조건 칭찬하기보다는 이상한 부분을 지적해주고, 좋은 아이디어도 같이 생각해줘야겠다고 마음먹었다. 정숙은 퇴근하며 성재에게 빨리 쓸 생각 하지 말고 천천히 쓰고, 너무 부담 갖고 쓰지 말라고 이야기했다. 성재는 감사 인사를 하며 정숙을 배웅했다.

24

파괴_

낙지 세 마리에 얼마에요?

정숙은 낙지볶음을 만들기 위해 낙지와 채소를 사서 집으로 돌아왔다. 소주도 살까 하다가 근배가 어제 술을 많이 마셨으니 집에 있는 맥주나 마시게 할 생각으로 사지 않았다. 집에 와보니 근배는 없었다. 오히려 다행이라는 생각이 들었다. 근배가 있었으면 낙지볶음 먹은 지 얼마 안 되었는데 왜 또 낙지를 사 왔느냐며 잔소리할 것이 뻔했다. 이번에는 세라도 우진도 줄 필요가 없으니 적당히 해서 근배 한 끼 먹이고 나머지를 모두 성재에게 줄 생각이었다. 정숙은 옷을 갈아입고 바로 낙지볶음을 하기 시작했다. 성재에게 낙지볶음을 줄 때 너무 조금 주었다는 생각이 들었었다. 그래서 이번에 할 때는 넉넉하게 줘야겠다고 마음먹었다. 낙지볶음이 거의 다 되었을 때 근배 먹을 것을 약간 덜어서 청양고추와 고춧가루를 넣고 볶은 뒤 접시에 덜어 뚜껑을 덮어두었다. 그리고 남은 것에는 성재를 위해 꿀을 넣고 볶은 다음 밀폐용기에 담아서 식혔다. 시계를 보니 저녁 시간이 좀 지났는데 근배는 집에 오지 않았다. 전화를 두 번 했지만 받지 않았다.

어, 전화했었어?

정숙이 텔레비전을 보고 있을 때쯤 근배에게 전화가 왔다. 어디야? 나 지금 안성컨트리클럽. 한 전무가 골프장 구경시켜준다고 해서 구경하고 있어. 여기 엄청 좋네. 나중에 당신도 같이 와봐. 당신 되게 좋아할걸? 정숙은 한숨이 나왔다. 어디를 가면 간다고 이야기 좀 해주면 안 돼? 한 전무랑 커피 마시다가 골프 이야기가 나와서 그냥 갑자기 와본 거야. 골프 치는 것도 아니고 그냥 구경만 하고 있어. 나 골프채도 없잖아. 누가 골프장 간 거 갖고 뭐라고 그래? 지금 몇 시야? 저녁은 어떡할 거냐고? 벌써 시간이 이렇게 됐네. 여름이 다가오니까 해가 길어져서 몰랐어. 배고프면 당신 먼저 먹어. 난 여기서 지금 출발하더라도 좀 늦으니까. 그냥 좀 더 보다가 갈게. 알았으니까 끊어. 정숙은 전화를 신경질적으로 끊었다.

땀 좀 닦아요.

아니면 에어컨을 켜든가. 성재는 계산하다 말고 네? 하며 손님을 쳐다보았다. 카운터 바깥에서 정숙의 연령대로 보이는 아주머니가 안

타까운 눈으로 성재를 바라보고 있었다. 젊은 사람이 땀을 너무 흘리네. 몸이 안 좋은가 봐. 성재는 손등으로 이마의 땀을 닦았다. 손등에 땀이 한가득 묻어 나왔다. 젊어서 좋아. 나는 추워서 뼈마디가 시린데. 아주머니는 계산된 물건을 담은 봉투에서 행사상품으로 받은 콜라 캔을 꺼내 성재에게 주었다. 이거 마시면서 좀 쉬었다 해요. 아주머니가 나가자 성재는 다시 핸드폰을 보았다. 핸드폰은 아주머니가 편의점으로 들어오기 전과 달라진 게 없었다. 성재는 정숙이 퇴근하자 사무실로 들어가 서류를 뒤져 우진의 연락처를 알아냈다. 그러고는 형, 저 성재인데 전화 좀 주세요, 라고 문자를 보냈다. 그러나 지금까지 연락이 없었다. 이러다 12시에 우진이 와버리면 말짱 도루묵이 된다. 언제 전화를 해야 우진의 기분을 상하게 하지 않을까 고민하고 있을 때 우진에게 전화가 왔다.

형님, 저 성재입니다.

내 전화번호는 어떻게 알았어? 우진이 자다 깬 목소리로 물었다. 말씀드릴 게 있어서 사무실에서 찾았어요. 무슨 일인데? 저번에 제가 형님 늦으신 날 대타 잠깐 뛰었었거든요. 그래서? 오늘 일찍 출근해달라고? 전화기 너머로 우진의 하품 소리와 부스럭대는 이불 소리가 들렸다. 우진은 이불 속에 있다가 성재가 일찍 출근해달라는 줄 알고 일어난 것 같았다. 아니에요, 그게 아니고…. 오늘 좀 늦게 나오셨으면 해서 연락드렸어요. 늦게? 왜? 성재는 이유를 생각해놓지 않았지만 재빠르게 대답했다. 집 공사를 하는 바람에 가 있을 데가 없어서요. 그냥 편의점에서 몇 시간 더 있다가 들어가려고요. 집이랑 편의점 말고 가 있을 데도 없고요. 새벽에 공사를 한다고? 우진의 물음에 성재는 가슴이 철렁 내려앉았다. 다시 핸드폰을 쥐었던 손을 바짓단에 닦았다. 그게 아니고요. 화장실 공사를 했는데 타일 붙인 게 마를 때까지 화장실에 들어가지 말라고 해서요. 집에 있다가 화장실 가고 싶으면 편의점까지 다시 오느니, 그냥 편의점에 있으면 어떨까 해서 말씀드리는 거예요. 형님도 좀 더 쉬시고요. 성재는 예전부터 아버지나 태수에게 변명하는 것이 버릇되어서 막힘없이 거짓말을 술술 할 수 있었다.

같이 있으면 되잖아.

네? 성재는 우진의 말에 등골이 오싹했다. 우진의 대답은 전혀 예상하지 못한 것이었다. 우진은 평소에 성재와 같이 있는 것을 별로 좋아하지 않았다. 성재는 우진의 예상치 못한 답변 때문에 머릿속이 텅 비어버렸다. 같이 있으면 안 되는 이유를 생각할 수 없었다. 평소 때 성재가 늘 우진과 같이 있고 싶어 했기 때문에 같이 있기 싫다고 하면 우진은 더욱 수상하게 생각할 것이다. 그렇게 되면 우진은 호기심을 참지 못하고 편의점으로 나와볼 것이고, 그러면 당연히 1시 17분에 CCTV를 끄지 못할 것이다. 결국 태수는 성재를 가만두지 않을 것이다. 태수에게 전화해서 내일 하겠다고 할까? 하는 생각까지 했지만, 내일이라고 우진을 늦게 출근시킬 방법이 있는 것도 아니었다. 아무리 생각해도 같이 있으면 안 되는 이유가 생각나지 않았다. 성재는 초조해져 다리를 떨기 시작했다. 짧은 침묵에 숨이 막힐 것 같았다. 성재는 급한 마음에 자기도 모르게 그럼 그러실래요? 하고 말해버렸다.

아니다. 그냥 늦게 나갈게.

우진의 말에 성재는 긴장이 풀려 주저앉을 뻔했다. 그럼 내가 몇 시까지 가면 돼? 형님 여유 있게 2시 반, 아니 3시까지 오시면 됩니다. 알았어. 그럼 2시 반에서 3시 사이에 갈게. 난 좀 더 잔다. 주무세요. 우진은 2시쯤 올 것이 분명했다. 평소에도 우진은 출근 시간 10분 전에 꼭 도착했다. 차라리 그냥 3시에 오라고 할 걸 그랬나 싶었지만 이미 엎질러진 물이었다. 그리고 30분 정도면 편의점 카운터에서 돈을 가져가기엔 충분한 시간이라고 생각했다. 모든 것이 정리된 성재는 앞으로 해야 할 일을 정리했다. 1시 17분이 되면 CCTV를 끄고 문을 잠그는 척하면서 화장실에 가면 된다. 그러고는 어떻게 해야 할까? 2시 되기 전에 화장실에서 나와 경찰에 신고하는 편이 나을까? 아니면 우진이 출근한 뒤에 모르는 척 퇴근하는 편이 나을까? 어차피 그 시간에는 손님이 없으니까 현금통을 열어볼 일이 없어서 몰랐었다고 하면 되려나? 우진이 출근하자마자 시제 점검을 하게 되면 바로 알아채게 되니 미리 경찰에 신고하는 편이 좋으려나? 성재는 우진이 출근하면 난처해하며 화장실에 다녀와 보니 도둑이 들었다고 이야기하는 편이 가장 괜찮을 것 같았다. 직접 경찰에 신고하기는 무서웠고, 퇴근한 다음 언제 우진이 현금이 없다는 것을 발견할지 몰라 초조해하기도 싫었다.

어머 지금 몇 시야?

정숙은 소파에서 텔레비전을 켜놓은 채 잠이 들었다가 화들짝 깼다. 시계를 보니 새벽 1시가 다 되어가고 있었다. 아직 근배는 집에 들어오지 않았다. 핸드폰을 찾아 근배에게 전화했다. 의외로 근배는 전화를 한 번에 받았다. 어디야? 아직 안 자고 있었어? 한 전무랑 회에다가 한잔하고 있었지. 저번에 당신이랑 초밥 먹으러 왔던 데 있지? 거기에 있어. 안 그래도 딱 일어나려던 참에 전화했네? 늦으면 늦는다고 전화 한 통 해주면 안 돼? 여기 들어와서 이야기 좀 하다 보니까 11시가 지났더라고, 그래서 깜짝 놀라서 전화하려고 했는데 부재중이 안 와 있어서 자나 보다 했지. 내일 일해야 하는데 괜히 깨우는 건 아닌가 싶어서 그랬어. 지금 들어가니까 걱정하지 말고 먼저 자. 빨리 들어와. 정숙은 전화를 끊고 소파에서 일어나 침대로 갔다.

안녕히 가세요.

캔맥주를 산 손님이 나가자 성재는 큰 소리로 인사를 했다. 그럴 생각은 아니었는데, 긴장한 탓에 목소리가 크게 나왔다. 성재는 손님이 가는 쪽을 바라보다가 골목에서 지켜보고 있는 태수를 발견했다. 시계를 보니 1시 15분이었다. 태수는 조금 커 보이는 검은 후드티에 검은 나이키 반바지를 입고 풋살화를 신고 있었다. 풋살화는 검은색과 노란색이 섞여 있었기 때문에 검은 옷차림에 풋살화만 튀어 보였다. 검은 옷에 노란 신발을 신은 태수는 커다란 검독수리처럼 보였다. 태수는 성재와 눈이 마주치자 살짝 고갯짓했다. 성재의 심장이 미친 듯이 뛰기 시작했고, 등줄기에서 식은땀이 흘렀다. 골목에 숨어 성재의 행동을 바라보던 태수의 입꼬리가 살짝 올라갔다. 성재가 안절부절못하는 모습이 죄다 CCTV에 찍히고 있었다. 나중에 경찰이 CCTV를 돌려보았을 때 성재의 그런 모습을 볼 것이고, 그렇게 되면 성재는 이 사건에서 쉽게 빠져나갈 수 없을 것이다. 성재는 앉았다가 일어나기도 하고, 팔을 휘두르기도 하다가 제자리 달리기도 했다. 그러더니 심호흡을 하고 누가 보더라도 크게 작심한 모습으로 카운터에서 나와 사무실로 들어갔다. 사무실에 들어온 성재는 CCTV 전원을 찾았다. 그리고 전원을 내리려는 순간 문득 이상한 생각이 들었다. 혹시 CCTV가 꺼지면 경비업체에서 오는 것이 아닐까? 태수가 다 알아보고 하는 것이겠지? 아니면 어쩌지? 태수가 카운터 현금통을 털 때 경비업체가 오면 큰일 나는데. 그러면 태수는 내가 신고한 것으로 생각할 거야. 성재는 전원을 바라보며 고민에 휩싸였다. 시계를 보니 벌써 1시 20분이 넘었다. 더는 생각할 겨를도 없이 CCTV 전원을 내렸다.

미친 새끼 뭐 하는 거야?

태수는 골목에서 편의점을 바라보며 욕을 했다. 1시 17분이 지났는데도 성재가 사무실에서 나오지 않았다. 편의점으로 들어가 볼까 했지만, CCTV를 껐는지 안 껐는지도 모르는 상태에서 그렇게 할 수는 없었다. 잠시 후 성재가 사무실 밖으로 나왔다. 후다닥 나오더니 주변을 둘러보고 편의점 문을 잠그는 척했다. 태수는 그 모습을 보고 기가 찼다. 문을 잠그는 척하던 성재가 뒤돌아서 태수에게 뛰어왔다. 화들짝 놀란 태수가 화장실 쪽을 손으로 가리켰다. 성재는 그 모습을 보고 당황한 듯 멈춰 섰다. 태수가 입 모양으로 욕을 해대며 화장실 쪽으로 손짓을 세차게 했다. 태수의 표정을 보고 잠시 망설이던 성재가 화장실로 뛰어 들어갔다. 병신새끼! 태수는 골목과 편의점 앞을 살펴보았지만, 다행히도 사람은 없었다. 태수는 성재가 간 화장실 쪽을 다시 바라보았다. 성재는 보이지 않았다. 혹시나 다시 나오지는 않을까 하는 마음에 잠시 기다렸다.

시팔, 모르겠다.

태수는 잠시 망설이다가 후드를 뒤집어쓰고 빠른 걸음으로 편의점을 향했다. 편의점에 들어와 우선 재빨리 사무실로 들어갔다. 사무실 모니터에는 검은 화면만 보였다. 성재가 CCTV를 끈 것이다. 사무실을 나와 밖에 지나가는 사람이 있는지 살핀 후 재빨리 카운터로 들어갔다. 카운터 아래 모니터에도 CCTV 영상이 나오지 않았다. 태수는 카운터 현금통에 현금이 얼마나 있을까 궁금했다. 많이 있다고 생각하지는 않았다. 어쩌면 100만 원 정도밖에 없을 수도 있었다. 그게 오히려 태수에게는 다행이었다. 금액이 많으면 일이 커지기 때문이다. 어찌 되었거나 일은 순조롭게 흘러가고 있었다. 그런데 현금통이 열리지 않았다. 예전에 편의점에서 계산할 때 보면 뭘 누르니까 현금통이 서랍처럼 튀어나왔는데 태수는 그게 뭔지 몰랐다. 초조한 마음에 이것저것 눌렀다. 성재에게 현금통 여는 법을 물어봤어야 했는데 그것까지는 생각지 못했었다. 성재에게 전화를 걸어 물어볼까 했지만 그래도 되는지 판단이 서지 않았다. 나중에 경찰이 성재의 핸드폰 통화 목록을 뽑아보았을 때 태수의 전화번호가 나오면 의심하지 않을까 걱정이었다. 시간을 보니 벌써 1시 25분이 지나고 있었다. 태수는 다시 황급히 이것저것 눌러대기 시작했다. 팅! 소리와 함께 현금통이 툭 튀어나왔다. 우선 오만 원권 지폐와 만 원권 지폐만 꺼내 주머니에 쑤셔 넣기 시작했다.

딸랑.

태수는 편의점 문에 달린 종소리가 나는 것을 듣고 몸이 굳었다. 지금 카운터 안에 있어서 도망갈 수도 없었다. 고개를 조심스레 들어보니 어떤 아저씨가 쳐다보고 있었다. 근배였다. 누구세요? 근배는 태수를 보고는 물었다. 아르바이트생인데요. 아하, 그 새로 왔다던 아르바이트생인가 보구나. 근배는 성재의 얼굴을 본 적이 없었기 때문에 태수를 새로 온 아르바이트생이라고 생각했다. 남자답게 잘생겼네. 그런데 지금 우진이가 근무하는 시간 아닌가? 태수는 우진을 봤던 걸 기억해냈다. 우진이 형님이 좀 늦는다고 하셔서요. 그래요? 새벽까지 고생이 많네. 근배는 물건을 살 생각은 하지 않은 채 편의점을 둘러보았다. 태수는 저 아저씨가 왜 저러고 있나 싶었다. 편의점을 둘러보던 근배가 사무실 문을 열려고 했다. 태수는 깜짝 놀랐다. 아저씨! 거기 들어가시면 안 돼요. 물건 사러 오신 거 아니에요? 근배는 태수를 보더니 허허 웃었다. 아이고, 미안해요. 내가 누구인지 모를 텐데 실례했네. 근배는 멋쩍은 듯 머리를 긁었다. 근배가 머리를 긁자 머리카락이 우수수 떨어졌다. 근배는 깜짝 놀라 주저앉아 손으로 머리카락을 주워 담았다. 미안해요, 이건 내가 치울게. 아저씨, 술 드셨어요? 그냥 두시고 살 거 없으시면 나가세요. 근배는 태수의 날카로운 눈을 보고는 재빨리 머리카락을 쓰레기통에 버렸다. 이거 실례가 많았습니다. 근배는 손에 묻은 먼지를 바지에 털며 편의점을 나갔다. 근배는 편의점을 나가 잠시 걷다가 핸드폰을 꺼내 들었다.

어억!

근배 뒤를 조심스레 따라온 태수가 버터플라이 나이프로 근배의 겨드랑이 아래쪽을 찔렀다. 근배는 비명을 지르고 싶었지만, 비명조차 나오지 않았다. 근배의 회색 폴로티셔츠가 차츰 검붉은 색으로 물들어갔다. 근배는 태수를 잡으려고 버둥댔지만, 칼에 찔린 상처의 통증 때문에 팔조차 뻗기 힘들었다. 숨이 쉬어지지 않아 천천히 주저앉았다. 그러고는 앉아 있기도 힘든 듯 조심스레 아스팔트 바닥에 누웠다. 태수는 깜짝 놀랐다. 예전에 경태를 찔렀을 때는 피가 이 정도로 많이 나지 않았고, 태수를 피해 사람 많은 쪽으로 도망을 갔었다. 그런데 지금 이 아저씨는 아스팔트 바닥에 누워 피를 흥건하게 흘리며 숨도 제대로 못 쉬고 있었다. 태수는 다리가 후들거렸다. 일이 이렇게 커지리라고는 생각도 못 했다. 돈 몇백 훔친 것과 사람을 죽이는 것은 완전히 다른 문제였다. 예전에 경태를 찔렀을 때도 단순히 겁을 주려는 의도였다. 태수는 칼을 쥔 오른손이 부들부들 떨리는 것을 왼손으로 잡으며 떨림을 멈추려고 했다. 하지만 제대로 되지 않자 자신의 뺨을 세차게 세 대 정도 때렸다. 그러자 떨림이 조금 멈추었다. 태수는 자신의 뺨을 다섯 대 더 때리고 나서 성재가 숨어 있는 화장실로 향했다.

문 열어.

성재가 화장실 문을 열자 얼굴이 피투성이인 태수가 들어왔다. 성재는 태수를 보고 기절할 뻔했다. 너무 무서워서 무슨 일이냐고 묻지도 못했다. 들고 있어. 태수는 피 묻은 버터플라이 나이프를 성재에게 내밀었다. 성재는 겁에 질려 몸이 제대로 움직이지 않았다. 좀 씻게 들고 있으라고 이 시팔새끼야! 태수의 고함에 성재는 얼떨결에 버터플라이 나이프를 덥석 쥐었다. 태수는 말없이 세면대에서 손을 씻고 세수를 했다. 그리고 거울을 본 다음 피 묻은 곳이 있는지 꼼꼼히 살폈다. 태수의 뺨이 벌겋게 부풀어 오르기 시작했다. 그런 태수 뒤에서 성재는 버터플라이 나이프를 들고 놀란 눈으로 서 있었다. 무슨 일이야? 어디 다쳤어? 성재가 용기를 내서 물었다. 태수는 거울 너머로 성재를 쓱 본 후 화장실 휴지로 손과 얼굴에 물기를 닦았다. 그러고는 휴지를 쓰레기통에 버리고 화장실을 나갔다. 성재는 태수가 나간 뒤에서 피 묻은 버터플라이 나이프를 들고 한동안 서 있었다. 성재는 도대체 뭐가 어떻게 돌아가는지 알 수 없었다. 그러다 자신의 손에 버터플라이 나이프가 들려 있는 것을 보고는 놀라서 떨어뜨렸다. 그리고 세면대에서 손을 벅벅 씻은 다음 화장실 밖으로 뛰쳐나왔다. 편의점으로 달려가는 도중 누군가 쓰러져있는 것이 보였다. 가까이서 보니 어떤 아저씨가 피를 흘린 채 죽어 있었다.

전…화…조….

성재는 깜짝 놀랐다. 죽은 줄 알았던 아저씨가 뭔가 말하고 있었다. 무슨 말인지 모르겠지만 손가락으로 떨어진 핸드폰을 가리키고 있었다. 태수가 버터플라이 나이프로 이 아저씨를 찌른 것이 분명했다. 아저씨는 태수가 돈을 훔치는 것을 보았을 테고, 경찰에 신고하려 했을 것이다. 그럼 그냥 도망치면 되는데 굳이 왜 칼로 찔렀을까? 성재는 아무리 생각해도 이해가 가지 않았다. 그러다 자신도 태수에게 죽을 수 있다는 생각이 들자 겁이 나기 시작했다. 태수를 경찰에 신고하는 방법밖에 없었다. 태수에게 협박당해서 어쩔 수 없이 CCTV를 껐다고 하면 공범으로 몰리지 않을 것 같았다. 태수는 사람을 칼로 찌른 살인범이기 때문에 목숨에 위협을 느껴서 그랬다고 하면 될 것이다. 그때 근배가 커억 하며 피를 토했다. 성재는 칼에 찔린 아저씨가 아직 죽지 않아 태수가 아직은 살인범이 아니란 것을 깨달았다. 그리고 우선 사람부터 살려야겠다는 생각이 들어 근배의 핸드폰을 집어 들었다. 통화 버튼을 누르자 통화 목록이 나왔다. 대부분 ♥정숙♥이었다. 그제야 성재는 근배가 정숙의 남편이라는 사실을 알았다. 성재는 겁에 질려 상황 판단이 되지 않았다. 경찰이나 구급대에 신고해야 했지만 정숙이라는 이름을 보고 반가운 나머지 정숙에게 전화를 걸었다.

왜 아직도 안 들어오고 전화야?

저…점장님. 정숙은 잠에서 깨어 비몽사몽인 와중에 핸드폰에서 성재의 목소리가 들리자 깜짝 놀랐다. 핸드폰 화면을 보니 남편이라고 되어 있었다. 분명 근배의 전화로 걸려왔는데 성재의 목소리가 들리자 꿈인지 생시인지 구분이 되지 않았다. 성재 씨? 성재 씨가 왜 이 전화로 전화를 해? 지금 점장님 남편분이 칼에 찔렸어요. 정숙은 깜짝 놀라 침대에서 벌떡 일어났다. 뭐라고? 무슨 소리야? 편의점에 강도가 들었는데 남편분께서 신고하려다가 강도한테 당한 것 같아요. 아니 그런데 우진이는 어디 가고 성재 씨가 왜 거기 있어? 아니, 지금 우리 남편 상태는 어때? 모르겠어요. 피를 너무 많이 흘렸고, 숨도 제대로 못 쉬세요. 곧 죽을 것 같아요. 경찰에 신고는 했어? 아직이요. 정숙은 기가 막혔다. 아니 경찰에 신고부터 해야지. 뭐 하고 있는 거야? 죄송해요. 성재가 울기 시작하자 정숙은 더욱 정신이 없었다. 저기, 성재 씨, 성재 씨? 정신 차리고 내 말 들어봐. 우리 남편이 칼에 찔린 지 얼마나 됐어? 모르겠어요. 어? 우진이 형 왔어요. 형님! 전화기에서는 성재와 우진이 대화하는 소리가 희미하게 들렸다. 성재 씨, 성재 씨! 내 말 좀 들어봐. 성재가 다시 전화를 받았다. 네, 듣고 있어요. 그러니까. 대충! 대충. 찔린 지 얼마나 된 거 같냐고. 5분 좀 넘은 거 같아요. 알았어. 정숙은 전화를 끊고 부엌으로 달려가 식칼로 손을 찍어 눌렀다.

아아악!!

정숙은 비명을 지르며 침대에서 일어났다. 시계를 보니 1시 20분이 다 되어갔다. 정숙은 고통을 참을 새도 없이 근배에게 전화했다. 그러나 연결되지 않았다. 두어 번 더 걸었지만, 근배는 받지 않았다. 어쩔 수 없이 우선 급한 대로 근배에게 편의점에 절대 가지 말라는 문자를 남기려는데 주영에게 전화가 왔다. 정숙은 전화를 받자마자 주영이 대답할 틈도 없이 아빠가 칼에 찔려 죽을 뻔했어, 나중에 다시 전화하자, 하고는 전화를 끊어버렸다. 그러고는 바로 경찰서에 전화를 걸었다. 지금 여기 편의점인데 강도가 들었어요. 만정 사거리에서 경기창조고등학교 쪽으로 내려오시다가. 주소요? 주소 불러드릴게요. 정숙이 경찰에게 편의점 주소를 불러주는 그 시간에 편의점에서는 성재가 맥주를 산 손님이 가는 것을 보다가 골목에서 지켜보고 있는 태수와 눈이 마주쳤다. 이제 빨리 CCTV를 꺼야 했다. 막상 시간이 닥쳐오자 긴장으로 몸이 떨려오며 식은땀이 흘렀다. 성재는 긴장을 풀기 위해 앉았다가 일어나기도 하고, 팔을 휘두르기도 하다가 제자리 달리기도 했다. 그러더니 심호흡을 하고 누가 보더라도 크게 작심한 모습으로 사무실로 들어갔다. 사무실에 들어온 성재는 CCTV 전원을 찾았다. 그리고 전원을 내리려는 순간 문득 이상한 생각이 들었다. 혹시 CCTV가 꺼지면 경비업체에서 오는 것이 아닐까? 그때 정숙에게 전화가 왔다. 성재는 이 시간에 정숙에게 전화가 오자 깜짝 놀랐다. 받아야 하나 말아야 하나 망설이다가 편의점이 털린 시간에 전화를 안 받으면 나중에 의심을 받을 것 같다는 생각이 들었다. 성재는 심호흡으로 긴장을 가라앉히고 전화를 받았다.

성재 씨, 지금 편의점에 강도가 들어오려고 하거든!

성재는 정숙의 말을 듣고 깜짝 놀랐다. 성재 씨 지금 빨리 피해. 거기 있다가 큰일 나. 어떻게 아셨어요? 지금 제가 편의점에 있는지 어떻게 아신 거예요? 그리고 강도가 들 거라는 건 도대체 어떻게? 성재 씨, 지금 그거 설명해 줄 시간 없어. 아무튼, 내 말 믿고 성재 씨는 빨리 편의점 문 잠근 다음 다른 데로 가 있어. 방금 경찰에 신고했거든. 나도 조금 있다가 편의점으로 갈 거니까 너무 걱정하지 말고 얼른 피해 있어. 알았지? 정숙이 전화를 끊자 성재는 혼돈에 빠졌다. 도대체 어떻게 알았는지 궁금했다. 편의점 CCTV를 집까지 연결해서 지켜보고 있던 걸까? 요새 CCTV가 핸드폰으로도 연결된다는 이야기도 들었었는데. 그런데 강도가 든다는 건 어떻게 알았지? 경찰에 신고까지 했다면 태수가 편의점을 털려고 했다는 사실을 정확하게 알고 있다는 건데. 그럼 진짜 지금 경찰이 오고 있다는 거잖아!

미친 새끼 뭐 하는 거야?

태수는 골목에서 편의점을 바라보며 욕을 했다. 1시 17분이 지났는데도 성재가 사무실에서 나오지 않았다. 편의점으로 들어가 볼까 했지만, CCTV를 껐는지 안 껐는지도 모르는 상태에서 그렇게 할 수는 없었다. 잠시 후 성재가 사무실 밖으로 나왔다. 후다닥 나오더니 곧장 태수에게 뛰어왔다. 화들짝 놀란 태수가 화장실 쪽을 손으로 가리켰다. 성재는 그 모습을 보고도 무작정 태수에게 뛰어왔다. 태수는 당황해서 후드를 뒤집어쓰고 골목 안쪽으로 몸을 숨겼다. 성재가 겁에 질린 표정으로 태수에게 달려오며 외쳤다. 태수야! 태수는 성재가 큰 소리로 부르자 깜짝 놀랐다. 그러고는 성재에게 다가가서 소리 죽여 말했다. 왜 이쪽으로 오고 지랄이야! 그게 아니라 큰일 났어. 왜? CCTV가 안 꺼져? 그게 아니고. 점장이 알고 있어. 뭐라고? 태수는 성재가 무슨 이야기를 하는지 전혀 이해가 가지 않았다. 낮에 나랑 같이 있던 아줌마가 점장인데. 방금 전화 와서 지금 편의점에 강도가 들려고 하니까 편의점 문 잠그고 숨어 있으라고 했어. 태수는 성재의 멱살을 움켜쥐었다. 시팔. 그걸 아줌마가 어떻게 아는데? 성재는 태수의 성난 표정을 보고 겁에 질렸다. 나도 몰라. 그거 낮에 너랑 나랑 골목에서 한 이야기잖아. 그럼 너랑 나밖에 몰라야 되는데 어떻게 그 아줌마가 아는 거냐고. 그리고 너랑 나랑 한 이야기를 들었으면 너도 공범인 거 알 텐데. 왜 너한테 전화해서 피하라고 그래? 말해봐. 이 개새끼야! 성재는 너무 무서워서 눈물이 나오기 시작했다.

나도 잘 몰라. 미안해.

태수는 성재의 입에서 미안하다는 말이 나오자 주먹을 휘둘렀다. 성재는 태수의 주먹을 얼굴에 맞고 쓰러졌다. 미안해? 미안한 짓을 하긴 했나 보네. 이 개새끼가! 태수는 쓰러진 성재를 발로 밟기 시작했다. 갈비뼈를 찍어 누르고, 복부를 걷어찼다. 그러고는 얼굴도 밟았다. 성재의 피가 태수의 노란 풋살화에 튀었다. 풋살화에 튄 피를 본 태수가 주머니에서 버터플라이 나이프를 꺼내 성재의 옆구리를 찔렀다. 성재의 하늘색 티셔츠가 점점 보라색으로 물들어갔다. 태수는 피로 젖어가는 성재의 티셔츠를 보고 깜짝 놀랐다. 예전에 경태를 찔렀을 때는 피가 이 정도로 많이 나지 않았고, 태수를 피해 사람 많은 쪽으로 도망을 갔었다. 그런데 지금 성재는 아스팔트 바닥에 누워 피를 흥건하게 흘리며 숨도 제대로 못 쉬고 있었다. 태수는 다리가 후들거렸다. 일이 이렇게 커지리라고는 생각도 못 했다. 태수는 흥분으로 손이 부들부들 떨렸다. 이 개새끼야. 너는 왜 항상 일을 이런 식으로 만들어? 대답도 못 하고 누워 있는 성재를 보자 태수의 눈에 눈물이 흐르기 시작했다. 이게 다 너 때문이야. 처음부터 너랑 엮이는 게 아니었어. 너 때문에 내 인생이 이렇게 된 거야. 알아? 너만 아니었으면 나도 이렇게 살지 않았다고. 시팔. 재수 없는 새끼.

왜애애애애앵.

사이렌 소리가 들리고 경찰차가 편의점 앞에 섰다. 태수는 놀라 골목 안쪽으로 도망쳤다. 경찰차에서 경찰 두 명이 내려 편의점 안으로 들어가 이리저리 살폈다. 잠시 후 근배가 편의점 안으로 들어왔다. 무슨 일이세요? 근배가 묻자 경찰들이 근배에게 다가왔다. 그중 나이가 많은 박 경장이 근배에게 물었다. 여기 사장님이십니까? 저의 집사람이 사장인데. 무슨 일인가요? 편의점에 강도가 들었다는 신고를 받고 왔는데요. 네? 강도요? 근배는 깜짝 놀라 카운터로 들어가 현금통을 열었다. 현금통에는 돈이 그대로 있었다. 돈은 있는데요? 박 경장은 이상하다는 듯 고개를 갸우뚱했다. 네, 강도가 든 것 같지는 않은데 일하시는 분이 없네요? 화장실에 갔나? 보통 화장실 갈 때 문 잠그고 가지 않나요? 문도 열려 있고. 경찰의 말을 들은 근배는 별로 대수롭지 않게 생각했다. 화장실에 급하게 가느라 문 안 잠그고 간 거 아닐까요? 젊은 경찰인 최 순경은 곰곰이 생각하더니 화장실은 어디에 있나요? 하고 물었다. 나가서 건물 돌아가시면 있어요. 근배의 말에 최 순경은 화장실을 확인하러 나갔다. 그때 우진이 편의점으로 들어왔다. 근배는 우진을 보고 안도의 한숨을 내쉬었다. 우진아, 편의점 문 열어놓고 어디 갔다 왔어? 우진은 당황한 눈으로 상황 파악을 하려 했다. 무슨 일 있어요? 왜 경찰분들이 와 계세요? 누가 편의점에 강도 들었다고 신고를 했대. 우진은 깜짝 놀랐다. 강도가 들었다고요? 박 경장이 우진에게 다가왔다. 일하시는 동안 수상한 사람 못 봤습니까? 저도 모르죠. 저 지금 출근한 건데…. 근배는 우진의 말을 듣고 놀랐다. 너 원래 12시부터 출근 아니야? 왜 이제 출근해? 그게 성재가요, 맞다, 사장님은 성재 모르시는구나. 여기 오후 아르바이트하는 애가 오늘 집 공사하는 바람에 화장실 새벽까지 못 쓴다면서 2시까지 자기가 근무하겠다고 해서 이제 출근하는 거예요. 그럼 오후 아르바이트생은 어디 있어? 모르죠. 저 지금 출근하는 거라니까요. 화장실 찾아보셨어요? 밖에 나갔던 최 순경이 들어오며 화장실에 아무도 없다고 했다. 우진은 핸드폰을 꺼냈다. 제가 성재한테 전화해볼게요. 근배도 핸드폰을 꺼냈다. 나도 집사람한테 전화해 봐야겠다. 뭐가 어떻게 된 거야? 근배가 핸드폰을 꺼내 보니 정숙에게 전화가 다섯 통 와 있었다. 근배는 정숙에게 전화를 걸기 위해 통화 버튼을 눌렀다.

잠깐만요!

우진이 소리치자 근배는 전화를 끊었다. 왜? 뭐래? 잠시만 조용히 해보세요. 어디서 벨 소리 안 들리세요? 우진과 근배 그리고 경찰들은 모두 침묵했다. 조용한 편의점에 아주 희미하게 벨 소리가 들렸다. 최 순경이 밖에서 들리는데요? 하며 뛰어나갔다. 우진과 근배 그리고 박 경장도 최 순경을 뒤따라 나갔다. 밖으로 나온 다른 사람의 귀에도 벨 소리가 확실히 들렸다. 최 순경은 벨 소리가 나는 쪽으로 뛰어갔다. 박 경장님! 여기 사람이 쓰러져 있습니다. 박 경장을 따라 우진과 근배도 골목 안쪽으로 달려갔다. 박 경장님! 여기 119 불러주세요. 사람이 칼에 찔렸습니다. 박 경장은 최 순경의 말에 재빨리 경찰차로 달려가 무전을 했다. 우진이 쓰러져 있는 성재를 발견했다. 얘가 성재예요. 오후 아르바이트하는 애. 이거 뭐야? 피! 피에요. 얘 죽은 거 아니에요? 최 순경은 성재의 뺨을 톡톡 치며. 이보세요, 일어나 보세요, 했지만 성재는 얼굴이 하얗게 질린 채 의식이 없었다. 옆에서 근배가 겁에 질린 표정으로 양손으로 머리를 쥐고 있었다. 근배는 인상을 찌푸리며 피를 흘린 채 쓰러져 있는 성재를 쳐다보았다. 그때 근배의 핸드폰으로 정숙에게 전화가 왔다.

당신 괜찮아? 아무 일 없지?

근배가 전화를 받자 정숙은 다급하게 물었다. 나는 괜찮은데, 당신은 어디야? 소리 들어보니 밖인 거 같은데. 지금 편의점으로 가려고 집에서 나왔어. 근배는 깜짝 놀랐다. 어떻게 알고? 지금 난리 났어. 편의점 앞에 오후 아르바이트하는 애가 칼에 찔려서 쓰러져 있어. 경찰도 와 있고, 지금 구급차 부른 상태야. 그런데 피를 너무 많이 흘려서 의식이 없어. 정숙은 놀라서 멈춰 섰다. 오후 아르바이트하는 애? 조금 전에 나랑 통화했었는데? 통화한 지 얼마나 됐는데? 한 10분 전에 통화했었어. 그럼 방금 찔린 거네? 경찰 아저씨, 우리 집사람이 쓰러진 저 사람이랑 10분 전에 통화했었대요. 최 순경은 근배의 이야기를 듣고 범인이 현장에서 도망친 지 10분 정도 되었다고 무전을 쳤다. 여보! 애는 괜찮아? 어떻게 된 거야? 근배는 다시 전화기를 잡았다. 내가 집에 가는 길에 편의점 들러보니까 경찰들이 와 있더라고. 누가 강도 들었다고 신고를 해서 왔대. 그런데 돈은 그대로 있고, 편의점 문은 열려 있는데 안에는 아무도 없더라고. 그래서 경찰들이랑 이야기하고 있었어. 그러는데 바로 우진이가 와서 하는 말이. 여기 쓰러져 있는 성재라는 애가 2시 넘어서 출근해달라고 했대. 아무튼, 내가 대충 보니까 성재라는 애랑 친구랑 편의점에서 돈을 훔치기로 한 거 같아. 그런데 경찰이 오니까 친구가 생각하기에 성재라는 애가 배신한 거라 생각하고 칼로 찌른 다음 도망간 거겠지. 애는 괜찮으냐고? 많이 다쳤어. 많이 다친 정도가 아니라 지금 죽어간다니까. 저기요, 지금 그 사람 숨은 쉬어요? 정숙은 근배가 경찰에게 하는 질문을 듣자마자 다시 집으로 뛰어 들어갔다. 곧장 부엌으로 가 식칼을 꺼내 손을 찔렀다.

아아아아아악!!

침대에서 일어난 정숙은 손이 미칠 정도로 아팠다. 정숙은 고통을 참지 못하고 침대에서 데굴데굴 굴렀다. 그러고는 다시 부엌으로 가 식칼을 꺼내 들었다. 그때 전화벨이 울렸다. 정숙은 주영이 전화했을 것이라는 생각에 전화를 받지 않았다. 그러고는 눈을 꼭 감고 어금니를 꽉 깨물고 식칼을 부여잡았다. 잠시 생각을 정리한 정숙은 눈을 번쩍 뜨자마자 다시 식칼로 손을 콱 찔렀다. 아아아아아아아아아악! 또 한 번 15분 전으로 돌아간 정숙은 침대에서 비명을 질렀다. 정숙의 얼굴은 고통으로 눈물범벅이 되었다. 너무 아파 움직일 수조차 없었다. 겨우 정신을 추스른 후 시계를 보았다. 1시 5분이었다. 정숙은 침대에서 일어나지 못한 채 손을 부여잡고 잠시 누워 있었다. 그러고는 이불에 대충 눈물을 닦고 방에서 나와 다시 부엌으로 갔다. 그러고는 다시 식칼을 잡았다. 식칼을 잡은 손이 바들바들 떨렸다. 손을 찔러 15분 과거로 가는 이 능력은 분명히 저주라고 생각했다. 이걸 마지막으로 다시는 손을 찌르지 않겠다고 맹세했다. 그러다 눈물이 주르륵 흘렀다. 손이 아픈 것도 아픈 것이지만 주영이 생각이 났기 때문이다. 주영이는 얼마나 아플까. 정말 임신을 했는지 안 했는지 모르겠지만 진짜라면 아기에게 무슨 일이 생기는 건 아닐까? 만약 아기에게 무슨 일이 생긴다면 나를 얼마나 원망할까? 그러다 문득 마음이 약해지면 안 된다는 생각이 들었다. 사람 목숨이 달린 문제였다. 정숙은 눈물을 닦고 아랫입술을 꽉 깨물었다. 아랫입술 아래 이빨 자국이 시커멓게 났다. 정숙은 마음이 약해지는 게 느껴져서. 아악! 아악! 하며 기합을 넣었다. 그리고 세 번째 기합을 넣고 나서는 잡았던 식칼로 손을 내려찍었다.

ㅇㅇㅇㅇㅇㅇㅇㅇㅇㅇ….

다시 한번 15분 전으로 돌아간 정숙은 침대 위에 새우처럼 누운 채 찔린 손을 부여잡고 있었다. 비명을 지를 힘조차 없었다. 그러다 벌떡 일어나서 화장실로 달려가 변기에 구토했다. 저녁에 먹었던 낙지볶음이 쏟아져 나왔다. 매운 낙지볶음이 식도를 긁고 나오는 바람에 목구멍이 따가웠다. 정숙의 얼굴은 눈물 콧물로 범벅이 되었다. 낙지볶음을 다 쏟아내고도 구역질이 계속 나왔다. 진정이 되자 정숙은 세수하고 물로 입을 헹군 뒤 나왔다. 충혈된 눈으로 거울 속의 모습을 잠시 바라보다가 화장실에서 나왔다. 시계를 보니 12시 50분을 조금 지나고 있었다. 정숙은 머리나 옷매무새를 만지지도 않은 채 얇은 카디건 하나를 옷장에서 꺼낸 뒤 운동화를 신고 바로 집 밖으로 뛰쳐나왔다. 정숙은 아픈 손을 부여잡고 카디건을 입으며 편의점으로 달려갔다. 주영에게 전화가 계속 왔지만, 정숙은 받지 않았다. 그 시간 성재는 손님 없는 편의점 카운터에 앉아 있었다. 다리를 떠는 것 외에 할 수 있는 게 아무것도 없었다. 시간은 1시 10분이 다 되어가고 있었다. 7분만 지나면 CCTV를 꺼야 했다. 성재의 말대로 1시가 지나자 손님은커녕 편의점 앞을 지나가는 사람도 없었다. 이러다 손님이라도 들어오면 어쩌나 조마조마했다. 제발, 아무도 오지 마라. 아무도 지나가지 마라. 성재가 두 손을 모으고 기도하려던 찰나 편의점 문이 벌컥 열리며 정숙이 뛰어 들어왔다. 성재는 너무 놀라 자기도 모르게 벌떡 일어났다.

점장님. 아니, 그런 게 아니고요.

성재는 당황한 나머지 호흡이 가빠지며 머릿속이 하얗게 되었다. 그러고는 본능적으로 변명을 해대기 시작했다. 제가 지금 왜 여기 있지 말씀드릴게요. 우진이 형한테는 다 이야기했어요. 그러니까 공사 중이거든요. 저희 집이요. 화장실이요. 그래서 제가 바꾸자고 했어요. 아니 바꾸자고 한 게 아니라. 우진이 형한테 늦게 와 달라고 했어요. 제가 우진이 형한테 같이 있자고 했어요. 진짜예요. 그런데 우진이 형이 싫다고 한 거예요. 저는 분명히 같이 있자고 했습니다. 성재는 자신도 무슨 말을 하는지조차 모를 말을 내뱉었고, 정숙은 달려오느라 헐떡거리는 숨을 고르느라 성재의 말은 들리지도 않았다.

오늘부터 편의점 그만둬.

성재는 정숙의 말에 당황했다. 아니, 지금부터 그만둬. 갑자기 왜 그러세요? 성재는 편의점을 그만둔다고 했을 때 펑펑 울며 그만두지 말아달라고 했던 정숙이 그만두라고 하는 게 이해가 되지 않았다. 낮에 같이 있을 때만 해도 평소와 다를 바 없었는데 왜 갑자기 나타나서 그만두라고 하는지 알 수 없었다. 가게는 내가 볼 테니까 성재 씨는 지금 집으로 가. 그리고 앞으로 편의점에 다시는 오지 마. 왜 그러시는지 말씀은 해주셔야죠. 성재 씨 낮에 만났던 친구랑 편의점 털려고 하잖아. 성재는 정숙의 말에 머리가 멍해졌다. 그러니까 빨리 편의점에서 나가. 한 번만 봐주세요. 성재가 무릎을 꿇고 사정하기 시작했다.

편의점 못 털면 아까 낮에 왔던 애한테 저 죽어요. 지금 한 번만 모른 척 넘어가 주세요. 제가 다 변상해 드릴게요. 지금 편의점에 현금도 얼마 없잖아요. 그냥 점장님은 모르는 척 집에 계세요. 그럼 그 친구가 편의점에서 털어간 거 제가 다시 금방 채워놓을게요. 저 그 정도 돈은 있어요. 아니면 편의점 시급에서 빼셔도 되고요. 제가 다 보상해드릴 테니까 지금 딱 한 번만 모르는 척해주세요. 낮에 왔던 그 애 전과도 있고요. 얼마 전에 칼로 사람도 찔렀어요. 저 정말 죽어요. 이번 한 번만 넘어가 주시면 저 편의점에서 계속 일할게요. 저랑 같이 있는 거 좋으시잖아요. 제가 정말 해달라는 거 다 해드릴 테니 저 한 번만 살려주세요.

편의점이 털리면 우리 남편이 죽어.

정숙은 조용히 말했다. 이걸 내가 어떻게 아는지 말은 못 해주겠는데, 성재 씨가 친구랑 편의점 털려는 것도 알고 있잖아. 어쨌거나 편의점이 털리면 성재 씨 친구가 우리 남편 칼로 찔러서 죽이게 돼. 그래서 편의점을 털게 놔둘 수 없어. 그러니까 그냥 빨리 나가줘. 성재는 정숙의 말을 이해하지 못했다. 신들렸거나 예언을 하는 그런 사람인가 궁금해하다가 지금 그럴 시간이 없다는 것을 깨달았다. 성재는 벌떡 일어나 정숙의 손을 꽉 잡았다. 그럼 저랑 결혼하시면 되잖아요. 뭐라고? 남편 죽으면 저랑 결혼하시면 되는 거잖아요. 저 좋아하시잖아요. 저랑 같이 살면서 편의점 하면서 살아요. 매일 키스도 하고.

짝!

정숙은 성재의 뺨을 후려쳤다. 사람이 죽는다는데 지금 그게 할 소리야? 남자가 어떻게 그렇게 비겁해? 지금까지 일했던 건 통장으로 보내줄 테니 다시는 내 앞에 나타나지 마. 그리고 너 지금 도망가지 않으면 우리 남편 대신에 네가 칼에 찔릴걸? 성재는 정숙의 말에 놀라 시계를 보았다. 그러고는 재빨리 자신의 빨간 가방을 챙겨 도망치듯 편의점을 나갔다. 그렇게 가버리는 성재를 보던 정숙의 눈에서 눈물이 나왔다. 다시는 성재를 볼 수 없다는 생각 때문이 아니었다. 그냥 자신이 한심해 미칠 지경이었다. 정숙은 왜 저런 한심한 어린애를 좋아했었는지 자신을 이해할 수 없었다. 성재가 결혼하자고 했던 순간 좋아했던 마음이 전부 파괴되어 사라졌다.

시팔새끼 뭐 하는 거야?

편의점 근처에 도착한 태수가 골목에 몸을 숨기고는 편의점을 바라보았다. 편의점에는 아무도 없었다. 태수는 골목에서 편의점을 바라보며 욕을 했다. 시계를 보니 1시 15분이 다 되어갔다. 하지만 성재는 보이지 않았다. 어쩌면 벌써 사무실로 들어가 CCTV를 끈 건 아닌가 하는 생각이 들었다. 편의점으로 들어가 볼까 했지만, CCTV를 껐는지 안 껐는지도 모르는 상태에서 그렇게 할 수는 없었다. 잠시 후, 손님 한 명이 편의점을 들어가려다가 편의점 앞에 붙어 있는 무언가를 이상하다는 듯 보고는 돌아갔다. 그제야 태수는 편의점 문에 메모가 붙어 있는 것을 보았다. 손님이 사라진 후 태수가 골목과 편의점 앞을 살펴보았지만, 다행히도 사람은 없었다. 혹시 몰라 근처 건물들 창문까지 훑어보았다. 밖을 내다보는 사람도 없었다. 편의점 근처에 구형 아반떼와 레이가 주차되어 있었다. 아반떼에는 블랙박스가 없었고 레이는 차 머리가 편의점 반대 방향을 향하고 있었다. 시팔, 모르겠다. 태수는 잠시 망설이다가 후드를 뒤집어쓰고 빠른 걸음으로 편의점을 향했다. 편의점 문 앞에 붙여진 조그만 메모에는 CCTV 껐음이라는 메모가 붙어 있었다. 미친 새끼. 이러고 가면 어쩌자는 거야? 태수는 욕지거리를 중얼거리며 메모를 떼어 주머니에 쑤셔 넣었다. 그리고 편의점으로 들어가 우선 재빨리 사무실을 향했다. 사무실 모니터에는 검은 화면만 보였다. 시팔새끼. 1시 17분에 끄라니까 말 좆나게 안 듣네. 태수는 사무실을 나와 밖에 지나가는 사람이 있는지 살핀 후 재빨리 카운터로 들어갔다. 카운터 아래 모니터에도 CCTV 영상이 나오지 않았다. 태수는 카운터 현금통을 잡아당겼다. 그런데 현금통이 열리지 않았다. 예전에 편의점에서 계산할 때 보면 뭘 누르니까 현금통이 서랍처럼 튀어나왔는데 그게 뭔지 몰랐다.

여보! 이쪽으로 와!

편의점으로 향하던 근배가 놀라서 골목 쪽을 바라보니 정숙이 손짓을 하고 있었다. 당신 안 자고 여기서 뭐 해? 조용히 하고 빨리 와! 근배는 영문도 모른 채 정숙에게 뛰어갔다. 왜? 무슨 일 있어? 지금 편의점에 강도가 들었어. 뭐라고? 그럼 신고를 해야지. 신고했어. 우진이는 어디 있어? 편의점 안에 인질로 잡혀 있는 거 아니야? 정숙은 근배의 팔뚝을 짝! 하고 때렸다. 조용히 좀 하라니까. 우진이 아직 출근 안 했어. 왜 또 출근을 안 했어? 이번에도 시나리오 쓴 거 계약 파기됐대? 그걸 당신이 어떻게 알아? 정숙의 물음에 근배는 잠시 당황했다. 아니, 저번에 잘 지내나 전화했더니 이야기하더라고. 당신이 우진이랑 왜 전화를 해? 아니, 그냥 심심하니까. 근배가 얼버무리던 찰나에 경찰차 한 대가 사이렌과 경광등을 끈 채 골목 앞을 지나갔다. 경찰차는 편의점에서 10미터 정도 떨어진 곳에 섰다. 경찰차에서 내린 박 경장과 최 순경은 총을 뽑아 들고 조심스레 편의점으로 들어갔다. 그리고 잠시 후 수갑을 찬 태수를 데리고 나왔다. 태수는 편의점에서 나오자마자 어깨로 박 경장을 밀고 도망가려다 최 순경에게 잡혀 넘어졌다. 넘어진 태수가 소리를 바락바락 지르며 욕을 해댔다. 근배는 긴장한 표정으로 그 모습을 지켜보는 정숙을 이상하다는 듯 바라보았다. 뭐 해? 강도 잡았으면 가봐야지. 근배가 정숙을 데리고 경찰에게 가려고 손을 잡는 순간 정숙이 비명을 질렀다. 비명을 듣고 박 경장이 근배에게 테이저건을 들고 뛰어왔다. 근배는 박 경장이 겨눈 테이저건을 보고 놀라 양손을 번쩍 들고 우리 편의점 주인이에요, 라며 소리쳤다. 정숙은 칼로 찔렀던 손을 부여잡고 쪼그려 앉아 있었다. 멀리서 우진이 놀란 얼굴로 달려오는 모습이 보였다.

25

고백_

고마워. 얼른 들어가.

정숙은 피곤한 얼굴로 출근을 했다. 어제 태수가 잡혀가고 난 후 바로 경찰서로 가서 조사를 받았다. 태수는 카운터 안에서 현금통을 열지 못해 끙끙대다가 경찰에게 잡혔다. 덕분에 도난당한 물품은 하나도 없었다. 간단한 조사를 마치고 근배와 함께 집으로 왔다. 그때가 벌써 새벽 3시가 넘어가는 시간이었다. 정숙은 우진에게 전화해서 오전 10시까지 연장 근무를 부탁했다. 집에 도착한 정숙과 근배는 침대에 쓰러지듯 누웠다. 근배는 자기 전에 그러니까 사람 잘 알아보고 써야 된다고 했잖아, 라는 말로 정숙의 속을 뒤집어 놓았다. 그러고는 베개에 머리를 대자마자 기분 좋은 듯 웃으며 잠들었다. 정숙은 잘 수 없었다. 이런저런 생각들이 머릿속을 맴돌았다. 정숙이 경찰서에서 조사를 받을 때 주영이 근배에게 전화했었다는 이야기를 들었다. 근배는 편의점에 강도가 들어 경찰 조사를 받는 중이고 다친 사람이 아무도 없다는 말로 안심을 시켰다고 했다. 정숙은 주영에게 전화를 걸어 손을 계속 찌를 수밖에 없었던 이야기를 하려다 몸도 피곤하고 주영도 자겠거니 하는 생각에 전화하지 않았다. 그러고 나서야 성재 생각이 났다. 성재를 다시 못 본다는 것은 아무렇지 않았다. 그런 마음이 자신도 이해가 되지 않았다. 어제 낮까지만 해도 성재 생각만으로도 행복했었는데 어떻게 이리도 마음이 빨리 식었는지 알 수가 없었다. 당분간은 14시간 동안 근무해야 하니 피곤하겠네. 우진이도 곧 그만둔다고 하는데 언제 사람을 또 뽑지? 근배에게 당분간 편의점 일을 도와달라고 해야 하나? 이런 고민이 더 많았다. 그리고 한 가지 이상한 것이 있었다. 무엇인지 모르겠지만 정숙의 마음에 무언가 찝찝함이 있었다. 성재도 그만두게 하고, 태수도 구속된 상황에 왜 이런지 생각을 해보았지만, 도무지 해답이 나오지 않았다.

도대체 뭐가 어떻게 된 거예요?

우진은 퇴근하지 않고 바나나맛 우유 한 개와 비타500을 꺼내 직접 계산한 다음 비타500 뚜껑을 따서 정숙에게 내밀었다. 그러고는 바나나맛 우유에 빨대를 꽂아 마셨다. 정숙은 비타500을 단숨에 비우고서는 말을 하기 시작했다. 성재가 CCTV를 끄면 친구가 와서 편의점을 털려고 했나 보더라고. 우진은 정숙의 말을 듣고 이상하다는 듯 고개를 갸우뚱했다. 성재가 저보고 늦게 나오라고 했을 때 수상하긴 했어요. 평소에 퇴근하라고 해도 안 하고 편의점에 남아 있었거든요. 그렇게 수상했으면 일찍 나와보지 그랬어? 정숙은 우진을 째려보았다. 성재가 2시 반에 출근하라는 거 2시 전에 출근했잖아요. 그리고 혼자 있겠다는데 굳이 일찍 출근할 이유도 없고요. 설마 성재가 편의점을 털려고 하는 줄은 생각도 못 했죠. 어쨌거나 중요한 건 그게 아니에요. 성재가 CCTV를 끄더라도 CCTV를 끄는 장면은 녹화되잖아요. 그럼 편의점 돈이 없어지면 의심받는 것은 본인인데 왜 그런 바보 같은 짓을 했을까요? 그리고 제가 출근해서 현금통 열어보면 바로 들통 날 게 뻔한데. 우진의 이야기를 들으며 정숙은 비타500 뚜껑을 만지작거렸다. 그 친구라는 놈한테 협박을 받았나 봐. 성재가 편의점에 현금 별로 없으니 친구가 훔쳐가게 놔둔 다음 그 돈을 자기가 메꾸면 안 되겠냐고 하더라고. 안 그러면 자기 죽는다고. 우진은 바나나맛 우유를 마시며 정숙의 이야기를 듣다가 깜짝 놀랐다. 아! 저 성재 친구가 누군지 알아요. 저 근무 할 때 와서 성재 찾던 놈 있었어요. 운동하는 애같이 까맣고 머리 짧고 눈매가 날카롭고. 어제 잡힌 놈이 걔였구나.

그런데 점장님은 성재가 편의점 털려고 하는 걸 어떻게 알았어요?

낮에 성재가 친구랑 편의점 옆 골목에서 수군대는 걸 들었어. 정숙은 대답하고 아차 싶었다. 거짓말할 때 바로 대답하는 버릇이 아직도 고쳐지지 않았다. 늘 대답을 하고 난 뒤에야 생각이 났다. 우진은 정숙을 빤히 바라보았다. 그럼 그때 성재에게 말씀하시지 왜 새벽까지 기다렸다가 그러신 거예요? 내가 진짜로 털려고 그러는 줄 알았겠니? 나 피곤하니까 얼른 퇴근이나 해. 우진은 이해가 가지 않는다는 표정으로 퇴근하기 위해 이어폰을 꺼냈다. 그리고 점장님, CCTV가 다 지워졌던데. 정숙은 우진의 말에 가슴이 철렁했다. 정숙은 새벽에 성재를 보내고 태수가 오기 전 CCTV를 끄고 난 다음 CCTV에 녹화되어 있던 영상을 죄다 지우고 편의점 문에 메모를 붙인 다음 숨어 있었다. 경찰이 도착해 태수를 잡은 뒤 CCTV를 확인할 경우 CCTV를 끈 것이 정숙이라는 게 들키면 안 되기 때문이었다. 그런데 우진이 CCTV를 살펴볼 것이라고는 생각도 못 했었다. 만약 우진이 CCTV를 돌려보았다면 낮에 성재와 키스했던 것까지 볼 수도 있었던 것이었다. 고장 났나 보지. 고장 안 났어요. 제가 되는 거 다 확인했었는데. 몰라, 얼른 퇴근하라는 데 안 가고 뭐 해? 우진은 정숙이 짜증을 내자 이어폰을 귀에 꽂고 들어갈게요 한 뒤 편의점을 나갔다.

딸랑.

어서 오세요. 정숙은 라디오를 틀어놓고 라면을 정리하고 있었다. 통영 멍게 라면의 인기가 시들해져 재고가 많이 쌓여 있었다. 편의점 문을 열고 30대 후반의 여자 손님이 들어와 머뭇거리고 있었다. 어디서 본 듯한 여자였다. 편의점에 자주 왔던 손님인가 하는 생각이 들었다. 문에 아르바이트 구한다고 붙어 있어서 왔는데요. 나이가 많아도 되나요? 정숙은 오전에 우진이 퇴근하자마자 편의점 문에 구인광고를 붙이고 인터넷 구인 사이트에 공고를 올렸다. 그런데 점심시간이 되기도 전에 구직자가 온 것이다. 정숙은 생각보다 사람 구하기 쉽다는 생각이 들었다. 나이 많아도 돼요. 그리고 그쪽은 나이 안 많아 보이시는데? 정숙이 웃으며 말하자 여자는 씁쓸한 미소를 지었다. 아니에요. 이래 봬도 내일모레 마흔이에요. 마흔이면 젊지요. 주민등록등본은 가져왔어요? 아뇨. 혹시 나이 많아도 되나 물어보러 온 거예요. 당연히 되죠. 쉰이 넘은 나도 일하는데. 이름이 어떻게 돼요? 허윤희예요. 윤희 씨 편의점에서 일해본 적은 있어요? 정숙의 질문에 윤희가 자신 있게 대답했다. 있어요. 한 10년 전이지만. 그래도 2년 넘게 일했어요. 그럼 나보다 경력이 많네요. 나는 편의점 차린 지 6개월밖에 안 됐어요. 정숙은 윤희가 처음 편의점에 들어왔을 때 낯설지가 않다는 생각을 떨칠 수가 없었다. 그러다 문득 윤희가 하고 있던 분홍색 고양이 머리핀이 눈에 들어왔다. 그리고 정숙은 윤희를 어디서 보았는지 기억해냈다.

송현이는 잘 있죠?

윤희가 깜짝 놀라 정숙을 쳐다보았다. 우리 딸을 어떻게 아세요? 나 기억 안 나요? 며칠 전에 송현이가 내리막길에서 킥보드 타는 거 잡아줬는데. 모르겠어요? 윤희는 그제야 정숙을 알아보았다. 아, 그 무당. 무당이요? 아니, 죄송해요. 다음에 올게요. 윤희는 정숙이 말릴 틈도 없이 도망치듯 편의점을 나갔다. 정숙은 쫓아가 윤희를 불렀다. 저기요! 윤희는 멈춰서 두려운 눈으로 정숙을 보았다. 왜 그러세요? 들어와요. 들어와서 이야기해요. 정숙은 윤희를 끌고 편의점으로 들어와 바나나맛 우유를 계산하고 빨대를 꽂아 주었다. 더운데 하나 마셔요. 윤희는 얼떨결에 바나나맛 우유를 받아들고는 빨대에 입을 대고 마시기 시작했다. 그러고는 아차, 마시면 안 되는데 하는 생각을 했지만 이미 달콤한 바나나맛 우유는 목구멍을 넘어가 버리고 말았다. 정숙이 윤희를 보며 타이르듯 말하기 시작했다. 우선 나는 무당이 아니고. 보니까 이 동네 사는 거 같은데. 송현이 어린이집 가고 나면 시간이 남으니 아르바이트나 해야겠다 해서 온 거잖아요. 윤희는 너무 놀라 바나나맛 우유를 떨어뜨릴 뻔했다. 그걸 어떻게 다 아세요? 윤희는 정숙이 무당이라고 확신하는 눈빛이었다. 그건 당연한 거잖아요. 송현이가 어린이집 안 가면 어떻게 아르바이트를 구하러 오겠어요? 정숙의 이야기를 듣고도 윤희는 의심을 감추지 못했다. 보니까 오전 근무가 가능할 텐데. 우리도 지금 오전 근무할 사람 뽑고 있거든요.

경력자니까 시급도 잘 쳐줄게요.

윤희는 시급을 많이 준다는 이야기에 솔깃해졌다. 그런데 왜 그렇게 저를 뽑고 싶어 하세요? 정숙은 사실 사람 구하는 것이 귀찮았다. 다른 사람이 아르바이트하러 올 때까지 계속 우진과 둘이 일하거나 근배에게 도와달라고 하기 싫었다. 그리고 윤희 성격이 까칠한 데가 있어서 좋았다. 담배 사러 오는 고등학생이나 구걸하러 오는 노숙자, 그리고 봉툿값 못 내겠다는 사람들과 같은 진상 손님을 잘 처리할 것 같아서였다. 그리고 가끔 송현이가 놀러 오면 볼 수 있어서였다. 정숙은 아이가 보고 싶었다. 그래서 주영이 정말로 임신한 거였으면 좋겠다는 생각도 잠깐 했었다. 윤희는 바나나맛 우유를 든 채 딴생각하는 정숙을 바라보고 있었다. 솔직하게 말하자면 내가 무당은 아닌데 신기가 조금은 있어요. 윤희는 정숙의 말에 역시 그렇구나 하고 생각했다. 내가 윤희 씨 딱 보니까 관상이 좋아. 눈매가 선하고, 콧방울이 봉긋한 것이 복이 있어. 그리고 입꼬리가 살짝 내려가서 고집이 좀 있는데, 사람이 그래야 뚝심 있고 좋아요. 윤희는 정숙의 말을 듣고 깜짝 놀랐다. 정숙의 말이 하나같이 들어맞았기 때문이다. 하지만 정숙은 윤희의 얼굴을 보고 그냥 생각나는 대로 말한 것뿐이었다. 눈이 처져서 착해 보인다는 이야기를 들었을 테고, 코가 둥글고 넓적해서 복코라는 이야기를 들었을 거라고 생각했다. 그리고 저번에 송현이가 사고 났던 공사장 부근에서 트럭을 한 대도 못 봤다고 우겼던 것이 생각나 고집쟁이라고 한 것이다. 윤희는 정숙이 신기가 있다고 확신했다. 그리고 조심스레 질문했다. 혹시 뭐 하나만 여쭤봐도 돼요? 물어보세요. 머리 색깔이요. 무슨 계시 같은 걸 받아서 그렇게 변한 거예요? 나 무당 아니라니까 그러네. 정숙은 자기도 모르게 화를 버럭 내고는 조금 민망해졌다. 머리는 염색한 거예요. 사거리 쪽 세라미용실에서. 날씨 더워지니까 시원해 보이라고. 정숙의 말을 듣고도 윤희는 정숙이 신기가 있다는 의심을 지우지 않았다. 그리고 편의점 아르바이트를 하며 친해지게 되면 송현이 진로나 남편의 승진 같은 것을 물어봐야겠다고 생각했다.

나, 집이야.

집에 왔다고? 정숙은 주영의 전화를 받고 놀랐다. 회사는 어쩌고 집에 왔어? 칼퇴근하고 바로 온 거야. 내일 월차 냈어. 정숙이 시계를 보니 저녁 8시였다. 정숙은 잠을 제대로 못 자 온종일 멍하니 편의점에 있는 바람에 시간이 가는 줄도 몰랐다. 엄마는 오늘 12시 넘어야 집에 들어가는데. 그리고 내일은 8시에 출근해야 돼. 전화나 하고 오지 그랬어. 낮에 아빠한테 출발한다고 전화했었어. 엄마는 내 전화 안 받잖아. 주영의 말에 정숙은 뜨끔했다. 아빠한테 어제 편의점에 강도 들었던 이야기는 들었어. 그래, 들었구나. 어젯밤에 강도가 들었는데. 그 강도가 저녁 알바 친구였지 뭐야. 어젯밤에 경찰에 신고해서 경찰이 강도 잡아가고, 나는 네 아빠랑 같이 경찰서 가서 새벽까지 조사받느라 잠도 못 자고 아침에 출근했는데. 조금 전에 이야기했다시피 강도가 저녁 알바 친구니까 당연히 저녁 알바도 잘랐지. 둘이 편의점을 털려고 아주 작당 모의를 했더라고. 그래서 퇴근도 못 하고 지금까지 편의점에 있어. 다행히 새로 사람을 구해서 내일까지만 아침에 출근하면 되고 모레부터는 오후에 출근해도 돼. 내일 아침에는 새로 온 아르바이트한테 일하는 걸 좀 알려줘야 하거든. 그래도 경력자를 뽑아서 하루만 알려주면 될 거 같아. 아 참, 아빠한테 사람 뽑았다는 이야기하지 마. 괜히 잔소리만 하니까. 안 그래도 어제 자른 저녁 알바도 내가 네 아빠 모르게 뽑았었잖아. 그런데 또 이야기 안 하고 사람 뽑은 거 알아봐라, 아주 난리 난다. 주영은 정숙의 이야기를 듣고 있다가 아빠, 엄마가 아빠 몰래 알바 뽑았대, 라고 했고, 옆에 있던 근배가 뭐라고? 전화기 줘봐, 하더니 전화를 바꿨다. 근배는 흥분한 목소리로 여보세요, 왜 또 사람 함부로 뽑아? 사람 뽑는 건 인사부장이었던 나한테 맡겼어야지, 당신은 사람 볼 줄 모르잖아, 이력서랑 등본 다 받았어? 하며 잔소리를 했다. 정숙은 가뜩이나 피곤한데 사람 피곤하게 하지 좀 마! 하고는 전화를 끊어버렸다.

오전 알바 뽑았어.

그런데 애 엄마라 애 어린이집 데려다주고 9시까지 출근할 거야. 그러니까 내일부터는 1시에 출근해. 그리고 웬만하면 내가 내일 아침에 나와서 새로 온 알바한테 일 알려주고 싶은데 잠을 못 자서 좀 힘드네. 그리고 서울에서 딸이 집에 내려와 있어. 그러니까 내일 새로 온 알바 오면 네가 일 좀 알려줘. 내가 늦어도 11시까지는 올 테니까. 부탁 좀 해. 우진이 출근하자마자 정숙은 할 이야기만 간단히 하고 바로 퇴근했다. 정말 쓰러지기 일보 직전이었다. 정숙은 어떻게 집에 왔는지도 모르게 들어왔다. 정숙이 집에 들오자 근배와 주영은 예능프로그램을 보고 있었다. 근배는 맥주를 마시고 있었고, 주영은 키위를 먹고 있었다. 주영은 정숙을 보자마자 놀랐다. 엄마 머리가 왜 그래? 나이 먹고 그게 뭐야? 아이돌 연습생도 아니고. 정숙은 주영의 말을 듣고 민망한 듯 머리를 만졌다. 맥주를 마시던 근배는 내가 염색 좀 하라고 했어, 시원하고 보기 좋구먼, 왜 그래? 하며 주영에게 핀잔을 주었다. 그리고 말을 돌리며 새로 온 아르바이트는 어떤 사람이야? 하고 물었다. 나 옷 좀 갈아입고. 정숙은 방으로 들어가 옷을 갈아입고 나왔다. 주영아. 엄마 지금 너무 졸리거든. 엄마 좀 자고 내일 이야기하자. 근배는 맥주잔을 비우고는 냉장고로 가서 맥주 한 캔을 더 꺼냈다. 정숙은 화장실로 들어가 세수를 하고 양치질을 했다. 그러자 잠이 좀 깨는 것 같았다. 잠이 깨자 무언가 이상한 느낌이 들었다. 정숙은 화장실에서 나와 주영을 보았다. 주영은 여전히 키위를 먹으며 텔레비전을 보고 있었다. 키위는 뭐 하러 사 왔어? 네 아빠랑 난 신 거 안 좋아하는데.

내가 안 사 왔어. 집에 있던데?

집에 키위가 있었어? 당신이 키위 사다 놨어? 근배가 맥주를 마시며 정숙의 눈치를 슬쩍 보았다. 주영이 왔는데 집에 먹을 게 너무 없어서 마트 갔더니 골드키위 세일하더라고. 요새 키위 철이래. 근배의 말을 들은 정숙은 한숨이 나왔다. 아직 여름도 아닌데 무슨 키위 철이야. 잘 알아보고 사지. 아니야 엄마, 키위 엄청 맛있어. 너는 어쩐 일로 신 거는 입에도 안 대는 애가. 정숙은 그 순간 정신이 확 들었다. 주영도 근배와 정숙을 닮아 신 것을 좋아하지 않았다. 키위를 먹는 주영을 보니 그제야 임신에 대한 생각이 났다. 엄마랑 이야기 좀 해. 정숙은 주영의 팔을 잡아 일으켜 방으로 끌고 들어갔다. 그러고는 문을 닫고 조용히 속삭이듯 이야기했다. 너 정말 임신한 거야? 주영이 한숨을 쉬었다. 내가 그렇다고 했잖아. 내가 엄마처럼 거짓말만 하는 줄 알아? 정숙은 주영의 등짝을 착! 착! 착! 때렸다. 미쳤어! 미쳤어! 내가 동네 창피해서. 누구야? 애 아빠가 누구야? 뭐 하는 사람이야? 아파! 조용히 해. 아빠 들어. 정숙은 주영을 때리다가 멈칫했다. 아빠한테는 이야기 안 했어? 아빠한테는 이야기 못 하겠어. 엄마가 좀 해줘.

사실 엄마한테도 이야기하기 힘들었는데 엄마가 자꾸 손바닥 찌르는 바람에 홧김에 이야기한 거잖아. 정숙은 뭔가 느낌이 이상했다. 그런데 아빠가 왜 키위를 사 왔어? 세일해서 사 왔다잖아. 너 생각해봐. 아빠가 언제 키위 사 온 적 있었어? 없었나? 네 아빠 신 것 싫어해서 키위 같은 거 절대 안 먹잖아. 지금도 아빠가 키위 한 조각 집어 먹디? 주영은 곰곰이 생각했다. 아니, 맛있다고 하나 먹으라고 했는데 안 먹겠대. 그런데 엄마. 그냥 눈에 보여서 사 올 수도 있잖아. 그게 뭐가 이상해? 예전에 네 아빠가 키위 사 왔던 적이 있었어. 그게 언제였냐면, 너 임신했을 때. 키위에 엽산이 많이 들어 태아에 좋다고 사 왔었어. 그러고는 너 낳고 한 번도 안 사 오다가 오늘 사 온 거야. 주영은 정숙의 말에 놀라 눈이 커졌다. 그럼 아빠가 나 임신한 거 아는 거야?

나. 사실 독심술 해.

근배는 자포자기한 심정으로 대답했다. 정숙은 방에서 뛰쳐나와 근배에게 주영이 임신한 걸 어떻게 알았냐며 캐물었다. 주영은 아빠한테 갑자기 그렇게 이야기하면 어떻게 하냐며 짜증을 냈으나 정숙은 너희 아빠도 다 알고 있다고 했다. 저거 봐, 딸이 임신했다는데 놀라지도 않잖아. 정숙이 주영의 임신 사실을 알았을 때가 성재와 키스한 것을 세라에게 들켜서 손을 찔렀을 때였다. 그날 근배는 한 전무와 오랜만에 만나 회포를 풀다가 밤늦게까지 술을 마시고 들어왔다. 정숙은 혹시 근배도 세라처럼 자신을 염탐하고 다닌 것 아닌가 의심이 들었다. 주영의 임신 사실을 알고 있는 것은 주영과 정숙뿐이었는데. 근배가 사람을 사서 서울에 있는 주영의 뒷조사를 할 이유는 없었다. 그렇다면 주영과 통화한 그 시간에 어디선가 근배가 지켜보고 있었다는 것 외에는 설명할 방법이 없었다. 정숙은 근배가 어디서부터 어디까지 알고 있는지 궁금해졌다. 설마 성재와 있었던 일까지 다 알고 있는 것은 아닐까 하는 두려움이 생겼다. 근배는 세라처럼 치밀한 성격이 아니었다. 그리고 성재가 아르바이트한 이후에 근배가 편의점에 온 적도 없었다. 적어도 정숙이 알기로는 그랬다. 근배가 어떻게 주영의 임신 사실을 알 수 있었는지 아무리 생각해봐도 답이 나오지 않았다. 그러던 그때 근배가 독심술을 한다고 말한 것이다. 그 말을 들은 정숙은 화가 머리끝까지 올랐다. 제대로 이야기 안 해? 나 미치는 꼴 보고 싶어? 정숙이 소리를 지르자 오히려 주영이 더 놀랐다. 엄마 왜 소리를 지르고 그래? 애 떨어져. 정숙은 화들짝 놀라 주영에게 사과했다. 아이고, 미안해. 그런데 내가 지금 어제 강도도 들고, 잠도 못 자고, 온종일 일하고 와서 정신없는 와중에 너희 아빠가 저런 소리까지 하니까 화가 안 나겠어? 주영은 놀란 가슴을 쓸어내렸다. 그러고는 무표정하게 맥주를 마시는 근배를 바라보았다. 아빠, 내가 임신 이야기 미리 안 한 건 미안한데, 오늘 하려고 온 거잖아. 임신했다고 아빠한테 말하는 게 쉬운 것도 아니고. 그런데 엄마 피곤해서 얼른 자야 하는데 장난 그만 치고 어떻게 알았는지 그냥 솔직하게 말해주면 안 돼? 주영의 말에 근배는 맥주잔을 내려놓고 머리를 긁적였다. 손가락 사이에 머리카락이 한 움큼 빠져나왔다. 근배는 빠진 머리카락을 모아놓으며 나 진짜 독심술 한다니까 했다. 그러자 이제는 주영이 짜증을 냈다. 아빠, 장난 그만하고 빨리 이야기해. 지금 새벽 1시가 다 됐는데. 이게 뭐 하는 거야? 엄마도 나도 빨리 자야 돼.

애 아빠가 누구인지 맞혀볼까?

주영은 근배의 이야기를 듣고 소스라치게 놀랐다. 안 돼! 말하지 마. 아이의 아빠가 누구인지는 주영이 외에는 아무도 몰랐다. 아이 아빠는 주영이 임신한 사실도 모르고 있다. 그걸 근배가 맞힌다는 것은 진짜로 독심술을 한다는 것이었다. 그럴 가능성은 전혀 없지만, 만약 진짜로 맞혀서 아이 아빠의 정체를 알게 되면 정숙이 가만히 있지 않을 것 같았다. 그날 화장실을 갔다 오니 권 팀장이 가버려서 주영은 혼자 남은 소주를 마시고 있었다. 늦은 시간이라 사장은 주방 아줌마를 퇴근시키고 주영이 나가기를 기다렸다. 영업 끝나셨으면 와서 같이 한잔하세요. 때마침 마지막으로 남은 다른 테이블 손님도 계산을 끝내고 나갔다. 사장은 소주 한 병을 꺼내와 주영의 앞에 앉았다. 주영은 많이 취해 있었다. 사장이 맥주잔에 소주를 반쯤 따라서 한 번에 훅하고 마셨다. 장사하기 힘드시죠? 주영이 묻자 사장은 주영을 멀끔히 바라보았다. 많이 취하셨어요. 네, 알아요. 더는 못 마시겠네요. 조금만 앉아 있다가 갈게요. 사장은 권 팀장이 가버린 뒤 주영이 우는 것을 보았었다. 사장은 다시 맥주잔에 소주를 따라 홀짝 마셨다.

제가 이런 말씀 웬만해서는 안 드리는데.

사장의 이야기에 주영은 풀린 눈에 힘을 주며 사장을 쳐다보았다.

네? 무슨 말씀 하시려고요? 아까 그 남자분이랑 어떤 관계인지 모르겠는데 그 남자분은 손님에게 마음이 없어요. 아직 나이도 어리신데 살다 보면 더 좋은 사람 생기니까 그렇게까지 하지 마세요. 주영은 한숨을 쉬었다. 창피하기도 하고 짜증스럽기도 했다. 사장의 말이 틀린 건 없었지만, 내가 왜 이런 사람에게 이런 말을 들어야 하나 싶은 생각이 들었다. 그만 갈게요. 주영은 비틀거리며 일어나 육횟집 밖으로 나왔다. 사장은 주영이 나가자 안녕히 가시라고 인사한 뒤에 테이블을 치우기 시작했다. 주영은 밖으로 나와 근처 편의점 의자에 잠시 앉았다.

주영은 옆에서 누군가가 중얼거리는 소리에 눈을 떴다. 낯선 방이었다. 모텔인 듯했다. 그 사람은 만취된 상태에서 주정을 하고 있었다. 깜짝 놀라 일어나려고 했지만 술에 취해 몸이 마음 같지 않았다. 살펴보니 주영도 그 사람도 옷을 입은 채였다. 다행이라는 생각도 잠시, 주영은 눈물이 나왔다. 술에 취해 권 팀장에게 했던 말들. 혼자 두고 가버린 권 팀장. 그리고 다른 사람과 모텔에 누워 있는 자신이 한심했다. 차라리 사고라도 치는 편이 나았을까? 한숨을 쉬고 주영은 그 사람을 흔들어 깨웠다.

아빠, 그런 거 말고 진짜 확실한 거 말해봐.

정숙은 당신 애 뒷조사하고 다니는 거야? 하며 소리를 질렀다. 주영은 근배를 가만히 쳐다보았다. 근배는 자기 이야기가 아니라는 듯 텔레비전을 보며 맥주를 마셨다. 아빠, 아빠가 진짜 독심술 하면 내가 지금 무슨 생각 하는지 맞출 수 있어? 할 수는 있는데 안 할래. 정숙은 어이가 없었다. 지금 피곤한 사람 갖고 장난하는 것도 아니고 무슨 독심술 타령을 해? 애 뒷조사한 거 들키기 싫으니까 독심술 한다고 하는 거잖아. 그게 핑계가 된다고 생각해? 진짜 독심술 하면 주영이가 무슨 생각하는지 맞혀보면 되잖아. 그건 또 왜 싫대? 근배는 여전히 텔레비전에서 시선을 떼지 않은 채 무심하게 대답했다. 독심술 하면 머리 빠져. 그래서 잘 안 해. 어이구, 콘셉트 제대로 잡으셨네. 무슨 말 같은 소리를 해야지. 독심술은 참 내.

손 찌르면 15분 전으로 가는 건 말이 돼?

근배의 말에 정숙과 주영은 둘 다 얼어붙었다. 아빠. 그거 어떻게 알아? 독심술을 하니까 알지. 그제야 근배는 텔레비전에서 시선을 떼고 정숙을 바라보았다. 정숙은 근배의 시선에 온몸의 피가 다 빠져나가는 기분이었다. 정숙은 자기도 모르게 집 밖으로 뛰쳐나갔다. 뒤에서 주영이 부르는 소리가 들렸지만, 더는 근배와 같은 공간에 있기 힘들었다. 놔둬. 근배의 말에 주영은 정숙을 따라 밖으로 나가려다 다시 들어왔다. 그런데 아빠 진짜 독심술 하는 거야? 그걸 지금까지 속였어? 너도 엄마랑 손 찌르면 과거로 가는 거 지금까지 비밀로 했잖아. 그건 이야기가 다르지. 과거로 가는 건 아빠한테 아무런 상관이 없지만, 나랑 엄마 생각을 읽는 건 다른 문제잖아. 근배는 주영을 보며 씁쓸하게 웃었다. 미안하게 됐다. 그런데 이게 계속 사람의 마음을 읽을 수 있는 게 아니니까 걱정하지 마. 그리고 농담이 아니라 독심술을 하면 진짜로 머리가 빠져. 아빠가 계속 독심술을 했다면 서른도 안 되어서 머리 다 빠졌을 거야. 그리고 평소에는 절대 다른 사람 마음을 안 읽으니까 걱정하지 마. 아빠 나 집에 오자마자 독심술로 임신한 거 알아낸 다음 키위 사 온 거잖아. 그건 네가 갑자기 심각하게 집으로 오니까 무슨 일이 있나 싶어서 그런 거고. 너 집에 왔을 때 무슨 일 있냐고 물었더니 아무 일도 없다고 그랬잖아, 임신해놓고. 그럼 어떻게 집에 오자마자 아빠 얼굴 보고 임신한 거 알리러 왔다고 그래? 그래서? 애는 낳을 생각이야? 몰라. 독심술로 알아보면 될 거 아냐.

26

독심_

야, 이 새끼야. 니 거 안 서나?

근배는 어두운 숲길을 달리고 또 달렸다. 학생주임은 큐대를 잘라 만든 몽둥이를 휘두르며 따라왔지만, 체력이 좋은 근배를 따라잡기에는 역부족이었다. 서근배! 니 도망가 봤자 어차피 오게 돼 있다. 퍼뜩 일루 안 오나? 학생주임이 지쳐 돌아간 줄도 모르고 근배는 미친 듯이 달렸다. 한참을 달리던 근배는 숨을 고르며 숙소 쪽을 바라보았다. 멀리서 친구들의 비명과 죄송합니더, 한 번만 봐주이소, 지는 아니라예, 망만 봤십니더, 그런 소리 들이 어렴풋이 들렸다. 대관령으로 온 고등학교 2학년 수학여행 첫날 밤에 근배는 친구들과 몰래 가져온 소주를 마셨다. 다들 고마 한 대씩 피우고 올까? 다른 녀석이 은하수 담배를 꺼내 흔들었다. 여서 피우자꼬? 당연히 나가야제. 너구리 잡을 일 있나? 우에 나갈낀데? 내 몰래 가보고 올게. 근배의 말에 친구들은 다시 환호했다. 서근배. 역시 난놈이다. 근배 깡다구는 알아줘야 한다. 고교 시절 근배는 성격이 밝고 호탕한 데다 싸움까지 좀 하는 덕에 친구들에게 대장 노릇을 했다. 하지만 약한 친구를 괴롭히거나 심부름을 시킨 적은 단 한 번도 없었다. 그래서 친구들에게 신망이 두터웠다. 그날도 근배는 친구들을 위해 조용히 밖으로 나가 교사들의 동태를 살폈다. 숙소에는 교사들이 보이지 않았다. 그들은 학생들을 재워놓고 읍내로 나가 고기를 구워 먹으며 회식을 하고 있었다. 없다. 조용히 나와라. 친구들은 근배의 뒤를 따라 조용히 숙소 밖으로 빠져나왔다. 상쾌한 가을밤 하늘에는 은하수가 펼쳐져 있었고, 근배와 친구들은 그 밤하늘에 은하수 담배 연기를 뿜어댔다. 근배는 담배를 피우지 않아 조금 떨어져서 하늘을 바라보고 있었다. 내도 하나 줘봐라. 나 담배 없! 어? 슨생님! 근배는 너무 놀라 뒷걸음질 치다가 바닥에 주저앉았다. 이 노무 새퀴들! 학생주임의 호통에 친구들은 다들 혼비백산 도망쳤다. 다른 선생님들도 어느새 포위하며 다가오고 있었다. 근배도 벌떡 일어나 달리기 시작했다.

하아, 모르겄다.

근배는 지금 들어가봤자 매만 맞을 것 같아 술기운이 좀 가시면 몰래 들어가야겠다고 생각했다. 깜깜한 숲길이었지만 무섭지 않았다. 오히려 숙소에 들어가 학생주임을 보는 것이 더 무서웠다. 근배는 자포자기한 심정으로 풀밭에 드러누웠다. 하늘에 쏟아져 내릴 듯한 별

들이 촘촘히 박혀 있었다. 달도 어느 때보다 크게 떠 있었다. 하늘 멋있다. 그때 하늘에 이상한 것이 보였다. 럭비공 모양의 주황빛이 하늘에 떠 있었다. 저게 뭐고? 오로라 같은 긴가? 저런 건 첨 보는데? 빛은 하늘에 달처럼 떠 있다가 천천히 다가오기 시작했다. 그러다 어느 순간 정신을 차려보니 근배의 머리 위에 커다란 주황빛이 떠 있었다. 학교 교실 정도 되는 크기의 빛을 보고 있던 근배는 움직이지도 못한 채 빛을 바라보았다. 핸드폰이 있었다면 사진이나 동영상을 찍어놓았을 테지만 그 당시에는 집 전화조차 귀한 시절이었다. 넋을 놓고 빛을 쳐다보던 근배의 몸이 조금씩 떠오르기 시작했다. 근배는 태어나서 처음으로 극도의 공포를 느꼈다. 근배의 몸이 빛에 점점 가까워지자 눈이 부셨다. 근배는 눈을 감고 이를 꽉 깨물었다. 그런데 어느새 바닥이 느껴졌다. 약간 차가운 고무바닥 같았다. 근배는 놀라 눈을 떴다. 흰빛과 흰 바닥밖에 없는 흰 공간이었다. 좌우를 둘러봐도 위를 올려다봐도 흰색 외에는 아무것도 없었다. 그런데 멀리서 무언가 다가오는 것이 보였다. 한 개가 아니라 세 개였다. 반투명의 파란색 2미터짜리 문어 세 마리가 다가오고 있었다.

으아아아아악!

근배는 공포에 소리를 질렀다. 그리고 다가오는 문어들 반대편으로 도망치기 시작했다. 그런데 무언가 보이지 않는 푹신한 벽에 가로막혔다. 근배는 벽을 때려보고 눌러보았지만 어찌할 수가 없었다. 문어 세 마리가 천천히 근배에게 다가왔다. 근배는 두려움에 주저앉아 다가온 문어들을 바라보고 있었다. 다가온 문어는 근배 앞에서 멈춰 섰다. 그러고는 움직이지 않았다. 근배는 조심스레 문어 옆으로 도망치려 했다. 근배가 천천히 일어나려는데 문어의 머리가 열렸다. 그곳에 외계인이 타고 있었다. 문어는 생물이 아니라 기계였다. 외계인은 커다란 검은 눈에 회색 피부를 가지고 있었다. 키는 초등학교 저학년 정도의 키였다. 다른 문어의 머리도 열리면서 그곳에 타고 있던 외계인들도 내렸다. 외계인들의 키는 조금씩 달랐지만 셋 다 근배의 배꼽 정도까지밖에 오지 않았다. 왜소한 외계인들을 보자 근배는 조금 안심이 되었다. 외계인 셋은 서로 무언가 대화를 하는 듯 보였지만 근배의 귀에는 이잉 이이잉 잉 이잉 하는 소리로밖에 들리지 않았다. 근배는 우선 인사를 해보기로 마음먹었다. 저기요? 근배의 행동을 본 외계인들은 다시 자기들끼리 무언가 이잉 잉 잉하며 이야기를 나눈 뒤 문어에 올라탔다. 그러고는 뚜껑을 닫고 다시 문어를 움직이기 시작했다. 이 와 이라는교? 말로 하입시더. 가운데 있던 문어가 다리 한 개를 뻗어 근배의 허리를 휘감았다. 근배는 놀라 비명을 질렀다. 다른 문어 하나가 다리를 뻗어 다리 끝을 근배의 입에 집어넣었다. 다리 끝에서 아무 맛도 없는 물컹한 무언가가 나와 근배의 목구멍으로 넘어갔다. 그걸 삼키자 근배의 몸이 움직이지 않았다. 근배는 의식은 있었지만, 말도 하지 못하고 눈동자만 움직일 수 있었다. 마치 가위에 눌린 것 같았다. 문어는 휘감았던 다리를 풀고 근배를 조심스레 바닥에 눕혔다. 가운데 있던 문어의 머리가 열리며 외계인이 내려 근배에게 다가왔다. 그러고는 근배의 머리를 이리저리 만져보았다. 그러고는 새끼손톱만 한 검은 지우개 같은 것을 근배의 왼쪽 관자놀이 위로 집어넣었다. 살을 찢은 것도 아닌데 검은 지우개 같은 것은 근배의 관자놀이를 통해 머릿속으로 들어갔다. 들어갔다기보다는 흡수된 것처럼 느껴졌다.

하지 마라. 이 개시끼들아!

근배가 온 힘을 내어 소리를 지르자 막힌 목이 뚫리듯 매우 큰 소리가 나왔다. 그러고는 몸도 움직이기 시작했다. 욕은 하지 마시죠. 근배는 깜짝 놀랐다. 근배의 머리를 만지던 외계인의 목소리가 들렸다. 외계인이 말을 하는 것 같지는 않았지만, 목소리는 분명히 들렸다. 근배는 자기도 모르게 죄송합니더 하고 사과를 했다. 옆에 있던 다른 문어들의 머리도 열린 뒤 나머지 외계인들도 문어에서 내렸다. 안녕하세요. 놀라게 해드려서 죄송합니다. 방금 머리에 넣은 것은 대화할 수 있게 해 주는 도구입니다. 말이 안 통해 설명해 드리지 못하고 삽입한 것에 대해 대단히 죄송하게 생각합니다. 근배는 조그마한 외계인들이 예상 외로 예의가 바르다고 생각했다. 저희가 서근배 님을 모신 이유는 다름이 아니라 허락을 받기 위해서입니다. 저희가 이곳에 온 이유는 저희 고향이 식량난에 시달리고 있기 때문입니다. 그래서 이곳의 식량을 좀 가져갈 수 있을까 해서 온 것입니다. 뒤를 돌아보십시오. 근배가 뒤를 돌아보자 어느새 젖소 두 마리가 누워 있었다. 저 젖소 두 마리를 저희 고향으로 가져가도 되겠습니까? 근배는 당황했다. 저거는 제 젖소가 아닌데예? 그때 젖소 한 마리가 벌떡 일어나더니 음매 하며 어디론가 뛰어갔다. 몇 걸음 못 가서 젖소는 보이지 않는 벽에 부딪혀 멈춰 서더니 주변을 두리번거렸다. 양쪽에 있던 외계인들은 재빨리 문어에 올라타고는 젖소에게 갔다. 오른쪽 문어가 다리로 젖소를 휘감자 왼쪽 문어가 젖소의 입에 다리를 집어넣었다. 젖소는 무언가를 꿀꺽꿀꺽 삼키더니 다시 조용해졌다. 일종의 마취입니다. 걱정하지 않으셔도 됩니다.

제 젖소가 아니라니까예.

근배의 말에 외계인들은 깜짝 놀라며 자기들끼리 무언가를 속닥거렸다. 그러더니 왼쪽 외계인이 조심스레 근배에게 물었다. 지구의 지상을 지배하는 종족이 인간 아닌가요? 맞는데예? 그럼 저 젖소를 가져가는 걸 허락해주실 수 있지 않나요? 근배는 외계인의 말이 어떤 뜻인지 전혀 이해하지 못했다. 그런 근배의 마음을 왼쪽 외계인이 읽어내었다. 잘 이해가 안 되신다니 쉽게 설명해드리겠습니다. 뒤를 돌아봐 주십시오. 근배가 뒤를 돌아보자 허공에 냉장고만 한 참치 두 마리가 떠 있었다. 옴마? 이건 또 뭐꼬? 근배는 너무 놀라 외계인 쪽으로 달아났다가 외계인 얼굴을 보고는 다시 다른 쪽으로 물러섰다. 참치가 눈을 돌리고 입을 끔뻑이는 것을 보아 죽은 것 같지는 않았다. 인도양에서 만난 범고래 키앙키앙끼응 님은 저희 고향 사정을 딱하게 여기셔서 참치를 고향으로 가져갈 수 있도록 허락해주셨습니다. 지구 해양을 지배하는 종족인 범고래는 참치가 자신의 소유인지 아닌지는 상관하지 않으셨습니다만 인간은 범고래와 다르게 소유에 대해 중요하게 생각하나 보죠? 근배는 곰곰이 생각해보았다. 지금 젖소를 외계인들에게 가져가라고 허락한다고 해서 젖소의 주인이 자신에게 책임을 물을 수 있을 것 같지 않았다. 그렇다고 지금 외계인들에게 젖소의 소유에 관해 설명하고 젖소 주인에게 가서 허락을 받으라고 하면 문제가 더 복잡해질 것 같았다. 그러다 궁금한 것이 생겼다. 저기 말입니더, 궁금한 게 있는데. 와 꼭 허락을 받고 가져가실라카는지예? 고마 그냥 가져가심 안 됩니꺼?

그건 도둑질이잖아요.

외계인이 어이없다는 듯 대답했다. 그리고 오른쪽 외계인이 말하기 시작했다. 아직 지구 지상의 지배종족인 인간은 절도에 대해 잘 모르시나 본데요. 물론 도둑질해서 그냥 가져가도 되겠죠. 그러자 가운데 있는 외계인이 오른쪽에 있는 외계인에게 버릇없게 이야기한다며 짜증을 냈다. 제가 다시 말씀드리겠습니다. 우리가 젖소를 인간들 몰래 가져가게 되면 당장에는 큰 문제가 생기지 않습니다. 그러나 먼 미래에 인간이 엄청난 발전을 이뤄서 저희 고향까지 올 수 있게 되면 그때는 큰 문제가 될 수 있지 않겠습니까? 제1차 우주대전이 그런 식으로 발발했습니다. 27만 년 전에 응으닝 행성을 지배하던 잉능족 어린아이가 스쓰츠스쓰 행성에 갔다가 몰래 스쓰츠스쓰의 동물인 츠으츠츠를 가지고 응으닝 행성으로 돌아갔습니다. 잉능족 어린아이는 츠으츠츠가 너무 귀여워서 애완동물로 삼으려고 가져간 것이었죠. 그 후로 18만 7626년이 지나고 스쓰츠스쓰의 지배종족인 츠츠스으르쓰족은 발전을 거듭해 우주 항해와 차원 이동기술을 습득하게 됩니다. 그러고는 응으닝 행성에 도착했지요. 거기서 츠으츠츠를 발견하게 됩니다.

아아, 모르겄다. 고마 그냥 가져가이소.

근배는 외계 역사수업이 지겨웠다. 알겠습니다. 형식과 절차가 이런 것에 대해 이해해 주셔서 감사합니다. 그럼 조심해서 돌아가십시오. 므라꼬예? 우예 돌아갑니까? 그건 저희가 아까 계셨던 그곳에 내려 드릴 테니 걱정하지 마세요. 그냥 이래 가면 되는깁니까? 됩니다. 아까 머릿속에 뭐 집어여은 거는 우예 되는 깁니까? 선물이라 생각하세요. 범고래 키앙키앙끼응 님도 굉장히 좋아하셨습니다. 이런 게 머릿속에 계속 있으믄 부작용 같은 건 없는 겁니까? 부작용은 전혀 없습니다. 외계인들이 부작용이 없다고 말했지만, 사실은 부작용이 있었다. 그 부작용은 탈모였다. 외계인도 범고래도 머리카락이 없었기 때문에 부작용이 없다고 생각한 것이었다. 외계인은 근배에게 다시 한번 허락해줘서 감사하다는 인사를 했다. 외계인 셋은 문어에 올라타고는 멀리 사라졌다. 다시 근배의 주변에는 흰색 말고 아무것도 없었다. 근배가 슬슬 무서워지기 시작할 때쯤 흰색이 점점 환해지며 눈부실 정도가 되었다. 근배는 눈이 아파 눈을 감았다. 잠시 후 몸이 공중에 붕 뜬 느낌이 들더니 눈부심이 없어졌다. 눈을 떠보니 아까 전 누워 있던 풀밭 위에 떠 있었다. 근배의 몸은 천천히 풀밭으로 안착했다. 주황빛이 천천히 밤하늘 위로 멀어지더니 어느 순간 갑자기 사라지고 없었다. 주황빛이 사라지자 근배는 꿈을 꾼 것 같은 느낌이었다. 근배는 외계인이 대화하기 위한 장치라는 것을 집어넣었던 왼쪽 관자

놀이를 만져보았다. 어떠한 것도 만져지지 않았고, 통증도 없었다. 나중에 안 사실이지만 그 자리에 수박씨 크기의 검은 점이 생겨나 있었다.

야, 이 미친새끼야!

숙소에 도착하자마자 학생주임이 뛰어나와 근배 뺨을 후려쳤다. 근배는 정신이 멍했다. 엎드리라. 엎드리라고 안 하나? 이 개시끼야. 학생주임은 큐대를 휘두르며 근배에게 명령했다. 근배는 정신 차릴 새도 없이 어느새 숙소 입구에서 팔을 짚고 엎드렸다. 학생주임은 큐대로 근배의 허벅지를 내리쳤다. 순식간에 허벅지를 세 대를 맞은 근배는 그제야 정신이 들어 비명을 지르며 아스팔트 바닥을 굴렀다. 똑바로 안 일나나? 숙소 창문으로 학생들이 고개를 내밀고 근배가 맞는 것을 구경했다. 몇몇 선생들이 뛰쳐나와 학생주임을 말렸다. 여기서 이러시면 안 돼요. 좀 참으세요. 근배 너도 얼른 일어나서 방으로 들어가. 학생주임은 다른 선생들과 함께 숙소로 들어갔다. 숙소 입구에 넘어져 있는 근배를 아무도 신경 쓰지 않았다. 근배는 인상을 찌푸리며 일어나 절뚝거리며 숙소로 들어갔다. 방으로 들어가자 아이들은 우르르 근배의 주변으로 모여들었다. 괘안나? 그래도 그 정도 맞은 게 다행이다. 학주가 니 죽인다고 엄청 벼르더라. 그때 철호가 아이들을 밀치며 근배에게 다가왔다. 아가 맞고 들어왔는데 뭐 그래 말들이 많노? 철호는 근배를 부축하며 방 모퉁이에 이불이 깔린 곳으로 데리고 갔다. 근배는 허벅지 맞는 곳이 아파 바로 누울 수가 없어서 이불 위에 엎드려

누웠다. 맞은 데 안티푸라민이라도 발라야 하는 거 아이가? 아까 보니까 억수로 씨게 맞던데. 괘안타. 고맙다. 철호야.

아, 이 시키 더 맞았어야 하는 긴데.

철호의 말에 근배는 인상을 쓰며 철호를 노려보았다. 와? 많이 아프나? 니 방금 뭐라고 씨부렸나? 나? 안티푸라민 발라야 하는 거 아니냐고. 그다음에. 그다음에? 암 말도 안 했는데? 이 병신새끼는 처맞고 왔으면 조용히 있을 것이지. 와 나한테 시비고? 철호는 입도 뻥끗하지 않고 근배를 쳐다보고 있었다. 근배에게 그제야 철호의 말이 아니라, 생각이 들린다는 것을 알게 되었다. 외계인들의 말을 들었듯 철호의 생각을 듣고 있던 것이었다. 그런데 다른 아이의 말은 들리지 않았다. 혹시나 해서 옆에 지켜보고 있던 다른 녀석의 생각을 읽어보았다. 내일 아침 몇 시에 기상이고? 지금 자면 다섯 시간 정도 자겠네. 하는 생각이 읽혔다. 근배는 정신이 혼란스러웠다. 다른 사람의 생각을 읽을 수 있는 것은 외계인이 머리에 무언가를 집어넣었기 때문이라고 생각했다. 그러나 근배는 생각을 읽을 수 있다는 것보다 철호가 그런 생각을 한다는 것이 더욱 충격이었다. 근배는 철호가 자신의 주변 친구 중에 가장 착한 녀석이라고 믿고 있었다. 철호가 평소에 근배에게 욕을 하거나 화를 내기라도 했다면, 하다못해 장난스럽게 놀리기라도 했다면 충격이 덜했을 것이다. 10년 넘게 절친이라 믿었던 철호의 속을 근배는 이제야 알게 된 것이었다. 근배는 학생주임에게 맞은 허벅지보다 마음이 더 아팠다. 근배 니 머리 엄청 빠졌다. 철호의 말에 근배가 엎드려 있던 베개를 보니 머리카락이 한 움큼 빠져 있었다. 니 학주한테 머리끄댕이 잡혔었나? 우예 머리를 잡아 뜯어뽑기에 이래 많이 빠지나? 철호는 걱정스레 말하면서 이 새끼 대머리 되뿔면 졸나게 웃기겄다는 생각을 했다. 근배는 벌떡 일어나 철호의 어깨를 툭 치고는 걱정해줘서 고맙다고 했다.

고마워해야 하나?

근배는 독심 능력이 생긴 것을 고마워해야 하는지 헷갈렸다. 근배가 버스에서나 만화방, 빵집 등에서 사람들의 생각을 읽었을 때 대부분 뭘 먹을까? 섹스하고 싶다. 이 두 가지 생각이 압도적으로 많았다. 죽여버릴까? 아니면 죽어버릴까? 하는 생각도 많이들 했다. 그리고 피곤하다는 생각만 하는 사람들도 많았다. 근배는 사람의 생각을 읽을 때마다 머리카락이 빠졌다. 어느 순간 거울을 보니 두피가 허옇게 보였다. 그 당시에 근배는 고등학생이라 머리가 빠져도 금방 다시 나곤 했다. 사람들의 생각을 읽어보다가 어느 날 저녁 식사자리에서 가족의 생각을 읽었다. 근배의 아버지는 경주에서 지물포를 하고 있었다. 경주에 있는 자그마한 지물포라도 그 당시에는 방 세 칸짜리 집에서 네 식구 먹고살기에 큰 문제가 없었다. 근배의 아버지는 지물포 근처 연다방의 유 마담과 바람이 난 상태였다. 저녁을 먹고, 지물포 옆 철물점 정씨, 목수 고씨와 술 약속이 있다며 나갈 예정이었다. 그러나 사실은 연다방 셔터를 내리고 유 마담과 단둘이 양주를 마실 생각이었다. 알고 보니 아버지와 유 마담이 정분난 지 3년이 넘었다. 그리고 아버지가 유 마담과 바람을 피우고 있다는 사실을 어머니도 알고 있었다. 어머니는 그 시절 전형적인 가정주부였다. 남편에게 적은 생활비를 받아 쓰며 청소와 빨래를 하고 가족의 식사를 챙겼다. 그렇게 20년 가까이 살다 보니 친구라고는 동네에서 알고 지내는 아주머니들이 전부였다. 근배의 어머니는 아버지가 자신을 버릴까 봐 무서워서 바람피우는 것에 대해 아무 말도 못 하고 있었다. 괜히 긁어 부스럼이라고 유 마담 이야기를 꺼냈다가 유 마담과 살림이라도 차리는 날에는 두 아들을 데리고 어떻게 살아야 할지 막막했기 때문이었다.

밥 좀 푹푹 퍼먹어.

젓가락으로 밥을 깨작대는 근배의 형 경배에게 어머니가 짜증을 냈다. 경배는 남은 밥을 입에 욱여넣고는 일어나 방으로 들어갔다. 들어가는 경배의 뒤통수에 어머니의 눈총이 꽂혔다. 아버지는 그런 경배에게 신경도 쓰지 않았다. 어머니는 아버지를 닮은 근배를 조금 무서워했다. 덩치도 크고, 활달한 성격에 가끔 큰소리도 내는 근배에게 어머니는 상냥한 편이었다. 그러나 어머니 자신을 닮은 경배에게는 달랐다. 왜소한 몸에 시력도 좋지 않아 두꺼운 안경을 쓰고, 말수도 없이 무슨 생각을 하는지 알 수 없는 경배에게 자주 짜증을 냈다. 예전에는 어머니가 허약한 형을 걱정해서 잔소리하는 거라 생각했지만, 생각을 읽을 수 있게 되자 그게 그냥 화풀이라는 것을 알게 되었다. 아버지의 바람과 당신의 처지 그리고 동네에서 착하고 입이 무거운 충청도 양반 옥천댁이라는 평판에 대한 스트레스를 경배에게 푸는 것이었다. 그리고 그 사실을 경배도 알고 있었다. 근배가 양말을 뒤집어 벗어 책상 밑에 쑤셔 넣어도 어머니는 이런 걸 이런 데다 놓으면 워떻게 찾으라는 겨? 하셨고, 근배가 에에 몰라 하고 드러누워도 어머니는 웃고 말았었다. 그러나 경배의 책상에 연필 한 자루라도 보일라치면 불러다 앉혀놓고 잔소리를 했다. 엄마 말이 말 같지가 않어? 어무니가 배운 것 없이 무식허다고 무시하는겨? 하며 가끔 손가락으로 경배의 이마를 기분 나쁘게 밀었다. 그러는 와중 경배가 조용히 듣고만 있으면 혼자 화를 내며 무슨 말이라도 혀라, 엄마 속 터져 죽는 꼴 보고 싶어서 그려? 그렇게 혼자 잘난 체허고 살 거면 집을 나가, 연을 끊어, 같은 악담도 퍼부었다. 근배는 어머니가 경배에게 그러는 것을 알지 못했다. 그동안 근배는 경배의 상황에 큰 관심도 없었다. 그리고 경배는 착하니까 근배처럼 부모에게 대들지 않고 순종하는 것으로만 알고 있었다. 하지만 경배도 그런 것들을 마음에 계속 담아두고 있었다.

형은 원래 착하니까.

경배에게 아버지도 어머니도 우리 착한 장남, 우리 집 대들보, 네가 잘돼야 동생도 잘된다, 아버지는 너만 믿는다, 엄마는 너밖에 없다 했지만 그것은 그냥 경배에게 화풀이한 것의 죄책감에 하는 말치레였다. 그리고 그걸 경배는 너무나도 잘 알고 있었다. 경배가 남은 밥을 숟가락으로 퍼서 입에 다 쑤셔 넣고 방으로 들어가자 근배는 화를 참을 수 없었다. 그동안 이 집안을 화목한 가족이라고 생각했던 것은 근배밖에 없었다. 바람피우는 아버지도, 형에게 화풀이하는 어머니도,

그걸 참고 있는 형도. 그리고 아무것도 몰랐던 자신까지 모두가 실망스러웠다. 아부지! 아부지 식사하시고 연다방 가실라고 그라십니까? 사람이 그러는 거 아입니다. 지는 아부지가 성실히 일하시고 가정에 책임감을 가진 사람인 줄 알았는데, 지금 보니 그냥 놈팽이네예. 처자식 있는 사람이 다방 마담한테 빠져가가 다방 셔터 내리고 시시덕거리는 게 사내대장부가 할 짓입니꺼? 아버지는 놀라, 말을 더듬으며 니 지금 무슨 말도 안 되는 소리를 하는 기가? 했다. 그러나 근배는 이미 말을 뱉은 이상 멈출 수가 없었다. 아부지가 그러고 다니시는 거 엄니도 아십니다. 엄니도 다 아시지만, 괜히 성질 건드렸다가 아예 딴 살림 차려뿔까 봐 무서워서 화도 못 내고, 그걸 죄다 형한테 푸는 거 아입니까. 엄니도 아부지 닮아 화를 잘 내는 저한테는 화풀이 몬 하시고 만만한 형한테 그러는 거 지도 다 압니다. 형은 무슨 잘못이 있습니까? 착하고 말 없는 게 죄입니까?

와 그랬노?

근배가 방에 들어오자 경배는 조용히 근배에게 말했다. 내 없는 말했나? 집안 꼬락서니가 이기 뭐꼬? 완전 우리 집 콩가루 집안이었네. 근배가 한바탕하고 집안이 조용해졌다. 아버지는 숟가락을 놓고 담배를 피웠고, 어머니는 아무것도 못 들었다는 듯 말없이 꾸역꾸역 밥을 입에 집어넣었다. 형은 조용히 책상 앞에 앉아 무협지를 꺼내 읽었다. 더는 집에 있기 답답해진 근배는 밖으로 나갔다. 그전까지만 하더라도 근배는 좋은 가정환경에서 살고 있는 줄 알았었다. 가난한 것도 아니었고, 가족 중에 몸이 아픈 사람이 있는 것도 아니었다. 가부장적인 집안이긴 했지만, 그 당시에만 하더라도 그게 당연했기 때문에 오히려 그래야 가정이 화목해진다고 믿었다. 겉으로 그래 보였던 가족이 속으로는 썩어 있던 것이었다. 그걸 근배만 모르고 있었다. 근배가 한바탕 뒤집은 그날 이후로 가족끼리 대화가 없어졌다. 아버지는 늘 밖에서 저녁을 먹고 집으로 왔다. 연다방 출입은 다시는 하지 않았지만, 가족 때문에 유 마담과 만나지 못한다는 생각에 가족을 원망했다. 어머니와 경배는 가뜩이나 말이 없었는데 더욱 말이 없어졌다. 그러다 보니 어머니와 경배가 대화하는 경우는 거의 없었다. 경배는 방에 틀어박혀 무협지만 읽었다. 그 이후로 근배는 다른 사람의 마음을 읽는 것을 잘 하지 않게 되었다.

잘 댕겨와라.

머리를 짧게 자른 근배가 친구들에게 거수경례를 하고는 입영 열차에 올랐다. 근배는 고등학교를 졸업하고 바로 입대했다. 가시덤불 같은 집구석에 더 있기 싫은 마음에 대입을 포기하고 입대를 선택한 것이었다. 그 당시 경배는 서울로 대학을 가고 싶었지만, 어머니의 반대로 경주대학교에 다니고 있었다. 서울로 유학 보낼 돈이 없다는 이유였다. 근배가 훈련소를 마치고 자대 배치를 받은 뒤 첫 휴가를 나왔을 때 경배는 미국에 유학을 갈 예정이라고 했다. 그리고 그 사실을 부모님께 말하지 말아달라고 부탁했다. 니도 제대하고 미국에 오고 싶으면 이야기해라. 라스베이거스 데리고 갈 기가? 라스베이거스도 데리가고, 하와이도 데리 가주께. 근배는 경배의 말이 농담인 줄 알았지만, 근배가 상병이 되고 두 달 후 미국에 잘 도착했다는 경배의 편지가 왔다. 그리고 근배가 병장이 되고 한 달 뒤에 어머니가 자살했다. 경배는 미국에 있고, 근배가 군대에 있는 사이 아버지가 집을 나갔다. 어머니는 홀로 집을 지키다가 대들보에 목을 매어 자살한 것이다. 동네 아주머니가 어머니의 시신을 발견했을 때는 이미 죽은 지 이틀이나 지난 뒤였다. 경배는 어머니의 장례식에 오지 않았다. 아버지는 어머니 염을 할 때 어머니가 죽은 것이 차라리 잘된 일이라는 생각을 했다. 근배는 그런 아버지의 생각을 읽었다. 근배는 염을 하다 말고 순간적으로 화가 나서 장례식장을 뒤집어엎었다. 어머니가 죽었는데 어떻게 잘됐다는 생각을 할 수 있는지, 당신이 바람피워서 자살한 거다, 그러니 평생 아버지를 증오할 거라며 근배가 장례식장을 뒤엎는 동안 어떠한 조문객도 말리지 못했다.

니가 고생 마이 했다.

장례식이 지나고 며칠 후 경배가 미국에서 근배가 근무하는 부대로 전화를 했다. 대대장의 배려로 근배는 경배와 통화를 했다. 경배는 앞으로 평생 미국에 살 예정이라고 했다. 그리고 앞으로는 네가 장남이니 아버지를 잘 부탁한다며 전화를 끊었다. 근배는 경배에게 어떻게 어머니 장례식에 안 올 수 있느냐고 묻지 못했다. 전화로는 경배의 생각을 읽을 수도 없었다. 그 통화 이후로 근배는 경배와 지금까지도 연락하지 않고 있다. 근배는 가족이 이렇게 된 이유가 모두 자기 탓인 것 같았다. 군대를 늦게 왔더라면 어머니를 살릴 수 있었을 거라고 자책도 했다. 차라리 그날 가족의 생각을 읽지 말았어야 했다는 후회도 했다. 그리고 지금이라도 머릿속에 있는 외계인의 대화 장치를 빼고 싶었다. 그 후로 근배는 남의 생각을 읽는 일을 더욱더 하지 않게 되었다. 그렇게 근배는 겉으로는 평범한 사람처럼 지내고 있었다. 다른 사람들과 다를 바 없이 평범하게 회사를 다니고 1년이 채 되지 않았을 때 한 통의 전화를 받았다.

서군범 씨 아드님 되시죠?

아버지는 을지로에 있는 국립의료원 영안실에 누워 있었다. 아버지의 장례식에 아버지 손님은 아무도 오지 않았다. 아버지는 청계천 골목에서 동사했다고 한다. 경찰은 술을 마시고 잠들었던 것 같다고 했다. 평화시장에서 원단과 옷을 지게로 나르며 살았던 모양이었다. 연다방의 유 마담과는 어떻게 됐는지 알 길이 없었다. 혼자 멀뚱히 상을 치르면서도 슬픈 생각은 들지 않았다. 이런 날이 빨리 와줘서 다행이라는 생각만 했다. 그러다 형 경배 생각이 났다. 근배는 경배가 미국 어디에서 지내는지, 어떤 일을 하는지, 결혼은 했는지, 아니면 죽었는지 알지 못했다. 독심술로도 알아낼 수 없었다. 죽은 아버지와 어머니의 생각도 독심술로 알아낼 수 없었다. 길거리 지나가는 어느 사람의 생각이라도 읽을 수 있었지만 사라진 가족의 생각은 읽을 수 없었다. 그 후로 근배는 가족 없는 삶을 살았다.

이선희 콘서트 가고 싶다. 장국영 나온다던데.

근배는 한남동 거래처에 가는 도중 거래처 사장에게 강남에서 넘어오는 길이 막혀 20분 정도 늦을 거라는 음성 메시지를 받았다. 공중전화로 음성 메시지를 확인한 뒤 주인 없는 사무실에서 20분 앉아서 기다리느니 편히 은행에 가서 잡지나 보다가 올라가야겠다는 생각에 거래처 건물 1층 은행에 들어와서 잡지를 펼쳤다. 그때 정숙이 눈에 들어왔다. 딱히 예쁘지는 않았지만 수수한 모습이었다. 이성적으로 끌렸다기보다는 도대체 저런 여자는 무슨 생각을 하며 살까 하는 궁금증에 생각을 읽은 것이었다. 장국영 팬인가 보네. 근배는 거래처 사장을 만나 업무를 끝내고 여의도 KBS로 가서 이선희 콘서트 티켓 두 장을 샀다. 그 당시 근배는 삶에 회의를 느끼고 있었다. 우울증이 심했지만, 그때는 우울증인지도 몰랐다. 내 삶은 왜 이렇게 되었을까 하는 생각이 머릿속을 떠나지 않았다. 몇 년째 그 답을 찾으려 노력했었다. 근배도, 형 경배도 어떤 잘못을 했는지 알 수 없었다. 그러다 결국 근배 자신의 잘못이 아니라 부모의 잘못이라는 결론에 도달했다. 그런 결론을 내리고 나니 허무했다. 그리고 앞으로 가정을 만든다면 자식이나 배우자에게 상처 되는 행동은 절대 하지 말아야겠다는 다짐을 했다. 그러다가 문득 의심이 들었다. 정말 아무 잘못 없이 살았다면 왜 나에게 이런 저주가 생겼을까? 그런 생각을 한 이후로 근배는 선행을 했다. 식당 종업원이나 회사 청소부에게 항상 예의 바르게 인사를 했다. 짐을 들고 있는 노인을 보면 꼭 짐을 들어줬고, 구걸하는 사람이 있으면 꼭 돈을 줬다. 항상 양보했고, 배려했다. 상대방에게 화를 내지 않고, 베풀며 살았다. 근배는 뜻하지 않은 행운을 얻어 행복해하는 사람을 보는 것에 즐거움을 느꼈다. 정숙에게 주기 위해 이선희 콘서트 티켓을 산 것도 그런 이유였다.

우대적금을 1년 이상 들어놓으시면 연 21.6% 이자를 받으실 수 있어요.

연이자가 꽤 높네요. 근배는 그렇게 대답했지만 사실 다른 은행의 대부분 적금도 그 정도 금리가 된다는 사실을 알고 있었다. 정숙은 사무적이지만 친절한 말투로 근배에게 적금에 관해 설명했다. 근배는 관심도 없는 정숙의 설명을 들으며 그렇군요, 하며 대답을 하다가 월 2만 원씩 적금하기로 했다. 그 당시 근배의 월급이 25만 원이 조금 넘었을 때였다. 정숙은 근배가 적금을 넣기로 하자 기분이 좋아졌다. 근배는 그 틈을 타 정숙에게 물었다. 혹시 장국영 좋아하세요? 정숙은 근배의 뜬금없는 질문에 놀랐다. 아뇨. 왜요? 근배도 정숙의 뜬금없는 대답에 놀랐다. 분명 장국영이 나온다는 이선희 콘서트에 가고 싶다 생각했었는데 어찌 된 일인지 아뇨 라는 대답이 나온 것이다. 그다음의 왜요? 에 대해 근배는 뭐라 해야 할지 말머리를 잃었다. 저는 장국영처럼 곱상한 스타일보다 고객님처럼 듬직한 스타일을 좋아해요. 정숙의 말에 근배는 순간적으로 심장이 두근거렸다. 정숙이 적금을 들어준 근배의 기분을 맞춰주기 위해 하는 거짓말이라는 것은 굳이 독심술을 하지 않아도 알 수 있었다. 그럼에도 불구하고 그 순간에 근배는 정숙에게 반했다. 전혀 기대에 없던 설렘이었기 때문이었다. 정숙의 외모가 근배가 평소 좋아했던 스타일도 아니었고, 정숙의 생각을 읽어보아서 정숙이 특별한 사람이라는 생각도 없었다. 그러다 뜬금없이 듬직한 스타일을 좋아해요, 라는 말에 근배는 마음을 빼앗긴 것이다. 근배는 주머니에서 이선희 콘서트 티켓 두 장을 꺼내 정숙에게 보여줬다.

제가 이런 게 있는데 저는 갈 시간이 안 될 거 같아서.

근배는 정숙의 눈치를 살폈다. 정숙의 눈은 휘둥그레져서 이선희 콘서트 티켓을 바라보았다. 여기 장국영이 나온다고 하더라고요. 그런데 장국영을 별로 안 좋아하시면. 저 이선희 팬이에요. 정숙이 근배의 말을 끊고 대답했다. 그러시구나. 그럼 이 티켓 드릴까요? 그 티켓 비싸지 않나요? 정말 저 주셔도 되는 거예요? 그럼요. 근배는 티켓을 정숙에게 건네주었다. 콘서트 티켓을 받아 든 정숙의 환한 미소에 근배는 다시 한번 심장이 두근거렸다. 근배는 은행을 나서자마자 다시 택시를 잡아타고 여의도 KBS로 향했다. 그리고 다시 이선희 콘서트 티켓을 한 장 샀다. 이선희 콘서트에서 정숙과 마주친다면 정숙이 어떤 말을 할지 궁금했다. KBS에 친구가 있어서 표를 쉽게 구할 수 있었다고 해야겠다. 이렇게 만난 것도 인연인데 식사나 하자고 하면 하려나? 그런데 갈 시간이 안 될 것 같다고 하면서 티켓을 줘놓고, 콘서트에 나타나면 이상한 사람이라고 생각하지 않을까? 그런데 혹시 남자랑 같이 오면 어떡하지? 그럼 그냥 인사나 하고 헤어져야지. 아니 인사는 뭐 하려고 해? 그냥 모르는 척 있어야지. 그냥 콘서트에 가지 말까? 근배의 고민은 콘서트 전날까지 계속 이어졌다. 결국 근배는 전날 잠을 한숨도 못 잔 채 이선희 콘서트장에 도착했다.

와아아아아아아!

이선희 콘서트의 열기는 어마어마했다. 근배는 수많은 관중을 보고 좌절했다. 이 많은 인파 속에서 정숙을 찾기란 백사장에서 바늘 찾기였다. 독심술도 이런 데서는 아무런 쓸모가 없었다. 근배는 입장 줄을 서면서도 계속 두리번거렸고, 좌석에 앉기 전에는 무대 앞부터 위층 끝 좌석까지 돌아다니며 정숙을 찾았다. 근배도 머릿속으로는 절대 찾을 수 없다고 생각했지만, 만약 인연이라면 우연하게라도 만나지 않을까 하는 기대감이 있었다. 혹시나 복권에 당첨되지 않을까? 그런 막연한 기대감이었다. 콘서트가 시작하고 관객들이 열광하자 그 기대감마저 관객들의 환호에 쓸려 사라져갔다. 그제야 근배는 도대체 내가 왜 여기 와 있나 그런 생각이 들었다. 이선희도 장국영도 근배에게는 관심 밖이었다. 괜히 콘서트 티켓 세 장 값을 날렸다는 생각이 들었다. 이선희가 주옥같은 명곡을 부를 때도, 장국영이 깜짝 등장할 때도, 옆에 앉아 있던 여대생이 감동의 눈물을 흘릴 때도, 근배는 관심이 가지 않았다.

That sounds good

이선희와 장국영의 듀엣이 끝나고 사회자가 인터뷰를 시작했다. 얼토당토않은 영어 인터뷰 시간에 근배는 자리에서 일어나 콘서트장을 나가려고 했다. 정말 콘서트를 즐기러 간 것이었다면 독심술을 해서 이선희나 장국영이 어떤 생각을 하는지 읽었을 테지만, 근배는 그런 것에도 관심 없었다. 그러다 문득 인연은 만들어가는 거라는 광고 문구가 생각나 다시 정숙을 찾으러 다녔다. 화장실 앞이나 매점을 서성댔고, 다시 무대 앞자리부터 위층 좌석 구석까지 뒤지고 다녔다. 콘서트장을 네 바퀴 돌 때쯤 안전요원이 근배를 불러세웠다. 근배는 콘서트장에서 여자친구를 잃어버려서 찾으러 다닌다고 핑계를 댔다. 안전요원은 혹시 집으로 가버린 것 아니냐고 물었다. 근배는 여자친구가 장국영 팬이라 절대 그냥 집에 가진 않았을 것이라며 몇 바퀴 더 찾아보겠다고 했다. 안전요원은 근배의 말을 믿고 근배가 돌아다녀도 더는 제지하지 않았다. 근배는 정숙을 찾다가 계속 안전요원과 마주치는 것이 부담스러워 결국 콘서트장을 나와 집으로 향했다.

정숙 씨는 도대체 무슨 생각인 거야?

허탈한 마음을 달래며 집으로 가는 내내 정숙을 생각했다. 생각을 거듭한 끝에 자신의 오만함을 깨달았다. 정숙은 근배에게 아무것도 바라지 않았다. 적금을 들어달라고 한 적도 없었고, 콘서트 티켓을 사달라고 한 적도 없었다. 근배 혼자 정숙의 생각을 읽고 판단하고 결정하고 실행한 것이었다. 누구를 탓할 수 없었다. 근배는 스스로 판 무덤이라 생각하고 정숙을 잊어야겠다고 마음먹었다. 그러나 월요일에 출근하자마자 한남동 거래처에 가야 할 일이 생겼다. 거래처 사장은 또다시 강남에서 넘어오는 데 차가 막혀 20분 늦을 거라는 음성 메시지를 남겼다. 근배는 공중전화로 음성 메시지를 들은 후 망설이다가 정숙이 근무하는 은행으로 들어갔다. 은행에서 근무하는 정숙을 보자 근배의 심장은 다시 두근거렸다. 잡지에 있는 늘씬한 모델의 란제리 사진도 눈에 들어오지 않았다. 차례가 다가올수록 근배의 입은 말라갔다. 괜히 온 거 아냐? 뭐라고 하지? 명분이 하나 있어야 할 텐데. 적금을 또 들 수는 없고, 어쩌지? 그때 다른 창구에서 통장을 분실했다는 할머니의 목소리가 들렸다. 근배도 통장을 잃어버렸다는 핑계를 대야겠다고 생각했다.

어서 오세요, 고객님.

근배는 정숙 앞에 앉자 머릿속이 새하얗게 되었다. 그게, 저기요. 제가 통장을 잃어버려서요. 근배의 말에 정숙은 웃으며 통장 하나를 내밀었다. 서근배 님 맞으시죠? 저번 주에 적금 가입하시고 통장을 안 가져가셨더라고요. 근배는 화들짝 놀랐다. 제가 여기에 통장을 놓고 갔어요? 근배는 정숙이 내민 통장을 확인했다. 통장 사이에 주민등록증까지 껴 있었다. 근배는 그날 정숙에게 이선희 콘서트 티켓을 주는 것이 목적이었기 때문에 목적을 달성하고는 급하게 은행을 나와 KBS로 향했던 것이었다. 정숙도 평소라면 통장을 놓고 가셨다고 불렀겠지만, 기대하지도 않았던 장국영이 나오는 이선희 콘서트 티켓을 받아들고 정신이 없었다. 근배가 가고 나서 다음 고객이 테이블에 있는 이 통장은 뭐냐며 내밀자 그제야 근배가 통장과 신분증까지 놓고 갔다는 사실을 알게 되었었다. 근배는 당황한 표정으로 통장과 신분증을 챙겼다. 그런데, 제 얼굴을 기억하시네요? 근배의 말에 정숙은 그럼요 하며 활짝 웃었다. 근배는 정숙의 미소에 빠져 자신도 모르게 미소를 지을 뻔했다. 적금도 들어주시고 이선희 콘서트 티켓까지 주셨는데 어떻게 잊어버리겠어요, 서근배 님. 근배는 정숙이 이름을 불러주자 참았던 미소를 지을 수밖에 없었다. 콘서트는 재밌게 보셨어요? 근배의 말에 정숙의 표정이 어두워졌다. 그게요, 죄송하게도 못 갔어요. 못 가셨다고요? 정숙의 말에 근배는 기운이 쭉 빠졌다. 콘서트장에서 정숙을 만나기 위해 KBS에 다시 가서 한참 줄을 서서 티켓을 사고, 보고 싶지도 않은 콘서트에 가서 정숙을 찾아다니느라 고생했던 일들이 모두 헛수고였던 것이다. 정숙의 말을 듣는 순간 근배는 독심술은 아무짝에도 쓸모없는 능력이라 생각했다. 근배는 굳어지는 표정을 감추며 물었다. 바쁘신 일이 있으셨나 봐요. 그런 건 아니고요. 너무 가고 싶었는데 같이 갈 사람이 없어서 못 갔어요. 네? 혼자 가시면 되잖아요. 장국영, 아니 이선희 팬이시라면서요. 그렇긴 한데… 제가 콘서트 같은 데 가본 적도 없어서 어떻게 가서 보는 줄도 잘 모르고, 무섭기도 하고 그래서.

아니, 그러면 같이 갈 사람 없다고 하시면 되지 않습니까?

근배는 자기도 모르게 벌떡 일어나 외쳤다. 정숙은 놀란 눈으로 근배를 쳐다보았다. 정숙뿐만이 아니라 은행에 있던 사람들 모두 근배를 쳐다보았다. 커다란 덩치의 근배가 벌떡 일어나 소리를 지르자 정숙은 겁이 났다. 차라리 그냥 갔다 온 척하며 재밌었다고 하며 넘길 걸 괜히 솔직하게 말했다고 생각했다. 정숙은 사람들의 시선을 의식하며 조심스레 일어나 근배를 앉히며 죄송하다고 했다. 제가 같이 갈 사람을 찾다 못 찾아서 표를 돌려드리고 싶었는데, 고객님께 연락할 방법이 없어서요. 이해 부탁드려요. 비싼 티켓 주셨는데 정말 죄송합니다. 근배는 아직 화가 식지 않은 눈빛으로 정숙을 쳐다보았다. 죄송한 게 아니라 사람이 어떻게 그럽니까? 같이 갈 사람이 없다고 진작 말씀을 하셨으면 제가 같이 가자고 했을 것 아닙니까? 정숙은 눈을 동그랗게 뜨고 근배를 바라보았다. 티켓 주실 때 갈 시간이 안 되신다며 주신 거잖아요. 정말 답답하시네. 근배는 한숨을 푹 내쉬었다. 아니 어떤 미친놈이 비싼 이선희 콘서트 티켓을 갈 시간 없다고 아무에게나 막 주겠습니까? 그게 얼마짜린 줄 아세요? 그리고 사실 저도 콘서트 갔습니다. 콘서트장 가서 콘서트도 안 보고 정숙 씨만 찾아다녔다고요. 정숙은 근배의 말을 듣고 얼굴이 빨개졌다. 그러면 같이 가자고 하시지. 정숙의 말을 듣고 근배는 다시 한번 한숨을 푹 내쉬었다. 자꾸 답답한 소리만 하시네. 생전 처음 보는 시커먼 놈이 갑자기 콘서트 같이 가자고 하면 누가 갑니까? 만약 제가 콘서트 티켓 드리면서 같이 가자고 했으면 같이 가셨겠어요?

네.

근배는 정숙의 말에 시간이 멈춘 것 같았다. 뭐지? 왜 여기서 네가 나오지? 근배는 잠시 말을 멈추고 정숙의 마음을 읽었다. 이 아저씨 내가 마음에 들어서 데이트 신청하려던 거였어? 그냥 같이 가자고 하지. 장국영 진짜 보고 싶었는데. 그냥 차라리 혼자라도 갔으면 이 아저씨를 만났으려나? 그런 줄 알았으면 혼자라도 갈 걸 그랬네. 그나저나 이 아저씨는 내가 남자친구 없는 거 어떻게 알았지? 남자친구 없는 티가 나나? 어쩌면 내가 별로 안 예쁘니까 남자친구 없을 거라고 생각한 거 아냐? 그런데 진짜 나 좋아하나? 외모는 그다지 내 타입은 아닌데. 보니까 나쁜 사람 같진 않아 보이네. 그나저나 사람들 다 쳐다보는데 창피해 죽겠네. 혹시 미경 씨가 쳐다보고 있나? 히힛. 쳐다보고 있네? 연애한다고 그렇게 자랑하더니. 뭐? 그러고 다니면 남자들이 여자로 안 본다고? 이보세요, 미경 씨. 너나 잘하세요. 그런데 이 아저씨는 왜 이렇게 멍하니 쳐다만 보고 있지? 내가 네, 했으면 나도 마음이 있다는 거 모르나? 덩치로 보나 행동으로 보나 전형적으로 곰 같은 아저씨구나. 지금 딱 데이트 신청해주면 좋겠는데. 미경 씨도 부지점장도 쳐다보고 있을 때. 그런데 이 아저씨 보니까 데이트하자고 해놓고 순댓국이나 아귀찜 같은 거 먹으러 가자고 할 거 같은데. 어휴 내 처지에 그게 어디야. 그거라도 감지덕지하지.

저, 그럼 오늘 저녁이나 같이 드실래요?

네? 정숙은 깜짝 놀랐다. 생각은 했지만 정말로 근배가 데이트 신청할 거라고는 기대하지 않았다. 정숙보다 더 놀란 사람은 옆 창구에 있던 미경 씨와 뒤에서 지켜보던 부지점장이었다. 제가 저녁에 약속이 있어서 곤란한데요. 정숙은 자기도 모르게 거짓말을 했다. 그렇게 말을 뱉어놓고 근배가 그러시구나, 하며 가버리면 어쩌나 걱정했다. 거짓말하지 마세요. 저녁 약속 없는 거 다 압니다. 그러지 마시고 같이 저녁 드시죠. 퇴근 몇 시에요? 제가 저녁 7시에 은행으로 모시러 오면 되죠? 압구정동에 제가 잘 아는 함박스테이크집이 있습니다. 그리로 모시겠습니다. 함박스테이크 좋아하세요? 근배의 말에 정숙은 수줍게 고개를 끄덕였다. 그럼 같이 가시는 겁니다. 정숙은 잠시 생각을 하는 척하다가 고개를 끄덕였다. 정숙의 고갯짓에 근배는 물론 은행에 있던 다른 손님들 입가에까지 미소가 번졌다. 대학생으로 보이는 청년 둘이 우와, 하며 박수를 치자 다른 손님들도 모두 박수를 쳐주었다. 근배는 그제야 상황파악을 한 후 쑥스러워 뒷머리를 긁적였고, 정숙은 얼굴을 감싸고 화장실로 도망을 갔다. 미경과 부지점장은 놀란 눈으로 화장실로 질주하는 정숙을 바라보았다.

27

화목_

무슨 80년대 공익광고 같은 결말이야?

주영은 오글거린다는 듯 손을 고양이처럼 모으며 치를 떨었다. 근배는 피식 웃으며 그때처럼 쑥스러운 듯 뒷머리를 긁적였다. 그때가 80년대 말이니까 그렇지. 그땐 다들 그랬어. 응답하라 1988 봤지? 딱 그때 이야기야. 잠깐. 그게 중요한 게 아니지. 그럼 아빠는 그냥 막 사람들 생각 읽을 수 있는 거잖아. 그런데 진짜 신기하다. 우리 주변에 이런 능력 가진 사람이 많아? 아빠도 그렇고, 엄마도 그렇고. 근배는 주영의 말을 듣고 소파에서 일어나 앉았다. 지금까지 내가 아는 사람 중에 초능력 가진 사람은 아무도 없었어. 네 엄마도 언제부터 그런 능력이 생겼는지 모르겠지만, 너 임신했을 때 괴한에게 납치당한 적이 있었거든. 그때 발견했더라고. 원래부터 그런 능력이 있었는지, 아니면 그때 능력이 생겼는지는 엄마도 몰라. 아빠는 엄마가 그런 능력이 있는지 어떻게 눈치챘어? 평소에 안 그러던 사람이 퇴근했는데 큰길로 데리러 오라고 하더라고. 그래서 데리러 갔더니 공포에 질려서 벌벌 떨고 있는 거야. 무슨 일인지 물어봐도 대답도 안 하고. 그래서 생각을 좀 읽었더니 괴한에게 납치당해서 강간을 당하려던 찰나에 못에 손이 찔려 15분 과거로 왔더라고. 게다가 그 사실을 네 엄마도 그때 자신에게 그런 능력이 있는지 처음 알았던 거였어. 사실 나도 그때 깜짝 놀랐었다. 그리고 주변에 그런 초능력을 가진 사람은 아무도 못 봤어. 아 참, 외계인에게 참치 가져가도 된다고 허락한 범고래도 초능력이 있네. 주영은 의심의 눈초리로 근배를 쳐다보았다. 그 외계인 이야기 진짜야? 농담이 아니고? 범고래 그런 것도 다 진짜야?

아! 생각났다. 이상한 남자 하나 있었어.

근배가 벌떡 일어나며 소리를 질렀다. 주영은 깜짝 놀라 이상한 남자가 누구냐 물었다. 이상한 능력을 가진 남자 하나 있었어. 그때가 언제야? 10년 전인가, 9년 전인가? 내가 그런 사람은 또 처음 봤네. 아빠가 직장 다닐 때 서울에 출장 가서 강남역에서 술 좀 마시고 지하철을 탔거든. 거의 막차였어. 그래서 지하철이 되게 안 오더라고. 너도 아는지 모르겠지만 그 시간에 강남역에서 택시 잡기는 하늘의 별 따기야. 어쨌든 난 삼성동에 잡아놓은 숙소에 가려고 강남역에서 지하철을 기다리는데 거기서 싸움이 난 거야. 어떤 젊은 청년이 여자친구랑 지하철을 탔는데 건달 같은 놈 하나가 그 청년의 여자친구를 힐

긋거리며 쳐다봤나 봐. 그걸로 둘이 싸움이 붙은 거지. 건달 같은 놈은 술집 여자 같은 걸 내가 왜 쳐다보냐며 따졌고, 젊은 청년은 그 소리에 더 격분해서 건달 같은 놈의 멱살을 잡고, 여자친구는 말리고. 아무튼, 뭐 그런 상황이었어. 그런데 나이는 40대 후반에서 50대 초반? 네 엄마보다 몇 살 어려 보이는 이상한 남자가 나타난 거야. 그 남자는 키도 겨우 170 정도 되고 비리비리하게 생겼어. 내가 그러면 안 되는데 나중에 그 남자의 생각을 읽었더니 교회 버스 운전하는 사람이더라고. 그런 사람이 그 덩치들 싸우는데 끼어드는 거야. 저러다 저 사람 큰일 나겠다 싶었거든. 그때는 아직 그 남자의 생각을 읽기 전이니까 몰랐지. 건달 같은 놈도 그렇고 그 청년도 그렇고 둘 다 키가 180이 넘었고, 그 청년도 분명 무슨 운동 같은 거 한 사람처럼 보였어. 운동을 좀 했으니 건달한테 들이대고 그랬겠지. 아무튼, 다른 사람들은 그 근처에서 구경만 하는데 이상한 남자가 그 둘 사이에 서더니 따귀를 한 대씩 짝! 짝! 때리는 거야. 주변에 구경하던 사람들이 다 놀랐어. 건달 같은 놈이나 청년도 피하려면 충분히 피했겠지만 그런 비리비리한 남자가 나타나서 따귀를 때릴 줄은 몰랐으니 얼떨결에 둘 다 맞은 거지. 그래서 난 그 이상한 남자가 무술 고수거나 왕년에 복싱 챔피언이거나 그런 줄 알았더니 그런 것도 아니야.

공공장소에서 싸우시면 안 됩니다.

그 이상한 남자가 그렇게 말했다니까. 그래서 난 그 남자도 술에 취해서 그런 줄 알았더니 그것도 아니었어. 완전히 맨정신이었지. 교회 버스 운전하는 사람이니까 술도 안 마실 거 아냐. 이상한 남자가 술을 안 마셨다는 걸 아는 이유는, 어딜 봐도 취한 행동이 아니었어. 그리고 나중에 내가 독심술을 해서 알아낸 게 있어서 그래. 아무튼, 나는 그 광경을 보고 그 남자가 건달 같은 놈이나 청년에게 맞아 죽을 거라고 생각했어. 나뿐만 아니라 강남역에서 그 광경을 보던 모든 사람이 나와 똑같은 생각을 했을 거야. 그런데 이게 웬걸? 건달 같은 놈하고 청년이 이상한 남자에게 죄송하다고 사과하는 거야. 그리고 서로 화해한 다음 조용히 지하철을 기다리더라고. 청년의 여자친구도 청년이 갑자기 이상한 남자에게 따귀를 맞았으니 당황했지. 자기야, 괜찮아? 왜 그래? 여자친구가 안쓰러운 얼굴로 물어봐도 청년은 온화하게 미소 지으면서 괜찮으니 걱정하지 말라고 여자친구를 안심시켰어. 그러고는 건달 같은 놈을 가리키며 저분도 악의가 있어서 쳐다본 게 아닐 테니 너무 기분 나빠하지 말라 말했고, 건달 같은 놈도 여자친구에게 너무 아름다워서 자기도 모르게 쳐다봤다며 불쾌했다면 죄송하다고 정중하게 사과하더라니까. 그래서 난 뭔가 있다 싶었지. 농담이 아니라 진짜로, 나는 웬만해서는 독심술 절대 안 해. 너의 할아버지, 할머니와 큰삼촌 때문도 그렇고, 머리 빠지는 것도 싫어서 진짜 안 하거든. 그런데 그 이상한 남자가 어떤 사람인지 너무 알고 싶더라고. 주영은 호기심 어린 눈으로 근배를 바라보며 뭔데? 빨리 이야기해봐 하며 재촉했다.

그 남자가 따귀를 때리면 맞은 사람이 진정되는 능력이었어.

주영은 맥 빠진 얼굴로 근배를 쳐다보았다. 그게 뭐야? 그러자 근배가 이상하다는 표정으로 주영을 바라보았다. 이해가 안 가? 그 남자가 따귀를 때리면 아무리 흥분한 사람도 차분하고 이성적으로 바뀌는 거야. 무슨 이야긴 줄은 알겠는데. 그런 능력을 어디다 쓰냐 이거지. 글쎄? 파출소 순경 같은 거 하면 좋지 않을까? 취객을 상대로 해도 좋고, 싸움 말리는 데도 좋고. 주영은 재미없다는 표정을 지었다. 어쨌거나 그 남자가 이득 되는 건 별로 없네. 기껏해야 시비 말리는 정도밖에 없잖아. 주영의 말을 들은 근배가 고개를 끄덕였다. 하긴, 다들 쓸모없네. 나도 그렇고 네 엄마도 그렇고 우리 능력도 별로 쓸모없으니까. 왜? 왜? 왜? 아빠는 엄청 좋지 않아? 엄마야 손을 찔러야 해서 자주 할 수 없지만, 아빠는 그런 거 아니잖아. 하고 싶으면 마음대로 할 수 있잖아. 근배는 인상을 찌푸리며 주영을 째려보았다. 머리 빠진다니까. 그게 얼마나 스트레스인 줄 알아? 그게 뭐가 스트레스야? 아빠 곧 있으면 환갑인데. 젊은 사람들이나 스트레스지. 그리고 그냥 싹 다 밀어버려. 그러면 머리 빠지는 스트레스 안 받아도 되잖아. 주영이 너 독심술 하면 좋은 게 뭔 줄 알아? 이 사람이 나한테 사기 치는지 안 치는지 알 수 있다는 거. 그거 말고 좋은 게 하나도 없어. 그냥 다른 사람 마음을 읽으면 기분만 더러워. 그 사람의 생각을 알았다고 하더라도 내가 할 수 있는 것은 아무것도 없어. 주영은 정말 그런지 곰곰이 생각해봤다. 누가 자신을 좋아하는지 안 좋아하는지만 알아도 굉장한 것 아닌가? 그러다가 차라리 모르는 게 속이 편하겠다는 생각이 들었다.

나 먼저 잘게.

어느새 들어온 정숙은 그 말 한마디만 한 채 근배에게 눈도 마주치지 않고 건넛방으로 들어가 버렸다. 근배는 주영의 눈치를 보며 오늘은 엄마가 너랑 자고 싶은가 보다 했다. 근배가 일어나 안방으로 들어가려는데 주영이 아빠 잠깐만 하고 불렀다. 왜? 궁금한 게 있는데. 예전에 엄마가 나 수능 때 손 찌른 이후로 몇 년 동안 손을 찌른 적이 없었거든. 그런데 최근 며칠간 손을 엄청 찔러대는 거야. 그래서 내가 물어보면 제대로 대답도 안 해주더라고. 아빠는 왜 그런지 알지? 근배는 주영을 멀뚱히 바라보았다. 아빠가 하는 말 못 들었어? 아빠 웬만해서는 독심술 안 한다니까. 머리 빠진다고. 주영은 근배 대답에 맥이 빠졌다. 얼른 들어가서 자. 건넛방에서 근배와 주영의 대화를 듣고 있던 정숙은 심장이 얼어붙는 기분이었다. 그동안 손을 계속 찔렀던 이유를 근배가 알고 있는 것이 분명했다. 독심술을 한다고 고백했을 때 근배의 눈빛은 모든 걸 알고 있는 눈빛이었다. 그래서 집 밖으로 뛰쳐나간 것이었다. 다행히도 근배는 주영에게 정숙이 성재와 바람을 피웠던 것을 말할 생각이 없었다. 주영이 방으로 들어와 정숙에게 자느냐고 물었다. 정숙은 피곤하니 내일 아침에 이야기하자며 잠을 청했다. 주영이 불을 끄고 누워 핸드폰을 보다가 잠들 때까지도 정숙은 잘 수 없었다.

이제 내 머리카락이 빠지면 독심술 했다는 걸 알겠네.

근배는 침대에 누워서 생각했다. 근배가 정숙에게 독심술을 한다는 사실을 말한 것은 정숙이 성재와 바람을 피웠다는 사실을 알고 있다는 걸 알리려는 이유보다 앞으로는 바람피우지 말라는 경고의 뜻이었다. 정숙이 성재와 바람을 피운다는 사실을 알았을 때 근배는 말 그대로 하늘이 무너지는 느낌이었다. 그동안 근배는 바람은커녕 여성이 나오는 술집조차 가지 않았었다. 바람을 피워 가정은 무너뜨렸던 아버지에 대한 증오도 있었고, 술집 여성이 손님에 대해 보통 어떤 생각을 하는지도 잘 알고 있었기 때문이다. 그렇게 한눈팔지 않고, 30년 가까이 가정을 위해 일했다. 퇴직 후에 근배는 해방감보다는 허무함이 컸다. 쉬지 않고 일하다가 갑자기 할 일이 없어졌기 때문이다. 어느새 다 커서 독립한 주영과 아직은 활력이 넘쳐서 돈을 벌어오겠다는 정숙, 그리고 늙어버린 자신. 오히려 가족에게 없는 편이 더 나을 존재가 되었다는 생각이 들었다. 그 와중에 정숙은 편의점을 차린 지 반 년 만에 바람이 난 것이다. 그것도 딸보다 어린 남자와. 처음에는 성재를 때려죽인 다음 정숙과 이혼할 생각이었다. 그러나 그럴 수 없었다. 직업도 없는 환갑 넘은 남자가 이혼하고 도대체 어떻게 살 수 있는지 상상이 되지 않았다. 정숙은 그렇다 치더라도 나이 어린 성재가 정숙과 계속 만남을 갖지 않을 것이라는 생각에 우선은 참았다. 그러다 문득 어머니 생각이 났다. 왜 어머니는 아버지가 바람피우는 것을 알면서도 침묵했는지 이해가 되었다. 그리고 어머니의 스트레스가 엄청났을 거라는 사실도 깨닫게 되었다. 근배는 정숙을 이해하려 애썼다. 주영을 낳고 키우는 동안 집에만 있다가 오랜만에 바깥 생활을 해서 그런 것이겠지. 그동안 아무 문제 없이 가정을 꾸렸으니 이 정도 일탈은 이해해줘야 하나? 잠깐 저러다 말겠지. 내가 더 잘하면 미안해서라도 정신 차릴 거야. 그런 생각으로 참아가다가 정숙과 성재가 키스를 한 날 근배의 마음이 무너졌다. 술을 마시고 억지로 잠자리에 들었다. 잠이 오지 않아도 일부러 자는 척을 했다. 정숙 앞에서는 철없는 척, 생각 없는 척, 즐거운 척했다. 그러다 정숙의 생각을 읽었다. 정숙은 성재와 있는 시간을 너무 행복해했다. 주영을 낳았을 때보다 더욱 행복한 듯 보였다. 저 정도 행복하다면 내가 놓아줘야 하는 게 맞는 거 아닐까 하는 생각까지 들었다. 하지만 다행히도 둘의 관계는 오래가지 않았다. 근배가 마음의 감옥에 갇힌 것도, 어느 날 갑자기 감옥에서 나온 것도 근배의 의사와는 상관이 없었다. 그때 근배는 독심술을 하는 것이 저주라는 사실을 다시 한번 느꼈다. 그래서 40년 넘게 지켜온 비밀을 가족에게 말한 것이다. 자신의 저주에 대해 이해해달라고, 앞으로는 서로 비밀 없는 가족이 되자고. 그리고 정숙의 바람과 주영의 임신, 둘이 비밀로 했던 시간을 되돌리는 능력처럼, 나도 비밀을 숨기고 있었으니 누가 잘못했다는 것 없이 다 잊고 다시 행복하게 살아보자고. 그런 뜻으로 독심술을 고백한 것이다.

에이 모르겠다.

주영의 반응은 근배가 예상했던 것이었지만, 정숙은 아니었다. 근배는 자신이 독심술을 할 줄 안다는 사실을 알게 되면 정숙이 울면서 사과할 거라 생각했었다. 아직 충격이 덜 가셔서 그렇겠지. 근배는 정숙이 손을 찔러 태수의 칼에 찔려 죽어가는 자신을 살린 것을 독심술로 알게 되었을 때 이미 정숙에 대한 배신감이 어느 정도 풀어진 상황이었다. 아버지 같은 경우도 어머니가 돌아가셨을 때 반성은커녕 오히려 잘됐다고 생각했었잖아. 그런 인간도 세상에 쌓이고 쌓였는데, 살면서 한 번은 실수할 수도 있는 거지. 진심으로 사과하면 그동안 살았던 세월이 있으니 다 잊고 남자답게 용서해 줄 수 있어. 그럴 수 있어. 그리고 내가 독심술 하는 걸 알았으니 앞으로 다시는 같은 실수는 안 할 거야. 그럼 된 거지 뭐. 그런 어린놈 하나 때문에 우리 가정이 파탄 나는 일은 있을 수도 없고, 있어서도 안 돼. 근배는 그런 생각을 하며 잠이 들었다. 그러나 정숙의 생각은 전혀 달랐다.

그때 찝찝했던 것이 그래서였어.

성재가 칼에 찔렸을 때 근배가 이상하게 많은 걸 알고 있었잖아. 성재가 친구와 편의점을 털려고 했었다는 걸 어떻게 알았겠어? 그리고 성재가 배신했다는 오해를 받아 친구의 칼에 찔렸다고 했잖아. 그것도 다 독심술로 알아낸 거였어. 그렇지 않고서야 그걸 어떻게 다 알았겠어? 그리고 우진이 시나리오 계약 파기된 것도 알고 있었지. 내가 어떻게 알았느냐 물었더니 평소에 심심할 때 가끔 통화한다는 말도 안 되는 소리를 했었고. 그럼 평생 나와 같이 살면서 내 생각을 읽고 살았던 거야? 연애할 때도 계속 내 생각을 읽었겠지? 그래 맞아. 첫 키스 할 때도 이상했었어. 내가 이 사람은 키스 언제 하려고 그러지? 그런 생각을 하자마자 나한테 키스했었잖아. 그때 이 남자 나랑 통하는구나, 그렇게 생각했지 독심술을 할 거라고 어떻게 상상을 했겠어. 그때는 내가 손을 찌르면 15분 전으로 갈 수 있다는 사실도 몰랐는데. 생각해보니 그렇구나. 대기업 인사과에도 독심술 덕분에 취직된 거였어. 저런 사람이 어떻게 대기업 인사과에 취직했나 궁금했었는데, 다 독심술로 한 거였구나. 서울에서 잘 살다가 갑자기 안성으로 이사 온 것도 독심술로 뭔가를 알아내서 온 거였겠지? 그래놓고 무슨 머리 빠질까 봐 사람의 마음을 안 읽는대? 전부 다 읽고 있었어. 완전 거짓말이야. 독심술 잘 안 한다는 거 절대 믿으면 안 돼.

앞으로 어떻게 해야 하지?

주영이 슬쩍 코를 골며 뒤척일 때도 정숙은 잠들지 못했다. 정숙은 근배가 무서웠다. 정숙이 성재에게 어떤 마음을 가졌었는지. 둘이 무슨 짓을 했는지 다 알고 있으면서도 시치미 뚝 떼고 아무것도 모르는 사람처럼 행동했다는 사실이 소름 끼쳤다. 그리고 성재와 바람을 피웠다는 사실을 지금은 주영에게 말하지 않았지만, 여차하면 주영에게 말해버릴 수도 있는 것 아닌가? 주영뿐만 아니라 한 전무와 술 마시다가 술김에 우리 마누라 바람피웠던 거 알아? 라고 할 수도 있고, 누가 근배에게 아내분이 참 좋으십니다. 같은 이야기를 하면 코웃음을 치며 우리 마누라가 좋다고요? 하며 성재와 있었던 이야기를 할 가능성도 있다. 그리고 평생 죄인으로 살 자신이 없었다. 앞으로는 근배에게 화를 내기는커녕 불만 하나도 말하지 못하고 살 것이다. 근배가 다른 여자와 바람나더라도 너도 그때 그랬잖아, 하며 적반하장으로 나올 것 같았다. 그리고 항상 근배가 생각을 읽을 것 같았다. 그럼 근배 옆에서는 생각도 마음대로 못 하고 사는 것 아닌가. 정숙은 남은 평생을 그렇게 살 자신이 없었다. 차라리 근배가 먼저 이혼하자고 하면 고마울 것 같았다. 정숙은 이혼하고 싶었지만, 지금 상황에서 먼저 그런 말을 할 정도로 파렴치하지는 못했다. 지금 이런 생각들도 근배가 읽을지도 모른다고 생각하자 더더욱 잠이 오지 않았다. 아침이 되면 재빨리 편의점으로 도망을 가야겠다고 마음먹었다.

엄마 어디 갔어?

아침이 되자 주영이 근배를 깨우며 물었다. 너랑 같이 잤잖아? 근배는 잠에서 깨어 비몽사몽 대답했다. 주영이 정숙에게 전화를 걸었다. 엄마 무슨 새벽부터 편의점엘 갔어? 정숙은 우진을 피해 편의점 밖으로 나가 전화를 받았다. 아르바이트생 인수인계해야 해서. 거짓말하지 마. 또 바로 대답하잖아. 주영의 말에 정숙은 아차 싶었다. 거짓말할 때만 바로 대답하는 버릇은 죽었다 깨어나도 못 고칠 것 같았다. 정숙은 지금 바쁘니 아빠하고 아침 차려 먹으라고 한 뒤 전화를 끊었다. 정숙은 편의점으로 들어가 우진에게 사무실에서 조금만 눈을 붙인다고 한 다음 책상에 엎드려 잠을 청했다. 우진은 정숙이 11시 정도에 출근하겠다고 해놓고 아침 7시에 출근한 것이 이상했다. 그러나 어제 일도 있고 해서 정숙이 자도록 최대한 조용하게 일했다. 하지만 등교 시간과 출근 시간이 되자 편의점이 시끌벅적해졌다. 그 시끄러운 와중에도 정숙은 잠에서 깨지 않았다.

어제부터 일하기로 한 사람인데요.

편의점으로 들어온 윤희가 카운터에 있는 우진을 보며 당황했다. 점장님 지금 사무실에서 주무세요. 등본이랑 통장 사본 가져오셨나요? 윤희는 우진의 눈치를 보며 들고 있던 에코백에서 봉투에 든 서류를 건네주었다. 우진은 봉투를 열어보지도 않은 채 서랍에 넣었다. 윤희는 이상하다는 듯 우진을 바라보았다. 서류 안 보셔도 돼요? 저도 아르바이트하는 사람이에요. 나중에 점장님이 보시겠죠. 그리고 점장님 일어나시면 근로계약서 꼭 쓰시고요. 오전에는 출근 시간에 좀 바쁘고 한가하다가 점심시간 끝나면 좀 바빠지니까 그사이에 식사하시면 됩니다. 그러다 2시 지나면서부터 퇴근하실 때까지는 다시 한가하실 테니 일은 편해요. 퇴근 전에 청소 한 번 하시고. 물류 정리 선입선출만 잘하시면 딱히 어려운 거 없어요. 그리고 딱 봐서 저보다 어려 보이면 무조건 술, 담배 팔 때 신분증 요구하시고요. 우진의 말에 윤희는 피식 웃었다. 그러나 우진의 표정은 진지했다. 농담 아니에요. 미성년자한테 술, 담배 잘못 팔면 한 달 일하신 거 그냥 다 날아갈 수도 있어요. 우진의 말에 윤희는 웃음을 감추었다. 죄송해요. 그냥 봐도 서른은 넘어 보이는데 그런 말 하셔서 농담하신 줄 알았어요. 우진은 윤희를 물끄러미 바라보다가 물었다. 제가 몇 살 같아 보이세요? 윤희는 우진을 보며 고민하다가 한 서른둘? 이라고 대답했다. 어리게 봐주셔서 고맙네요. 그런데 저 그쪽이랑 나이 비슷할 겁니다. 우진의 대답에 윤희는 말도 안 된다는 듯 웃었다. 저 보기보다 나이 많아요. 내일모레 마흔이에요. 우진은 여전히 무뚝뚝하게 대답했다. 저도 내일

모레 마흔입니다. 우진의 대답에 윤희는 깜짝 놀랐다. 저번 달에 김밥천국 주방 아줌마 같은 분이 오셔서 던힐 1밀리를 달라고 하시더라고요. 아무 생각 없이 담배를 주고 계산하려는데 무심코 핸드폰을 봤더니 배경화면이 방탄소년단이 아니겠습니까? 그래서 혹시나 해서 신분증 요구했더니 당황한 표정으로 죄송합니다, 하며 도망을 가지 뭡니까. 조심하셔야 합니다. 윤희는 우진의 말을 듣고 놀라 고개를 끄덕였다. 그럼 카운터 포스기 사용법부터 알려드리겠습니다. 안쪽으로 들어오세요. 윤희는 우진이 있는 카운터 안쪽으로 들어갔다. 윤희는 좁은 카운터에 낯선 남자와 둘이 있으려니 어색했다. 이제 같이 일하게 됐는데 인사나 해요. 저는 허윤희라고 해요. 우진은 윤희를 물끄러미 바라보며 대답했다. 저는 전우진이라고 합니다. 그리고 저는 곧 일 그만둡니다. 그러시구나. 윤희는 우진을 보며 참 붙임성 없는 사람이라는 생각을 했다. 그리고 사무실에서 자고 있다던 정숙이 얼른 일어났으면 했다. 차라리 손님이라도 많았다면 덜 어색하지 않을까 하는 생각도 들었다. 윤희가 썰렁한 편의점을 둘러보다 무심코 여기서 손님 없을 때 촬영하면 좋겠다고 하자 우진은 깜짝 놀랐다.

너 어쩐 일이야?

주영이 미용실 문을 열고 들어오자 하선은 깜짝 놀랐다. 주영은 하선의 머리색을 보고 놀랐다. 너 우리 엄마 머리색이랑 똑같네? 아니 넌 여기 왜 있냐고? 오늘 월차야. 어젯밤에 왔어. 미용실 문을 열고 들어온 세라도 주영을 보고 깜짝 놀랐다. 주영이 오랜만이네? 편의점 강도 든 것 때문에 걱정돼서 왔니? 안녕하셨어요? 주영은 세라를 보고 인사를 했다. 너희 엄마가 하선이 머리 보고 자기도 해달라는 거, 내가 안 된다고 그랬는데도 네 엄마가 하도 해달라고 그래서 돈도 안 받고 해줬어. 그러니까 너희 엄마 머리 그렇게 만들었다고 내 욕하면 안 돼. 그런데 주영이 넌 남자친구도 없니? 머리가 그게 뭐야? 서울에서 회사 다니면서 좀 예쁘게 하고 다니지. 하선이한테 머리 좀 해달라고 해. 친구 좋다는 게 뭐니. 머리 예쁘게 해서 남자도 좀 만나고 그래서 우리 하선이도 소개 좀 해주고 그래. 세라의 말에 주영은 무심코 하선이 너 남자친구 있잖아, 라고 했다. 그 말에 세라와 하선은 물론 말을 한 주영 자신도 놀랐다.

아빠, 나 미용실 좀 갔다 올게.

주영은 근배와 함께 아침으로 낙지볶음과 누룽지를 먹고 외출 준비를 했다. 하선이 만나러 가냐? 응. 그래도 오랜만에 왔으니 얼굴 보고 가야지. 근배는 머리를 긁적였다. 하선이 만나는 남자 있거든. 뭐? 근배의 말에 주영은 깜짝 놀랐다. 뭘 놀래? 넌 임신까지 해놓고. 아빠 좀! 주영은 인상을 찌푸렸다. 그게 아니라 아빠가 하선이 남자친구 있는 거 알고 있으니까 놀란 거 아니야. 아빠가 독심술 하는 거 깜빡했었나고. 아무튼, 남자 만나고 있는데 그 사람 유부남이야. 뭐? 유부남? 진짜로? 아내가 서울에 직장이 있어서 기러기 부부 하고 있어. 하선이는 그거 모르고 있거든. 네가 친구니까 조심스레 말해줘. 아빠는 독심술 안 한다며? 엄청 하고 다니네? 그게 아니고, 얼마 전에 네 엄마랑 저녁 먹는데 하선이가 남자친구랑 걸어가기에 한번 해봤다. 네 친구이기도 하고. 어찌 되었거나 알아서 잘 이야기해줘. 하선이가 만나는 남자 잘생겼어? 몇 살이야? 뭐 하는 사람인데? 동네에서 축구교실 하는 사람인데 돈은 많아. 생긴 것도 멀쩡하고. 그리고 하선이한테 남자친구보고 편의점 화장실 변기에 하리보 젤리 좀 그만 버리라고 전해달라고 해. 한 번만 더 그러면 진짜 내가 가만히 안 있겠다고. 하리보 젤리는 뭐야? 아니다. 그 얘긴 하지 마라. 너무 자세하게 알면 의심한다. 하선이네 엄마 눈치가 보통이 아니잖아. 하리보 젤리 얘긴 하지 말고, 그냥 알아서 잘 이야기해줘. 아니 그걸 어떻게 이야기해? 거의 1년 만에 만나서 뜬금없이 네 남자친구 유부남이다. 그렇게 이야기하면 걔가 날 뭐라고 생각하겠어? 말도 안 되는 이야기하고 있어.

꿈을 꿨어.

꿈? 하선이 이상하다는 듯 주영을 쳐다보았다. 그러니까 그게. 주영은 아차 싶었지만 이미 뱉은 말을 주워 담을 수 없었다. 꿈에 네가 나와서 남자친구 있다고 하더라고. 그게 생각나서 그냥 무심코 말한 거야. 내가 너 남자친구가 있는지 없는지 어떻게 알겠어? 주영은 하선과 세라의 눈치를 살폈다. 둘이 의심의 눈으로 주영을 노려보고 있었다. 역시 통하지 않는구나. 주영은 어떻게 이 난관을 헤쳐나가야 하나 막막했다. 그 꿈 이야기 좀 자세히 해줄래? 세라가 미소를 지으며 말했지만, 주영은 그 미소가 오히려 더 섬뜩했다. 세라의 눈은 모든 걸 알고 있다는 그런 눈빛이었다. 독심술을 하는 근배도 세라가 눈치가 보통이 아니라는 말을 했었다. 주영은 조심스레 마른침을 삼켰다. 그냥 개꿈이에요. 하선이가 나와서 남자 사귄다고 하더니 막 울더라고요. 울어? 왜 울어? 어떤 남자를 사귄다고 했는데? 세라는 주영에게 얼굴을 들이대며 물었다. 축구하는 남자요. 주영의 대답에 하선은 눈이 휘둥그레지며 놀랐다. 주영은 세라의 압박에 자기도 모르게 대답을 했다. 평소에 한 성격하는 주영이었지만 세라에게는 고양이 앞의 쥐 같았다. 세라는 주영의 표정과 하선의 표정을 살폈다. 세라는 육감으로 하선이 남자친구가 있고 축구하는 남자가 확실하다고 생각했다. 그런데 왜 울어? 네? 만나면 안 되는 남자였니? 주영은 당황했다. 주영은 원래 근배에게 하선의 남자친구에 대해 들었던 것을 이야기하지 않을 생각이었다. 하선이 유부남을 사귀든 말든 상관하고 싶지 않았기 때문이었다. 세라는 말이 없는 주영을 가만히 쳐다보았다. 혹시 유부남이니? 세라의 말에 주영은 기절할 뻔했다. 혹시 아주머니 외계인에게 납치된 적 있으세요? 그건 또 무슨 소리니? 주영은 세라가 독심술을 할 줄 안다고 거의 확신했다. 세라는 하선의 표정을 살폈다. 하선은 어리둥절한 표정이었다. 하선이 표정을 보니 유부남은 아닌가 보네. 그럼 뭘까? 우리 하선이가 왜 울었을까? 주영이 꿈에서. 주영은 세라의 물음에 아무 말도 하지 못했다. 세라는 하선과 주영을 잠시 바라보았다.

주영아. 너 하선이랑 당분간 좀 같이 살아줄래?

네? 저랑요? 어디서요? 서울에서요? 하선이가 방 구할 때까지 잠시만 좀 같이 살아줘. 세라의 말에 주영이도 놀랐지만, 하선은 더 놀랐다. 엄마 무슨 소리야? 너 언제까지 엄마랑 같이 미용실 하면서 살래? 주영이도 서울 가서 잘 사는데. 너도 서울 가서 살면 좋잖아. 가서 청담동 미용실에 취직해. 엄마 미용실에서 일한 지 5년 정도 됐으니 일반 보조하는 애들보다 나을 거 아냐. 이 동네서 축구 하는 남자라고 해봐야 저 아래 안성 FC 유소년 축구교실에 있는 고 대표나 조 단장일 텐데. 조 단장은 네 성에 안 찰 테고. 그럼 고 대표겠네. 아직도 조 단장이 파마하러 여기 와서 네 눈치 보는 것 보면 너랑 고 대표랑 만나는 거 조 단장도 모른다는 소린데. 어쨌거나 고 대표나 조 단장이나 너랑 나이 차이도 많이 나고 너 정도 외모에 성격이면 서울 가서 좋은 남자 많이 만날 수 있어. 주영이가 뭐 알고 하는 소리 같은데 주영이도 너 고 대표 만나는 것 반대인가 보다. 주영과 하선은 당황해서 아무 말도 하지 못한 채 세라를 쳐다보았다. 사실 내가 생각한 게 아니라 주영이 너희 엄마가 그러더라. 언제까지 창창한 딸 앞길 막은 채 끼고 살 거냐고. 그 소리 듣고 처음에는 피가 거꾸로 솟는 것 같았는데, 듣고 보니 맞는 말이더라고. 주영이 넌 어떡할래? 방값은 하선이 취직해서 월급 타기 전까지 아줌마가 줄게. 너 지금 사는 방값의 60퍼센트 정도 주면 되겠니? 세라의 갑작스러운 제안에 주영은 고민에 빠졌다. 하선이와 친구로 지내면서 싸운 적이 한 번도 없었기 때문에 같이 사는 데 큰 문제는 없었다. 마침 혼자 사는 게 외롭기도 했고, 방값의 60퍼센트까지 준다고 하니 거절할 이유는 없었다. 그러나 문제는 그게 아니었다. 주영이 고민하자 세라는 천천히 생각해보라며 파마 준비를 했다. 하선아 파마약 좀 꺼내 와라. 좋은 거로. 주영은 깜짝 놀랐다. 파마 안 할 건데요? 하선이한테 파마해달라고 하면서 둘이 이야기하면 좋잖니. 난 빠져줄게. 돈 때문에 그러는 거면 돈 안 받을 테니 걱정하지 말고. 그게 아니라. 그게 아니면 뭐? 월차 내고 내려왔다면서. 그럼 바로 서울 올라갈 건 아닐 테고. 너희 엄마 지금 편의점에서 일하는 시간이니 엄마랑 약속 있는 것도 아닐 테고. 너희 아빠는 집에 있을 테니 아침에 아빠랑 할 이야기는 다 했을 거고. 그리고 아침부터 여기 온 걸 보면 너희 아빠도 하선이 만나러 온 거 아실 테니 기다리지도 않을 거고. 뭐가 문제야? 그냥 파마할 때가 아니라서요. 주영의 말에 세라는 피식하고 웃었다. 하선아 얘 봐봐. 지금 얘 파마할 때 됐니 안 됐니? 하선은 주영의 머리를 뒤적거렸다. 파마한 지 1년은 넘었겠는데? 윗머리가 다 죽었어. 지금 머리 길이도 어정쩡하고 끝에 조금 다듬고, 봄이니까 웨이브 살짝만 주면 괜찮겠네. 염색도 좀 하고. 회사 다니니까 너무 밝은색 말고 애시브라운으로 하면 좋겠다. 하선은 핸드폰을 뒤져 애시브라운 컬러의 굵은 웨이브 머리 샘플 사진을 보여주었다. 이 정도 나오겠네. 어때? 예쁘지? 주영은 하선의 말을 듣고 완전 예쁘다, 좋아, 이렇게 하자, 라고 할 뻔했다. 그리고 하선이 정도면 지금 당장 청담동 고급 미용실에 내놓아도 외모, 성격, 실력 중 어느 하나 빠지지 않을 거라는 생각이 들었다. 세라는 주영의 표정을 살폈다. 그래 그렇게 하면 되겠네. 머리는 하선이가 해줘. 나는 커피나 타주고 나갈 테니. 주영아 커피 따뜻한 거 줄까? 아이스로 줄까? 저 커피 안 마셔요. 그냥 주스 같은 거 있으면 주세요. 없으면 물 주셔도 되고요.

너 혹시 임신했니?

세라의 말에 주영은 정말 애 떨어질 정도로 놀랐다. 맞나 보네. 너희 엄마도 알아? 하선은 눈이 휘둥그레져서 주영을 쳐다보았다. 너 진짜 임신했어? 공짜로 해주겠다고 해도 파마 안 한다, 염색 안 한다, 게다가 커피까지 안 마신다, 그럼 임신이지 뭐야. 공짜 파마 마다하는 사람은 임산부와 대머리밖에 없어. 엄마! 하선이 짜증 나는 표정으로 세라를 노려보았다. 대머리라고 하지 말랬지. 민머리라고 하라니까. 미용실 하는 사람이 그렇게 말하면 안 된다고 했잖아. 맞다, 그랬지. 그런데 너는 지금 주영이 앞에서 소리 지르면 어떡해? 애 떨어지면 책임질래? 맞다! 미안해. 괜찮아? 많이 놀란 건 아니지? 나 임신한 거 아니야. 주영은 당황해서 거짓말을 했다. 세라는 주영을 지긋이 바라보았다. 주영은 정말 세라가 독심술을 하는 것 같았다. 근배도 하는데 세라가 못 할 이유가 없다는 생각이었다. 아니 근배가 독심술을 한다면 세라는 독심술에 텔레파시에 염력까지 해도 이상할 게 없었다. 그럼 파마할래? 아니요. 염색할래? 아니요. 커피 마실래? 아니요. 너희 엄마도 너 임신한 거 아시니? 네. 그래서 그렇게 예민했구나. 주영은 거짓말을 하며 세라의 의심을 살 바에야 차라리 마음 편하게 솔직히 말하는 게 태아에 나을 것 같다고 생각했다. 세라는 파마 장비를 치웠다.

아이고, 몇 시야?

정숙은 화들짝 놀라 잠에서 깼다. 주변을 둘러보니 편의점 사무실이었다. 정숙은 정신을 차리고 상황파악을 했다. 편의점에 출근해서 너무 피곤한 나머지 우진에게 눈 좀 붙인다고 해놓고 몇 시간이나 잠들어 있었다. 핸드폰을 보니 2시가 다 되어가고 있었다. 부재중 전화나 문자는 한 통도 와 있지 않았다. 정숙은 거울을 보고 눌린 머리를 손으로 빗은 뒤 사무실 밖으로 나갔다. 편의점 카운터 안에서 우진과 윤희가 깔깔거리며 웃고 있었다. 그 모습을 보고 있자니 성재가 떠올랐다. 그 아이는 앞으로 어디에서 뭘 하며 살까? 어디서 또 나이 많은 아줌마 꼬시면서 살겠지. 그나저나 우진이 저렇게 웃는 건 처음 보는 것 같은데. 평소에 무뚝뚝하기만 한 줄 알았는데. 그러다 정숙은 화들짝 놀라 소리를 질렀다. 우진아! 정숙이 소리를 지르자 우진과 윤희는 깜짝 놀랐다. 일어나셨어요? 정숙은 카운터로 다가왔다.

우진아, 너 그러면 안 돼. 윤희 씨는 유부녀야. 애도 있어.

너 그러다 큰일 나. 우진과 윤희는 황당한 표정으로 정숙을 쳐다봤다. 알아요. 윤희 씨가 핸드폰으로 송현이 사진도 보여줬어요. 그랬니? 점장님은 도대체 무슨 생각을 하신 거예요? 정숙은 민망함에 우진과 윤희의 눈을 피했다. 우진이 네가 너무 환하게 웃으며 이야기해서 혹시나 하고. 윤희 씨도 예전에 영화일 하셨다고 하더라고요. 연출부 몇 편 하셨대요. 그래서 영화판 이야기 좀 했어요. 윤희도 정숙을 노려보았다. 용하다고 하시더니 꼭 그렇지도 않으신가 보네요. 우진은 이상하다는 듯 윤희에게 물었다. 용해요? 누가요? 점장님이요?

참나. 점장님처럼 둔한 사람이 없어요. 사람은 좋은데 센스는 영 꽝이니까 저 없더라도 윤희 씨가 점장님 좀 잘 챙겨드리세요. 그리고 점장님, 윤희 씨는 주말에 송현이 보느라고 일 못 하신대요. 주말 알바 뽑으셔야 돼요. 우선은 당분간 사장님한테 주말 알바 부탁하셔야겠네요. 누구? 우리 남편? 우리 남편한테 주말 알바 시키느니 차라리 주말에 문 닫고 말지. 잔소리 그만하고 얼른 퇴근해. 정숙은 바나나맛 우유를 꺼내 계산도 하지 않고 빨대와 함께 우진에게 내밀었다. 늦게까지 있게 해서 미안해. 우진은 카운터에서 나온 뒤 주머니에서 이어폰을 꺼내 귀에 꽂았다. 그런데 우진아. 네? 주변에 주말 알바 할 사람 좀 없니? 제가 이 동네 아는 사람이 어디 있어요. 축구교실 코치 중에 할 만한 사람 없냐고 물어보세요. 그러면 되겠네. 정숙은 우진이 아르바이트를 그만두지 않았으면 했다. 성재가 있을 때는 우진이 그만두든 말든 상관없었지만, 지금은 상황이 달라졌다. 성재는 사라지고, 세라와는 싸우고, 근배는 근처에 가는 것조차 싫었다. 오늘 저녁 주영이 서울로 올라가면 정숙 주변에는 아무도 없는 것이었다.

왜 아무도 없어?

장사가 이렇게 안 되는데 돈이 벌리긴 하는 거야? 주영이 편의점에 들어와 둘러보며 물었다. 너 왜 이제 와? 정숙은 주영의 얼굴을 보자마자 짜증을 냈다. 전화로 하선이랑 이야기하는 중이라고 했잖아. 아까 2시에 이야기하는 중이랬잖아. 지금 4시야, 4시. 둘이 무슨 할 이야기가 그렇게 많아서 한나절 동안 그러고 있어? 오랜만에 만났으니까 그렇지. 문이 열리며 화장실에 갔던 윤희가 들어왔다. 주영은 윤희를 보고 어서 오세요 하고 인사했다. 우리 편의점에서 아르바이트하시는 분이야. 그러시구나. 주영과 윤희는 서로 어색하게 인사를 주고받았다. 윤희 씨는 오늘 일찍 들어가요. 송현이가 기다리겠네. 정숙의 말에 윤희는 반색하며 그럴까요? 했다. 그리고 눈 깜짝할 새 나갈 준비를 마치고 그럼 내일 뵐게요 하고는 후다닥 나가버렸다. 손님 없는 편의점에 한가롭고 따스한 오후 햇살이 내리쬐고 있었다. 정숙은 냉장고로 가서 스타벅스 더블샷 에스프레소를 꺼내 계산하고 주영에게 내밀었다. 더운데 하나 마셔. 임신해서 커피 못 마신다니까. 맞다. 그랬지. 그런데 너 진짜 애 낳을 거야? 나도 모르겠다고 몇 번이나 말해. 왜 엄마한테 짜증이냐? 엄마가 짜증 나게 하니까 그렇지. 내가 뭘 했다고 그래? 됐어. 그만해. 정숙도 짜증이나 스타벅스 더블샷 에스프레소를 따서 벌컥벌컥 마셨다. 그러고는 다시 냉장고로 가서 블루 레모네이드를 꺼냈다. 이건 마실 수 있지? 주영은 정숙이 꺼낸 레모네이드 병을 힐끗 보고는 고개를 끄덕였다. 주영도 목이 탔는지 블루 레모네이드를 쭉 빨아 마셨다. 그런데 장사가 이렇게 안 되어서 아르바이트하는 사람 월급은 줄 수 있는 거야? 지금 시간이 좀 그래. 여긴 오전에 손님이 많고, 퇴근 시간 지나서, 그리고 새벽에 좀 있어. 정숙의 대답에도 주영은 시큰둥한 표정이었다.

나. 서울 가서 너랑 살면 안 돼?

어디서? 내 방에서? 여기 장사도 안 되는데 정리하고 서울에 편의점 하나 내면 되지. 그리고 너 임신했으니 혼자 있으면 위험하잖아. 내가 가서 밥도 해주고 집안일도 해주고 그러면 안 좋아? 엄마, 여기 편의점 정리한 돈으로 서울에 편의점 못 내. 우리 동네 나름 강남이라서 가겟세도 비싸. 그리고 아빠는 어떡할 건데? 주영의 말에 정숙은 머뭇거렸다. 차마 근배와 같이 있기 싫어서 서울로 올라가고 싶다고 말할 수 없었다. 그나저나 아빠랑 무슨 이야기 했어? 아빠가 어떻게 독심술 하게 됐는지. 응? 태어나면서부터 할 수 있었던 게 아니었어? 왜? 어떻게 하게 됐대? 고등학교 때 대관령으로 수학여행 갔는데 거기서 외계인한테 납치됐었대. 정숙은 주영의 말을 듣고 기가 찼다. 너는 그걸 믿니? 아냐, 진짜로. 나도 그냥 그렇게 들었으면 안 믿었겠는데. 할머니 할아버지 돌아가신 이야기하고 미국에 삼촌 있는 거. 그리고 엄마 처음 만났던 거. 뭐 그런 이야기 다 해줬어. 나랑 처음 만났던 거? 엄마 은행에서 일할 때. 아빠가 엄마 맘에 들어서 이선희 콘서트 티켓 줬다는 이야기. 주영의 말을 들은 정숙은 그때 생각이 떠올랐다. 근배가 뜬금없이 적금 들겠다고 해놓고 이선희 콘서트 티켓을 줬던 것이 생각이 났다. 그리고 주말이 지난 다음 다시 와서 화를 내다가 압구정동으로 함박스테이크 먹으러 가자고 데이트 신청했던 것도 기억했다. 그때가 80년대 말 90년대 초쯤이었는데. 어느새 세월이 이렇게 흘렀구나 하는 생각이 들었다. 함박스테이크를 썰어주다가 흰 소매에 소스를 묻혀 당황하던 근배의 모습이 떠올라 무심코 피식 웃었다.

엄마 장국영 좋아했다며?

장국영? 아빠가 그러던데? 엄마가 장국영이 이선희 콘서트에 나온다고 해서 가고 싶어 했다며. 그래서 아빠가 콘서트 표 사서 줬다던데. 정숙은 그제야 뜬금없이 근배가 이선희 콘서트 티켓을 준 것이 우연이 아니었다는 사실을 깨달았다. 어떻게 내가 원하는 걸 바로 해결해주는 남자가 있지? 그 당시 정숙은 근배가 적시에 내민 콘서트 티켓 때문에 근배를 운명이라고 생각했었다. 그리고 그다음에 순댓국이나 아귀찜이 아닌 압구정동 함박스테이크 데이트는 근배가 정숙의 운명이라는 확실한 증거나 다름없었다. 역시나 그것도 다 독심술이었어. 정숙은 그동안 근배와 살아온 시간이 다 거짓 같았다. 연애하는 동안이나 결혼해서 살아오는 동안 입속의 혀처럼 굴었던 것이 정숙의 마음을 잘 헤아려서가 아니라 다 독심술 덕분이었다. 주영의 이야기를 들으니 근배와 더욱 멀어져야겠다는 생각이 절실했다.

그리고 나 하선이랑 같이 살기로 했어.

정숙은 깜짝 놀랐다. 왜 갑자기? 엄마가 세라 아줌마한테 그러라고 했다며? 하선이 앞길 막지 말고 서울 보내라고. 그런데 엄마는 세라 아줌마한테 뭐 하러 말을 그렇게까지 했어? 사람 기분 나쁘게? 내가 다 미안하더라. 둘이 싸웠어? 그 언니가 사사건건 간섭하고 무시하고 잘난 체하고 그래서 내가 한 소리 했어. 그런데 너 하선이랑 같이 살면 임신한 거 들킬 텐데 어쩌려고 그래? 벌써 들켰어. 뭐? 정숙은 주영의 등짝을 착! 착! 착! 때렸다. 동네 망신 다 시키네. 동네 망신 다 시켜. 그게 뭐 자랑이라고 그새 가서 떠벌리고 다녀? 아후 아파! 미용실 갔더니 세라 아줌마가 파마 공짜로 해준다고 하면서 커피 주는데 어떡해? 파마 안 해요, 커피 안 마셔요, 그랬더니 바로 임신했냐고 물어보는데. 하긴 그 언니 정도면 눈치채고도 남지. 그래도 아니라고 딱 잡아뗐어야지. 딱 잡아뗐지. 딱 잡아뗐는데도 다 알더라고. 공짜 파마 마다하는 사람은 임신한 여자랑 대머리밖에 없다며. 독심술 하는 아빠보다 세라 아줌마가 더 잘 알아내. 그 언니 진짜 대단해. 또 다른 얘긴 안 하디?

아후, 날씨가 엄청 덥네요.

편의점 문을 열고 검은색 나이키 트레이닝 쇼트 팬츠에 흰색 레알 마드리드 축구 유니폼 상의를 입은 고 대표가 들어왔다. 고 대표는 들어오자마자 냉장고로 직행해 게토레이 캔을 꺼내 따려다가 정숙과 눈이 마주쳤다. 계산하고 마셔야죠? 고 대표는 게토레이 캔을 카운터에 내려놓았다. 그러고는 카운터 아래 선반에서 하리보 젤리 하나를 집어서 게토레이 캔 옆에 놓았다. 제가 축구를 해야 돼서 담배도 못 피우고, 술도 잘 안 마시니까 주전부리를 많이 하게 되네요. 정숙은 고 대표를 보며 인상을 찌푸렸다. 아니 고 대표는 젤리 살 때마다 그 대사를 토씨 하나 안 틀리고 해? 젤리 좋아한다고 이상하게 생각하는 사람 아무도 없으니까 눈치 보지 말고 그냥 사. 주영은 정숙의 말을 듣고 하선이와 사귀는 사람이라고 확신했다.

저기요, 아저씨!

주영이 고 대표를 노려보며 불렀다. 네? 저요. 아저씨 자꾸 우리 편의점 화장실 변기에 젤리 버리시는데. 한 번만 더 그러시면 경찰에 영업 방해로 신고할 거예요. 변기 고치는 데 얼마나 힘든 줄 알아요? 고 대표는 주영의 말에 깜짝 놀랐다. 저 그런 적 없는데요? 변기에 누가 계속 젤리를 버려서 제가 얼마 전에 CCTV 설치했거든요? 아저씨가 버리는 거 다 찍혔어요. 화장실 변기에 CCTV를 설치했다고요? 그거 범죄 아니에요? 몰카잖아, 화장실 몰카. 그거야 아저씨가 자꾸 변기에 젤리를 버리니까 설치했죠. 아저씨 아니면 제가 왜 돈 들여서 변기에 CCTV를 설치했겠어요? 그리고 그 화장실 편의점에서 일하는 사람만 쓰는 건데, 왜 거기 들어가서 변기에 젤리를 버려요? 어느새 카운터에서 나온 정숙이 고 대표의 등짝을 착! 착! 착! 때렸다. 아휴, 아파요. 아니 변기에 왜 젤리를 버려? 무슨 생각으로 그런 거야? 아주 못됐네, 못됐어. 그게 아니라 떨어뜨린 거예요. 급해서 화장실 갔다가 잘못해서 떨어뜨린 건데. 그걸 또 그렇게 생각하시네. 그런데 이분은 새로 아르바이트하러 오신 분이신가? 우리 딸이야. 눈을 흘기며 주영을 노려보던 고 대표는 정숙의 대답에 당황했다. 아아, 그러시구나. 미인이시네요. 정숙은 다시 고 대표의 등짝을 착! 착! 착! 때렸다. 말 돌리지 말고 똑바로 말해. 앞으로 또 그럴 거야? 안 그럴 거야? 아후, 고만 좀 때리세요. 엄청 아프네. 실수라니까요, 실수.

하선이 만나는 것도 실수예요?

주영의 질문에 고 대표는 들고 있던 게토레이를 떨어뜨릴 뻔했다.

누구요? 왜 모르는 척해요? 세라미용실 손하선이요. 아저씨 하선이랑 사귀잖아요. 고 대표는 그렇다 아니다 대답도 하지 못한 채 놀란 눈으로 주영을 바라보았다. 그러다 정숙의 표정도 힐끗거리며 훔쳐보았다. 정숙의 표정으로 보아 정숙도 아는 눈치였다. 그게 아니고. 미용실에 갔다가 몇 번 만나서…. 고 대표. 정숙이 고 대표 말을 끊었다. 얼마 전 한경대학교 앞에서 하선이랑 둘이 같이 있는 거 봤는데. 고 대표는 정숙의 말에 화들짝 놀랐다. 그리고 곰곰이 생각해보았다. 한경대학교? 그때였나? 세라미용실 원장 눈을 피해 동네 말고 다른 데서 만나자고 해서 며칠 전 밤에 한경대학교에서 만났었지. 그래서 뭐 했더라? 차로 가는 도중에 골목에서 키스했었는데. 키스하다가 하선이가 사람들이 쳐다보면 어떡하냐 해서 아무도 없다고 안심시킨 다음 주변을 둘러보는 척했지. 그런데 누가 골목에서 들어오려다 우리를 보고 다른 데로 갔었지. 하선이랑 똑같은 머리색을 한 사람이었어. 고 대표는 곰곰이 생각하다가 정숙의 머리색을 보고 깨달았다. 저 머리색! 그때 하선이를 데리고 차로 가면서 너 같이 염색한 사람이 또 있네 했었는데. 그게 저 아줌마였구나. 다음 날 저 아줌마가 염색한 것 보고 정말 엄청 유행인가 보다 했었는데, 동일인이었어. 잠깐 그럼 혹시 내 차도 본 거 아냐? 하선이 만나려고 렌트했다고 할까? 설마 안성 풋볼 클럽 스티커까지 본 건 아니겠지? 에이 씨. 괜히 스티커는 붙여서.

둘이 외제 차 타고 가던데? 재규어XF.

정숙의 말에 고 대표는 끝났구나 싶을 때일수록 정신을 차리자고 마음먹었다. 그 차는요. 제가 렌트…. 트렁크 옆에 스티커도 붙였던데? 렌트를 한 게 아니라 제가 하나 뽑았습니다. 리스에요. 고 대표는 정신 차릴 것도 없이 다 끝났구나 싶었다. 제가 솔직하게 말씀드리겠습니다. 진짜 억울합니다. 재규어요? 네, 제가 샀습니다. 중고로. 저도 살면서 외제 차 한 번 타봐야 하지 않겠습니까? 벤츠 사려다가 아버지 생각도 나고 해서 재규어로 하나 뽑았습니다. 안성 유소년 축구 클럽이요? 잘됩니다. 애들 많아요. 대회 나가서 우승도 몇 번 하고 그럽니다. 그래서 후원도 꽤 들어와요. 그런데 제가 재규어 샀다는 소문이 동네에 돌면 학부모들이 가만히 있겠습니까? 학원비를 내려라. 축구 시설을 늘려라. 외제 차 살 돈 있으면 통학 차량이나 바꾸지. 사람 그렇게 안 봤는데 사치를 하네. 겉멋이 들었네. 돈 좀 벌었다고 으스대네. 그럴 거 아니겠습니까? 제가 자원봉사하는 것도 아니고 저도 먹고살자고 하는 짓인데. 훔친 것도 아니고 제가 벌어서 제 차 산 건데, 그게 뭐 잘못된 건 아니잖아요? 저도 떳떳하게 차 몰고 다니고 싶습니다. 죄지은 것도 아닌데 죄인처럼 숨어서 차 몰고 다니는 제 심정은 어떻겠느냐고요. 안 그래도 이렇게 타고 다니느니 그냥 파는 게 낫겠다 싶어서 팔려고 합니다. 뭐 어쩌겠습니까. 먹고살려면 학부모들 심기 거스르지 않으면서 살아야죠.

학부모 심기는 거스르면 안 되고 아내 심기는 거스르셔도 돼요?

아내? 정숙이 놀란 눈으로 고 대표를 바라봤다. 고 대표는 무서운 눈으로 주영을 노려보았다. 아니, 당신 뭐 하는 사람인데 그래? 하지만 주영은 기죽지 않은 채 같이 노려보았다. 저요? 저 하선이 절친이에요. 초등학교 때부터 계속. 고 대표는 체념한 듯 한숨을 쉬더니 말이 없었다. 고 대표 결혼했었어? 나는 그런 줄도 몰랐네? 정숙은 고 대표의 얼굴을 빤히 쳐다보았다. 그래요, 결혼했습니다. 저는 안성에 살고 와이프는 지금 서울에 살아요. 한 달에 한 번 얼굴 볼까 말까 합니다. 제가 내려와 살자고 몇 년 전부터 이야기했는데 귓등으로도 안 들어요. 그래서 이혼할 예정입니다. 기혼 사실을 비밀로 하려고 한 건 아닌데 어쩌다 보니 그렇게 됐습니다. 그리고 와이프도 서울에서 다른 남자 만나고 있을 겁니다. 아니, 만나고 있는 게 분명합니다. 한 달에 한 번 남편 얼굴 볼까 말까 하는데도 서울에서 안 내려오는 거 보면 뻔한 거 아닙니까? 그리고 하선이도 저 결혼한 사실 알고 있습니다. 제가 아직 이혼 전이라 청혼을 못 하고 있는데 곧 이혼하고 청혼하려고 준비 중이었습니다. 제가 왜 여기서 이런 이야기까지 하고 있는지 모르겠지만, 지금 다 밝혀진 마당에 제가 뭐 하러 거짓말하겠습니까? 다른 건 몰라도 하선이와 제가 그냥 생각 없이 만나고 있는 게 아니란 것만 알아주시고. 괜히 이상한 소문 내거나 그러지 말아 주셨으면 좋겠네요. 저는 괜찮지만, 하선이 나이도 어리고 그런데 상처받습니다. 이제 수업시간이라 가봐야겠네요. 말 한마디로 사람이 살고 죽고 합니다. 제발 남의 이야기라고 함부로 하고 다니지 않으셨으면 합니다. 고 대표는 정숙을 힐끗 보았다. 저도 남의 이야기 함부로 안 하고 다닙니다. 아시겠지요? 고 대표의 눈빛에 정숙은 고 대표가 무언가 알고 있는 것 같아 괜히 뜨끔했다. 고 대표는 게토레이와 하리보 젤리를 챙겨서 편의점을 나갔다. 주영은 나간 고 대표를 노려보다가 핸드폰을 꺼내 전화를 걸었다.

아빠 난데.

하선이가 고 대표라는 사람 유부남인 거 알아? 그래? 아, 그리고 하리보 젤리는 왜 변기에 버리는 거야? 응. 응. 그렇구나. 알았어. 응? 나 지금 편의점인데 고 대표라는 사람 만났거든. 엄마? 엄마는 옆에 있는데 왜? 엄마 별로 안 피곤해 보이는데? 나는 이제 슬슬 서울에 올라가야지. 응, 알았어. 주영이 전화를 끊자 정숙이 다가왔다. 고 대표가 유부남인 거 아빠가 알려준 거야? 당연하지. 그럼 내가 저 사람이 누군지도 모르는데 그걸 어떻게 알았겠어? 정숙은 소름이 끼쳤다. 예전 편의점을 처음 차렸을 때 고 대표가 찾아와 유소년 축구팀 후원하라고 했을 때 근배가 순순히 후원한 것이 이해가 되었다. 근배가 고 대표의 마음을 읽은 뒤 후원해도 되겠다 싶어서 하자고 한 것이었다. 그리고 그때부터 근배는 고 대표가 유부남이라는 걸 알았지만 지금까지 숨겨왔다. 또 뭐라고 그래? 하선이가 고 대표 유부남인 거 알고 만난대? 아니, 전혀 모른대. 방금 고 대표라는 사람 우리한테 거짓말하고 도망간 거야. 이제 하선이한테 전화해서 말하겠지. 나 원래 유부남이었다. 미안하다. 아니다, 네 친구가 이상한 소리 하는 거 믿지 마라, 그럴 수도 있겠네. 딱 잡아떼겠지? 아무튼, 완전 이상한 사람이야. 주영의 말에 정숙이 고개를 끄덕이며 맞장구를 쳤다. 고 대표 딱 봐도 순순히 유부남인 거 밝힐 것 같지가 않아. 변기에 젤리 버리는 것만 봐도 알지. 그게 제 정상인 사람이 할 짓이야? 그런데 변기에 젤리는 왜 버린다니? 아빠 말로는 저 고 대표라는 사람이 변태 같다는 거야. 변기가 막혔을 때 물이 안 내려가고 점점 올라오면서 변기에서 흘러넘치기 전에 딱 멈추는 순간을 좋아한대. 그걸 보면 무슨 쾌감 같은 게 생기나 봐. 주영의 말을 듣고 정숙은 깜짝 놀랐다. 완전히 변태 새끼네. 그런데 열쇠를 빌려 간 적도 없는데, 화장실에는 어떻게 드나들었지?"

몰라, 그러니까 변태지. 하여간 징그러워 자기보다 열 살도 더 어린 여자랑 그러고 싶을까?

그것도 유부남이. 안 그래? 주영의 질문에 정숙은 문득 성재 생각이 나서 쉽사리 그렇다고 대답하지 못했다. 괜히 들고 있던 스타벅스 더블샷 에스프레소를 단숨에 비우고 캔을 재활용 쓰레기통에 버리면서 말을 돌렸다. 그래서 넌 하선이랑 같이 살 거야? 그러려고. 왜? 언제부터? 세라 아줌마는 당장 내일부터라도 같이 살라고 하던데. 아니 뭐가 그렇게 급하다니? 하여간 그 언니는. 정숙은 인상을 찌푸리며 혀를 찼다. 그냥 따로 살면 안 돼? 하선이 집 구할 때까지만 같이 살려고. 하선이 똑똑하고 착해서 같이 살아도 불편한 거 없을 거야. 그리고 나도 퇴근하고 집에 와서나 쉬는 날 심심하지 않아서 좋고. 게다가 하선이랑 같이 살 동안은 세라 아줌마가 월세 60퍼센트까지 내준대. 정숙은 할 말이 없었다. 이미 주영과 하선, 그리고 세라까지 합의가 끝난 상태였다. 끼어들 여지가 전혀 없었다. 하선이는 집 언제 구한다니? 그거야 모르지. 미용실에 취직할 예정 같은데. 미용실 취직하면 그 근처로 구하겠지. 언제가 될지 어떻게 알아? 그럼 하선이 집 구하면 그때 엄마랑 같이 살까? 싫어. 왜 자꾸 서울 올라오려고 그래? 올라오고 싶으면 아빠랑 같이 아예 이사를 와. 마포에 아파트 있잖아. 정숙은 아랫입술을 꽉 깨물고 있는 힘껏 주영의 등짝을 착! 착! 착! 때렸다. 아후, 아프다고. 왜 자꾸 때려? 너 혼자 사니까 헛짓거리하면서 임신까지 하고 다니니까 그렇지. 나는 뭐 그 좁은 집에 네 수발들면서 살고 싶어서 그러는 줄 알아? 네가 처신 잘하고 다녀봐. 네가 서울에 살든 미국에 살든 우주에 살든 내가 신경을 쓰나. 주영은 정숙에게 맞은 등짝이 꽤 아픈지 손으로 문질러댔다. 됐어, 내가 여길 괜히 왔어. 나 갈거야. 주영의 간다는 말에 정숙은 괜스레 미안해졌다. 저녁 먹고 가. 그러면 늦어. 나 내일 출근해야 돼. 집에 가서 아빠 좀 보고 바로 터미널로 갈 거야. 아무튼, 잘 지내. 나중에 또 오든가 할게. 그래 조심해서 가. 주영이 정숙에게 손을 흔들며 편의점을 나갔다. 정숙은 텅 빈 편의점에 혼자 덩그러니 서 있었다.

그런데 엄마.

주영이 갑자기 편의점으로 다시 들어왔다. 왜? 그런데 도대체 최근에 손은 왜 그렇게 많이 찌른 거야? 몰라. 얼른 가. 정숙이 인상을 찌푸리며 짜증을 내자 주영은 입을 삐죽거렸다. 아무튼, 나 임신했으니까 진짜 손 찌르지 마. 알았다니까. 네가 찔러달라고 사정을 해도 안 찌를 테니 걱정하지 마. 나는 뭐 손 찌르는 게 좋아서 찌른 줄 아나. 잔소리 그만하고 얼른 가. 알았어, 갈 거야. 주영은 다시 편의점을 나갔다. 정숙은 앞으로 어떻게 해야 하나 싶었다. 언제까지 근배를 피해 다닐 수도 없는 노릇이고, 온종일 지루한 편의점에서 계속 있을 수도 없는 노릇이었다. 정숙은 야간 아르바이트와 주말 아르바이트를 구하기 위해 편의점 문에 구인광고를 붙이고 인터넷 구인 사이트에 공고를 올렸다. 그리고 담배를 정리한 뒤 편의점 문을 잠그고 화장실에 갔다. 볼일을 보고 손을 씻다가 문득 거울을 보았다. 밝은색으로 염색을 한 늙고 초라한 아줌마가 보였다. 성재는 정말 나를 사랑했을까? 나는 정말 성재를 사랑했을까? 화장실 안에서 미세하게나마 성재의 향수 냄새가 나는 것 같았다. 그렇게나 향기롭던 향수 냄새가 인위적으로 느껴졌다. 이런 화장실에서 맡는 향수 냄새보다 실제 꽃향기가 맡고 싶어졌다. 꽃이나 보러 가자. 정숙은 화장실을 나와 편의점으로 가지 않고 편의점 반대편으로 발을 옮겼다.

28

또다시 외출_

아이고 더워.

햇볕이 찌를 듯 내리쬐고 있었다. 정숙은 선 캡을 안 가져온 것을 후회했다. 얼마 전까지만 해도 연둣빛이 슬쩍 돌던 나무들은 이제 푸른빛으로 온통 뒤덮여 있었다. 지금부터 이렇게 더우면 한여름에는 어떻게 살아? 아침저녁으로 산책해야지, 이제 한낮에는 더워서 못 하겠네. 정숙은 그늘을 찾아 잠시 쉬었다. 멀리 철물점이 보였다. 철물점 사장이 가게 앞에 낚시 의자를 내놓고 앉아 졸고 있었다. 정숙은 철물점 앞으로 갔다. 사장님, 사장님! 에? 에에? 철물점 사장이 화들짝 놀라서 깼다. 그러고는 정숙을 보고는 비몽사몽한 상태에서 뭐요? 송곳 드려요? 하며 물었다. 갑자기 무슨 송곳이에요? 예? 어? 뭐지? 그제야 철물점 사장은 정신을 차리고 주변을 둘러보았다. 아이고, 깜빡 졸았나 보네. 뭐 드려요? 정숙은 정신을 차린 철물점 사장을 보고 송곳 드려요 하는 말에 놀랐던 가슴을 쓸어내렸다. 아니 뭐 필요한 게 아니라, 이런 뙤약볕에서 주무시면 큰일 나요. 주무실 거면 가게 안에 들어가서 주무셔야지, 살 다 타요. 저거 봐, 팔이 벌써 새빨갛게 됐네. 철물점 사장은 빨갛게 익은 팔을 문지르며 해를 바라보았다. 벌써 해가 저렇게나 갔네. 그러다가 아드님 판사 되기도 전에 돌아가시겠어. 네? 정숙의 말에 철물점 사장은 깜짝 놀랐다. 뭘 놀래요. 아드님 재작년에 사법고시 합격한 거 동네 사람 다 아는데. 아, 네. 뭐, 하하하.

저는 뭐 크게 도와준 것도 없는데 지가 열심히 하다 보니까. 그리고 합격했다고 끝나는 것이 아니라 연수원에서도 잘해야 되고, 그리고 역시 백 있고 줄을 잘 서야 하는데 제가 못나서 뭐. 하나 마나 한 소리 그만하시고 얼른 들어가서 주무세요. 네, 고맙습니다. 그런데 머리카락 색이 멋있어지셨네요? 철물점 사장은 정숙의 머리를 보며 비웃는 듯한 표정으로 낚시 의자를 들고 편의점 안으로 들어갔다. 정숙은 이번에는 야구모자를 쓰고 나오지 않은 걸 후회를 했다.

하선이를 서울로 보낸다고 했지?

정숙은 편의점으로 돌아가려다 세라가 궁금해졌다. 뭐 하러 세라에게 말을 그렇게 기분 나쁘게 했느냐는 주영의 말이 떠올랐다. 이제와 생각해보니 그렇게 심하게까지 할 필요 있었나 싶었다. 이제 정숙 주변에는 아무도 없었다. 새로 아르바이트를 하는 윤희가 있긴 했지만, 아직 속 깊은 이야기를 할 관계는 아니었다. 하선이 서울로 보내는 건 내 말을 어느 정도 받아들였다는 거잖아. 게다가 주영이랑 같이 살라고 하면서 월세까지 준다는 것 보면 나를 아예 안 볼 생각도 아닌 거지. 나랑 안 볼 생각이었으면 천천히라도 방 얻어줬겠지. 그 언니가 나한테 한 거에 비하면 난 그 언니한테 그렇게 심하게 한 것도 아니잖아. 그 언니는 감시도 하고 도청까지 했는데. 그리고 앞으로 또 시비 걸거나 감시하고 그러면 우리 남편한테 독심술 해서 무슨 생각 하는지 알아보라고 하면 되지. 차라리 지금 남편 불러서 세라 언니가 나를 어떻게 생각하고 있는지 알아봐 달라고 할까? 아니야. 그러다 내 생각까지 읽으면 큰일이지. 하여간 쓸모가 없다니까. 그냥 뭐 하는지만 슬쩍 보고 와야겠다. 정숙은 세라미용실로 걸음을 옮겼다. 막상 세라미용실이 보이자 들어가기가 꺼려졌다. 미안하다고 해야 하나? 아니면 그냥 당당하게 나갈까? 모르는 척 넘어갈까? 어차피 좁은 동네라 오다가다 마주칠 텐데. 정숙은 조심스레 미용실로 다가가 안을 들여다보았다.

이 시간에 손님이 있네?

세라가 20대 후반으로 보이는 여성의 머리를 자르고 있었다. 보통 평일 오후 4시에는 미용실에도 손님이 별로 없었다. 출근하지 않는 사람들은 대부분 오전에 와서 머리를 했고, 출근하는 사람들은 아직 퇴근하기 전인 시간이었다. 저녁 약속 때문에 머리하는 사람들이 오기에도 일렀다. 정숙은 세라가 손님 머리를 방금 자르기 시작했는지 아니면 다 잘라가는 건지 궁금해서 기웃거렸다. 갑자기 세라가 고개를 돌려 창밖의 정숙을 보더니 들어오라고 손짓을 했다. 세라가 쳐다보자 정숙은 놀라 심장이 떨어지는 줄 알았다. 내가 보고 있는 걸 어떻게 알았지? 정숙은 미용실로 들어갔다. 나 밖에 있는 거 어떻게 알았어? 거울로 다 보여. 세라는 손님 머리를 자르면서 거울을 통해 정숙을 보고 있었다. 정숙은 그제야 거울을 보고 고개를 끄덕였다. 나 올 줄 알고 있었던 것 같네? 알고 있었지. 알고 있었다고? 어떻게? 점심 때 주영이가 머리 자르러 왔더라. 그래서 머리 자르고 하선이랑 커피숍이라도 가서 이야기하라고 내보냈어. 그리고 몇 시간 있다가 하선이가 들어오기에 주영이네 집에서 살기로 했냐? 물었더니 그렇대. 그러면 편의점 가서 주영이네 엄마한테 주영이랑 같이 살기로 했다고 인사는 하고 와야지. 그랬더니 알았다며 나가더라. 그런데 하선이가 편의점에 갔더니 아줌마 문 잠그고 또 어디 갔다고 카톡 보냈어. 너도 주영이한테 하선이랑 같이 살 거라는 이야기 들었을 테고, 날이 더워서 어디 갈 데도 없을 테고. 올 데가 여기밖에 더 있겠어? 곧 있으면 오겠다 싶었지. 정숙은 세라의 말을 듣고 혀를 내둘렀다. 만약 강도 사건이 없어서 성재와 계속 그렇게 지냈다면 손을 백번 찌른다 하더라도 결국 세라한테 걸렸을 거라는 생각이 들었다. 어쩌면 세라도 독심술을 하는 게 아닐까? 그런 생각이 들었다.

혹시 언니 외계인한테 납치된 적 있어?

뭐야? 주영이도 그러더니. 요새 어디 외계인 나타난대? 아니야. 지금 손님 머리 다 잘랐으니 잠깐 앉아 있어. 더우니까 뭐 꺼내 마시든

가. 정숙은 근배가 아무리 독심술을 하더라도 세라를 못 따라올 것이라는 생각이 들었다. 근배와 세라를 붙여놓으면 분명 얼마 있지 않아서 세라가 근배에게 혹시 독심술 하세요? 하는 질문을 할 것 같았다. 근배가 먼저 세라의 마음을 읽을지 세라가 먼저 근배의 독심술을 파악할지 궁금했다. 그러다 세라의 이혼에 이런 문제도 얽혀 있었을 거라는 생각이 들었다. 남편이 바람피우는 걸 세라는 금방 알았을 것이다. 근배는 모른 척하고 넘어가 주었지만 세라는 절대 그럴 성격이 아니었다. 비밀을 알게 된 순간 이야기하고 걸고넘어질 성격이었다. 정숙도 근배랑 이혼해야 하나 생각을 하다가 세라가 그런 생각마저 눈치챌 것 같아 생각을 지웠다. 마음이 답답해져 뭐라도 마셔야겠다 싶어서 냉장고를 열었다. 냉장고에는 알로에 주스밖에 없었다. 마실 게 알로에 주스밖에 없어? 정숙의 질문에 세라는 거울 너머로 정숙을 노려보았다. 빅마트는 너무 멀고, 편의점은 네가 지랄을 하는 바람에 못 가고. 어쩌겠니? 말을 꼭 저렇게 해. 언니가 항상 말을 그렇게 하니까 내가 참다 참다 그랬지. 세라는 정숙이 발끈하자 피식 웃었다. 정숙은 세라의 웃음에 기분이 나빠 좋아하지도 않은 알로에 주스를 벌컥벌컥 마셨다.

머리 짧게 잘라서 서운하시겠어요.

세라는 눈웃음을 지으며 손님의 머리를 털어주고는 드라이를 시작했다. 그런데 자기 파마 좀 해야겠다. 윗머리가 다 죽어서 힘이 없어. 지금은 내가 드라이로 살려 놨어요. 어때? 괜찮죠? 그런데 매일 머리

감고 나서 바빠 죽겠는데 언제 드라이로 머리 세우고 있어? 파마한 지 좀 된 거 같은데? 언제 파마했어요? 좀 됐어요. 손님의 대답에 세라는 인상을 팍 찌푸렸다. 좀 되기는 1년은 된 거 같구먼. 경찰 공무원 준비한다고 했죠? 지금은 공부하니까 파마 안 해도 되는데 나중 면접 생각도 해야지. 시험 보고 나면 파마하러 와요. 얼굴은 너무 예쁜데 머리가 얼굴을 죽여. 지금 머리 이렇게 하니까 얼마나 깔끔하고 예뻐. 안 그래 정숙아? 정숙은 세라의 질문에 고개를 빼꼼히 내밀고 거울로 반사된 손님의 얼굴을 봤다. 어디선가 본 것 같은 느낌이 들었다. 그런데 오히려 손님이 정숙을 보고 깜짝 놀랐다. 어? 무당 아줌마네? 아이고 죄송해요, 편의점 사장님이시죠? 저번에 저에 대해 너무 잘 맞히셔서 저도 모르게 무당이라고 했네요. 머리색이 바뀌셔서 몰라봤어요. 정숙은 손님을 자세히 봤다. 예쁜 얼굴에 비해 커다란 덩치. 수다스러운 말투. 성재가 아르바이트하러 오기 전에 먼저 아르바이트를 구하러 왔었던 혜림이었다. 그때 혜림을 채용하려다 성재가 오는 바람에 혜림에게 터가 안 좋다며 이상한 소리로 쫓아냈던 기억이 났다. 그리고 혜림이 태권도장을 그만두고 경호업체에 취직하거나 경찰 공무원 시험을 보려고 했었다는 것도 생각이 났다. 혜림은 체력으로 보나 성격으로 보나 경력으로 보나 최고의 아르바이트생이었다. 정숙은 혜림을 아르바이트생으로 채용해야겠다고 마음먹었다. 그때 경찰 공무원 준비한다고 했던 분이시구나. 어쩐지 낯이 익다 했어요. 그때 아르바이트하겠다고 왔었잖아요. 아르바이트 구하셨나? 지금 우리 편의점에 야간 아르바이트 구하는데, 혹시 생각 있어요? 정숙의 말에 혜림은 황당하다는 듯 정숙을 쳐다봤다. 터가 안 맞는다고 하셨잖아요.

저하고 편의점하고 상극이라 편의점에서 아르바이트하면 변을 당한다고 그러셨는데? 정숙은 혜림이 그때 일을 잊었을 거라 생각했는데 그렇지 않았다.

관상이 바뀌어서 괜찮아졌어요.

혜림은 황당하다는 듯 정숙을 쳐다보았다. 그러니까 머리를 잘라서 그래. 머리를 자르니까 관상이 확 바뀌었어. 그래서 이제 우리 편의점이랑 궁합이 맞아. 우리 편의점에서 야간 아르바이트를 하면 조만간 경찰 공무원에 합격해요. 푸하하하하. 듣고 있던 세라가 웃음을 참지 못하고 터뜨렸다. 너 뭐 하니? 아이고 웃겨라. 너 지금 무슨 무당 흉내 내는 거야? 아이고 웃겨. 아. 미치겠네. 세라는 정숙을 보고 눈물까지 흘리며 웃었다. 세라는 티슈를 뽑아 눈물을 닦았다. 정숙은 민망해서 얼굴이 빨개졌다. 세라는 진정이 좀 되는지 심호흡을 하며 볼을 손바닥으로 문질렀다. 그러다 정숙의 얼굴을 보고는 다시 푸하하하 하고 웃음을 터뜨렸다. 언니 그만 좀 웃어. 정숙이 민망함을 감추려고 소리를 질렀다. 그래도 세라는 개의치 않은 채 웃음을 멈추지 않았다. 아이고 배 아파. 뭐가 머리 잘랐다고 관상이 바뀌어? 그만 좀 하라고, 나 갈 거야. 나 진짜 가? 세라와 정숙이 티격태격하는 모습을 보던 혜림은 자기도 모르게 웃음이 피식피식 새어 나왔다. 아니, 거기는 왜 또 웃어요? 죄송해요. 두 분이 너무 재밌으셔서. 혜림과 세라는 한동안 웃다가 겨우 진정되었다. 손님, 재 무당 아니에요. 재 딸이랑 우리 딸이랑 초등학교 때부터 친구라서 10년 넘게 알고 지냈는데 재처럼 눈치 없는 애도 드물어요. 혜림은 세라의 말에 깜짝 놀랐다. 아니에요. 저번에 제가 태권도장에서 일했던 것도 맞히시고, 경찰 공무원 시험 보려는 것도 다 맞혔어요. 세라는 정숙을 힐끗 보았다. 머리는 노란색에 얼굴은 창피함에 시뻘게져서 툴툴거리고 있는 모습을 보니 다시 피식 웃음이 새어 나왔다. 언니! 좀! 알았어, 알았어. 안 웃을게. 뭐 그건 쟤가 어떻게 맞혔는지 모르겠지만, 걱정하지 말고 쟤 편의점에서 아르바이트해도 돼요. 애는 착해서 뭐 더 챙겨주면 챙겨줬지 빼먹고 안 주고 그럴 애도 아니고. 세라의 말을 듣던 혜림이 고개를 갸우뚱했다. 아니던데. 엄청 잘 맞히셨는데. 아니라니까. 내 말을 믿어요. 그리고 쟤 봐요. 어딜 봐서 무당이야. 무당이 머리 저렇게 하고 다니는 거 봤어요? 언니! 정숙은 화를 참지 못하고 소리를 빽 질렀다.

진짜 다시 까맣게 염색해?

세라는 정숙의 노란 머리에 검은 염색약을 펴 발랐다. 혜림이 간 뒤로 정숙과 세라는 별말이 없었다. 정숙은 염색하는 동안 세라의 눈치를 봤다. 너 그런데 편의점 문 닫아놓고 이렇게 오래 있어도 돼? 염색하려면 몇 시간 있어야 할 텐데. 그러다 저번처럼 본사에서 사람 나오면 어떡해? 몰라, 올 테면 오라고 해. 강도까지 맞았는데 뭐가 무섭겠어? 애가 또 뭘 모르네. 강도보다 본사가 무섭지. 강도는 돈만 가져가지만, 본사는 편의점을 통째로 가져갈 수도 있어. 언니는 자꾸 나만 보면 뭘 모른대? 정숙이 세라의 말을 듣고 다시 발끈했다. 미안해, 내가 그 말이 입에 배서 그래. 세라가 사과하자 정숙은 무안해졌다. 평소 세라가 사과보단 변명하는 성격이었는데 갑자기 사과하니 어색했다. 그리고 둘은 다시 말이 없어졌다. 그런데 언니는 하선이 서울 보내고 나면 안 서운하겠어? 서운하겠지. 그런데 네 말대로 평생 끼고 살 수도 없는 노릇이고. 하선이는 주영이처럼 독하지 않아서 내가 독립하라고 하지 않으면 나 죽을 때까지 같이 살려고 할 텐데. 그나저나 주영이 걔는 진짜 독해. 어떻게 애 아빠도 없이 애 낳을 생각을 하는지 모르겠어? 언니! 세라의 말에 정숙은 놀라서 세라를 돌아봤다. 가만히 있어. 염색하는데 움직이면 어떡해. 세라의 말에 다시 거울 쪽으로 고개를 돌린 뒤 거울을 통해 세라를 노려보았다. 언니 진짜 어디 가서 그런 이야기 하면 안 돼. 알았어. 앞으로 안 할게. 앞으로? 정숙은 놀라서 다시 세라를 돌아보았다. 자꾸 움직이지 말라니까. 주영이 임신한 이야기를 누구한테 했어? 방금 머리 자르고 간 아가씨한테. 그 아가씨가 자기는 덩치도 크고 운동도 해서 남자가 없다고 하더라고. 그래서 저 위쪽 편의점 집 딸은 결혼 안 했는데 임신부터 했다고 했지. 아가씨도 우선 괜찮은 남자 하나 잡아서 임신부터 하라고. 그런 이야기를 뭐 하러 해? 그럼 미용사가 머리하면서 입 꾹 닫고 있어? 그냥 아무 이야기나 하는 거지. 그리고 그 아가씨랑 너랑 아는 사이일 줄 어떻게 알았겠어? 세라는 거울을 통해 정숙의 표정을 살폈다.

그래도 너 있으니 다행이지.

뭐가? 하선이 없어도 너 있으니 다행이라고. 하선이도 너 믿고 서울 간다고 그러더라. 별것도 아닌 세라의 말에 정숙은 눈물이 주룩 흘렀다. 창피해서 눈물을 닦고 싶었지만, 염색하느라 가운을 걸치고 있어 닦을 수도 없었다. 세라는 정숙이 우는 것을 보고 깜짝 놀라 티슈로 눈물을 닦아주었다. 어머, 염색약이 독한가 보다. 뭐가 안 맞으면 얘길 해야지. 눈 아파? 두피가 가렵거나 따갑거나 그래? 아니야, 언니. 미안해서 그래. 세라는 정숙의 눈물을 닦아주다 말고 이상하다는 듯 바라보았다. 너 갱년기다. 아니야, 미안해서 그래. 그러니까 갱년기라서 그렇다니까? 미안하면 미안할 짓을 하지 말아야지. 미안할 짓 다 해놓고 미안하다고 우는 건 무슨 경우야? 세라의 말에 정숙은 짜증이 확 치솟다가 문득 정말 갱년기인가 하는 생각이 들었다. 정숙이 세라를 보니 세라도 울고 있었다. 언니는 왜 울어? 너만 갱년기니? 나도 갱년기지. 세라는 티슈를 뽑아 눈물을 닦았다. 이혼하고 하선이 하나 보고 살았는데 이제 하선이 없으면 누굴 보고 사나 싶었거든. 그러다 그런 생각이 나는 거야. 날 보고 살자. 지금까지 왜 남편 자식 이런 거 보고 살았나 몰라. 나를 보고 살았어야 했는데. 그래도 하선이는 주영이 같지 않아서 서울 가도 연락도 자주 하고 집에도 자주 오고 그럴 거야. 아니야, 연락도 자주 하지 말고 집에도 자주 오지 말라고 할 거야. 나도 이제 내 삶을 살아야지. 문득 이런 생각이 드는 거야.

나는 그냥 이렇게 살아야 해?

이혼하고 하선이 뒤치다꺼리하고, 남의 머리나 만져주면서 평생 이렇게 살다가 죽으면 되는 거야? 이제 쉰 넘었으니 죽을 날 보고 기계처럼 살면 되는 거냐고. 난 즐기면서 살 거야. 내가 살아보니까 남한테

해 안 끼치는 거면 하고 싶은 거 다 하고 살아도 돼. 하선이한테도 그러라고 했어. 서울 가서 주영이처럼 남자 만나고 싶으면 만나라고. 거기서 주영이가 왜 나와? 주영이가 어때서? 난 주영이 응원한다. 걔가 뭐 죄지었니? 스물네 살 여자가 남자 만나는 게 죄야? 임신한 게 죄야? 요새 혼수로 애 만드는 사람도 많다더라. 하선이한테도 그랬어. 너도 임신하면 죄지은 것처럼 있지 말고 주영이처럼 당당하라고. 주영이가 임신하고 당당해? 그렇잖니? 안 그랬으면 몰래 지웠겠지. 어쨌거나 난 앞으로 지금처럼 안 살 거야. 너도 그렇게 살지 마. 너도 집안일하고 남편이랑 주영이 뒷바라지하느라 고생 많았잖아. 주영이 내보내고 좀 편할 만하니까 편의점 차려서 또 일하잖아. 언제까지 그러고 살 거야? 너도 즐길 거 즐기고 살아.

머리 검어지니까 또 적응 안 된다.

다시 검은 머리가 된 정숙은 어색한 듯 거울을 보다가 미용실 문을 나섰다. 어머! 문이 왜 열려 있지? 정숙은 편의점 근처에 왔을 때 편의점 문이 열려 있는 것을 보았다. 분명히 문을 잠그고 화장실에 갔다가 나왔는데. 정숙은 얼굴이 하얗게 질려 편의점으로 뛰어 들어갔다. 편의점 카운터에는 근배가 있었다. 머리 염색했네? 당신 여기 왜 있어? 주영이 데려다주고 오다 보니까 문 잠겨 있어서 내가 열어놨지. 아니 그럼 편의점에 있다고 전화라도 주든가. 딸랑. 정숙이 화를 내려던 순간 혜림이 들어왔다. 어머, 머리 염색하셨네요? 혜림도 정숙을 보자마자 머리 이야기를 했다. 야간 아르바이트하려고 왔어요. 혜림은 캔

버스백에서 파일을 꺼내 그 안에 있던 등본과 이력서를 정숙에게 내밀었다. 통장 사본도 갖고 오셨죠? 그것도 주셔야죠. 혜림은 놀란 눈으로 정숙을 바라보았다. 제가 통장 사본 가져온 거 어떻게 아셨어요? 신기가 있는 거예요? 없는 거예요? 그냥 이 정도 준비성이면 가져왔을 것 같아서요. 시간을 되돌리는 바람에 혜림의 기억에는 없겠지만, 혜림이 처음 아르바이트를 구하러 왔을 때 모든 서류를 다 챙겨왔었던 것을 정숙은 기억하고 있었다. 미용실 사장님이 눈치 없다고 하셨는데 오히려 미용실 사장님이 눈치 없으신 거 아니에요? 그게 아니라 미용실 언니가 눈치가 너무 빨라서 나 정도 눈치는 눈치도 아니라는 거죠. 그렇구나. 혜림은 놀란 얼굴로 고개를 끄덕였다. 야간 아르바이트는 새벽 1시부터 아침 9시까지예요. 오늘은 쉬고 내일부터 하기로 하죠. 정숙은 혜림에게 말을 하다가 카운터에 있는 근배를 힐끗 보았다. 여기는 우리 남편. 원래 편의점 일 안 하는데 오늘 내가 미용실 가 있느라고 잠깐 도와주러 온 거예요. 그러시구나, 잘 부탁드립니다. 아니에요, 오히려 제가 잘 부탁드려야죠. 혜림은 인사를 하고 편의점을 나갔다.

할 말 있잖아. 안 해?

정숙이 근배를 노려보며 물었다. 무슨 할 말? 항상 하는 이야기 있잖아. 사람을 잘 써야 된다. 내가 인사과에 있어서 아는데. 이력서 줘봐라. 근배는 멋쩍은 듯 뒷머리를 긁적였다. 아니야, 사람 잘 썼어. 인상 좋고 일도 열심히 할 것 같네. 또 독심술 썼어? 정숙의 말에 근배는 손가락으로 머리를 몇 번 쓸어 넘긴 다음에 손을 펴서 보여주었다. 근배의 손에는 아무것도 없었다. 머리 안 빠졌잖아. 머리 빠질까 봐 독심술 안 쓴다니까. 정숙은 잠시 근배를 바라보았다. 나 당신한테 미안한 거 전혀 없어. 정숙의 말에 근배는 아무 대답도 하지 않았다. 나는 원래 이런 사람이야. 독심술 해봐서 알 거 아니야, 내가 어떤 사람인지, 어떤 생각을 하는지. 나는 당신이 독심술 한다고 눈치 보며 살 생각도 없고, 당신의 기대에 맞춰서 살 생각도 없어. 내 이야기 듣는 거야? 근배는 정숙 너머의 창밖을 바라보다 조용히 카운터를 나와 하늘에 펼쳐진 노을을 올려다보았다. 서쪽 하늘은 오렌지빛으로 눈부시게 물들어 있었고, 광활한 하늘에 분홍색 구름이 무심한 듯 툭툭 찍혀 있었다. 하늘의 모든 색이 아주 조금씩 짙어지고 있었다. 땅의 모든 색은 천천히 노을의 색을 닮아가고 있었다. 구름 옆으로 비행기 한 대가 건조하게 떠가는 것이 보였다. 정숙은 근배가 바라보는 노을을 무심코 쳐다보았다가 하려던 말을 잊었다. 정숙도 근배 옆으로 다가와 말없이 찬란하게 저물어 가는 노을을 계속 바라보았다. 정숙도 근배도 다른 모든 것과 같이 서서히 노을이 되어갔다.

관통하는 마음

초판 1쇄 발행 2020년 9월 14일
초판 2쇄 발행 2022년 4월 5일

지은이 전우진
발행인 안병현
총괄 이승은 **기획관리** 송기욱 **편집장** 박미영
기획편집 김혜영 정혜림 **디자인** 이선미 **마케팅** 신대섭 **관리** 조화연

발행처 주식회사 교보문고
등록 제406-2008-000090호(2008년 12월 5일)
주소 경기도 파주시 문발로 249
전화 대표전화 1544-1900 **주문** 02)3156-3694 **팩스** 0502)987-5725

ISBN 979-11-5909-993-9 03810
책값은 표지에 있습니다.
KOMCA 승인필